ORV
012

12

Omniscient
Reader's
Viewpoint

全知讀者視角

전지적 독자 시점

싱숑

sing N song 著
林季妤 譯

深空
INTERSTELLAR

Episode 98. 你是否守護了所有應當守護的

1.

『那個名為劉衆赫的人就在他眼前。』

從第零次到第一千八百六十三次回歸，劉衆赫積累的時光在大衣衣襬疊影搖曳。

彷彿在反映著他的傳說，劉衆赫的臺詞浮現在最後一道牆上頭。

「我從不曾遺忘。」

〔已發動傳說『生死與共的伙伴』特殊效果。〕

第三次回歸的劉衆赫與隱密的謀略家，雙方的傳說交互共鳴，霎時間，混沌的力量沿著黑天魔刀的刀身暴漲，整面牆都被那混亂無序的混沌氣息所震動。

這也是理所當然的，畢竟他的故事，正是這面牆最重要的部分。

《在滅亡的世界中存活的三種方法》的主角，劉衆赫。

若沒有最初的劉衆赫，這所有的世界根本不會展開。

鬼怪之王嘲諷似地開口。

〔最古老的夢的傀儡，你的膠卷可真是漫長而渺遠啊。〕

祂說話的語氣，像是早就料到了他的到來。

〔沒有人有能耐陪你走完那段既乏味又繁冗的故事，哪怕是最古老的夢也一樣。〕

劉衆赫慢慢地眨了下眼睛，賢者之眼旋即發動，亮起燦燦金光，那炯炯目光彷彿要吸收這世界所有的光芒。

那對眼瞳的主人說道。

【這一次，我也來得太早了嗎？】

隱密的謀略家這麼一說，我立刻想起透過斷片理論窺見的片段。

也就是在第一千八百六十三次回歸的世界線上，祂遭遇鬼怪之王當時的記憶。

〔不幸的傀儡啊，你來得太早了。你無法完成這個宇宙。〕

這段記憶彷彿同步傳送到了鬼怪之王的腦海，祂歪了歪腦袋。

〔原來如此，看來另一個世界線上的我是這麼說的吧？〕

【你的語氣和我見過的那傢伙不同。】

〔正如你的每一次回歸都不盡相同，我也不例外。〕

鬼怪之王聳了聳肩，一把拔出劉衆赫的黑天魔刀扔了出去。劉衆赫徒手接下激射而來的刀，握在手中。

拔出刀刃後，最後一道牆留下了一道像是游標的刀痕。

隨即，刀痕被一寸一寸地推擠開來，一行文字出現在牆上。

然而，所有世界線最終都是為了同樣的結局而存在。

鬼怪之王似乎對那段故事相當自豪，向劉衆赫說道。

〔只差一步，一個偉大的世界就將大功告成，現在，你也能完成你自己的宿願了。〕

劉衆赫終其一生的宿願是什麼，我自然心知肚明。

〔浩瀚神話『朝謁滅亡的孤獨朝聖者』開始講述故事。〕

擺脫這個駭人詛咒的桎梏，重獲自由——經歷一千八百六十三次回歸的劉衆赫，只為了這個目標活到今天。

然而，劉衆赫的目的絕非僅止於此。

隱密的謀略家回過頭注視著我。

祂眼中的意思不言而喻，要我不可遺忘與祂有過的約定。

「我要消滅這所有世界的罪魁禍首。」

鬼怪之王閱讀著浮現在最後一道牆上的字句。

〔消滅啊……有意思。事到如今，你依然相信這是可能辦到的嗎？〕

【當然，而要化不可能為可能……】

隱密的謀略家雙手中各自出現一柄神兵。黑天魔刀漆黑的刀刃上，重合著振天霸刀殺氣騰騰的鋒芒。

【就得先幹掉你這傢伙。】

轟隆一聲巨響，火花撼動了整面牆壁。閃光接連爆發，兩道身影已在空中展開激鬥。

牢不可破的傳說壁壘圍繞鬼怪之王全身，祂不愧是以世上最古老的故事作為武器的存在。

〔浩瀚神話『最初的彌賽亞』開始講述故事。〕

為伊甸星雲的主人所擁有的傳說，從祂指尖源源不絕地奔流。

緊密交織的文字散發出神聖的光輝，偉大星座的光芒朝著地面上的被造物當頭灑落。光是接觸那強大古老的位格，所有存在都會在一瞬間化為烏有，毋庸置疑。

「獨子先生！」

李賢誠驚慌失措地朝我跑來。

他立刻動員全身的鋼鐵，為了保護我和所有同伴拚命向外延展，但我搖了搖頭。

「沒必要這麼做，賢誠先生。」

「咦？」

我沒有回答，只是默默指向前方。

在劇烈的頭痛中，我目不轉睛地看著眼前的情景。

其他星座說的沒錯，或許我終究也是星座，說不定我堅持了十來年的時間，就只是為了看見這一幕。

〔登場人物『劉衆赫』已發動專用特性『繁星的恐怖』。〕

鬼怪之王的光輝在眼前消散。

身穿黑色大衣的男子，以手上的兩把刀，接下了足以毀滅世上所有邪惡的彌賽亞之光。

滋滋滋滋滋。

牆上的傳說在接觸到光線的同時瞬間融化，隱密的謀略家——不，劉衆赫卻逆著那束光，一步一步向前逼近。

斗大的汗水一滴滴沿著臉頰滑落，黑天魔刀和振天霸刀的刀刃都被強光侵蝕磨鈍，但他沒有絲毫退讓。

見狀，鬼怪之王的表情也有了改變。

〔有兩下子。那麼，這招如何？〕

〔浩瀚神話『最初的邪惡』開始講述故事。〕

最初的邪惡，那正是飛升成神的魔界大魔王「巴力」的傳說，也是這世界上任何良善都不敢輕易與之為敵的蠻橫力量。

鬼怪之王挾整個魔界之力，朝劉衆赫砸下一道漆黑的落雷。那墮天的雷擊，就連大天使也不堪承受。

遠遠地，李雪花放聲大喊。

「衆赫先生！」

面對從天而降的雷霆，劉衆赫並未閃躲，反倒像是避雷針般高高豎起手中魔刀，正面迎擊。

然而，這還只是開始。

〔『舞臺化』已展開。〕

透過舞臺化的權能，眾多魔王的靈魂逐一復生，既有被我們擊斃的傢伙，也有因啟示錄巨龍身亡的人物。

所有魔王都被最初的邪惡再次召回戰場，向劉衆赫發出凶狠的嘶吼。

『喝啊啊啊啊——！』

所有魔王擲出的兵刃全都挾帶著邪惡的魔力，掀起靛紫色的雷霆風暴，就算換作神話級星座，恐怕也無法在那狂亂的風暴中堅持下來。

在鋪天蓋地的落雷之間，劉衆赫的面孔猶如惡鬼一樣泛著螢光。即使身處不祥的位格風暴當中，他依然冷靜沉著，彷彿他已經為這一刻的到來等待了許久。

【全都是曾經死在我手底的傢伙啊。】

〔登場人物『劉衆赫』已發動專用特性『魔王殺戮者』。〕

劉衆赫縱身而起，一路擊飛無數兵器不斷前進，但凡刀刃軌跡所到之處，惡的傳說紛紛破碎。如同一頭只為了破壞而生的怪物，劉衆赫手中的刀鋒如入無人之境，每一式凌厲的刀招之中都包含著他對這世界的痛恨。

滋滋滋滋滋！受舞臺化影響而再現的魔界天空，被劈開一道深不見底的裂痕。

隻身一人就能解除舞臺化的絕對武力。

由星星直播一手打造出來的怪物，此刻正為了粉碎星星直播而行動。

『呃啊啊啊啊！』

黑天魔刀斬斷了復活的「黑鬃雄獅」瑪巴斯的脖子，振天霸刀貫穿了「無情的力天獵手」巴爾巴托斯的心臟。

在他面前，沒有任何魔王能以王者自居。

鬼怪之王感受到了威脅，沉聲咆哮。

〔傲慢的傀儡啊，這條世界線的主人翁不是你！〕

與此同時，周圍的地形再度出現劇變。

〔浩瀚神話『星星直播遊戲系統』開始講述故事。〕

〔『舞臺化』已展開。〕
牆上的景象變得宛如像素一般。
劉衆赫的身軀縮小，就像是被困進代達洛斯的迷宮，他面前的道路也化為曲折離奇的迷陣。許多擁有深淵巨口的怪物在他身後窮追不捨，四處都埋設著自動砲臺，一旦不慎觸發便開始瘋狂掃射，凡是他腳底所踏之處全都變為泥淖。
恍如陡然穿越到遊戲之中。
『然而，劉衆赫在笑。』
〔登場人物『劉衆赫』已發動專用特性『遊戲支配者』。〕
劉衆赫輕鬆寫意地突破所有陷阱，如離弦箭矢一般飛身而出，撕裂所有貼近身邊的怪物，暴力砸毀迷宮的牆面，就像他早就對這個世界的攻略方法了然於心，沒有任何攻擊有機會對他造成威脅。
〔該舞臺無法承受該對象的位格。〕
迷宮轟然崩壞，不知何時，劉衆赫已經來到鬼怪之王面前。
鬼怪之王的眼中透出困惑的神色。
〔這就結束了？〕
隱密的謀略家能戰勝鬼怪之王，其實全在情理之中，畢竟祂窮其一生，就是為了戰勝星星直播而存在。也許在我未能讀到的原作情節裡，劉衆赫也是以這種方式擊殺了鬼怪之王。
鬼怪之王連連倒退，朝我瞥了一眼。
劉衆赫的弱點究竟是什麼？
一看見最後一道牆上顯現的文字，我登時心中一凜。
茫茫宇宙的情景在鬼怪之王的眼底流轉而過，其他世界線的記憶正在流入祂的腦中。
一直緊盯著我的鬼怪之王好像終於找到了解答，帶著一抹令人不寒而慄的笑容轉向劉衆赫。

「傀儡啊，你的精神是否也和你的劍一樣強悍？」

「『故事之王』強制重現您的傳說。」

「『舞臺化』暫時展開。」

「附近地形的相似度提高了舞臺再現的程度。」

放眼望去，到處都是魔王的屍骸，在死去的繁星堆積而成的廢墟上，劉衆赫帶著漠然的臉孔緩慢地環顧周圍。

『他曾生活的最後的世界，就在他眼前展開。』

他不可能認不得那個世界。

因為，送我前去那個地方的不是別人，正是隱密的謀略家。

——第一千八百六十三次回歸，《滅活法》最後的世界。

鬼怪之王宛若一道陰影，悄無聲息地湊近仰望天空的劉衆赫。

不，祂不再是鬼怪之王了，每當祂踏出腳步，祂的臉孔和形體都在隨之轉變。

『蒼白的面容，注視著他的雙眼如星星一般閃耀。』

和我身上一模一樣的白色大衣隨風飄揚。

「記得嗎？第三十三次回歸，完成第四十號任務之後，李智慧曾說過的話——」

和我全然相同的嗓音，正一字一句地訴說著。

空中濺起點點火花，劉衆赫僵在原地，動彈不得。

鬼怪之王伸出手，抓住劉衆赫的衣領繼續說了下去。

「仔細想想，你並非總是深陷不幸之中，對吧？每一次回歸，終歸都有一段短暫而幸福的時光。」

振天霸刀和黑天魔刀都在劇烈顫抖，兩把利刃在戰慄中頹然垂落。

回歸憂鬱症，這是劉衆赫在漫長歲月裡反覆回歸導致的唯一弱點。

〔第一百七十三次回歸，你守護了地球很長一段時間，見證李智慧拿到高中的畢業證書，也目睹李雪花抱著別人的孩子微笑的模樣。〕

劉衆赫的眼神開始動搖。

真正能摧毀劉衆赫的東西，並非絕望。

在那傢伙的腦海裡，輕如鴻毛的記憶一片片地不斷飄落。

鬼怪之王正在使用我曾用過的辦法。

呼吸困難、肺部緊縮。

一個溺水的人，可能因為僅僅一支羽毛的重量，就沉落更深的水底。

我再也無法袖手旁觀，朝著劉衆赫大吼起來，要他振作一點，別上了那種假象的當。但我們之間就像憑空出現了一道屏障，我的聲音根本無法傳入他耳中。

只有鬼怪之王依然笑著，好似在嘲弄那所有的故事。

〔劉衆赫，你守護了你想保護的一切了嗎？〕

劉衆赫的膝蓋緩緩落下。

我拚命提升傳說的位格。

無論如何都得立刻解除那個舞臺化才行，可是，該怎麼做才能——

手上驀然一緊，我察覺一隻有力的手始終握著我的手心。

是韓秀英。

「那個戰場，輪不到你來插手。」

「要是坐視不管——」

「你不是說，看不見的星星還是在發光嗎？」

看不見的星星？

聽著韓秀英的話語，我再次回頭望向劉衆赫。

劉衆赫漸漸垂落的視線倏然停住，光彩奪目的火花吞噬了他全身。

滋滋滋滋滋……有某種東西正在喚醒他眼看就要中斷的意識。

〔浩瀚神話『銘記滅亡的人們』開始講述故事。〕

那是一則我不熟悉的傳說。

在逐漸減弱的火花中，依稀可見幾道人影。

定睛一看，劉衆赫並非孤身一人，在他身旁還站著四個人。

高個子的男人、白髮的青年、綁著馬尾的女孩，還有——

【這傢伙什麼也沒守住。正因如此，我們現在才會站在這裡。】

擁有絢爛羽翼的大天使如此說道。

鬼怪之王驚愕不已。

已然滅亡的第九百九十九次回歸的傳說，傾注在大天使的劍芒之中，如永劫的惡火般熊熊燃燒。

【因為我們深信，至今還有必須守護的東西。】

2.

鬼怪之王高高揚起了眉毛。

第九百九十九次回歸的傳說展現眼前，紛紛開始講述那些被星星直播拋棄的故事，喚醒深陷在回歸憂鬱症之中的劉衆赫。

鬼怪之王蹙起眉頭。

〔祢們為何會出現在這裡？我們不是早就簽訂契約了嗎？你們沒有幫助祂的理由。〕

就像在佐證祂的話，一行文字浮現在最後一道牆上。

【我們和鬼怪之王說好了，只要讓這條世界線滅亡，他就會讓我們回到當初，他能從中牽線，幫我們和隊長的背後星最古老的夢交涉——】

那是第九百九十九次回歸的李智慧說過的話。

鬼怪之王再度開口。

〔將你們召喚到這個世界的人是我，難道你們想再次被流放到世界線之外？想再回到那可怕的次元縫隙，品嘗永恆的痛苦？〕

鬼怪之王繼續威脅道。

〔那個『劉衆赫』就是你們苦苦尋找的敵人，就是祂毀了你們的世界線，是讓你們的傳說陷入水深火熱的罪魁禍首！〕

幾位異界神格王者出現些許動搖。

鬼怪之王所言不假。就如劉衆赫一樣，祂們也是為了復仇，才從自己的世界線一路追到了這裡。

就在這時，某人開口說道。

【說什麼鬼話，害我們所有人落入這場遊戲的不就是你這混帳嗎？要是打從一開始就沒有任務這種鬼東西，我還會在這跟你浪費時間？】

第九百九十九次回歸的金南雲，偉大的深淵君主吊兒郎當地說著。

祂似乎早就拿定了主意，全身都散發著混沌的氣息。

〔浩瀚神話『妄想算計』開始講述故事。〕

【呵呵，大伙好久沒有一塊大鬧一場了。】

金南雲笑著解開手上的繃帶。

祂早已超越自身的背後星「深淵的黑焰龍」，成了真正的怪物。如黑曜石般黑沉沉的那隻手，盈滿了比韓秀英更加幽深邪惡的氣息，不斷吸納著星星直播的暗夜。

〔浩瀚神話『封印悲傷的心臟』開始講述故事。〕

在祂身後，有個男子緩緩直起祂壯碩的身軀，正是第九百九十九次回歸的李賢誠——銀白心臟之王。神話金屬形成的鎧甲迅速包裹住祂全身。

【鬼怪之王，我沒和你簽過契約，我並不算在內。】

緊接著，沉沒之嶼的主人，第九百九十九次回歸的李智慧也升起自己巨大的船艦。

〔浩瀚神話『永遠的地平線流浪者』開始講述故事。〕

我從祂的雙龍劍之中感受到大海的意象。

祂一語不發地拔出劍，守在劉衆赫的右側。

至此，異界神格王者的選擇不言而喻。

〔已強制發動專用技能『全知讀者視角』。〕

祂們的思緒與決心，完完整整地傳達到我腦中。

祂們確實恨過隱密的謀略家，但那股憎恨，終究源自根深柢固的渴望。

——無論在任何宇宙，都找不到比祂們更加珍惜「劉衆赫」的存在。

祂們之所以能走到今天，全是因為劉衆赫。

為了將祂們送到這裡，第九百九十九次回歸的劉衆赫犧牲了一切。他失去了手臂、雙腿，以及雙眼，最終甚至不惜獻出自己的性命。

『拯救祂們，又殺死祂們的，都是劉衆赫。』

祂們全憑對劉衆赫的執念才活了下來，這樣的祂們，又怎麼可能將劉衆赫遺忘？

祂們懷揣著不得不將自身禁錮在沉沒島嶼的憤怒、唯有用鋼鐵包覆心臟才能承受的悲傷，以及只有將自己投入深淵才能淡忘的傷痛。

〔浩瀚神話『永劫之焱』開始講述故事。〕

還有，唯有將自己燃燒殆盡才能贖罪的痛楚。

無數膠卷一而再、再而三地連接，才讓祂們總算抵達故事的最後一個篇章。

【讓開，鬼怪之王，我們想要的只有一件事。】

第九百九十九次回歸的烏列爾，生生不息的火焰開口說道。

【那就是，在這裡看到在我們的世界線未能見證的『盡頭』。】

祂手中的業火之焰陡然發難，一度將恩蓋伊森林燒成一片荒蕪的地獄炎火焚燒著牆的內部。

說時遲那時快，第九百九十九次回歸的金南雲的右手已經撕開了鬼怪之王的大腿。

【哈哈哈！來殺個鬼怪吧！】

金南雲催動滿含瘋狂氣息的星痕，像是要將整個空間凹折般摧枯拉朽地破壞了傳說，直指鬼怪之王，兩人使用傳說的技巧出神入化，展開激烈的攻防。

金南雲的右手臂忽然出現以妄想具現而成的兵器，鬼怪之王召喚而來的星遺物從牆體四面八方冒了出來，擋下了祂的兵刃。

最後一道牆，正是鬼怪之王的傳說能最大限度發揮力量的地方。

舞臺終究是舞臺，戰局漸漸往不利於金南雲方向傾倒。

撕裂大海、劃定海岸疆界的神槍啊！

直指太陽之眼、射落金烏的箭矢啊！

在牆上四處流竄的文字迅速轉化出實體。

咻咻咻咻！

隨著鬼怪之王的手勢，偉大的深淵君主大腿被長槍刺中，手臂也插著箭羽，星遺物不斷飛來，眼看就要將祂射成蜂窩——

漆黑的傳說滴落，金南雲卻笑了起來。

【上吧！跆拳道賢誠！】

金南雲大喝的同時，某人已欺近鬼怪之王身後。

第九百九十九次回歸的李賢誠以結實的手臂一把抓住鬼怪之王，包覆著全身的鋼鐵倏然增長，伴隨著大量火花，鋼鐵強行束縛住鬼怪之王的四肢。

【智慧！】

第九百九十九次回歸的李賢誠一喊，沉沒之嶼的主人立刻接手。

【裝彈。】

透過因方舟的衝擊而產生的牆縫，我望見那艘飄浮在夜空中的巨大戰艦。在它的最前端，某種東西正劇烈翻騰、填充進砲管，那巨量的位格，甚至足以轟飛一整顆行星。

仔細一瞧，原來裝填在龐大砲身之中的並非砲彈。

【開火！】

伴隨著轟然巨響，戰艦射出了一顆流星。

那顆星星拖著耀眼的尾巴高速墜落，正是生生不息的火焰。

祂將自己當成了砲彈，挾雷霆萬鈞之勢襲向鬼怪之王。

第九百九十九次回歸的烏列爾一路燒燬所有阻礙，以驚人的速度前進，第九百九十九次回歸的傳說都凝聚在祂劍刃之中，猛烈燃燒。

【殺死過你的，可不是只有霸王一個人。】

『那便是第九百九十九次回歸的人物攻克最終篇章的方法。』

白熾的太陽粉碎了外牆不斷突進，依附在最後一道牆上的傳說全在熱浪之中痛苦掙扎。

在這條世界線上，沒有人能阻止這一擊。

『眼看鬼怪之王正要接下那可怕的攻擊。』

砰轟轟轟轟轟轟轟！在地獄般的灼熱之中，鬼怪之王雙眼射出灼灼精光。

『啊啊啊啊啊啊！』

鐫刻在祂全身上下的無數星痕同時發出呼號，那些文字似乎是來自最後一道牆，浩瀚神話紛紛朝它們俯首膜拜。

我擁有的傳說也在動搖。

『故事之王絕非徒具虛名。』

立於星星直播巔峰的故事之王，祂的面容是如此崇高、如此邪惡、如此美麗，又如此哀傷。

『祂曾是人類。』

從最後一道牆湧現的無數兵器和業火之焰激烈衝突。

『是惡魔。』

從鬼怪之王的犄角中流出的灰暗傳說緊緊纏住烏列爾的腳。

『是救世主。』

從白色羽翼散發出的神聖光輝恢復了鬼怪之王的體力。

『是最終成為鬼怪的存在。』

不會結束的傳說團團圍繞在祂身邊，彷彿在說著這個世界不能就此落幕。

『這裡不是第九百九十九次回歸。』

我感受到第九百九十九次回歸的存在不約而同地回頭看了過來。

『**去吧**。』

『**必須由你來收尾**。』

『**你沒忘記和我們的約定吧？**』

但是，我動彈不得。

〔浩瀚神話『世界的守護者』開始講述故事。〕

〔浩瀚神話『世界的守護者』凝視著下一任守護者。〕

因為鬼怪之王的故事也同時注視著我。

〔金獨子！〕

鬼怪之王揚聲喊道。

〔不可違背你既定的命運。你是比世上任何人都更熱愛傳說的存在，我也一樣，我比這世界上的任何一個人，都更理解你對這世界懷抱的感情！〕

從祂全身爆發的傳說不斷朝我接近。

在我身旁的韓秀英捂住我的耳朵，高聲怒吼起來。

「別聽祂的胡說八道！」

鄭熙媛和李賢誠擋在我身前，劉尚雅、申流承和李吉永都像要守護我一樣站在我左右，李智慧的長劍也在我背後發出嗚咽。

〔星雲〈金獨子集團〉全員大放異彩，鋒芒盡現！〕

然而，有些東西越是試圖掩蓋便越是清晰，有些話越是掩耳不聽反而越是鮮明。

〔專用技能『全知讀者視角』徹底暴走！〕

『**黑焰龍！黑焰龍！還不睜開眼睛？**』

『**金庾信！快振作起來！我們的黃山伐還沒——**』

『**齊天大聖！**』

故事依舊在最後一道牆上流淌。

另一個戰場上，比此處險惡百倍的戰鬥仍在持續。星座不斷死去，傳說從齊天大聖千瘡百孔的身上止不住地噴湧而出，或許是因為失去了雙眼，那對溢彩流光的火眼金睛也變得黯淡。

『**我看不見我們小老弟了。**』

一旁的烏列爾將祂扶了起來。被撕下雙翼的大天使執起祂的手，輕輕撫過夜幕。

『**他沒事，還在那裡發著光呢。**』

在慘不忍睹的夜空中，那些頑強倖存下來的星座又準備發動突襲。

畫面一轉，波瑟芬妮的身影映入眼簾，祂將不支倒地的黑帝斯摟進懷中。

黑帝斯似乎想說些什麼，但波瑟芬妮只是搖了搖頭。

『**別擔心了，我最古老的黃夜**。』

奧林帕斯的烈日從祂頭頂照下。

所有結局都化為悲涼慘淡的字句，在牆上奔流而去。那是僅僅為了終結祂們而寫下的文字。

〔你不是想拯救那些星星嗎？〕

嗚嘔。體內忽然一陣翻湧，胸中劇烈作嘔。

鬼怪之王高聲疾呼。

〔憑現在的你救不了他們。鍾愛故事的存在，終究改變不了故事。〕

因為熱愛而無法改變。

〔只有脫離故事，理解你所見的一切都微不足道，唯有如此才能擺脫概然性的箝制。〕

轟砰砰砰砰！

周圍的概然性反噬風暴越發強烈，鬼怪之王一點一滴流淌而出的傳說之力，正緩慢地壓過第九百九十九次回歸眾人的氣勢。

鬼怪之王扯開李賢誠的神話金屬，向我伸出手。

〔你積累的唯一的神話已足以繼承星星直播。牽起我的手吧，你我的渴望並無不同，我也不樂見那些星辰的故事化為烏有。〕

鬼怪之王的語氣誠摯得近乎懇切。祂的眼神、祂的傳說，乃至祂的話語都在訴說著此刻的祂是發自內心，毫無虛言。

星星直播的故事在祂周圍煥發著璀璨的光。

『長久以來埋首閱讀、浸淫其中的故事，終究會成為讀者的一部分。』

祂就是星星直播本身。

而祂也確實不希望這個故事就此結束。

〔繼續……繼續講述這個故事吧。成為新世界的主人翁，和你創造的故事一起延續最古老的夢的饗宴。你便是為此而生的存在，你能一路走到這裡，正是為了這個目的！〕

聽見這番話，我驀然想起迄今為止降臨在我身上的種種好運。

〔星星直播注視著您。〕

為何星星直播的概然性總是對我如此寬容？鬼怪之王的傳說清清楚楚地說明了箇中緣由。

強烈的閃光在眼前接二連三地爆發。

〔別忘了你真正想要的是什麼。你不是『終章』，而是『永恆』！〕

星座的傳說在鬼怪之王背後不停流轉。

沒錯，我並不希望那個故事劃上句點。

望著從天而降的隕石，齊天大聖明白自己已在劫難逃。

我緩慢地回過頭，看見劉衆赫就快要擺脫回歸憂鬱症的深淵，他空洞的眼眸正直視著我。

『然而，也有些故事非了結不可。』

3.

那是許久許久以前的約定。

「我來幫你結束你的故事。」

在第一千八百六十三次回歸之中，我未能信守諾言。

〔您的■■開始動搖！〕

我站起身，緊緊握住不會折斷的信念。

掌心感受著這把劍堅硬的劍柄，幾乎是從開始到現在，它陪伴著我度過了所有的任務。當劍尖碰觸到地面，文字便一一浮現，全是我不曾看過的句子。

他比任何人都更好奇這個世界的結尾。

也比任何人都更不希望這個世界結束。

我的最後一則傳說，正要拉開序幕。

我拉開韓秀英捂住我耳朵的手。

「金獨子？」

韓秀英吃了一驚，眼底映出我渾身浴血的模樣。

長長的傷口劃破了臉頰，頂著殘破的翅膀和斷折的犄角，整個人簡直一團糟。

而韓秀英卻一直對這個一塌糊塗的傢伙深信不疑。

〔作出選擇了嗎？〕

鬼怪之王身在飛濺的火花中，問道。

第九百九十九次回歸的存在，那些異界神格王者仍在竭盡全力與祂對抗。

儘管截至目前為止雙方勢均力敵，但就概然性反噬風暴吹襲的方向來看，第九百九十九次回歸的一方終將落於下風。

「沒錯。」我向鬼怪之王答道：「我要跨越最後一道牆，會一會身在牆後的那個傢伙。」

這一切悲劇的元凶——最古老的夢。

「我要見到祂，終止世上所有的悲劇。」

鬼怪之王似乎對我的選擇頗為滿意，笑了起來。

〔沒錯，很好。只要成為我的接班人，這當然可以辦得到。來，過來我這邊，快繼承星星直播的意志——〕

「我可沒說要接受祢這傢伙的幫助。」

我同時發動風之徑和雷人化。這世上最快的步法縈繞起白清的電閃，我的身子頓時化作一道光，以我能發揮的最高速度轉瞬掠過鬼怪之王和異界神格身旁。

我的目標，是最後一道牆的最深處。

〔你──〕

鬼怪之王訝然高喊。

遠遠地，我看見文字在最後一道牆上飛速流竄。

深淵的黑焰龍最後的龍鱗，以及烏列爾最後的羽毛掉落的地方。

我竭盡全力奔向那個篇章。

波瑟芬妮的淚水滴落的所在。

我必須阻止那些文字寫下結尾。縱使來到這世界的盡頭，也不該以那段文字劃下句點。

鬼怪之王似乎看穿了我的用意，震驚地怒吼。

〔住手！你尚未獲得應允，你碰不了那道牆，也沒有辦法跨越它！〕

祂的話音剛落，概然性反噬風暴就瞬間纏上全身，劇烈的火花彷彿要將化身體碾壓成以分子為單位的碎屑，霎時讓我的腦中一片空白。

〔『最後一道牆』拒絕您接近。〕

牆壁在抗拒我。阻止我改變文章的內容，阻止我繼續前進到它的另一頭，彷彿我抵達那個地方這件事本身就不被允許。

牆上的字句瞬間拉大了距離，在不知不覺間遠遠地逃離。

這篇文章不屬於金獨子。

不斷襲來的狂風將我整個人掀翻，我就像一個毫不相干的字詞被遠遠推拒在外，狼狽地往後方滾開。

某個東西砰一聲撞上我的背後。

「傻子！一個人冒冒失失地衝上去又能怎樣？」

那是韓秀英。

我咧嘴笑了笑，回嘴道：「我可不是一個人。」

在她身後，金獨子集團的伙伴們也拚命趕來。

那是我不願失去，也絕不容許失去的人們。

「獨子先生！繼續跑！」

鄭熙媛發動了審判時刻，眼底點燃猩紅光芒飛身衝出，李賢誠和李智慧死守在鄭熙媛兩側，劉尚雅和孩子們也緊追其後。張夏景和兩名師父也在為伙伴們斷後。

「拿去吧！這是最後的生死丹！」

李雪花護著孔翎斗無法跟上其他人的腳步，也將裝著丹藥的袋子拋了過來。我吞下一顆生死丹，殘破不堪的化身體立刻以驚人的速度開始修復。

〔站住！〕

隨著鬼怪之王的大喝，某種異形的存在自記錄在牆上的文字脈絡之間浮現。那是異界神格，是尚未獲得足夠傳說，不被允許載入牆中的存在。

【[redacted]！[redacted]！】

並非所有異界神格都會追隨祂們的王者。儘管擁有強大的力量，依舊有些神格甘願成為鬼怪之王的走狗，祂們是一群自稱任務叛逃者的存在。

〔阻止那些傢伙！只要辦得到，我就將你們的傳說留在最後一道牆之上！〕

觸手從四面八方湧上，見狀，兩位師父立刻拔刀出鞘。

「這裡交給我們。」

破天劍聖的破天劍道和基里奧斯的白清罡氣融合為一道強光，在牆上留下屬於他們的文字。

〔浩瀚神話『第一武林』開始講述故事。〕

武林最強的兩名絕世高手橫身擋下觸手，與祂們苦苦纏鬥。然而，他們能替我們爭取的時間也僅只剎那。

從鬼怪之王敞開的故事脈絡之間，前仆後繼湧現的異界神格實在數不勝數。

〔星雲〈金獨子集團〉的所有傳說爆發出燦爛的光芒！〕

我絕不能讓師父爭取到的時間白費。

記述著烏列爾和齊天大聖等人傳說的文字再次逃向遠方。

方法只有一個——我必須超越它逃離的速度，一鼓作氣追上它才行。

但是，該怎麼做？

就在這時，我驀然想起最後一道牆上記載的某一行句子。

要說 Green Zone 怎麼會在牆面上……仔細想想，把它與「房間」的概念劃上等號，打從一開始就只是人們一廂情願而已。

我低頭望向自己腳下的地板。

只要轉換方向，地面同樣是另一道牆面。

我們跑過的牆上留有我們的足跡，而我們的足跡正演繹著我們沿途積累的故事。

「那獨子先生這麼專心，又是在看些什麼呢？」

這就是，我的人生類型改變的瞬間。

「車廂裡還剩下十二個人，但採集箱裡剩下的蟲子只有三隻。」

一個世界已然毀滅，全新的世界正在誕生。至於我，則是知曉這個世界結局的唯一的讀者。

那是第一個任務，我們剛逃出地鐵的時刻。

請選擇您的背後星。您所選擇的背後星將成為您可靠的贊助者。

〔星座『惡魔般的火之審判者』對您的選擇感到失望。〕

〔星座『緊箍兒的囚犯』覺得您的選擇很有意思。〕

背後星選擇。

星光照亮了我們腳下的路。我們又開始奔跑，那些傳說正在為我們開闢前進的道路。

「聽說你們獨占糧食，是真的嗎？」

「站起來吧，各位，任務才剛開始而已。」

「原來是狂妄自大的租客來了啊。」

「賢誠先生，就是現在，粉碎一切吧！」

經歷在金湖站和忠武路的戰鬥。

「我是第九個……棄追者。」

「不好意思……該怎麼稱呼您？」

「我是劉衆赫。」

憶起旗幟爭奪戰的戰鬥，以及和先知之間的血戰。

「實在可笑。逝者已矣，諸位為何復又聚首於此？」

「是一個叫作暴政之王的傢伙。據說不分男女，只要長得好看，就會被他納入後宮；要是長相抱歉，他就殺了他們或當作奴隸驅使。」

「那獨子先生被抓到的話，就得當奴隸了。」

首爾七王的最強者，自然非「霸王」劉衆赫莫屬。

我們在光化門遭遇了諸王之戰。

「所以，我絕對不會坐上絕對王座。」

摧毀了絕對王座。

「但是，我也不允許任何人坐上這張王座。」

每個瞬間都是逆境。沒有任何任務能輕鬆通關，無論何時，我們總是賭上性命，拚死搏鬥。

這一切悲劇最終化為一篇篇故事。

我們奔過那個故事。

如線團一樣無止無盡層層解開的傳說，轉眼就幻化為一個形體。

那形體形似白虎，擁有高貴的鬍鬚和優雅的斑紋，伴著我一同奔跑。

〔傳說『無王世界之王』為您餞行。〕

無王世界之王，我的誕生傳說正在與我告別。

白虎為我們衝開前方的道路，發出震耳欲聾的怒吼，並在不知不覺間停下了腳步，好似此後便不屬於它的職責，只是用空茫的眼神追逐著我腳下的道路。

〔傳說『異蹟對抗者』為您餞行。〕

不知何時，我的第二則傳說化為一隻蒼鷹在我頭上盤旋。

那是在擊殺了提問之災明鎰相之後獲得的故事。

〔傳說『凌辱頻道主之人』為您餞行。〕

我們的每一則傳說，都讓我在最後一道牆上跑得更遠。

每當自己的故事一一出現，伙伴們的表情也有所轉變。李賢誠遲疑不定，不時回頭朝身後張望，難忍悲傷的申流承則忍不住放聲大哭。

『這是他們走過的道路，也是他們必須終結的故事。』

〔傳說『災禍之王狩獵者』為您餞行。〕

那是在和平之地獵殺了八岐大蛇的投影取得的傳說。

一頭巨蟒的身影為我們支撐著前進的道路。

一則又一則，每一個故事都彌足珍貴，正因我們踏踏實實地活過了每一個瞬間，才能來到這裡。

每當反噬風暴越發猛烈，我們的傳說便會失去力量，煙消雲散。

〔傳說『異界神格弒神者』為您餞行。〕

形象酷似巨型魷魚的傳說則保護著我們，免受反噬風暴的侵襲。

〔傳說『救贖的魔王』展開最後的故事。〕

我拚盡全力擲出不會折斷的信念，甩開不斷襲來的異界神格，朝著最後一道牆跑去。

遠處，星座的故事仍在繼續述說。

業火之焰從烏列爾手中掉落在地，在最後一刻，烏列爾抬頭仰望夜空中閃爍的那一顆星。此外……

現在還不遲。不管是烏列爾、深淵的黑焰龍，還是齊天大聖，祂們都還有一口氣。

我能夠改變這個故事。

〔『最後一道牆』不允許您接近！〕

再一點，只要再前進一些就到了。

〔『禁止訪問程序』開始運作。〕

下一秒，我們的步伐戛然而止。

一排又一排輕薄透明的障壁陡然矗立在我們眼前，那些牆壁極其堅硬，儘管我奮力敲打了好幾遍，但那牆體的強度遠不是單一的傳說能夠摧毀。

眼見更多異界神格越過師父的守備朝我們撲來，鬼怪之王鬆了一口氣，朝我們大呼小叫起來。

我對祂的叫嚷置之不理，逕自仰望著夜空。

『儘管世上繁星殞落殆盡，但並非所有星辰都已墜落。』

轟隆隆的震動聲自暗夜的某處隱隱傳來。

率先察覺異狀的韓秀英猛力揉了揉眼睛。

「太慢了吧！」

在遠方急速奔馳的火車頭映入眼簾，蘇利耶駕駛著太陽列車，沿路撞飛所有方舟殘骸，朝我們疾駛而來。

〔星座『至高無上的光之神』在最後任務的戰場上現身。〕

『抱歉來晚了，救贖的魔王。』

祂總算取得神話級星座的資格，橫跨整個夜空抵達了這座舞臺。

「不，您來得正是時候。」

〔浩瀚神話『魔界之春』開始講述故事。〕

我們終於滿足了起之篇章的條件。

〔『舞臺化』已展開。〕

4.

在蘇利耶的烈日之下，暗夜瞬間化為燦爛白晝。

宛如回到魔王選拔戰和巨人族戰役的那一天，蘇利耶的列車風馳電掣地奔向我們。

「車票就之後再補啦！」

以豪邁跳上車的韓秀英為首，我們紛紛登上蘇利耶的列車。只見車輪迸發出劇烈的火花，冒著黑煙在空中大大迴旋了一圈，下一秒，列車車尾炸開音爆，飛速衝向透明的障壁。

李賢誠高喊：「快碎了！」

喀喀喀喀喀！隨著陣陣巨響，透明的牆壁接連倒塌。

我們繼續前進，衝破一道又一道牆，記錄著星座傳說的最後一道牆越來越近。

鬼怪之王的怒吼和第九百九十九次回歸的傳說雜亂無章地混雜成一團。

〔星座『至高無上的光之神』釋放自身所有位格！〕

蘇利耶端坐在列車的駕駛艙內，宛如炸裂的太陽般全身精光四射。祂的身上同樣傷痕累累，不停滲出傳說，為了趕到這裡，祂也付出了巨大的代價。

〔星座『至高無上的光之神』的[redacted]為『最後的駕駛員』。〕

儘管如此，祂仍沒有停下，不動聲色地以自己的身軀作為燃料，驅動著太陽列車，彷彿那就是祂作為至高無上的光之神的終極使命。

〔浩瀚神話『魔界之春』為您餞行。〕

『輸出功率下降了。』

縱使祂擁有置生死於度外的鬥志，列車的速度仍逐漸趨緩。因為越接近最後一道牆的核心部位，防護牆的密度也越高，那牆面宛如文字交織而成的網。

終於，當列車車頭與那張網轟然相撞，鄭熙媛立刻起身。

「交給我！」

「熙、熙媛小姐！咳！」

只見鄭熙媛一手逮住李賢誠的脖子，李賢誠的身體迅速轉換成鋼鐵重劍的形態。一眨眼，鋼鐵重劍的劍身已被地獄炎火燒成熾白。

〔浩瀚神話『吞噬神話的聖火』為您餞行。〕

承之篇章。

曾照亮巨人族戰役戰場的聖火，此刻為了焚燬最後一道牆大放光芒。

列車前端噴發熊熊烈焰，車頭登時被滾燙的熱浪淹沒，鄭熙媛全身釋放出地獄炎火，以岩漿般炙熱的嗓音放聲高喊。

「不管你是傳說還是什麼，現在都結束了！」

當她的劍閃過一道凶芒，文字的織網也隨之破裂。

鄭熙媛揮動一劍又一劍，儘管反噬風暴的火花將她咬得千瘡百孔，她依舊不忘以自己的劍持續開闢道路。

那是以鄭熙媛的人生打造而成的路徑，我們繼續沿路急奔。

只可惜，仰仗她一人之力猶有不足，我們還需要更強大的力量。

遠遠地，文字還在最後一道牆上延續著。

在生命的最後，烏列爾朝天空伸出了手。

『縱使我的傳說就此落幕……這則故事，必定會長存在某些星星的記憶之中。』

〔浩瀚神話『光與暗的季節』為您餞行。〕

烏列爾和深淵的黑焰龍的傳說穿透牆面，傳遞到我們身上。

善與惡的神話猛烈激盪著庇護了我們，列車兩側也陡然長出由文字打造而成的翅膀。猶如仰天長嘯的啟示錄巨龍一般，列車吞噬了眼前的牆面，衝了過去。

〔給我站住！〕

不知不覺間，鬼怪之王竟已追了上來。鬼怪之王朝我們伸出手，四肢流瀉出無數傳說，而第九百九十九次回歸的一伙人仍緊追在後。

滋滋滋滋滋。

概然性的火花從地底冒出，撼動了列車，一陣天搖地動，眼看劇烈搖晃的列車就要失去平衡，最後一道牆卻再次顯現出文字。

齊天大聖直視著瞄準自己咽喉的雷霆長槍，沉聲喝道。

『絕不要停下腳步，小老弟。』

面對生命的盡頭依然威武不屈的齊天大聖，就在那字裡行間。

與此同時，在列車尾部身披黑色大衣的男子也站起了身。

「劉衆赫！」

寄宿在劉衆赫體內的隱密的謀略家高舉起手，在席捲地面的反噬風暴之間，頓時冒出了數不清的異界神格。

祂們不只是單純的無名之輩。

〔浩瀚神話『被遺忘之物的解放者』為您餞行。〕

【上啊上啊上啊。】

【幫忙幫忙幫忙幫忙。】

【沒有忘記沒有忘記沒有忘記。】

曾在改編西遊記任務中與我們並肩作戰，又與我們兵戎相向的無名之輩努力支撐著晃動不已的車身。我們就如一艘船，乘著通天河的滾滾浪潮，讓祂們將我們送往最後一道牆。

〔您已接近『最後一道牆』的核心。〕

終於，橫亙在最後一道牆之前的所有防護牆全數崩毀。

火車已經面目全非，蘇利耶不知是不是失去了意識，並未再繼續摧動傳說。

在相距不遠的地方，我望見最後一道牆真正的模樣，它遠比我至今見到的任何牆面都寬厚且遼闊。

【這就是我無法逾越的牆。】

隱密的謀略家說道。

——這次也沒辦法嗎？

那是第五十八次回歸中劉衆赫的結局。

——我失算了，等下次回歸……

第九十六次回歸的劉衆赫就此闔上雙眼。

牆上流淌著無數劉衆赫的終結，多不勝數。

且不僅僅是劉衆赫。

「黃山伐的最後英雄」階伯搖晃著一生的宿敵，只是祂已再也無法甦醒。

高麗第一劍和海上戰神分別失去了一隻手臂，背靠著背，釋放出自己最後的力量。

這道牆記載著世上所有星座的結尾。無論是烏列爾或齊天大聖，世間繁星生命的最後一刻，都同步書寫在牆上。

我和伙伴們用盡力氣縱身跳下列車，朝那道牆跑去。

只要能抹去那些字句，只要能阻止這所有的悲劇——

〔您無權干涉『最後一道牆』上書寫的篇章。〕

〔該文件禁止覆寫。〕

〔請解除鎖碼。〕

隱密的謀略家說道。

【用一般的方法行不通。我動用過武力，但根本摧毀不了這道牆。】

鄭熙媛高喊。

「既然都到這裡了，總該有辦法——」

【從現在開始，是他的工作了。】

隱密的謀略家直視著我。在祂的目光之中，也包含著與我攜手走過第三次回歸的劉衆赫。

『**你想看到的結局，究竟是什麼？**』

為了回答這個疑問，這就是我必須解決的難題。

李智慧開口說道：「要是連活了一千八百六十三次回歸的師父也辦不到，大叔你真的有辦法？」

她說的沒錯。

我既不像劉衆赫是小說的主角，也不像韓秀英那樣是名作家。

但就算不是主角也不是作者，或許仍然有我才辦得到的事。說不定我能想起主角看不清，又被作者忘在腦後的蛛絲馬跡。

『唯有一直看著《滅活法》的他，才辦得到的事。』

我靜靜地審視最後一道牆，完全集中我的意識，一遍又一遍地閱讀牆的表面。

在我的目光之下，沒過多久，牆面便散發出明亮的光芒，就如過去我成天看了又看的畫面。

《在滅亡的世界中存活的三種方法》。

關於那宏大故事的一切，都在我心中逐步確立。

我到現在都還沒讀過《滅活法》的最終版本，所以我不知道這個故事應當如何收尾，但是……

〔不幸的傀儡啊，你來得太早了。很抱歉，另一邊的世界目前尚不存在。〕

在隱密的謀略家的記憶中，第一千八百六十三次回歸的鬼怪之王是這麼說的。

——倘若這一切其實都尚未寫就，就被送到了我的手中。

我帶著其他伙伴朝牆面跑了過去。

——倘若有某個人，期盼由我來完成這個故事。

〔專用技能『閱讀理解能力』發動至極限！〕

過度運轉的腦袋似乎隨時都要爆炸，但我仍瞪大雙眼，目不轉睛地盯著那道牆。

我盯著寫在最後一道牆上的傳說，而那些故事在我腦中延續。

我慢慢看出傳說和傳說之間相互連結的方式，看見被巧妙安排在傳說當中的元素，再逐漸看清圍繞著它延展的脈絡。

『在小說中曾經出現，卻從未使用過的要素。』

於是，看似完美無瑕的故事漸漸出現細微破綻，那些尚未填補的劇情、等待回收的展開，以及，專注等候著這則故事「尾聲」到來的鋪墊。

『金獨子很清楚那是什麼。』

〔獲得全新的特性。〕

〔已發動專用特性『伏筆回收者』。〕

那是唯有從頭到尾站在讀者立場觀看整個故事的我，才能發現的故事的空隙。

我注視著遼闊牆面上若隱若現的五道裂縫。

「夏景。」

「交給我吧。」

張夏景二話不說挺身而出，將手掌準確地貼在我指出的牆縫之上。

〔『不可能的溝通之牆』重新找回屬於自己的位置。〕

〔『最後一道牆』的第一個主軸已完成。〕

伴隨著絢麗的光芒，牆的碎片嵌入牆中，文字立時奔流而出。

這是屬於「不可能的溝通之牆」的故事。

「熙媛小姐、吉永！」

鄭熙媛和李吉永朝我點了點頭，也分別伸手按住牆縫，被一分為二的明辨善惡之牆瞬間合而為一。

〔『明辨善惡之牆』重新找回屬於自己的位置。〕

〔『最後一道牆』的第二個主軸已完成。〕

這個故事有關自古難辨的「善惡」。

接下來輪到劉尚雅了。

「尚雅小姐。」

劉尚雅緩步走上前來，找準位置舉起手來。

〔『定奪輪迴之牆』重新找回屬於自己的位置。〕

〔『最後一道牆』的第三個主軸已完成。〕

這則故事有關反覆輪迴的悲劇。

就這樣，四道縫隙被一一填上，現在只剩最後的破綻了。

我目不轉睛地盯著那道空隙。

最後一道牆的最後一塊碎片，亦是在原作中不曾登場的碎片。

『金**獨**子。』

第四面牆正在對我說話。

「第四面牆。」

它和我，都非常清楚彼此該做些什麼。耀眼的文字殘骸在我掌心浮現，那個文字悠悠說道。

『我很**喜歡**你的**故**事。』

我一句話也說不出來。

我就這樣，一個字也沒有說，徑直跑向牆邊，將那小東西嵌進最後一道空隙之中。

這是關於一名讀者，渴望改變故事結局的故事。

下一秒，牆上立刻噴湧出驚人的火花。

〔鎖碼已解除。〕

牆的權限正在向我開啟，這面就連劉衆赫都無法逾越的牆，它的祕密源源不絕地湧入我的體內。

眼前浮現了關於星座的章句，那正是我無論如何都想阻止的、齊天大聖和烏列爾的最後結語。

鋒利的刀刃，往齊天大聖和烏列爾的頸子——

我一把抓起那段文字，捏在手心。手裡彷彿著了火，像刀刃一樣糾結交纏的傳說胡亂割著我掌心。但我只是咬牙堅持著，絕不能讓這個篇章就這樣寫下句點。

〔『最後一道牆』對您的行為備感詫異。〕

〔『最後一道牆』詢問這不是您渴望看見的故事嗎？〕

我根本不想要！究竟誰會樂意看見這樣的結局？

〔住手！立刻給我住手！〕

鬼怪之王不依不饒地追了上來，身上汩汩地淌著傳說。

祂的眼中帶著深不可測的殺意。

〔絕不能干預牆壁！你一定會後悔的！這道牆的另一端根本什麼也沒有！不管是你渴望的還是你想看見的東西，全都沒有！〕

祂說的並不正確。最古老的夢就在牆的另一邊。

「瘤老頭！」

一直屏息蟄伏在我影子當中的瘤老頭之王，冷不防束縛了鬼怪之王的身軀。

『終於碰面了，我的老友啊。』

〔瘤老頭之王！〕

『繼續你該做的，金獨子，記得遵守你的承諾。』

我死死地抓著那段文字，沒有放手。

鋒利的刀刃，往齊天大聖和烏列爾的頸子砍——

我一把捏住那個「砍」字，不讓下一個字繼續形成。噗哧一聲，我的手指應聲斷裂，從傷口汩汩流出的故事慘叫出聲。

〔您不是『鬼怪之王』。〕

〔您無權阻止該傳說的進展。〕

隨著「吧啊」一聲，某種蓬鬆柔軟的東西裹住了我的手臂，那是譬喻。她就像塊橡皮擦，使盡全力用身體在句子上反覆摩擦。

『講述故事的頻道主加入讀者的陣營。』

我和譬喻一起，竭盡所能地將那段文字敲了又敲、砸了又砸，拚命對每個字揮動拳頭，一刻也不敢停歇。

拜託、拜託、拜託。

『緊接著……』

字跡上出現了一道極其細微的裂痕，已經寫下的文字漸漸碎裂。

結局正在翻轉。

鋒刀利的刃，烏列大聖和齊天的砍……

破碎的文字激起一陣強勁的火花，同時轉變為我難以解讀的東西。

■■刀■■■■■烏■■■■齊■■■■■■■■■■■■■■……

【噢噢噢噢噢噢噢噢——】

數不清的異界神格齊聲呼號，那虔誠的嘶鳴，宛若在向祂們偉大的神祇發出崇敬的膜拜。

我握緊不斷滴落傳說的手，發現牆面出現了變化。

申流承不知何時走到我身邊，拉住了我的手。

「叔叔……」

〔已獲得全新的『浩瀚神話』。〕

〔已獲得浩瀚神話『粉碎最後一道牆之人』。〕

〔浩瀚神話『粉碎最後一道牆之人』繼續講述故事。〕

〔星星直播為您餞行。〕

大量訊息在腦中炸開，眼前的高牆驟然倒下。載於牆上的傳說和我們的故事一口氣混合交雜，無數的■旋轉騰挪，看起來就好似一個圓。

在那幽黑的圓的背後，隱隱約約能看見什麼。

『哈哈哈哈！沒錯，就是這樣！依照約定，率先通過最後一道牆的人就是我！』

瘤老頭之王一把推開鬼怪之王，縱身跳進黑色圓圈之中，黑天魔刀也伺機刺穿了鬼怪之王放聲尖叫的嘴。

伙伴們跑到我身邊。

『世上的一切都在崩潰。』

最後一道牆也好，星星直播也罷，一切的一切都在土崩瓦解。

『破碎的牆壁和眾人的傳說混合交雜，究竟何為傳說、何為存在，漸漸變得難以區辨。』

在圓的另一頭，有東西正在盯著我們，我也瞧見了祂。

——那個，究竟是什麼？

呼吸漸漸變得困難，彷彿有某種力量要將我吸納進去。

我經歷過、感受過、判斷過的種種曾經，都化為鬆垮零散的文章，在最後一道牆上流淌。

大……

家！

我已分不清究竟是我在呼喊還是牆在說話。

在那道牆上的我僅僅只是被描述著，某些段落模糊不清，某些字句根本無法辨識，沒過多久，吞吐流轉的篇章全都開始消解。

非常、非常緩慢地，消失於無形。

就這樣，牆上所有文字都停了下●。

Episode 99. 最古老的夢

1.

全身浸浴在溫暖的微光中，瘤老頭之王彷彿成了胎兒，蜷著身子深陷夢境之中。

那是很久很久以前的夢，是祂的■■尚未確定以前的故事。

他躺在一座遭到汙染的森林裡。

「艾普西隆！再走一下就行了，馬上就到魔王城了！」

在那個故事裡，他是討伐魔王的勇者，為了守護世界展開遠征。但他未能實現自己的宿願，在討伐魔王之前，便注視著自己的摯友闔上了雙眼。

「吉爾伯特……」

畫面一轉，這次的背景是座殘酷的戰場，他是個身穿黑色夜行服的武林中人。

「郭師兄！魔教的大本營就在那裡！」

他看著同伴的臉龐圍繞在他四周，思念之情不禁湧上心頭。

還有那輩子，他最愛的人。

「我大限已到。師妹，我先走一步了。」

伴隨著不知何處傳來的箭羽聲，視野再度轉暗。

大腦隱隱作痛，恣意泛濫的記憶讓瘤老頭之王的自我隨之動搖。

那究竟是祂的記憶，還是最後一道牆上的故事？

這些故事從何開始，又在哪裡結束？

罔顧祂的意志，故事仍繼續著。

他是年幼的雛龍，是無名的怪獸種，是絕頂的武林高手，抑或中世紀的騎士。

每一回，他都是執行著任務的化身。

直到他站在最後一道牆之前，聽見那不知名的身影發出的聲音。

「摯友啊，下輩子也陪著我吧。」

『喝──』

祂倒抽一口氣睜開了眼睛。

漆黑無邊的夜色映入眼簾，後頸已經被冷汗浸濕，讓祂感到一股惡寒。

──我是瘤老頭之王。

那就是祂的名字。儘管祂另有真名，但早被遺忘良久，不，祂甚至無法確定那究竟是不是祂的名字。

──我真的是瘤老頭之王嗎？

在伸手不見五指的螺旋真空中，瘤老頭之王陷入了沉思。

這是祂在擺脫必死的凡人之軀後，從未有過的思索。

──我是誰？

支撐著祂的存在的傳說正在動搖，為了找回自己，祂不顧一切地反覆咀嚼回憶。

太初之時，有個瘤老頭。

祂是最初的說書人，也是歌頌、傳唱故事之人。

有一天，鬼怪誕生在這世界上。

鬼怪奪走了瘤老頭的歌謠。

祂該牢記的，僅此而已。

祂必須記得那些殺千刀的鬼怪奪走了瘤老頭的歌曲，記得因為誕生傳說被竊，害得祂被流放至星星直播的任務之外。

〔你看起來似乎有些混亂，我的老友啊。〕

聽見那道真言，瘤老頭之王吃驚地轉頭查看，鬼怪之王的面孔從一片漆黑中浮現。

『鬼怪之王！』

瘤老頭之王怒吼著催動位格，豈料卻不盡人意。在那空無一物的虛空中，祂釋放的位格只留下些許微不足道的火花。

鬼怪之王一臉漫不經心地說道。

〔不能在這裡打，畢竟我們擁有的力量，在這裡全都行不通。〕

『你居然還活著啊，我還以為你已經死在傀儡的刀下了。』

〔反正也和死了沒什麼兩樣，並且，終究還得再死一次。〕

順著鬼怪之王目光所向之處，祂望見一道光的出口，那裡湧動著環形的漩渦。祂們的靈魂體正以緩慢的速度往出口前進。

瘤老頭之王說道。

『我的傳說才正要開始。現在，我即將跨越最後一道牆，與想像出這所有世界的懶惰神祇見上一面，成為唯一一個知曉這世界的祕密的人。』

〔你就真的這麼好奇這個世界的祕密？〕

『這不是當然的嗎？沒有任何存在不好奇自己出生的祕密。』

〔這就是一名存在變得不幸的理由吧。〕

鬼怪之王自嘲似地說著。

〔你是否曾想過，為何我們會擁有遺忘這種令人感激的能力？〕

傳說的碎片在黑暗中飄散，失去了脈絡的故事一一化成文字的小山，漸漸破碎。

那些故事，再也無人能夠解讀。

鬼怪之王輕輕撫摸著它們，揉碎了手中的傳說。

〔這宇宙有太多不必要的故事，我們都需要某種程序來刪除它，或使其最佳化，而這就是『遺忘』。〕

『胡扯！宇宙是無限的，如同最後一道牆沒有盡頭。』

〔就算牆上的空白再多，對於不重要的小配角，又能給予多少篇幅？〕

鬼怪之王低頭凝視著自己逐漸崩解的身軀。

〔不幸的是，最後一道牆選擇的主角不是你，也不是我。〕

『我不知道你到底在說什麼鬼話——』

〔話雖如此，但你很快就能見到你朝思暮想的存在了。〕

聽見這句話，瘤老頭之王雙肩一個哆嗦。

光明的出口越來越近，眼前一片燦爛。激烈迴旋的出口，看起來就像是某個世界的句點。

瘤老頭之王忽然有些害怕。

『你看過另一頭了嗎？』

鬼怪之王沒有立刻回答，那百無聊賴的表情，彷彿在說句號之後的所有文字都毫無意義。

不過，祂最終還是畫蛇添足地補上一句。

〔那又有什麼意義呢？〕

『什麼？』

〔我是說，就算得知這世界最久遠夢境的一鱗半爪，又有什麼用處？〕

那句話裡蘊藏著深不見底的空虛。

瘤老頭之王沒能理解祂的話，只見光線越來越明亮，但鬼怪之王的表情越來越陰鬱。

眼看出口就近在眼前，瘤老頭之王不安地問道。

『那你這傢伙又為什麼一直延續著星星直播，直到今天？』

這個問題似乎令鬼怪之王有些意外，表情出現了奇異的變化。

祂靜靜地端詳瘤老頭之王，片刻後才開口。

〔是啊，我也忘了。〕

剎那間，數不清的傳說在鬼怪之王臉上層層交疊，祂看起來就像是討伐魔王的勇者，是與魔教勢不兩立的武林盟主，也是朝著蒼穹奮力展翅的幼龍。

祂是……

『你這傢伙——』

〔金獨子打開了不該打開的門，現在，這個世界將永遠陷入不幸。〕

祂的身軀被世界的光輝所包圍，終於，兩人抵達了出口。

瘤老頭之王步履蹣跚地踏進光芒中，撥開強光，一步步地向前邁進。

——答案就在這裡。

——打造了這個世界的最古老的夢就在這裡。

然而，瘤老頭之王什麼也看不清。

某處似乎傳來吵鬧的鳴笛聲，刺鼻的氣味湧入鼻間，呼吸也越來越吃力。

祂的身體正在燦燦金光中燃燒。

彷彿這塊空白，不允許祂的存在。

〔我說了吧？這不是屬於你和我的故事。〕

伴隨著鬼怪之王的聲音，瘤老頭之王的身軀開始消失。

〔我們不過是這世界的道具罷了。〕

直至四肢崩解，軀體消失，瘤老頭之王仍舊沒有挪開目光，拚了命地直視著眼前的光景。

那裡有著最悠久的夢，有這世界所有的祕辛，有祂經歷永恆徘徊苦苦尋覓的東西。

瘤老頭之王終於看見了祂，也瞬間理解了鬼怪之王所說的話。

那個、那個真的是……

瘤老頭之王想要吶喊，想要祂回頭看看自己，想告訴祂：求求祢，我就在這裡；想祈求祂與自己對視，哪怕一眼。

終於，祂的腦袋緩緩轉動。

然而，當那道目光終於抵達瘤老頭之王的所在，瘤老頭之王已經消失在原處，化於無形。

於是祂再度移開視線。

祂低下頭，再次聚精會神，埋首於某種東西之中。

✦ ✦ ✦

咳咳，隨著一聲嗆咳，我感到嘴裡有某種粗糙的質感。我吐出急促的呼吸，某種小蟲似的東西也流了出來。

定睛一瞧，那竟是文字。

我恢復了知覺，視野逐漸明朗，只見眼前是許多散發著瑩白光芒的文字，寫著我相當熟悉的內容。

……這裡，到底是？

「獨子先生？再這樣下去，小心掉進書裡喔。」

背脊頓時發涼。熟悉的聲音、似曾相識的臺詞，駭人的想像力在腦中波濤洶湧。

我確實想過，打破最後一道牆說不定會發生這種事，但是，難不成真的——

嘩啦啦，破碎的紙張在我眼前飛舞。

仔細一看，原來是有人拿著一本書在我面前晃動。

「尚雅小姐。」

劉尚雅就站在我跟前。

周圍的景象慢慢映入眼簾，七零八落的書堆、堆滿書的藏書架，還有昏暗的提燈燈光。

這裡不是地鐵，是我再熟悉不過的地方。

劉尚雅莞爾一笑。

「現在反倒覺得這裡很溫馨呢。」

這裡是第四面牆內部。

「這是怎麼回事？」

「就算你問我，我也……其實我也才剛醒來，不如我們去找館員前輩問問？」

劉尚雅聳了聳肩，環顧著周圍，我則將發生在自己身上的事件迅速回顧了一遍。

——我們蒐集了最後一道牆的所有碎片，終於打破了牆壁。

方形的圓不斷翻湧的漩渦，我此刻仍記憶猶新。

然後呢？接下來到底發生什麼事了？其他伙伴呢？

『別擔**心金**獨子。』

原以為再也聽不到這聲音了，我忍不住開心地喊出聲來。

「第四面牆！」

『**圖**書館**內**請保**持**安靜。』

看這裝模作樣的模樣，肯定是我記憶中的第四面牆錯不了。

但撇開令人欣喜的重逢，我心中的疑問也越來越大。

——此時此刻，我為什麼會在第四面牆裡頭？

「獨子先生？」

黑暗中接連傳出動靜，正是金獨子集團的伙伴。

「這到底是哪裡啊？」

「我發現了一本怪怪的書，《金獨子與性的神祕》。」
「智慧啊，不要亂看那種髒東西。」
「那這個呢？《若他們擁有聖經，金獨子便擁有滅活法》。」
「妳會想看那種玩意？」
耳中輪番傳來鄭熙媛和李智慧對話的聲音，附近的小書堆裡卻忽然冒出了兩顆鼴鼠似的小腦袋瓜。
「叔叔！」
「獨子哥！」
是申流承和李吉永。
在昏暗的視野中，還能看見韓秀英走來的身影。
「這裡真是什麼都有耶，這就是劉尚雅說的那座圖書館？」
韓秀英一本一本地從書架上抽出書籍，再隨手往後扔去，碰巧在她身後的李賢誠連忙眼明手快地撈過書籍，一一抱在懷裡。
「秀、秀英小姐！妳這樣隨便亂扔……我們還不知道這是什麼啊！」
「哇，這又是什麼鬼！肯定很有趣。」
在他們後頭，陷入昏迷的孔弼斗、張夏景、安娜卡芙特也依次出現，我也看見了李雪花正忙著替他們把脈的模樣。
至少，進入最後任務的所有人都到齊了。
『**不**是**所**有人。』
第四面牆的聲音讓我湧上一股不祥的預感。
目前還沒看見那傢伙的身影，難不成……
「（哈哈哈哈！劉衆赫！有劉衆赫的氣息，就在某個地方！你終於來和我融為一體了嗎！）」

高亢洪亮的聲音從深邃的黑暗中響起，不消說，肯定是涅巴納的聲音。

下一秒，某種鈍重的聲響響徹了整座圖書館，只見涅巴納安靜了下來，渾身乏力地倒在地上。

一隻黑色的戰鬥靴正踩著那傢伙的腦袋。

「這地方真叫人不爽。」

「劉衆赫。」

他似乎還沒有與隱密的謀略家分離，身上仍舊纏繞著隱約的火花。

若是如此，沒能抵達這裡的人究竟是誰？

「星座都不在。」

「地球上的人們怎麼樣了？」

既然第四面牆讓我們所有人到這裡避難，就意味著外頭的世界肯定出了什麼問題。

我的心頭一涼，想起支離破碎的最後一道牆，以及上頭散落的文章。

到底是哪裡出了差錯？難道是因為我試圖改寫故事，才讓整個世界滅亡了？

就在這時，第四面牆忽然沒頭沒腦地說了一句。

『只是**沒**有閱**讀**也沒有**想像**，所以**時**間停止流逝**而已**。』

我還沒來得及問清楚這句話究竟是什麼意思，就有幾人湊巧現了身。

「（你終於打破牆壁了，永恆與終章的使徒啊。）」

「（這一天總算到來了。）」

來人正是圖書館的管理員，食夢者和思模擬西翁。

我看了看他們，對第四面牆說道：「讓我出去吧，有些事我得確認清楚。」

話剛出口，兩名館員便立刻開口。

「（要是現在貿然離開，就算是你也沒辦法全身而退。星星直播已經蕩然無存，那裡的一切都靜止了。）」

一切都陷入停滯。

事實上，不斷從牆面傳來的傳說此刻已經不再言語，取而代之的是某種巨大發條旋轉扭動的聲音，不知從何處傳來。

那既像是時鐘秒針行走的規律聲音，又像是以固定節拍，反覆敲擊鍵盤的聲響。

「那麼，就讓我去見見那個轉動秒針的傢伙。」

「（你真的想和最古老的夢碰面？）」

在這所有故事的終點，都有祂的存在。

就算星星直播已被破壞殆盡，還是有尚待解決的問題。

——為什麼這樣的世界非存在不可？

回頭一看，伙伴們臉上的神情也相去不遠。

他們同樣各自懷有必須解決的疑問，也有想要看到的最終篇章。為了抵達那個地方，我們有必須經歷的難關。

劉尚雅說道：「一起去吧，獨子先生。」

「我也要，我也要去！」

「我也很好奇叔叔想看到的尾聲，究竟是什麼樣子。」

「走吧，不必想得太複雜，搞不好出乎意料是某個善良的鬼怪在等著我們也說不定，再不然，就賞祂幾拳叫祂聽話不就得了。」

譬喻也附議似地喊了一聲。

〔哇啊！〕

就在這時，一直保持沉默的劉衆赫開了口。

「問題是，我們有辦法見到那傢伙嗎？牆碎了，但外面世界的時間已經靜止，時間一停，傳說就無法再繼續向前走，我們應該也不例外吧。」

「（其實，還是有時間尚未停止流動的地方。）」

涅巴納笑著指了指腳下的地面。

沒錯，這座圖書館的時間尚未停滯。

「難不成那傢伙就在這座圖書館？」

「（這倒不是，這座圖書館也不過是一道『牆』罷了。只是因為你們完成故事，打開了一條通道，現在，應該也能跨越到那一頭了吧。）」

涅巴納一邊說著，一邊指引我們向前走。

不知怎地，我似乎意識到他在往哪兒走，我驀然想起在圖書館下方那座陡然出現的懸崖。

『此處就是這座圖書館的盡頭，所有故事的尾聲。』

深不見底的無底洞，恍如深淵般的萬丈深谷，這也是我頭一次進入第四面牆時，無意間發現的場所。

「就是那時候到過的地方。」

還記得首次進到這裡，我險些摔落到懸崖底下。

當時涅巴納曾告訴我，要是掉下去我就必死無疑，那裡就是牆的另一端。

涅巴納鄭重問道。

「（金獨子，你真的想去嗎？）」

我點點頭。

見狀，涅巴納伸手拉了拉從半空中垂落的繩索。我還以為是某種滑輪之類的玩意，卻看見一座迷你電梯慢慢升了上來。

「（上去吧。）」

我們全數踏進電梯，整座電梯車廂開始下降。

〔已發動專用特性『深淵窺視者』。〕

現在，我在找尋的答案真的就在眼前了，我體內剩餘的傳說也在動搖。

不知道我們究竟下降了多久，滑輪的聲音總算停了下來。

我們一腳踏入黑暗之中，登時聞到一股濃重的霉味，地面又濕又滑，就像是許久無人聞問的設施。

藉著提燈的燈火往前一探，隱隱約約能看見一道由黃色地磚鋪成的線條。

鄭熙媛嘟噥著自言自語。

「這是……」

就在下一秒，黃色地磚另一頭的幽暗裡，傳來某種東西從疾馳而來的聲響。黑暗不祥地震動著，那暴力的轟鳴聲，宛如某種怪物正在狂奔。

不久後，怪物的雙眼出現在通道的另一頭。

「我的天。」

鄭熙媛發出驚呼，但即使看清了那頭怪獸的模樣，依然沒有抽出武器。

其他伙伴也一樣毫無反應，因為所有人都太清楚，那「怪物」究竟是什麼。

——這一切故事的開端。

那是輛地鐵。

2.

地鐵慢慢在眼前煞了車，打開了車門。

千真萬確，就是我們所知的那種地鐵。

鄭熙媛吞吞吐吐地率先張口。

「這裡怎麼會有地鐵？」

沒有人回答得了她的疑問。

李吉永頭一個有了行動，劉尚雅連忙出聲勸阻。

「吉永！如果貿然上車——」

李吉永大步流星地走進了地鐵車廂，回過頭來看了看我們。少年聳了聳肩，好像在說裡頭什麼也沒有。

見狀，李智慧也牽著申流承的手，遲疑地邁開腳步。

「不管了，先上車再說！」

以他們為首，舉棋不定的一行人紛紛搭上地鐵，我也緊隨其後。

一踏進地鐵的瞬間，地面便傳來隱約的震動，既視感油然而生。

『這裡曾是屬於金獨子的世界。』

這句話並不正確，這裡不是我的世界。

『這曾是每個人的世界。』

劉尚雅、鄭熙媛、李賢誠、李智慧……每個人臉上的神色都不盡相同。一如我曾經搭乘著地鐵日復一日地生活，他們顯然也是如此。

儘管有人曾是上班族，有人是學生，也有人是軍人身分……

「地鐵……那時候真的覺得超級厭世，但現在看到它，我都快喜極而泣了。」

聽著鄭熙媛的感嘆，我們徐徐環顧著地鐵的內部。座椅是新的，扶手也擦得乾淨光亮，車廂地板也看不見半點髒汙的痕跡。

當然了，比這些更叫人驚訝的是……

「一個人也沒有。」

車廂內毫無動靜，彷彿除了我們之外，這就是個沒有任何生物的無機空間。這班地鐵，帶著一種不同尋常的微妙氣氛。

我回頭看著依舊留在列車外頭的圖書館員。

「你們不來嗎？你們不是一直想看看世界的盡頭？」

「（我們去不了。）」

「為什麼？」

涅巴納和食夢者沒有回答，他們的眼中帶著一絲莫名的惆悵，轉頭看了看彼此。

「（只要你能看到結局，我們就很滿……）」

〔車門即將關閉。〕

我沒能聽清他們最後的話語。

車門應聲關閉，伴隨著巨大車輪轉動的聲響，地鐵開始運行。列車的速度不快也不慢，我能看見窗外的漆黑夜色緩緩向後倒退。

我凝視著那片黑暗，就這樣過了好半晌。

這輛列車究竟要開往何方？

「這是三號線。」

說話的是韓秀英。

聞言，我抬起頭看了看路線圖。

三號線，正是我天天乘車上下班的路線，奇怪的是，路線圖的末端部分模糊不清，車站的名字也全被抹除。

……

列車繼續行駛著，又過了幾分鐘，依然沒有停車的跡象。看來，這輛地下鐵應該會就此直奔終點站。

韓秀英一屁股在我旁邊坐了下來，她眨了眨纖長的睫毛，怒瞪著路線圖不放。

我開口問道：「幹嘛，這是什麼表情？」
「我不搭地鐵。」
「為什麼？」
話才出口，我馬上意識到這是個愚蠢的問題。
也對，如果是她，根本沒有坐地鐵的必要吧。然而，韓秀英說出的話大出我意料之外。
「根本沒什麼好看的，不管外面還是裡面，都一成不變。」
我和她一起盯著那張破損的路線圖。就如她所說，地鐵總是行駛在同樣的路線上，在固定的時間停車，在千篇一律的風景中反覆著相似的事件。
我也不怎麼喜歡地鐵，在車廂裡我老是盯著手機也是出於差不多的理由。
「畢竟地鐵運行也不是為了有趣。」
「哎唷？真不像星座『救贖的魔王』會說的話。」
我揚起一抹苦笑。
我和韓秀英望向同一個方向。其他伙伴都在那裡，他們和我一起撐過了世界文明的毀滅，完成了整整九十九個任務，陪我來到了這裡。
「嗯，該不會是突然回到第一個任務之類的吧？」
「不會吧，絕對不可以！」
「要我趁現在準備好蚱蜢嗎？」
看著李吉永擺出一副毅然決然的神情握起拳頭，其他人不禁爆笑出聲。
曾經駭人的記憶變成一種幽默，這究竟意味著什麼？而我的同伴們面對這樣的話題，又是以什麼樣的心情露出笑容？
我對韓秀英說道：「他們都該回到日常生活當中才對。」
「你認為，那樣大家就會幸福嗎？」

「所有的故事，本來就都是這樣結束的。」

「你什麼時候開始喜歡這種劇情了？」韓秀英沒好氣地挖苦道：「你該不會又在想什麼有的沒的了吧？該不會又有什麼事瞞著我沒說？」

「就算我想，現在我也沒什麼好隱瞞的了。」

我句句屬實。即使在原作，也從來沒有人到過這裡，隱密的謀略家和第九百九十九次回歸的人物也不例外。

我們是頭一批坐上這輛地鐵的人。

我看著路線圖上被抹去的終點，說道：「韓秀英，在我看來……」

「肯定會有最終大魔王出現對吧？正常劇情都是這樣演的嘛！」

那是鄭熙媛的聲音。她並不是在對我說話，多半是在和其他同伴討論著什麼。

申流承也補了一句。

「或者出現超巨大的龍。」

「不過，龍好像不太會被冠上最古老的夢這種名號耶。如果要擁有那種名號，不管怎麼說……」

「不管怎麼說，應該會是『作者』吧？」

「作者？」

「我的意思是……」

李吉永這麼說著，眼珠子骨碌碌地轉了一圈，瞥了我一眼。其他人好像也猛然想起了什麼，一起看了過來。

《在滅亡的世界中存活的三種方法》。事到如今，伙伴們也都對那部小說心裡有數了。包含小說裡講述了這個世界的故事，以及，唯有我一個人看過這則故事。

「獨子先生有什麼想法嗎？」

在作者提筆之前，所有小說都不存在，並不會成為故事。

假如這個世界確實是以《滅活法》為基礎形成的，那麼伙伴們的推斷確實不無道理。

最古老的夢確實很可能是故事的作者，我也曾這麼想過，可是，不知何故……

「最古老的夢應該不是《滅活法》的作者。」

「為什麼這麼認為？」

「理由我也說不清，就是有種直覺。」

我總覺得，等在盡頭的存在應該不是tls123。

鬼怪之王的話掠過腦海。

〔與其說是作家，倒不如說最古老的夢更像讀者，祂不是會為任何人書寫故事的存在，畢竟祂既懶惰又貪婪。〕

一個疑問在心中油然而生。

歸根結柢，難道我們所有的假設都需要一名「作者」嗎？這世界真的是因tls123而生？有沒有一種可能，tls123只是對我敘述了一個已然存在的世界？

就像未被寫入書頁的隱密的謀略家，或者第九百九十九次回歸的人們獨立存在那般……

「說到這個，我有點好奇，獨子先生為什麼會開始看那部小說呀？」

「啊，我也一直很好奇。」

在一旁默默擦拭著黑天魔刀，看似對眾人的閒聊毫不關心的劉衆赫，一聽見這個話題也望向了我。

張夏景眨著閃閃發光的眼睛，問道：「難道是某種命中註定的吸引力嗎？」

「我也懂那種感覺！就像我還是二等兵那時候，頭一次拿到手榴彈——」

「只是在網路進行搜索的時候偶然看到而已。」

聽見我的回答，一行人顯得很失望。這也無可奈何，畢竟這就是事實。

韓秀英凶巴巴地搶白道：「你到底是查了什麼才會跑出這種破小說啊？」

「這個……」

說實話，我也記不清了。

李智慧聳了聳肩。

「哎呀，事到如今，那有什麼要緊的？大叔讀過那篇小說，這才是最重要的吧。」

「說的也是，要是獨子先生沒看那部小說，還真不知道該怎麼辦。」

看著劉尚雅溫和地笑著，我默默地閉上了嘴。

我沒有資格獲得這句評論。

『最終，天上繁星皆盡殞落，世界的時間陷入凝滯。』

儘管我們正在邁向《滅活法》無人抵達的結局，但也無人能保證，這結局就是我盼望的結尾。

從這一刻起，即將發生的所有事情對我而言同樣未知。

——如果，認真將小說讀到最後的不是我，而是別人……

許多人都比我更優秀。倘若換作豪爽仗義的鄭熙媛、重情重義的李賢誠，或高尚耿直的劉尚雅成為看完小說的人，這世界一定會比現在更美好。

「叔叔，謝謝你之前看了那部小說。」

申流承迎上我的目光，面露微笑。

「對，不是聽說那篇小說其實很無趣嗎？要不是獨子先生……」

「換成是我，八成連一頁都看不下去吧？我真的超討厭看書。」

「我也有在奧茲兵營的書庫看了幾本書……看來，我和獨子先生確實很有緣分……」

看著撓著腦袋的李賢誠，我好不容易壓下了想說的話語。

正因有了《滅活法》，這些人才能站在我眼前。

正因我讀了那篇小說，才能在他們身陷危機時，及時伸出援手。

「我……」

因為它，微不足道的我才能獲得這麼多的愛。

「多虧了獨子哥教給我們的傳說，我們才能來到這裡。」

兩個孩子緊緊抓著我的手。

我慢慢抬起頭，看見地鐵外川流不息的黑暗，我們經歷的故事也紛紛自那幽暗中掠過。

我們不發一語地凝視著那些傳說，它們就如冬夜裡的銀河般絢麗，又如煙火一樣空虛。這所有故事，在場的大家或許難以忘懷，但終有一天它將被人遺忘。

鄭熙媛開口道：「獨子先生，我覺得現在應該差不多可以問了吧。」

我很清楚她想問些什麼。

「獨子先生盼望的結局，究竟是什麼？」

如今，再也沒有任何星座注視著我們，支配了世界的星星直播也不復存在，我想……也沒有我不能說出口的理由了吧。

「我已經看見……其中一個結局了。」

一個接一個，我靜靜環視每個人的臉龐，他們神色之間並沒有顯現任何字句。儘管如此，只要注視著這些面孔，我似乎就明白自己想看見什麼樣的結局了。

「另外一點，就是清償我欠下的債。」

「欠債？」

回頭一看，只見劉衆赫正直勾勾地盯著我。

一陣沉重的顫動傳來，列車開始減速。

我們從座位上起身，一直吵吵鬧鬧的眾人也沉默下來，每張臉上都帶著一絲緊張。

我緩步走向門邊，鄭熙媛在我左側，劉衆赫則站在我的右手邊。

在黑暗中不停奔流的傳說流速逐漸趨緩。

那些不只是我們的故事。

『有第零次回歸，也有第一次回歸。』

有第二次回歸，也有第三次回歸。

『凝聚整整一千八百六十四次回歸，這些回歸最終展開了這個世界。』

無數劉衆赫都在那些回歸中活了過來，儘管他從未擁有完美無瑕的人生，卻也沒有任何一次人生是錯誤的。

論及生命的倫理，這世界過於殘酷；談起心中的希冀，絕望的陰影又太過龐大。

劉衆赫之所以能堅定地走到最後，正因他從未認為自己絕對正確。

『他唯一的願望，唯有見證這個世界盡頭。』

我也有同樣的心情。

那是從第零次回歸至第一千八百六十四次回歸，總共一千八百六十五名劉衆赫懷揣的夢想，也是我心中冀望的這個世界的完結。

「真的好漫長啊。」我不由得慨嘆。

劉衆赫卻沒好氣地開口，一副嫌棄的語調。

「不過四年，和我經歷的歲月相比……」

「沒錯。」

四年，才一轉眼，我們已並肩戰鬥了這麼長的時間。

「這四年，感覺就像過了一輩子。」

聽我這麼說，左手邊的鄭熙媛冷不防用刀柄戳了我一下。

「以後也會一直待在一起，說得那麼悲壯幹嘛？別擔心，不管出現什麼樣的怪物，都交給我搞定。」

我靜靜地笑了起來，地鐵的行進速度越來越慢。

車門的黑色玻璃上映照出我的模樣，只見一抹血跡也在玻璃中的臉頰上蔓延開來。我伸手抹了抹臉頰上的血跡，一股寒意驀然竄了上來。

——那不是玻璃，而是真的沾染在臉頰上的血。

「車門快開了！」

隨著李賢誠的高喊，全員立刻擺出迎戰姿勢。

「嗯？」

然而，與我們擔心的狀況不同，迎接我們的是一座空蕩蕩的地鐵月臺，雖然不時能看到有人經過，但他們似乎對我們毫無興趣。

「什麼嘛，怎麼什麼都……」

鄭熙媛嘀咕著和我們一起踏上站臺。

一瞬間，不祥的預感湧上心頭。腳尖碰觸到的是一種陌生的現實感，伴隨著微弱的火花，我所有的傳說都直指著某個方向。

『有人坐在地鐵月臺的長椅上。』

那是一個像是剛放學的孩子，他揹著裝滿書本的厚重書包，若不是身穿校服，那副身材恐怕會被人誤認為小學生。

瘦弱矮小的男孩就坐在那裡，像在背誦英文單字一般，在自己的筆記本上認真地畫著圖表。

我忍受著大腦的陣陣刺痛，好不容易邁開沉重的步伐。

『金獨子有過承諾，一定會了結創造出這個世界的元凶，不論他是什麼樣的存在。』

不知究竟在哪裡被誰施暴了，男孩蒼白的手臂上可以看見嚴重的瘀青，而我感覺自己隱約知道那些瘀青從何而來。

我頓時雙腿發軟，動彈不得。

『只是沒有閱讀也沒有想像，所以時間停止流逝而已。』

我曾想過，這一切或許全是幻夢，全是虛假，也曾深信這是邪惡的星星直播創造出來的夢境。

然而，我無法否認，我所有的感知都在告訴我自己……

那個孩子，正是製造出所有任務的元凶。

『你**應**該**猜**到了吧金**獨**子。』

最古老的夢。

比世上任何人都全知卻無能的神。

〔『第四面牆』的影響力逐漸削弱。〕

『金獨……』

〔『第四面牆』的影響力極度削弱。〕

噹啷。某個東西落下的聲音傳入耳中，只見鄭熙媛的武器脫手，掉落在地。

「啊、啊……」

鄭熙媛注視著我。她看了看那孩子，視線又轉回我身上。那對眼眸中寫著絕望，好似難以置信，又好似希望眼前的一切全是謊言。

〔已觸發您與星座『隱密的謀略家』的約定。〕

好幾回我張開口，卻欲言又止。

或許這就是對我的懲罰。

現在，終於輪到我為曾經獲得的救贖支付代價。

〔您承諾會破壞星星直播。〕

〔只要『最古老的夢』尚未結束，便無法摧毀星星直播。〕

我打量著那個男孩。

他和我有著一模一樣的臉龐。

男孩慢慢抬起了頭，望向了我。

〔請終結『最古老的夢』。〕

3.

我的精神頓時陷入迷惘。

如果《滅活法》化作現實，會是如何？

那究竟是我的思緒？還是記錄在最後一道牆上的字句？或是，兩者皆非——

如果有一個世界，能讓我和《滅活法》的人物並肩作戰。

抑或是最古老的夢的想像，我也不太清楚。

記憶恍若退潮結束之後不斷湧現的波濤，少年腦中那些漫無邊際的想像，在另一個世界成了故事的素材，活生生的現實化成了悲劇。

這麼說來，劉衆赫回歸後的那些世界又會變成怎麼樣？看來得留個言問問作者大大。

我向來自認比誰都熟知《滅活法》，自恃比任何人都更認真地閱讀了那部小說。然而，為何對於讀過那篇小說的「我」自己，卻什麼也記不清了呢？

說不定，我早已……

〔您已成為『登場人物』。〕

火花從我的化身體流竄而過，第四面牆的功能已然停止。心臟瘋狂跳動，在荒涼貧瘠的腦海中傳來了不知道是誰的尖叫聲。我低垂著顫抖不已的腦袋，勉強深呼吸了一口氣。

第四面牆是對的。

或許，我早已心知肚明。

回首過往，提示不知凡幾。

——在這個世界我太過幸運，一切對我而言都是如此輕鬆便捷，有時，甚至堪稱放任寬容。

倘若凡此種種，都得力於最古老的夢的庇護。

『所有世界線的太初，初具原形的世界線。』

我再次抬起頭，握緊乏力的拳頭。儘管沒有第四面牆的守護，內心仍平靜無波，我決定相信自己已經鎮靜下來。

——唯有我，知曉這個世界的結局。

不會折斷的信念正在鳴泣，我緩步走上前去。

少年從筆記本中抬起頭，看見了我。

「……嗯？」

那是一雙什麼都不知道的眼睛。

我無法迴避他的目光。那是在這世上無依無靠、只能想方設法活下去的眼眸。

男孩看著我揉了揉眼睛，好像以為自己眼前出現了幻覺。

——為了徹底摧毀星星直播，我必須終結最古老的夢。

打從星星直播開始的瞬間我就已下定決心，甚至和隱密的謀略家許下承諾，我會根除一切悲劇的肇因。

而現在，機會終於到來。

〔已發動『魔王化』。〕

烏黑的翅膀撕裂肩胛伸展開來，男孩也隨之瞪大雙眼。

「啊……？」

那聲音聽起來如此遙遠。確實，我的確擁有過那樣的聲音。

一步，再一步，我走向萬分詫異的男孩。

〔已發動『天使化』。〕

男孩的臉龐越靠近，我便能看見越多細節。

他手上正在塗寫的筆記本，裡頭是記錄著《滅活法》戰力平衡的圖表，那確確實實就是我曾經努力編寫的表格。

劉衆赫、李賢誠、申流承、李智慧、李雪花、金南雲、安娜卡芙特……紙上是密密麻麻的名字，一旁還詳實地記載了他們的星痕與技能。

男孩的手有意無意地掩蓋著歪七扭八的字跡，手背上滿是瘀青。

我清楚這孩子經歷過的時光，和將要走上的歲月；知道他的未來會是什麼模樣，又有什麼樣的不幸在前方等待著他。

『那些光陰，又有多大的意義？』

少年很快就會被校園惡霸盯上，遭到霸凌排擠；被親戚當作累贅，不得不早早學會獨立；他所到之處，全都會被無處不在的記者跟蹤盯梢。

他會搞砸大考，考進名不見經傳的三流大學；會在新訓的隨機抽籤被分配到前線邊防；他每天只能靠著超商的三角飯糰果腹，隨便打發三餐。

接下來，他會因循苟且地隨便考進某一家公司，得過且過地混日子。

他會花上超過十年的時間完整地看完一部小說。

因為閱讀那部小說而活了下來，最終害得自己鍾愛的每一個存在都深陷不幸之中。

——長大之後，男孩就會成為金獨子。

「有、有怪物……」

他看著我，終於開了口。

「沒錯，我是個怪物。」

男孩的眼底映出我的模樣。

『那個怪物就是孩子的未來。』

能夠阻止那個怪物的機會，唯有現在。

一切都在電光石火之間發生。

我提劍衝了出去，而韓秀英不由分說朝我臉上就是一拳。

「——！」

我聽不清她的聲音，只知道韓秀英正在吼著什麼，她哭紅了眼眶，淚水爬滿了雙頰。她的拳頭在我胸口胡亂敲打，雙手使勁按住我的肩膀。

「——獨子！」

我一把甩開韓秀英，再度向前。不過短短幾公尺的距離，我卻難以靠近，我所有的傳說都在死命抗拒。

強大的火花壓迫著全身，纏住我的身軀，我邁不開步伐，手也動彈不得。

男孩看著我，臉上的表情寫滿了驚恐，嘴唇哆嗦個不停，神情劇烈動搖，彷彿正在判斷這一切究竟是不是現實。

〔『最古老的夢』對您的存在抱持懷疑。〕

男孩是夢見整個世界的存在。在他的夢裡，我也不過是名登場人物而已。

滋滋滋滋滋滋！

〔『最古老的夢』否定您的存在。〕

男孩抱著頭縮成了一團，就像在否定現實。

「我是劉衆赫……我是……」

我默念過成千上萬遍的那句咒語。

『**我身邊有防護罩。**』

『**沒有人能傷害我。**』

『**誰也欺負不了我。**』

思緒接連湧現，那是每當我被不良少年圍毆時，為了擺脫當下的痛苦，而在腦中反覆咀嚼的字句。那是我讓現實不再是現實的力量。

而今，這股力量卻起了截然相反的作用。

「叔叔！」

男孩成了一名極為渺小的絕對者，認定眼前的一切都是出於自己的妄想。

以他為中心，周圍逐漸形成一道屏障，宛若一顆漆黑的球體。那是由最古老的夢創造的、最堅固的防護罩。

我就像惡魔一樣厲聲咆哮，用盡全力朝著那道防護罩刺出長劍。世界與世界相互衝突，一道耀眼的閃光在眼前陡然炸開。

只見不會折斷的信念的劍刃應聲斷裂，無力地飛上半空。

我茫然地注視著飛在空中的半截劍身。

——殺不了他。

根本不可能存在任何有效的手段取他性命。如果所有故事都源自年少時的我的夢，那麼這世界上的一切法則同樣取決於年少的我。

一陣強風猛然颳起，狂亂地翻過掉落在地上的筆記本。在靜止的書頁上，潦草地寫著幼時的我所做的筆記，那是有關《滅活法》的設定。

——斷片理論：這個理論說明了《滅活法》的世界線相互重合時……

在微弱飛濺的火花中，我愣愣地閱讀著筆記的內容。

我讀了一遍又一遍，接著彎下腰拾起斷折的劍，並催動殘餘在我體內的所有傳說，發出共鳴。

我凝視著那顆保護男孩的黑色球體，輕聲說道：「我比這世界上的任何人都更了解你。」

『**不要欺負我不要欺負我不要欺負我**。』

「我不是想折磨你。」

『**我好想逃**。』

「我知道。」

『**可是，又能逃到哪裡？**』

孩子的故事傳遞到我腦中，屬於我的故事也傳遞到孩子身上。

滋滋滋滋滋滋滋。

不會折斷的信念折斷的劍刃只剩不到兩寸，但要執行我的計畫，這短短兩寸已經足夠。

——解決最古老的夢的方法。

〔已引發『斷片效應』。〕

〔您的存在與『最古老的夢』產生共鳴。〕

我高舉斷劍，使勁全力朝我的脖子刺了下去。

噗嗤一聲，猩紅的鮮血如淚珠灑落在地。

「金獨子。」

那是劉衆赫的血。

我的劍距離頸項只剩咫尺，卻驟然停在空中，再也動彈不得。劉衆赫牢牢握著劍身的手上，靛藍色的青筋賁張。

「大家，快抓住他！」

不只是劉衆赫採取了行動，有人從我背後壓制了我。

「獨子先生！不該是這樣的！」

那是李賢誠。

鄭熙媛和劉尚雅則分別抓住我的左手和右手臂。

「求求你！」

「一定還有別的辦法，一定有！」

一低頭，只見李智慧抱著我的腰，還有申流承和李吉永各自死死地抓著我的一條腿。而韓秀英則代替我，正用力拍打最古老的夢的防護罩。

「把這打開！我們不是來害你的！我們、我們只是想跟你聊一聊……」

儘管如此，防護罩依然不為所動，只是越來越厚。

我心裡清楚，那玩意不會打開。

我再次握緊劍柄。

「沒有別的辦法了。」

張夏景尖聲叫道：「拜託、求求你快住手！我們還有時間啊，現在還沒——」

沒有時間了。隨著時間推移，圍繞在我們周圍的火星也越來越密。

〔『最古老的夢』否定您的存在。〕

最終，男孩會否定我們所有人的存在，徹底抹除自己的幻想，使得其他世界的現實不再是現實。

因此，能阻止這件事的唯有——

轟隆隆隆……一股濃霧不知從何處湧來，我感到一股不祥的混沌之力。

一直緊握劍刃的劉衆赫忽然出現異樣的表情。

「你、你這傢伙……」

劉衆赫腳步一個踉蹌，如墨的傳說從嘴裡汩汩而出。那則傳說如潮水般從他的嘴角淌到地面，最終化成一個人的身形。

振天霸刀的刀鋒在黑沉沉的大衣之間若隱若現地泛著光芒。

畢生只為這一瞬間而活的那個人，赫然出現。

隱密的謀略家。

這個來到無數回歸的盡頭，連自己的名字都已經淡忘的存在，僅僅為了復仇而不停反覆人生的祂，此刻就在我們面前。

祂瞥了我一眼，緩緩走向防護罩。

隱密的謀略家輕易穿越了漫天飛濺的火花，這一剎那，最古老的夢的傳說頓時流向我腦中。

『**我想變得像劉衆赫一樣。**』

以極其緩慢的速度，我的手臂冒出一片雞皮疙瘩。

我怎麼會一時忘了，是什麼支配了我整個年少時期的記憶？

『在這宇宙中，比任何人都強悍的主人翁。』

隱密的謀略家能不受火花影響，本就是理所當然的。

在我如強迫症一般無法停止的想像之中，我不曉得這麼思索了多少回。

『不論任何人，都無法完全控制自己所有的想像。』

每當手臂和大腿上出現瘀青，每當嘴唇又多了一道傷口，我不知道將那個名字反覆默念了多少遍。

『因此，最適合結束這個夢境的人，早已底定。』

我在不知不覺間鬆開了劍柄。從現在開始，不再是我的工作了。

我不能，更沒有資格去阻撓這個世界最具正當性的復仇。

「隱密的謀略家！」

韓秀英一邊吶喊一邊衝上前去。

鄭熙媛、李智慧，還有兩個孩子，他們彷彿都已察覺祂即將做出多麼可怕的事。

然而，他們全都無法靠近，就像有一道透明的壁壘橫亙其間，唯有隱密的謀略家一人從容不迫地穿過月臺，抵達男孩所在的長椅旁。

祂舉起纏繞著破天罡氣的霸刀，隨手一揮便劈開了漆黑的球體，一個男孩像隻幼雛一樣蜷縮著身子蹲在裡頭。

男孩將臉埋在掌心，嘴裡不斷重複著同樣的一句話。

「我是劉衆赫、我是劉衆赫、我是……」

在微弱的光線下，男孩整個人瑟瑟發抖。

【你不是劉衆赫。】

在永劫的回歸中遺落了自身姓名的回歸者，此時張口道出自己的名字。

「我就是劉衆赫。」

4.

那是經歷一千八百六十四次生命的劉衆赫真正的聲音，象徵祂從第零次至第一千八百六十三次回歸的悠長歲月。

那個聲音的主人正在說話，宣告著祂就是劉衆赫，祂就是《滅活法》真正的主人翁。

「我、我只是、我……」

男孩顫抖個不停，依然不敢睜開雙眼，就像他也很清楚，在睜開眼睛的瞬間，自己的所有世界都將徹底崩潰。

〔『最古老的夢』否定自己的夢想。〕

『**這全是幻覺這全是幻覺這全是幻覺**。』

「這不是幻覺。」

隱密的謀略家一開口，文字立刻浮現在男孩的周圍，那正是他天天埋首閱讀，也是我曾經看過的《滅活法》。

拯救了我，最終又將殺死我的字句。

在那些篇幅中，有個男人正在說話。

「李賢誠，現在還沒結束。」

「別擔心，我一定會親手摧毀星星直播。」

「我不會忘記妳，申流承。」

那些生動鮮明的文字迅速變成了故事，故事幻化出想像，想像便在另一個世界線重現為現實。

少年始終不曉得那會成為另一個世界的現實，只是持續渴望著故事。

「在下一次回歸，更下一次回歸。」

為了活下去，少年任憑想像展翅。

他看著親戚的臉色，承受同儕的折磨，為了不再疼痛，不斷想像著接下來的故事。

「我一定要活下去，一定要看到這個任務的結尾。」

他看著從不輕言放棄的主角，以此獲得慰藉。

又在這份安慰之中，盼望主角直到最後都不會放棄。

—作者大大，劉衆赫的回歸會持續到什麼時候啊？

他希冀，他的回歸之旅永遠不會有結束的一天。

凝望著少年奔流的記憶，隱密的謀略家不發一語。

『這一切，他都牢記在腦海。』

從第零次直至第一千八百六十三次，從來不曾忘卻的決心。

我和其他伙伴也一同注視著眼前的景象。

在隱密的謀略家從劉衆赫體內脫離後，劉衆赫便陷入昏迷，此時也在不斷湧來的記憶中發出呻吟。而申流承一臉茫然地淚流不止，李智慧癱坐在地，李賢誠和鄭熙媛則相互倚靠著彼此顫抖的肩膀，勉力支撐。

現在，他們也明白了。

隱密的謀略家的生命，必須獲得補償。

「可是，就算是這樣——」申流承仍不服氣地抗議。她仰望著我，好像在求我告訴她扭轉這局面的辦法。

「隱密的謀略家！住手！我叫祢住手！」

只剩韓秀英還不屈不撓地抵抗著眼前的火花，徒勞地拚命揮著拳頭。

但隱密的謀略家沒有回頭。

『就這樣，朝謁滅亡的孤獨朝聖者，來到自己這趟朝謁之旅的終結。』

斷折了一遍又一遍、每一次都會重新復原的振天霸刀靜靜地嗚咽。

『終於，他的背後星就在眼前。』

「就是你啊。」

就像作著噩夢，男孩的肩膀輕輕地顫抖。

『眼前的生命如此脆弱，只要一刀，就能置於死地。』

祂的振天霸刀再次發出狂暴的嗡鳴。這把刀曾經斬落無數星辰，波賽頓、宙斯、女媧，乃至鬼怪之王，都逃不過祂蠻橫霸道的刀鋒，沒有任何一顆星星能在祂刀下倖存。

經歷第一千八百六十四次生命才迎來了復仇的機會。

振天霸刀緩緩舉起。

「隱密的謀略家！不對，劉衆赫——」

無論是韓秀英或我都無法阻止，那是應發生也必須發生的情節。

申流承緊握著我的手，她張嘴抽泣，哭得難以自抑。

現在，一切都將劃下句點。

我不必再消費任何一個人的故事，劉衆赫也將從漫長的回歸人生得到解放。

『可是，那把刀為何遲遲不砍向眼前那長久以來的宿敵？』

隱密的謀略家的振天霸刀仍停在半空中。閃爍著寒光的刀鋒看似要將少年一刀兩斷，卻只是擊碎像蛋殼一樣包圍在少年身邊的防護殼。

『儘管外殼已然破碎，仍無法展翅飛翔的幼鳥。』

少年的身子無法遏止地哆嗦，令人不快的傳說在孩子的身邊徘徊。

「喂，他又不知道在筆記本上畫什麼了！」

「嘖嘖，簡直長得跟他媽一個樣……」

「你就是金獨子嗎？你知道你媽媽現在人在哪裡嗎？嗯……原來如此，你不怪你媽媽嗎？你媽媽平常是什麼樣的人？」

「你要絕口不提到什麼時候？你要是不說，全世界都會誤會你的。」

嘶嚓。

振天霸刀在虛空中徬徨半晌，精準地斬下了那些記憶中的文句。

少年的顫抖稍稍減弱。

——什麼？

我的腦袋亂成一團。

——為什麼？

就在這時，一句真言驀然響起。

【就是那個少年嗎？】

一個體格高大的男人倏然從隱密的謀略家的陰影中出現，第九百九十九次回歸的李賢誠憑空現身。

隱密的謀略家點了點頭。

「沒錯，這個少年就是我的背後星。」

【有夠不爽耶，這個小鬼頭就是罪魁禍首？】

第九百九十九次回歸的金南雲和李智慧也露了面。

熬過了第九百九十九次回歸的異界神格王者一一現身。盼望破壞星星直播，終結最古老的夢的人，不僅僅只有劉衆赫一人而已。

「不。」

【什麼？那——】

隱密的謀略家沒有回答，只是環顧四周。

搭乘地鐵的人們熙來攘往，喧鬧嘈雜的聲音在遠處如潮水般漲了又退，轉頭往身後一看，我們乘坐的那班車早已在不知不覺間消失無蹤。

平凡的世界裡，只有載著人們駛向大化[1]方向的列車，以及彷彿根本看不見我們的存在，在我們身邊來來去去的人潮。

「現在抵達，大化……」

還沒來得及等車上的乘客下車，等車的人就迫不及待擠入車廂，人們彼此推擠，相互謾罵。

一位老奶奶被急著下車的人群推倒在地，卻沒有一個人伸手扶她。最早目睹她跌倒的是一位坐在博愛座上的老人，他看了看老奶奶，便從懷裡掏出一份報紙，擋住自己的視線。

我看到了報紙的頭版標題。

—殺人犯出版獄中隨筆。

那則報導我再熟悉不過，也是被許許多多人讀過、談論過，又再度遺忘的報導。

『那是個不值一提的悲劇。充其量就只是發生在某個人生命裡，僅此一回的境遇罷了。』

隱密的謀略家和異界神格王者凝視著我的故事，用無比悲傷的眼神，閱讀著不過短短十餘載的悲劇。

1 位於韓國京畿道高陽市，是韓國廣域鐵道的起點站，與首爾首都圈地鐵三號線相連。

【可憐的孩子。】

我不禁打了個冷顫。

我的悲歡與祂們的痛苦根本無法比擬。只因我個人經歷的痛苦，便無端製造出更大的遺憾，這種罪孽不該被輕易原諒。

【我的神祇啊，為了見到祢，我熬過了如此漫長的歲月……】

第九百九十九次回歸的烏列爾輕輕捧起年少的我的臉頰。

【原來，祢竟是這個宇宙最無能為力的存在。】

男孩的身體又一次顫抖起來。

我跌跌撞撞地站起身子。

【正因如此，祢才需要我們的存在？祢的求援，真的太過殘酷了。難道祢連自己的想像都控制不了嗎？】

事情很不對勁，我、我得找到我的劍才行。

第九百九十九次回歸的人物交換了一個眼神，沉默地凝視著彼此。

第九百九十九次回歸的李智慧率先開了口。

【我倒是無所謂，但你沒關係嗎？你可是為此才一路走到今天。】

這句話詢問的對象不言而喻。

隱密的謀略家隔了許久才作出回答。

「的確是段艱難的時光。」

那不是這樣雲淡風輕的一句話就能帶過的故事，祂曾經歷的悲劇更不該用這種方式草草收場。

「我曾想過為什麼是我，也曾想過就此罷手，渴望自我了斷的想法更是不計其數。」

沉默半晌的隱密的謀略家接著說了下去。

「但是，有人讓我一直無法放棄。」

祂充滿憎惡的眼眸並沒有望向男孩，只是凝視著他的傳說。

第九百九十九次回歸的烏列爾和李賢誠蹲了下來，將男孩擁入懷中。李智慧和金南雲也分別握住了男孩蒼白的手。

隱密的謀略家宣告似地說道：「睜開眼睛吧，金獨子。」

男孩一身冷汗，眼皮顫抖個不停，身體也劇烈晃動起來，彷彿在和漫長的噩夢搏鬥。

不知道就這樣過了多久，他終於慢慢睜開了雙眼。

「啊、啊、啊……」

男孩用他的眼睛直視著這個世界，看向那些他深信只是自己幻想出來的一切，看向摟著自己的大天使和鋼鐵劍帝，看向妄想惡鬼和海上提督的手。

還有……

「你、你們真的……」

自己長久以來關注的故事主角，就在眼前。

「沒錯，這不是夢。」

誰也沒有開口，在那無聲的靜默之中，某種東西碎裂的聲響清脆響起。

男孩頓時淚如泉湧。正因為我太清楚那些眼淚意味著什麼，更明白隱密的謀略家和異界神格王者此時此刻為那孩子做了什麼，我的內心更是無比折磨。

——這不可能是祂們真正的選擇。

在漫長光陰中與某個故事一同倖存下來的存在，終究脫離不了那個故事，阿加雷斯如是，梅塔特隆如是，啟示錄巨龍和鬼怪之王亦如是。

就像祂們一樣，異界神格終究也是如此。

會不會，就連祂們此刻的選擇，都是註定好的安排？

我近乎絕望地吶喊道：「那傢伙是最古老的夢！祢們必須殺了祂！要是不動手，祢的悲劇永遠也不會結束！祢的回歸，還有星星直播——」

祢們不該被那則故事說服，不該被它吞噬！不需要同情和憐憫，我真正盼望的根本不是那樣的故事。

〔該人物並非『登場人物』。〕

隱密的謀略家直視著我。用我全然陌生的眼眸，在我未曾讀過的故事之中，凝視著我。

不只隱密的謀略家，烏列爾、李智慧、金南雲和李賢誠都是如此。

〔該人物並非『登場人物』。〕

〔該人物並非『登場人物』。〕

〔該人物並非『登場人物』。〕

〔該人物並非『登場人物』。〕

我愣愣看著接連浮現的訊息。

『比世上任何人更見義勇為的軍人。』

『最崇高的大天使。』

『絕不容忍不義之事的將軍。』

『憤世嫉俗的惡鬼。』

『與名為星星直播的系統勢不兩立的回歸者。』

隱密的謀略家和幾位異界神格王者注視著男孩的世界，那世界裡充斥著隱微而難以辨識的惡意。

金南雲瞪著那個世界，低聲喃喃自語。

【看來，就算沒有星星直播，世界也沒什麼兩樣。】

就好像祂們已經明白，從現在起，祂們將要繼續對抗的敵人是什麼。

隱密的謀略家和異界神格王者積累至今的傳說，朝那些將男孩團團包圍的現實露出森然利齒。

『在蒼茫的朝謁之路盡頭，回歸者選擇了自己發現的世界。』

抵達故事盡頭的登場人物終於擺脫了故事，祂們擁抱著自己的神祇，朝新的故事前進。

我瘋狂地搖著頭，朝那邊爬了過去。

不該是這樣。

我答應過，我會為祢們終結最古老的夢，結束這場悲劇。

我艱難地在地上摸索，終於摸到了一把斷劍的劍柄。

行了，只要有這個──

「金獨子。」

隱密的謀略家呼喚了我的名字。

我抬起頭，祂便接著說了下去。

「還記得你的第一個任務嗎？」

第一個任務，價值證明。

就是在那個任務，隱密的謀略家和其他星座第一次見到了我。

「當時，你是對人們這麼說的吧？任務的完成條件並非『殺人』。」

我想起了與祂之間的約定。

「我會終結最古老的夢。」

整個世界被耀眼的光芒吞沒，視野漸漸模糊，震驚的伙伴們全都聚集到我身邊。

〔您已遵守和星座『隱密的謀略家』之間的約定。〕

年少的金獨子抱著鋼鐵劍帝和大天使注視著我，長久以來，始終沉溺在夢中的那對眼眸漸漸恢復光芒。

一場夢境，究竟什麼時候才算結束？

──當夢不再是夢的時候。

我這才理解了這一切。

早在《滅活法》中的劉衆赫抵達的那一剎那，就無異於「最古老的夢」已然落下帷幕。

遠遠地，下一班列車抵達的聲音隱隱傳來。

〔星座『隱密的謀略家』已抵達自己的■■。〕

隨著隱密的謀略家的手勢，我和伙伴們登時被捲進到站的列車內。

「這裡，就是這個故事的尾聲。」

拯救了我童年的人物緩緩消失在車門的另一頭，一如在第一千八百六十三次回歸中殺了自己，踏入嶄新世界線的劉衆赫那般，往我未知的世界邁進。

在那道光芒中，我看見劉衆赫臉上有一抹依稀的微笑。

祂看起來很自由。

〔星座『隱密的謀略家』的■■為『最古老的夢』。〕

5.

〔『第四面牆』再度發動。〕

整個世界的光忽明忽滅了好幾回，我感覺自己好像被吸進了某個地方，在模糊不清的意識中，只剩列車車輪和軌道間摩擦的噪音占據了腦袋。

我無法認同。

儘管我很清楚，這不是我承不承認的問題，卻依舊難以接受那個事實。

——隱密的謀略家為什麼會作出那樣的選擇？

那傢伙最後的表情在我腦海揮之不去。

祂怎能露出那樣的神情？明明祂真正盼望的結局沒有實現啊。

『那**隱**密的謀**略**家想要的**是什麼**？』

腦海浮現了我印象中隱密的謀略家的模樣，我看著那些唯有閱讀過原作文本的我才知道的故事。

堅持了悠久的歲月，劉衆赫到底想要在這盡頭看見什麼？祂真正的期盼，究竟是什麼？

【就算那並不是你渴望的結局，你也——不要認為這個世界是一次失敗的回歸。】

唯有這句話，猶如詛咒般刻印在腦海裡。

『金**獨**子。』

像是在告誡我的傲慢，第四面牆冷硬的聲音發出警告。

『那不**是你**能判斷的問**題**。』

這句話有如醍醐灌頂。在那傢伙離開之後，我仍擺脫不了「星座」這該死的角色。

第九百九十九次回歸的烏列爾、李賢誠、金南雲和李智慧，眾人的身影在耀眼奪目的光芒中漸漸消散。

祂真的會獲得幸福嗎？

既然是祂自己的選擇，或許那就是祂的幸福吧？

生於悲劇的祂，會不會壓根不知道那是個悲劇呢？

幼時的我和隱密的謀略家的傳說逐漸遠去。

在最後一刻，回首張望的那個人已不再是《滅活法》的劉衆赫。

「正因**誕生**於悲劇之**中**，才有能力**結**束那場悲**劇**。」

「這裡，就是這個故事的尾聲。」

我所讀過的那則漫長故事，就這樣寫下了尾聲。

〔您已抵達所有任務的■■。〕

﹝您已得知世界的祕密。﹞

現在剩下的問題，就是設法繼續在往後的故事之中活下去。

《滅活法》不曾告訴我的故事。

﹝『最古老的夢』已終結。﹞

我冷不防想起一件事。

迫於形勢，我一時將這件事忘在腦後。

鬼怪之王曾經說過，這所有的世界本就是最古老的夢的夢境。

——那麼，夢境結束後，夢中的人物又將何去何從？

無論是第九百九十九次回歸的眾人或隱密的謀略家，都擺脫了登場人物的身分，遵循自己的意志，從這場夢中解放。

那麼，剩下的人呢？在夢結束後，夢裡的人物會……

﹝最終任務的通關獎勵已送達。﹞

✦ ✦ ✦

隨著清脆響亮的巴掌聲，金獨子在明滅不定的車廂燈光中睜開眼睛。

「喂，清醒了沒？」

韓秀英粗暴地抓著他的衣領，她的臉龐映入眼簾。

「這到底是怎麼回事？」

「我才想問呢。」

金獨子頭痛欲裂地抱著腦袋坐了起來。

「這裡是？」

「地鐵，我們也差不多該回家了。」

韓秀英說著這句話，臉上的神情顯得輕鬆了一點。

列車鏗鏘晃動著，車窗外，夜幕蕩漾。

「獨子先生，你還好嗎？」

其他人也發現金獨子恢復了意識，紛紛走近。

劉尚雅、李賢誠、鄭熙媛、申流承、李吉永、李智慧、張夏景……還有劉衆赫，所有人都在這裡。

『大家都平安無事。』

金獨子慢慢環顧四周，車廂內沒有其他人的身影，大概是他們之前搭乘過的那班車吧。

——此後，我們真的能平靜度日了嗎？

「傷口我已經處理過了。雖然回到圖書館之後，還是得再麻煩雪花小姐再替你檢查……」

劉尚雅把著金獨子的脈搏，微微一笑。

伙伴們一個接一個靠上前來，但看著眼前的金獨子，沒有一個人輕易開得了口。

出乎意料的是，劉衆赫率先打破了沉默。他沒有走近，只是側身坐在地鐵的座位上，遠眺著窗外。在車窗外頭，只見宇宙的諸多傳說緩緩解開，糾纏不清的線團化作煙塵飛散。

「是星星直播。」

存在於無數世界線的傳說煥發出明亮的光輝，照亮了整個宇宙，他們活過的星星直播就在其中。那個曾讓他們深惡痛絕，但最終仍沒有放棄的世界，此刻正散發著最後的光芒，消逝無蹤。

申流承茫然地注視著那個畫面，緊緊握住了金獨子的手。

「都結束了。」

複雜的情緒湧上心頭，李賢誠忽然抖著肩膀嚎啕大哭起來。這個像熊一樣精壯，不管發生什麼事都不曾流過一滴眼淚的男人，傻傻地哭個不停。

看著淚流滿面的李賢誠，鄭熙媛也鼻頭一酸，緊咬著嘴唇。李智慧則抬起頭，似乎不願讓盈眶的淚水滑落。

「真的，結束了。」

結束了……如此漫長而恢宏的故事，終於結束了。

金獨子眺望著遠去的流星雨，就這樣茫然地看著，挪不開目光。

韓秀英似乎猜到了金獨子在想什麼，開口說道：「不是因為你讀了小說才變成這樣的，你什麼也不曉得啊。」

其他伙伴也點頭附議。他們很清楚，也許這件事不應這樣輕易翻篇，他們全都明白，只是，他們都親眼目睹了金獨子和金獨子的傳說。

『不埋首於閱讀就無法活下去的世界。』

為了活下去，不得不抓住浮木，而不停閱讀的男孩。

那個孩子不知道拯救了他們多少回。

『為了活下去就必須閱讀些什麼，這一點，誰也不例外。』

「本來，你也可以選擇袖手旁觀，但獨子先生不是想親手改變這則故事嗎？我認為這樣就夠了。」鄭熙媛這麼說著。

在《滅活法》，她自始至終都不曾抵達世界的盡頭，她淺淺地笑了笑，拍拍金獨子的肩膀。

「怎麼樣？現在你所看見的，是你想要的結局嗎？」

金獨子答不上來。模糊不清的視線，讓他不得不揉了好幾次眼角。

『只為了親眼看一看，他所造就的世界。』

金獨子睜開眼睛，眼底映照出地鐵黑壓壓的玻璃車窗。

在車窗上，伙伴們的臉孔一一浮現，宛如以宇宙為背景拍下的一張照片。

『他日思夜想的、這個世界的結局。』

「我正在看呢。」

申流承和李吉永彷彿就等著他這句話，紛紛伸手擦去金獨子的淚水。金獨子用力將兩人摟進懷裡。

不知是誰忽然問道。

「我們應該能變得幸福吧？」

唯有列車離站的震動，在眾人的沉默中不時響起。

這趟車恐怕不會再回頭了，他們不會再去訪問已經過站的站點，而是往全新的終點站前進。

一行人正沉浸在各自的感傷中，李智慧卻意外地拋出了一個現實的問題。

「那我們原先的世界線會變成怎樣？」

在同伴們的目光中，李智慧難為情地撓著臉頰。

「那個，就是，如果鬼怪之王說的沒錯，這個世界就是最古老的夢的夢境嘛，既然夢結束了，那……」

實際上，當他們打破最後一道牆時，他們生活的世界時間就已陷入停滯。那麼，就算再次乘車回到那個世界——

〔沒事呀，我們的世界一切正常。〕

「啊，原來如此，果然……太好了……咦？」

李智慧看了看金獨子，看了看李賢誠，再扭頭望向鄭熙媛和劉尚雅，但無論她與誰對上眼，所有人臉上的表情都和李智慧一樣震驚。

「剛剛是誰回答我？」

話音剛落，所有人都抬起了頭。

只見一團毛茸茸的毛球飄浮在空中。

﹇吧啊？﹈

眾人瞇起了眼睛。

﹇呃呃……哇啊？﹈

空中的譬喻頭上直冒汗水，過了好半晌，才嘆了口氣。

﹇大家不是都知道了嗎？幹嘛那麼吃驚啊。﹈

✦ ✦ ✦

一行人一起聽著譬喻的說明。

總的來說，事情大概是這樣的——

﹇我們的世界線沒有滅亡，雖然原因不明……但是被暫停的時間又重新書寫下去了。儘管眾多浩瀚神話的崩毀嚴重影響了整個世界，但就算置之不理，應該至少還要花上幾千年的時間才會自然滅亡。﹈

地鐵的車窗外，隱隱約約地映照出他們生活的世界。

世界凝滯的時間又開始流動。

『在一片焦土中，烏列爾緩緩睜開了雙眼。』

『黑焰龍蜷起尾部，安穩地沉睡。』

『齊天大聖躺在筋斗雲上頭，仰望著天空。』

星座還活著。海上戰神、高麗第一劍……祂們，全都活了下來。

儘管失去了昔日的輝煌，但祂們依然活在這個世界線上，保住了性命。

看著那些星座，譬喻說道。

〔星星直播也還在。雖然頻道系統崩潰，星座的力量也不像以前那麼強大，但它本身畢竟是個龐大的神話，距離完全消亡還需要一點時間。〕

幾名伙伴安心地吐了口氣，或許那是連他們自己都無法理解的嘆息。

李智慧再次問道：「可是，夢都結束了，世界為什麼還能繼續下去？」

〔我不是說過了，那種事我也不知道，妳能不能認真聽別人說話啊。〕

「好吧，沒事就好……是說，妳什麼時候變得這麼會說話了？而且講話還超沒禮貌耶。大叔！你看譬喻啦！之前還一直噁心吧啦地裝可愛——」

金獨子一抬頭看向譬喻，她立刻裝出若無其事的模樣。

〔啊吧吧？〕

眾人不由得失笑出聲。

李智慧還氣沖沖地想抱怨，金獨子卻忽然伸手，默默擁抱了譬喻。

任務剛開始的那一團小毛球，現在已經大到摟不進懷中了。

看著這幅情景，劉衆赫說道：「這說不定是最後的奇蹟吧。」

奇蹟。這個詞彙實在很不適合劉衆赫，畢竟那是他在這世上最信不過的詞了。儘管如此，因為劉衆赫的一句話，大伙的表情仍放鬆了不少。

「那麼，一切問題真的都解決了。」

「接下來，只要買一棟超大的房子，大家一起住就行了！」

聽著孩子們天真的發言，韓秀英忍不住吐槽。

「我看那可能需要更大的奇蹟吧。我們星雲現在窮得響叮噹，那小子在最後的任務把家底全都敗光了。」

「錢只要再賺不就好了！我們還怕賺不到嗎！」

看著自信滿滿的李吉永，所有人都笑了。

就像擔心那個笑容會消失一般，有人迅速問道。

「大家有沒有想做的事？」

聽見這句話，中流承和李吉永彼此對視了一眼，尖叫出聲。

「漢江！」

「海邊！」

「披薩！」

「炸雞！」

兩個孩子立刻吵成一團，這時，有某人開了口。

「我……想去看看以前住過的地方。」說話的是張夏景。

「以前住的地方……」

聽見這句話，劉尚雅的神情頓時蒙上一層陰影。

不只劉尚雅，所有人都心知肚明，他們過去生活的地方恐怕已不復存在。在滅亡到來之前，那些乘載著他們珍貴故事的所在早已蕩然無存。

然而，不知是不是魔法，車窗外映出的景象忽然開始變換，宇宙的景色煙消雲散，取而代之的是……

「難道……這真的是奇蹟？」

是他們最熟悉的首爾。

沒有站名的路線圖上，各個車站的名稱再次浮現。

「即將抵達，弘濟站[2]。」

張夏景走向門邊。在殘破不堪的車站另一頭，是她曾經居住的社區，地鐵的速度也慢了下來。

2 位於首爾市西大門區，為首都圈地鐵三號線沿線站點。

鄭熙媛問道：「那邊應該什麼都沒有了，妳還是要去看看嗎？」

張夏景點了點頭。

鄭熙媛露出一抹苦笑，即使明知結果為何，還是必須親眼確認，誰也不例外。

「好，那之後在工業區會合吧。」

列車門隨之開啟，張夏景踏出車外。她環顧周圍，表情沒有一絲真實感，忽然又像想起了什麼似地扭過頭來。

「金獨——」

然而，張夏景的話還沒說完，列車已經再次發車離站。

接下來，換作一直目不轉睛地盯著路線圖的李智慧開了口。

「我也有想去的地方。」

鄭熙媛似乎知道她打算去哪裡，問道：「要我陪妳一起去嗎？」

「我自己去吧，我想一個人去看看。」

李智慧嘻嘻一笑，神情輕鬆，鄭熙媛的手尷尬地停在半空，又放了下來。

「那就晚點見。」

李智慧也下了車。在遠處，她曾就讀的學校隱約可見。

「還有人想去哪裡嗎？」

然而，沒有人出聲。大部分的人都沒有特別想回去拜訪的地方，但他們並不是無處可去。

劉尚雅問道：「剩下的人應該都要一起下車，對吧？」

「這班車難道不能換線嗎？如果在鐘路[3]下車，還得走回去耶。」

韓秀英嘟囔著掃視路線圖。

3 位於首爾的中心地帶，歷史悠久，是首爾政治與金融的重心，光化門、景福宮等重要地標都位於鐘路區。

他們要去的地方是工業區的所在地，光化門。

「大家都想想該怎麼向其他人解釋，應該沒辦法全部據實以告吧。」

「即將抵達，鐘路三街站[4]。」

雖說一切問題都解決了，但事實並非如此，等回去之後，他們就必須面對全新的日常。

「車門即將開啟。」

劉尚雅牽著兩個小朋友的手，嘿咻一聲踏上月臺。

她回過頭，只見李賢誠和鄭熙媛也跟著躍出列車，站在安全警戒線外。

「在等什麼？還不趕快下來。」

車上還剩三個人。

「金獨子。」

韓秀英和劉衆赫異口同聲地喊了他的名字，分不清是誰先開的口。

韓秀英的眼神充滿不信任。

「你會一起下車對吧？」

〔某人已發動專用技能『測謊 Lv.???』——〕

技能一發動，金獨子就咧嘴笑了起來。

「當然要下車啊。」

〔已判定『金獨子』的發言為真。〕

「走吧。」

金獨子一個大步上前，啪一聲使勁拍向兩人的後背，於是他們兩人同時半推半就地往前走。

韓秀英蹙起眉頭對金獨子抱怨，劉衆赫則按著刀柄，怒目而視。

4 位於首爾市鐘路區，為首都圈地鐵一號、三號與五號線的重要轉乘站點。

金獨子說道：「你知道吧？任務結束了，以後隨身攜帶刀械就是違法——」

「少說蠢話，還沒有結束，金獨子。」

「沒錯，我們都還沒搞清楚 tls123 到底是誰——」

車門緩緩關上，嶄新的世界、嶄新的故事在大伙吵吵鬧鬧的聲音之中流轉。金獨子開心地露出笑容，兩個孩子嬉笑打鬧。

新世界的故事正在延續。

就在車門即將關上的最後一刻，韓秀英忽然扭頭看向身後，臉上的表情像是覺得有些微妙和不踏實，彷彿將什麼東西遺忘在了原處。

見狀，劉衆赫也跟著轉過頭。

只有金獨子沒有回頭。

韓秀英和劉衆赫對上彼此的目光，同時咆哮起來。

「看什麼看？」

「你這傢伙才是——」

車門隨即關閉。地鐵在沉默中緩緩啟動，離開即將迎來全新故事的車站，再次駛向無限的軌道，寫在路線圖上的站名一個接一個消失。

遠遠地，能看見劉衆赫和韓秀英爭執不休的模樣，看見兩個孩子滿臉笑容地牽著金獨子的手，也能看見劉尚雅用手遮住陽光，抬頭望著天空的身影。

——就這樣，我靜靜地注視著那一切。

第四面牆問道。

『真的**沒關**係嗎？』

下一刻，我化為透明的軀體憑空顯現。

伴隨著些許暈眩，我的身軀很快恢復了實體，完整出現在地鐵上。

〔目前您保留的記憶為：51.00%。〕

我苦笑了起來。

「也只有這個辦法了，不是嗎？」

我抬頭望向空中，被我擱置的訊息紀錄一下子跳了出來。

〔您已完成『最終任務』。〕

〔您是唯一一名知曉這個世界所有祕密之人。〕

〔目前『最古老的夢』出現空缺。〕

〔倘若夢境未能持續，世界的時間將停止流逝。〕

這些訊息，只有我一人能看見。

〔您已獲得取代『最古老的夢』位置的資格。〕

〔是否要繼續延續夢境？〕

倘若停止這場夢，世界將永遠凍結。

這太過殘酷，好不容易終於能獲得幸福的世界，將永遠陷入停滯。

因悲劇而誕生的宇宙。

在這個宇宙之中，有人苦苦追尋著幸福，他們也總算抵達自己渴望的車站。

『流承和吉永會很傷心。』

「我知道。」

『你終究對他們隱瞞了真相。』

「至少我沒有說謊。」

我仰望著天空。

「至少有一部分的我，確實和他們一起下了車。」

在造訪第一千八百六十三次回歸後，我向隱密的謀略家索取了某個技能。

【技能呢？你似乎沒有取得新的技能。】

「確實。那麼，我能不能以這種形式領取獎勵？」

【沒問題。】

嚴格來說，當時我取得的並非「技能」。

〔專用技能『書籤』發動中。〕

〔由於『最古老的夢』的庇祐，該技能的啟動時間已變更為無限制。〕

〔目前6號書籤啟動中。〕

〔6號書籤登錄的登場人物為『虛假結局的編導』。〕

虛假結局的編導，第一千八百六十三次回歸的韓秀英。

〔您對於該人物的理解度極高。〕

〔已發動專用技能『阿凡達 Lv.???』。〕

〔您已使用49.00%的記憶生成阿凡達。〕

〔由於世界線的分離，您與阿凡達的連結已中斷。〕

〔該阿凡達將以自主意識進行活動。〕

「這樣才是對的。」

我摸索著那片段而模糊的記憶，腳步有些蹣跚。

在不曉得自己是阿凡達的狀態下，另一個「我」將繼續活下去。

他將和伙伴們一起，在大房子裡生活。

他會和吉永去海邊，陪流承吃披薩，見證李智慧考進大學，為李賢誠和鄭熙媛送上花束，和劉尚雅一起到處找房看房，和劉衆赫一起去尋找tls123的真面目。

——還會閱讀韓秀英寫的小說。

而我會因此獲得救贖。

自始至終，我一直都是被救贖的那個人，因此，這是我所能為他們做的小小贖罪。

『你會後悔的，你往後再也見不到他們了。』

我靜靜地笑了。

「不過，還是可以看到他們嘛。」

就像很久很久以前那樣，故事仍會繼續下去。

「這樣就夠了。」

我凝視著隱沒在黑暗中的列車車尾，現在，我再也看不見他們的身影了。

『所有人，從此過著幸福快樂的日子。』

我一直很討厭這句話，而今，我比任何人都希望這行文字能成為現實。

〔星座『救贖的魔王』已抵達自己的■■。〕

〔您已成為『最古老的夢』。〕

遠處，昏黃的燈火看起來就像是那些仍記得我的星座。

就這樣，我開始了永無止境的旅程。

〔您的■■為『永恆』。〕

Epilogue 1. 零的世界

1.

漆黑的窗戶外頭映照出銀河的景象，我將額頭抵在冰冷的窗邊，茫然注視著深邃幽暗的景色。

我無從得知時間究竟流逝了多久。我很想回頭看看，好像只要我一轉頭，他們就都還在我的身後。

『金獨子終於停止了哭泣。』

「我沒哭，臭小子。」

『甚至還撒了謊。』

「你到底要念那個旁白念到什麼時候啊？故事已經結束了。」

第四面牆嘻嘻笑了起來。我從它的笑聲中得到些許力量，又扭頭看了後方的車窗一眼，只是那裡再也沒有我想見的人事物，我曾生活過的地球也已遠在我無法觸及的地方。

當然了，這並不意味著我不在那裡。

〔專用技能『阿凡達』發動中。〕

〔由於世界線的分離，您與阿凡達的連結已中斷。〕

〔您的阿凡達將以隨機的自我程序繼續生活。〕

百分之四十九的我。

〔該阿凡達已完全脫離您的控制。〕

他不會曉得自己是具阿凡達。

他只會作為金獨子，和同伴們一起繼續往後的人生。

『為什麼是百分之**四十九**？』

「我本來打算剛好分出去百分之五十的，沒成功。」

『為什麼是百分之**四十九**？』

又是同樣的提問。

在第四面牆面前，我根本隱瞞不了任何事。

「你不是早就知道理由了嗎？」

『真**不**像**你**的作風。』

「不，是這樣才像我。」

這才是沒出息、不懂事、在緊要關頭自私自利的「金獨子」會做的事。

——百分之二。

這個數字，就是我比阿凡達更深刻地記得伙伴的證明。它代表了我比他更接近伙伴們記憶中的「金獨子」，也意味著我對他們的欺瞞。

即便誰也不知道還有身在此處的我，即便他們的故事總有一天會迎來尾聲……至少這會成為我的誓約，承諾永遠不會將他們遺忘。

『後悔**嗎**？』

叩隆、叩隆，地鐵傳來輕微的噪音。空無一人的車廂內，無人握住的拉環無力地左搖右晃。

『別太**寂寞**了。』

「我不寂寞。」

我緩緩深呼吸。

先前我也經歷過這樣的情況。在我成為救贖的魔王，第一次落入故事的地平線那時也是如此。

說不定，現在的情況還比當時好得多，畢竟我不必因為脫離任務而受到懲罰。

若說現在與當時有何不同……

大概是此後，再也見不到其他同伴了。

「我得一直留在這班地鐵裡才行嗎？」

『**留**在這裡？』

「我是想問，我可不可以出去外面？」

第四面牆似乎在思考這個疑問是什麼意思，沉默了片刻才回答。

『**這**裡**不**存在**出入**的**概**念。』

「什麼意思？」

『這裡是**夢**的**聖所**，是最**古**老的**夢**沉**睡**之**地**。』

聽著它的解釋，我忽然明白了。

與《滅活法》有關的所有世界線，都是最古老的夢的夢境。

『所有的世界，都是在此地誕生的夢境。』

啪一聲，所有地鐵車窗整齊劃一地轉換成螢幕畫面。

起初我還以為只是地鐵行經特定區段會出現的置入性廣告，但這裡不可能有廣告那種玩意。

腦袋傳來隱約的疼痛，只見分散在整個宇宙的眾多世界線的畫面，旋即在車窗上流動起來。

其他世界線展開的無數任務就在我眼前。

直到這一刻，我才真切地體會到我究竟成了什麼樣的存在。

『他就是最古老的夢。』

我拖著顫抖的腳步走向窗戶。那畫面有如泛著漣漪的水面，好似極其脆弱，觸之即碎。

『金獨子感到害怕。』

用不著他人說明，我也明白。

這世上的所有故事，唯有在讀者閱讀時才得以存在。

『倘若他不去看，世界就會停滯。』

持續觀看世界，作著無止境的夢。

『這就是最古老的夢擔負的重量。』

我閉上眼睛，再緩緩睜開。一切都是我自己的選擇，更何況，比起什麼也看不見，還能遠遠凝望當然更好。畢竟，能觀看所有世界線的我，已經成了最終極的星座。

「第四面牆。」

『怎麼了。』

「最古老的夢也可以扮演星座的角色，對吧？」

前任的最古老的夢便曾以星座身分向我生活的回歸發過訊息。儘管那只是什麼都不知道的孩子的無心之舉，但他下意識介入了系統，卻是千真萬確的事實。

『**沒錯**。』

「那麼，以星座的身分，再重新連線到我生活的世界線也……」

『你**認為這是**有可**能**的嗎？』

「不行嗎？」

『這**不**是可行**不**可行的**問題**。』

我思索著它話中的深意，隨後咬緊了下唇。

「沒錯，不能這麼做。我知道。」

我想起了我和伙伴們究竟吃了什麼樣的苦，才抵達這個結局。

為了消滅星座，為了摧毀星星直播系統，我們艱苦奮戰，最終達成了目的。

但事到如今，要是我貿然讓那條世界線的星星直播復活……

『萬**幸**的是，即使你**想**，**目前**你也辦不到。』

「為什麼？我現在不是最古老的夢嗎？只要我發揮想像，不就能夠實現了嗎？」

『就算是最**古老**的**夢**，也不可能**完**全**控**制**一切**。』

滋滋滋，空中濺出微弱的火花。

這麼看來，我作為最古老的夢，以目前的狀態來說似乎還無法充分行使應有的影響力。

『你對**夢**的掌**控**力尚有**不足**。』

這也有道理，倘若這麼輕易就能操縱，也不會被稱為夢境了吧。也許某一天，我真的會變得無所不能，但目前還辦不到。

我咬著嘴唇想了想，接著說道：「那……如果只是旁觀？」

霎時間，我的體內有某種東西蠢動起來。

連我也無法控制的「我」。我能感受到一股巨大的潛意識盤踞在我體內，潛在的意識向各式各樣的世界線扎根，通過龐大的根系汲取一則又一則故事。

在昏暗的視野中，世界線的光景宛如萬花筒一般在我眼前展開。

『眼前的景象，是他如此懷念的世界。』

工業區的燈光在遠處閃爍，我望見一行人走進工業區的背影。所有人的面容都隱沒在黑暗之中，看也看不清。

在並肩前行的人群中央，是身披白色大衣的另一個金獨子。

我知道……我明明都知道。

心臟狂跳不止，呼吸越發急促。我喘著氣大吼出聲，強忍喉頭不斷湧上的反胃感，甩著腦袋睜開眼睛。

當我頭暈目眩地伸手撐住地面，只剩我獨自一人留在地鐵裡。

『**怎麼？**不想看**了**嗎？』

我很想看下去。我想看看伙伴們幸福的臉龐，想看看他們終於從任務的地獄逃脫後的輕鬆神色……我是如此希望能好好閱讀我殷切盼望的那則故事，卻依舊不忍直視。

要是讀了它，我肯定會想再次回去。

「但我必須看下去，對吧？如果我不看，這世界就無法繼續運作？」

『你已經在看著它了。』

「什麼？」

『意識充其量只是潛意識的一隅，你已經在觀看著大部分世界線了。』

「那麼……」

『不必太勉強自己，金獨子。』

第四面牆憐憫地說道。

『你什麼都不用做，反正你的潛意識已在觀看了。』

我可以忘掉這一切，安心地閉上雙眼，就像沒有任何罪惡感的天真小孩，進入夢中任意嬉戲也無所謂。我沒必要反覆咀嚼那些悲劇，也沒有理由因它們感到受傷，這就是第四面牆想表達的意思。

『但，金獨子不是小孩子。』

「我辦不到。」

我抹掉額上的冷汗。這所有世界都是我的罪業，是我創造了它們，又摧毀了它們。

「我必須看下去。」

並且，這是我唯一能贖罪的方式。

我站了起來，窗上立刻浮現了世界線的景色。

那是《滅活法》中不計其數的世界線，展示著某些人物因我的閱讀而生的悲劇。也許比起伙伴們的故事，有其他我更該先觀看的東西。

第四面牆似乎也察覺了我的念頭。

『這將是個漫長的夜晚，金獨子。』

或許是吧，我笑了起來。

「別擔心，我辦得到。畢竟這可是我最喜歡的故事，我可以開開心心地一路看到死。」

『說**不**定總有一天，**你會**開始**憎惡**你最**喜**歡**的故事**。』

「萬一真有那一天……」

我朝畫面中浮現的景象伸出了手。

「那大概就是我必須償還的代價吧。」

我點了一下車窗，畫面旋即刻上了我的指紋。

〔世界正在接受您的視線。〕

〔在您的意識中，一條世界線獲得了生命力。〕

……

等我再次撐開眼睛，我的身體在距離地面一寸左右的位置飄浮著，就像是靈魂脫離了肉體的感覺。

在一陣嘈雜聲中，我轉頭看向身旁，只見大批人群正朝我湧來。他們彷彿看不見我，紛紛穿過我的身軀，與我錯身而過。

每一張臉都寫滿了相同的疲憊，那是下班返家的上班族共通的表情。

這裡是……

我環顧四周，瞥見了橘黃色地鐵三號線的排隊人潮。我正站在地鐵的站臺上，設置在天花板上的ＬＥＤ燈牌顯示著目前的時間及列車資訊。

PM 6:55

距離任務開始還有五分鐘。

不久後，隨著廣播聲響起，駛往佛光方向的列車進了站，人們魚貫走入車廂。若可以，我多想勸阻他們上車，但就算如此，事情也不會有任何改變。

不論身在何處，任務終會展開，伴隨他們一起搭上地鐵，觀看這一切悲劇，就是我能做的全部。

『並且，那裡還有一張金獨子無比熟悉的面孔。』

開往佛光的三四三四列車，三七〇七車廂，有個男人就在那裡，愣愣地凝視著地鐵的車窗。

我看著那傢伙的臉，忍不住噗嗤笑出聲來。

仔細想想，這也是理所當然。既然所有世界線都是透過某人的回歸反覆輪迴，那麼在故事的開端撞見他，顯然再合理不過。

『這世界的主人翁。』

想當然耳，劉衆赫沒有認出我。

他只是漠然地盯著地鐵外頭，沉浸在自己的思緒之中，儘管明知再過不久任務就要上演，他的表情仍是一貫的冷靜沉著。

看著他那從容不迫的模樣，我由衷感到敬佩。

——真是個了不起的傢伙。

光是再次踏入這道風景，就算是已經見識過任務結局的我，仍會感到焦躁緊張。而這樣煎熬的時刻，他應該已經經歷幾十次，甚至幾百次了吧。

靠站的地鐵緩緩運行，時間也開始流逝。

按照我所知的劇情發展，那個情節即將拉開帷幕。

『第三次回歸，以劉衆赫殺掉了車廂內的所有人作為開頭。』

我回憶著印象中第三次回歸的起頭。儘管我還不曉得這裡究竟是第幾次回歸，但差異應該不會太大。

我仔細觀察周遭，目光捕捉到車門附近有個行跡可疑的男子。

「呃、呃呃……」

男子嘴裡不時發出詭異的呻吟，吸引了附近路人的目光。表情扭曲的男子笑著環顧四周，冷不防掏出了藏在懷裡的土製炸彈和打火機。

『在轉為收費制的那天，有個男人也在劉衆赫所在的三七〇七號車廂。』

「那是什麼？」

「喂喂，你想幹嘛！」

『地鐵恐怖分子，崔翰奎。』

受到驚嚇的乘客紛紛尖叫著後退。

人們全都被男子手中劈啪飛濺的火焰嚇傻了，周圍很快就陷入一片混亂。

而劉衆赫只是沉默地注視著手持炸彈的男子。

——喂，你還在等什麼？趕緊搶走那玩意啊。

按我記憶中的劇情，劉衆赫應該早在坐上地鐵的同時就制伏了崔翰奎，奪走了他的炸彈。

但劉衆赫沒有那麼做。不知為何，我本以為鎮定的劉衆赫，臉色忽然變得一片蒼白。

就在這時，伴隨著嘰咿咿咿的聲響，地鐵霎時斷電，陷入一片漆黑。看著黑暗中到處飛濺的火星，人們此起彼落的尖叫逐漸變成絕望的吶喊。

不太對勁……為什麼劉衆赫沒有採取行動？

等等，難不成這是——

PM 7:00

滴的一聲，世界的法則正在轉變。

〔第 8612 行星系，免費服務已終止。〕

〔主線任務開始。〕

恐怖分子手裡點燃的火花照亮了劉衆赫蒼白的臉，他的眼神因恐懼而動搖，整個人依舊動彈不得地呆站在原地。

我也同樣備感驚慌，《滅活法》的書頁在腦海中翻飛而過。

這究竟是第幾次回歸？是第九百多話他精神失常的時候嗎？還是第一千兩百次回歸左右？

到底是哪一次回歸，劉衆赫會嚇得丟了魂——

〔#BI-7623 頻道已開啟。〕

〔星座們進入頻道。〕

「呵、呵呵、呃呵呵呵……」

看見拿著炸彈的恐怖分子陰狠地瞪著周圍，人們開始拔腿逃往其他車廂。

〔極少數星座對化身『崔翰奎』稍有興趣。〕

而劉衆赫仍舊一動也不動。

我所知的劉衆赫不可能這樣。

無論是哪一次回歸的開場，劉衆赫向來都是以最完美的演出震撼全場，但面對區區一名恐怖分子的威脅，此刻他的臉上卻露出一副我從未見過的呆滯表情。

我一次都沒看過……等等，一次也沒有？

我忽然靈光一閃。

原來如此，這個故事——

腦海裡數不清的書頁向前翻動，很快便闔上了書封。

在《滅活法》之中，僅僅被當作過往的回憶一筆帶過的回歸。

某些故事，是從未被寫就之處展開。

「救、救救……救命啊！」

「啊啊啊啊！」

『這個故事，正是《滅活法》不為人所知的開端。』

這個世界線，就是我不曾閱讀過的劉衆赫第零次回歸。

2.

劉衆赫正瞥眼窺看身旁男子隨手點開的入口網站，上頭的新聞寫著。

—職業玩家劉衆赫，究竟何時才會復出？

團隊失和、主教練仗勢欺人，以及由此引發的種種暴行，許多不為外界所知的內情一古腦湧現腦海，折磨著他。

但這件事早已過去好幾年，再怎麼想，只怕也不會有解答。

—已經找到住址了。

手機上顯示著一條簡訊，是之前委託的徵信社表示找到了他父母的住處。他難得走出家門，也是因為這條簡訊的緣故。

劉衆赫想知道自己的出身。生下他的人是誰、拋棄他的人是誰，而將妹妹扔給正一步步邁向成功的他的人，又是誰？

劉衆赫太想弄清楚這些問題。

「嗯？這裡沒有住過那樣的人啊？」

「哎呀，我也沒印象，那都多少年前的事了。」

儘管他花費鉅款委託徵信社調查，得到的卻只是一棟空屋的地址，徵信社那邊也坦言，他們查不出更多情報。

他的父母就好像從世上蒸發了一樣，但這怎麼可能？

沒有任何關於父母的記憶、沒有半點童年時期的回憶，二十八歲的劉衆赫就這樣孑然一身，好似打從出生就已經是成人。

在奔馳的三號線地鐵裡，劉衆赫生平第一次遭遇這樣哲學性的苦惱。

——我到底是誰？

這就是劉衆赫沒能立刻反應過來的原因。

「呃啊啊啊啊啊！」

他遲了一步才察覺身邊出現的騷動。

一名壯漢留著一臉骯髒的落腮鬍，手裡抓著一枚自製炸彈，將打火機的點火齒輪撥得喀喀作響。

直到有人猛然撞上自己的肩膀，劉衆赫這才意識到眼前不現實的狀況。

恐怖攻擊。

下一秒，地鐵驟然斷電，列車緊急煞車，伸手不見五指的黑暗吞噬一切。

劉衆赫的手臂寒毛直豎，腦中一片混亂。

恐怖攻擊？傳說中的恐怖攻擊真的在韓國發生了？該往哪逃？該打電話報警嗎？還是——

〔來，各位朋友，大家好。〕

劉衆赫腦中各種的苦惱，隨著半空中那個小小ＣＧ影像出現，悄悄地消失了。

〔每次都要這樣開場真是累人……好，總之這不是在拍電影，也不是恐怖攻擊……嗯？〕

那個小傢伙，正是日後被稱作「鬼怪」的存在。

那未知的存在飄在半空中，看著列車裡的事態拍掌大笑起來。

〔這裡是怎麼回事？哈哈哈哈，各位星座大大，快來看看！任務都還沒發布呢，這裡就已經

發生有趣的情況啦！〉

鬼怪用慵懶而殘酷的聲音笑著說道。

〈看來這裡很值得期待喔，請各位務必展現出精彩的故事。〉

〈您收到了主線任務。〉

＋

〈主線任務#1——價值證明〉

分類：主線

難易度：F

成功條件：請擊殺一名以上的生命體。

時間限制：30分鐘

獎勵：300 Coin

任務失敗：死亡

＋

接下來，就是地獄的開端。

✦ ✦ ✦

回想起來，鼻荊那小子當時確實是那副德性。

聽著列車裡響徹雲霄的慘叫聲，我沉浸在不合時宜的感慨當中。

〈慢著，你是說要跟我締結『直播契約』？〉

第一次見到鼻荊，和祂簽訂專屬契約的種種還恍如昨日。

那時候還真是走運，要是當時沒有成功締結契約……

「金獨子，我們不是同伴。」

那麼那一天，鼻荊也不會死了吧。

「我很想見證你的傳說，直到最後。」

這股痛楚，或許就是此刻站在那裡瑟瑟發抖的劉衆赫，在未來熬過一千多次回歸後體會到的苦痛。

「任務？這到底是怎麼回事？」

三七〇七號車廂裡的人們接到第一個任務，一時間議論紛紛。

半空中的螢幕播放著其他地區的混戰，那是若不自相殘殺就難逃一死的任務。

「遊、遊戲……這一定是遊戲！」

恐怖分子崔翰奎忽然大吼起來。

「哈哈哈哈哈！」

恐怖分子崔翰奎，《滅活法》曾透過劉衆赫的回憶提及和他有關的情報。

如果崔翰奎活了下來，那傢伙日後就會進化成「炸彈怪魔」。

崔翰奎從腰間抽出一把鐵鎚，不由分說地往一旁中年人的後腦勺敲了下去。

中年人的雙膝無力地落了地。

「這、這樣一來……」

〔登場人物『崔翰奎』已達成『第一起擊殺』成就！〕

看著從天而降的Coin，崔翰奎逐漸覺醒。還是老樣子，最快適應星星直播的，往往是最不適應現實社會的那群人。

「大、大家都看到了吧？我、我剛剛……」

「呃啊啊啊！殺人！有人殺人了！」

眼見人們驚恐萬狀地退後，崔翰奎歪了歪腦袋。

「大、大家為、為什麼什麼也不做？好、好像只有我是怪人一樣？」

「別過來！」

「還、還是，你、你們需要這個？」

他朝著人群一笑，解下掛在腰間的工具扔了出去。他再次高高舉起一把扳手，朝已經斷氣的男子後背用力一搥。

「很、很簡單的，就、就像這樣，就可以了。」

男人的背上頓時血如泉湧。

「這樣所有人都、都可以變成有錢人了。」

空中的計時器數字不停減少。

〔剩餘時間縮減。〕

〔目前剩餘時間10分鐘。〕

劉衆赫低下頭，目不轉睛地瞪著滾到自己腳邊的扳手。

人們依舊面面相覷，沒有採取行動的意思。

崔翰奎相當失望地搖了搖頭，再次站起身來。

「還、還是我，把、把人全、全都殺了？」

緊接著，一個男人迅雷不及掩耳地抓起崔翰奎扔出來的鎚子。

「可、可惡……我不管了！」

「大叔！你這是在發什麼瘋！」

男人緊握崔翰奎擲出的鎚子，不分青紅皂白地對身邊的人們發起無差別攻擊。

『這就是劉衆赫倖存下來的三七〇七號車廂的現場。』

「我、我對不起你、我對不起你——」

「呃啊啊啊啊啊！」

男子的聲音空洞地迴盪在空中，人們漸漸領悟了現實。

儘管他們依然摸不清頭緒，但有一點可以肯定——不殺人，就會沒命。

〔極少數星座對該車廂的景象感到滿意！〕

〔極少數星座對化身『崔翰奎』感興趣。〕

〔一位尚未揭露名號的星座向化身『崔翰奎』贊助了100 Coin。〕

崔翰奎露出心滿意足的笑容，而我就在崔翰奎的身旁注視著眼前的光景。

『金獨子。』

我慢騰騰地從崔翰奎的脖子上鬆開了手。

「我知道，別擔心。」

我不能改變這個故事，這一切，全都是「已發生的事實」。

我注視著劉衆赫。他彎下腰，拾起崔翰奎扔出來的扳手。

劉衆赫臉上的掙扎清晰可見。

那是他決心殺害某個人的表情。

但是，為什麼？那副神情和我所知的劉衆赫大不相同。我所了解的劉衆赫會對某人的背叛恨之入骨，從不輕易相信他人，也不會輕易結識伙伴。

他總在謀劃著最佳的策略，需要提前解決將來背信忘義的人物時，下手更是從不遲疑。

『正因如此，第三次回歸的劉衆赫才能毫不猶豫地殺光同一個車廂中的人們。』

然而，在我眼前的劉衆赫並非第三次回歸的他。

不是第四次、第五次，更不是第一千八百六十三次回歸。

『這是他的第零次回歸。』

第零次回歸的劉衆赫邁開雙腳奔跑起來，那是不管是朱雀神步或風之徑都無法使用的腳。

若要尋找目標，車廂內合適的目標比比皆是。

趴在地上瑟瑟發抖的大學生、蜷縮著躲在博愛座旁邊的中年人，還有盲目攻擊他人，全然不顧背後的上班族……

劉衆赫奔跑著，從所有人身邊擦身而過。

『他選擇了這節車廂最難以應付的敵人作為目標。』

「呃呵……呵？」

看著從旁砸落的扳手，崔翰奎露出一個狡猾的笑容，他輕輕鬆鬆地躲開了攻擊，腰間陡然抽出一把鋒利的野外求生刀。

嘶嚓一聲，劉衆赫在千鈞一髮之際躲開了凶險的刀刃。

——為什麼劉衆赫會作出那種選擇？

我不明白，剛剛還嚇得面如死灰的傢伙，為什麼會作出這樣的判斷？

崔翰奎手裡還握有好幾把凶器，懷裡甚至還帶著土製炸彈。反之，劉衆赫身上什麼也沒有，只有一把和嬰兒手臂差不多長的扳手。

儘管如此，我也並未太擔心。

就算我不知道第零次回歸詳細的內容，但我知道劉衆赫不會死在這裡。

在他經歷一切悲劇，最終落入永恆的回歸桎梏之前，劉衆赫是……是不會死的。

〔登場人物『劉衆赫』已覺醒專用特性『職業玩家』。〕

他的專用特性覺醒，也是我再熟悉不過的特性。

那個技能能讓他將世上一切像遊戲般化作數值進行判斷，如操縱遊戲裡的角色一樣控制自己的身體。

只見劉衆赫的扳手精準命中崔翰奎的手腕，後者發出一聲短暫的慘呼，土製炸彈也從他懷中滾了出來。

劉衆赫的扳手再度轉向崔翰奎的脖頸，眼看這一擊崔翰奎已經無處閃躲，因為那是在劉衆赫天賦異稟的計算能力下發動的完美攻擊。

然而，就算劉衆赫是這樣不世出的遊戲天才，仍有他計算不到的變數。

那就是新世界的系統。

〔登場人物『崔翰奎』使用900 Coin投資『體力』。〕

「好、好痛、呀。」

儘管崔翰奎的脖子留下一道烏黑的傷痕，但並未折斷。

崔翰奎肌肉鼓脹，一把抓住劉衆赫的脖子。劉衆赫臉色發青，整個身子懸在半空。

崔翰奎一手揪著劉衆赫的衣領，又用另一隻手掏出鎚子。

「去、死。」

就在這一瞬間，劉衆赫的眼神瞟向地上的土製炸彈。

我頓時意識到劉衆赫在想什麼。

他使勁擲出手中的扳手，與我採取行動的時機幾乎分毫不差。

時間極其緩慢地流逝，扳手緩緩劃過空中，精準地朝土製炸彈的中心飛去。

我屏氣凝神地看著這一幕。

即使炸彈當場爆炸，劉衆赫也不會死。倘若我讀過的內容沒有錯，這一點應該毫無疑問。

可是，這又是為什麼？

為什麼，我的手會這樣止不住地顫抖？

「第四面牆。」聽見空中滋滋滋滋一陣作響，我繼續問道：「劉衆赫的背後星，存在於這個世界之中嗎？」

『**存在**。』

這個世界裡存在著最古老的夢。

比我更早成為最古老的夢的存在，他或許是年少時期的我，抑或是被推測為「年少時期的我」的某個人。

「可是，為什麼我什麼也感覺不到？」

這就是令我感到不對勁的部分。

我能感受到這個世界的一切，包含任務中的所有元素，從一介小小的化身，直至鋪天蓋地的眾多星座，全都一清二楚。

然而，唯有一名存在我感知不到半點氣息。

「最古老的夢現在人在哪裡？」

第四面牆沒有回答。

眼看劉衆赫飛旋著劃破半空的扳手已經直抵土製炸彈之前，相距不過咫尺。

「難道……」

——最古老的夢是怎麼辦到的？祂是如何與第零次回歸的劉衆赫締結契約？

這段時間不斷積累的疑問在我腦中一舉爆發。

——最古老的夢透過《滅活法》作著夢。

小時候的我，在讀了《滅活法》後想像了這個世界。

——此外，《滅活法》是從劉衆赫的第三次回歸開始的故事。

他是否能夠真切地想像出《滅活法》的第零次回歸？

他能勾勒出原作沒有的故事，刻劃出不曾閱讀過的世界嗎？

——若是如此，在劉衆赫的第零次回歸出現的背後星，究竟是何方神聖？

炸彈炸裂開來。飛濺的碎片插進崔翰奎的後背，插在彼此攻擊的人們的身上，其中也有好幾塊碎片精準地朝著劉衆赫的心臟和脖頸而去。

隨著一聲轟然巨響，地鐵車廂的天花板正在崩塌。

〔您是『最後一道牆』的主人。〕

〔您的掌控力尚不足以干涉世界線。〕

〔世界線的概然性與您對抗！〕

我將概然性置之腦後，伸手抓住了一片飛行中的碎片，伴隨著劇烈的熱度爬上指尖，碎片在我手中緩緩消散。

〔已發動世界線難以察覺的『天外救星』！〕

〔世界察覺了您的干預！〕

『在那一剎那，劉衆赫抬起了頭。』

劉衆赫從倒地不起的崔翰奎身下爬了出來，注視著我。

『儘管非常短暫，但劉衆赫有種感覺，彷彿有人就站在自己面前。』

「……是誰？」

〔主線任務#1—價值證明已結束。〕

〔獲得任務完成基本獎勵 300 Coin。〕

〔扣除頻道使用手續費 100 Coin。〕

〔開始進行額外獎勵結算。〕

隨著任務進入結算，人們的腦袋原地炸開，在到處噴濺的血跡中，我默默地俯視著劉衆赫。

遠遠地，我聽見鼻荊興奮激昂的聲音和第四面牆的示警，也聽見了星座對概然性抱持質疑的訊息音。

而劉衆赫正用顫動的眼神注視著在自己眼前展開的訊息。

〔『背後星選擇』已開始。〕

＋

〈背後星選擇〉

請選擇您的背後星。您所選擇的背後星將成為您可靠的贊助者。

1. 美酒與幻境之神
2. 啃指甲的老鼠
3. 深淵的黑焰龍

＋

〔一名新的星座已進入頻道。〕

〔一名新的星座將參與『背後星選擇』。〕

＋

4. 救贖的魔王

＋

3.

〔目前該回歸仍有『覆寫取代限制』。〕

〔該世界線的著作權人不在場。〕

〔作為『最後一道牆』的主人，您可以代理著作權人的權限。〕

〔是否確定執行『覆寫取代』，干涉該世界觀？〕

示警的訊息在空中浮現，與此同時，第四面牆的聲音也隨之傳來。

『**金獨**子。』

「我知道，不要老是那麼凶啦。」

第四面牆想說什麼我早已心裡有數，它肯定又要嘮嘮叨叨地警告我改變既定的過去沒有意義。

『……』

儘管我能感受到它還在瞪我，但我仍設法忽視它的目光。

雖然我不清楚原本的第零次回歸劇情如何發展，但若我在第四面牆的圖書館大致翻閱過的第零次回歸片段屬實，那麼直到第零次回歸的後半部，劉衆赫都依然沒有背後星。

他在那次回歸失去了李雪花、失去了李智慧，接連失去了他好不容易才遇見的珍貴親友。

直到死亡迎面而來，他才絕望地想著。

——倘若我也有背後星，事情又會如何？

我看著震驚地閱讀著系統訊息的劉衆赫。

透過這條世界線，劉衆赫的回歸即將開始，他將反覆體驗數不清次數的人生，走上他恆久不滅的地獄道。

『就算你**改變**了這一次**回歸**……』

「隱密的謀略家經歷過的一切也不會消失，我很清楚。」

就算我改寫了這個世界線，往後註定到來的悲劇也不會就此扭轉。

我所認識的劉衆赫，仍將繼續經歷第一次、第二次、第三次，直至第一千八百六十三次回歸。

他將成為隱密的謀略家，對我深惡痛絕。

但是，就算如此……

「在這個世界線，我感覺不到除了我以外的最古老的夢的痕跡。」

我認為，多半是因為小時候的我對劉衆赫的第零次回歸所知有限。無論如何，我能肯定的是，至少在這條世界線我能取代那小子的角色。

在這次回歸，我可以成為劉衆赫的背後星。

『你打算**讓**那傢伙**回歸**嗎？』

第四面牆饒富興味地問道。

我搖了搖頭。

「不，我不會讓他回歸。」

『就算你改變**這傢**伙，**未來**也——』

「是啊，所以我才更心安理得。」

我所改變的過往，並不會否定掉我已知的劉衆赫。

哪怕一次也好，如果能讓劉衆赫擁有一次幸福的回歸……

我慢慢將手伸向空中。

〔已執行『覆寫取代』。〕

〔開始干涉該世界觀。〕

〔您對夢的掌控力不足，無法主動干預。〕

滋滋滋滋滋滋，伴隨著飛濺的火花，訊息接連彈出。

〔已登錄『救贖的魔王』作為您臨時的星座名稱。〕

〔您正以星座身分參與『背後星選擇』。〕

〔星星直播系統對您是否具有參與資格抱持懷疑。〕

〔下級鬼怪『鼻荊』對您的名號感到陌生。〕

〔少數星座對您的出現感到驚慌。〕

看著臉色蒼白的劉衆赫，我咬緊了嘴唇。

這也可能是個錯誤的選擇。或許正因我改變了世界線，劉衆赫反而會更加不幸，但是，若是現在的我……

〔哎唷，救贖的魔王？哎呀，有新的星座大大出現了呢！〕

如果是已經見證了一個世界的盡頭，得知任務最終篇章，並化身為「最古老的夢」的金獨子，說不定，也有可能改變既定的命運吧？

〔既然候選人增加，看來時間也得延長一下囉。〕

鼻荊一邊說著，一邊更新了空中的訊息。

〔背後星選擇間延長5分鐘。〕

周圍好不容易撿回一條小命的倖存者議論紛紛。

「……這究竟是什麼鬼？」

「什麼背後星選擇啊？」

我先前讀過《滅活法》自然不感到陌生，但不難想像，生平頭一回遇到這種詭譎情形的他們會有多困惑。

〔登場人物『劉衆赫』已發動專用特性。〕

在此之中，唯有劉衆赫一個人振作起了精神，他冷靜沉著的眼眸證明了這一點。

我不禁有些好奇，他腦中在想些什麼。

〔已發動專用技能『全知讀者視角 Lv.???』。〕

儘管我對窺探第零次回歸脆弱的內心抱有些許歉意，但這一回我確實是不得不為。

要是有個萬一，這小子選了別的背後星——

〔您身為『最古老的夢』。〕

〔無關您對於對象的理解度，您將能 100% 發揮該技能的能力。〕

劉衆赫的思緒恍若人體解剖圖一樣詳細地展開。

『**美雅呢？美雅怎麼樣了？**』

『**我得去救美雅。**』

『**若要去救人，我勢必得先解決眼前的選項。**』

『**背後星選擇，是要選擇贊助者的意思吧。**』

我有些緊張。

在原先的第零次回歸這傢伙沒有選擇背後星，但那也不過是原本的劇情罷了，這一次會是如何沒人說得準。

但叫人意外的是，對我流露興趣的人似乎不是劉衆赫，而是其他星座。

〔星座『美酒與幻境之神』向您打了聲招呼。〕

〔星座『美酒與幻境之神』認為您的名號相當帥氣。〕

戴歐尼修斯這小子厚臉皮的程度，似乎無論哪次回歸都如出一轍。若不是祂在最後的方舟選擇讓步，只怕當時的戰鬥會更加慘烈。

我正開心地打算回應祂的問候，卻有某人插了嘴。

〔星座『深淵的黑焰龍』警戒著您。〕

這麼說來，這傢伙也在啊。

祢這小子，應該也同時在緊盯著另一個車廂的金南雲不放吧，到底是腳踏了幾條船啊？

〔星座『深淵的黑焰龍』認為您在模仿自己的名號。〕

我本想反問到底哪裡相似，但還是勉強忍了下來。選擇時間只剩下三分鐘，沒必要在無謂的地方浪費心力。

我回過頭，不知何時，劉衆赫已經正式開始進行判斷。

我嚥了口唾沫。

＋

1. 美酒與幻境之神

＋

劉衆赫只瞪著名號看了一會便轉移了目光。

『什麼亂七八糟的名字。』

劉衆赫的視線轉向二號候選人。

＋

2. 啃指甲的老鼠

＋

劉衆赫盯著這名號看了好半晌，讓我不禁焦躁起來。

清醒點啊劉衆赫，選祂還不如選黑焰龍。

『**看起來弱到爆**。』

我這才鬆了口氣。

不要嚇人啊，混帳。

接著，劉衆赫又將目光望向第三位候補。

＋

3. 深淵的黑焰龍

＋

不消說，劉衆赫不可能選擇三號。儘管從外表看來，劉衆赫像是個自命不凡、唯我獨尊的傢伙，但事實上，他不喜歡那種虛有其表的誇張字眼，所以——

『**這名字看起來滿強的**。』

什麼？不是……

『**說不定會是個強大的贊助者**。』

雖然說，實際上確實挺強的……但那傢伙可是會強迫自己的化身背誦一堆稀奇古怪的召喚咒啊！衆赫啊，求求你擦亮眼睛看清楚，扛得住這小子的除了金南雲之外，就只有韓秀英了。

〔星座『深淵的黑焰龍』向您擺出不可一世的姿態。〕

〔背後星選擇時間剩餘1分鐘。〕

盼了又盼，劉衆赫的雙眼總算轉向四號候補。

＋

4.救贖的魔王

＋

我好不容易才定下心神，在劉衆赫背後和他一起掃視背後星的幾個選項。

美酒與幻境之神、啃指甲的老鼠、深淵的黑焰龍、救贖的魔王……

「第四面牆，你覺得怎麼樣？」

第四面牆似乎一時弄不清我想問些什麼，停頓了片刻。

「我的意思是，在你看來誰比較厲害？」

『這個嘛……』

「我不是說實際武力值，而是光從名號判斷的話，你選哪個？」

我還以為很快就會得到答案，沒想到第四面牆居然陷入了長時間的思考。

沒等它開口，我又忙不迭地說道：「不是因為我身為救贖的魔王所以在自賣自誇，講真的，就客觀來看……」

不對，根本沒必要動用客觀判斷吧，我們按照常識思考就行了。

美酒與幻境之神？看起來就是個酒鬼。

啃指甲的老鼠？又不能拿來當指甲剪，這傢伙到底有什麼用處啊？

深淵的黑焰龍？這種選項一看就絕對不能亂選。

就算第零次回歸的劉衆赫再蠢也不可能在這裡翻車，在這幾個選項之中，很明顯只有我的名號比較正常了吧。

實際上，劉衆赫好似對我的名號發出些許感嘆，舉起手來指向四號，緊接著，他腦中的思緒流淌而過。

『這個名字看起來有夠傲慢。』

……

『通常只有弱到不行的傢伙才會取這種名字。』

我還來不及張口抗議，劉衆赫便猛然站起身。

「決定了，我——」

劉衆赫帶著得意的笑容，緩緩張開了嘴。

我默默抬頭仰望地鐵的天花板，滋滋滋滋，指尖冒出一抹強烈的灼熱。

〔您已干涉該世界觀！〕

〔已開始『覆寫取代』。〕

〔過度的干預會引發世界線強烈的抵抗……〕

我用盡全力往劉衆赫的後腦勺狠狠巴了下去。

✦ ✦ ✦

「哎唷！」

後腦勺一陣強烈的衝擊感讓金獨子猛然醒了過來。

「你到底要睡到什麼時候？還不起來！」

一睜開眼，他就看見韓秀英甩了甩手。

金獨子一邊抹掉沙發上的口水印，一邊從亂糟糟的沙發上爬起來。

什麼？我怎麼會在這？現在是……

「發什麼呆，還不快準備出門？你忘記今天說好要去哪了嗎？」

劉衆赫用他那獨有的姿勢站在韓秀英身邊，眼底也滿是怒火。

「真是白等了半天。」

不只是劉衆赫，鄭熙媛從他的身後倏然探出腦袋，李賢誠則跟在鄭熙媛身邊，雙手大包小包地不知提了什麼。

「這是披薩嗎？」

「當然是炸雞啊，笨蛋。」

申流承和李吉永兩人盯著李賢誠手裡的塑膠袋直流口水，連李智慧也在兩個孩子身旁。

「快走吧，我肚子餓了啦。」

看著眼前的景象，金獨子這才驀然想起今天是什麼日子。

『任務劇本結束了。』

他轉過頭，只見明媚的陽光透過工業區的窗戶照進屋中。

『今天正是金獨子集團首次一起外出踏青的日子。』

在前往目的地的路上，韓秀英沿路嘮叨個不停。

「喂，金獨子。」

「幹嘛。」

「你該不會真的忘了今天是什麼日子吧？」

「什麼日子？」

「今天是十二月二十五日啊，還能是什麼日子？」

金獨子思索片刻，說道：「是密特拉的生日？」

「這是什麼吠陀式的笑話嗎？」

他們一邊閒聊一邊向前走，劉衆赫偶爾會冒出不耐煩的聲音。只見一輛大紅色的跑車伴隨著陣陣轟鳴停在了路邊，有個人推開駕駛座的車門走了下來。

「尚雅小姐！」

率先認出了劉尚雅的鄭熙媛立刻高高舉起手。

身穿白色長羽絨大衣搭配牛仔褲的劉尚雅伸手摘下墨鏡，露出微笑。

「對不起，因為拍攝的關係來晚了。」

韓秀英似乎對劉尚雅頗為不滿地酸言酸語。

「哎唷，都要變成當紅藝人了。」

「可是天氣這麼冷，我們一定要去漢江邊吃嗎？」

「反正哪個人沒有寒冷抗性？這點小小的技能應該都有吧。」

「在工業區聚會也可以呀，畢竟是聖誕節，漢江人應該很多。」

「之前已經和孩子們約好了啊。」

看見兩人你一言我一語地鬥著嘴，金獨子胸口驀然一陣刺痛。

這樣尋常的景象為何會令他如此懷念？任務結束至今，明明都已經過了三個月了。

「雪花小姐和弼斗先生呢？也沒看到韓部長。」

「他們很快就到。啊，來了，喂喂！李雪花！」

在汝矣渡口站[5]前，李雪花穿著一身潔白的毛衣，開朗地揮動著雙手，在她身邊的孔弼斗則一臉老大不痛快似地瞪著一旁。

「讓人等這麼久，我還以為你們又把我們給忘了。」

聽見這句話，鄭熙媛似乎被戳中了痛處，立刻回答道：「哎呀，我們怎麼可能忘記嘛。」

5 位於首爾永登浦區，首都圈地鐵五號線上的站點，靠近漢江、麻浦大橋。

「那時候你們不就是扔下我們不管，直接回工業區了嗎？」

「嗯嗯，後來我們不就去找你們了？」

「什麼找我們！明明就是圖書館員把我們送出去的。真是的，一想到那時候還是……」

「韓明武呢？」

「明武先生今天不能來了，他說聖誕節一定要留給家人……」

「那個大叔哪有什麼家……啊。」

在活潑吵雜的氣氛中，他們繼續邁開腳步。

李吉永和申流承一左一右，一人勾著金獨子一隻手臂，互相怒吼著。

「喂，不要一直把叔叔往你那邊拉啦。」

「妳才是咧。」

「叔叔，聖誕老人也是星座嗎？」

走了一段時間，一行人總算抵達漢江公園。

或許是因為天氣冷，外頭沒有太多人跡，取而代之的是漢江上坍塌的大橋和漆黑的天空。現在天上只剩零星幾顆星星，成了星星直播曾經存在的證明。

——明明一切都結束了。

一行人鋪好野餐墊，在孩子們身邊點燃便攜式的暖爐。劉衆赫在爐邊擺好簡易的桌子，低頭和李智慧一起動手開火。

金獨子問道：「什麼啊，你們要在這裡直接做？」

「當然啦，現在炸雞店沒了，披薩店也倒光了，只能自己做了。」

這麼說也對。任務結束也不過三個月，披薩店、炸雞店等店家不可能這麼快就復活。

韓秀英說道：「有人做給我們吃已經很好了，心懷感激吧。」

只見瞬間就被大卸八塊的雞腿飛上半空，劉衆赫特製的醬料晶瑩剔透地淋在了上頭，發酵麵團則在刀尖猛烈迴轉，就算弄不清他到底是忙著做披薩還是炸雞，總之，肯定有某種了不得的東西即將誕生。

「終於迎來這種平和的日子了。」

劉尚雅抱著膝蓋坐在墊子上，她將目光投向漢江，似乎心中滿是感慨。

金獨子問道：「妳最近很忙吧？」

「其實……也就那樣啦，只是要處理的事比較多。」

距離任務結束也才三個月，整個社會還沒安定下來。任務系統的影響尚未完全消失，利用技能或星痕逞凶鬥狠的罪犯還在到處橫行。

劉尚雅正是忙著擊退他們、保護平民的全球英雄。

「那兩人看起來很般配呢。」

在稍遠處，鄭熙媛和李賢誠兩人肩併著肩凝望漢江江景。

韓秀英沒好氣地張口就說。

「我賭 100 Coin，一年都撐不過。」

此時，遠方傳來爆炸的聲響，一行人吃了一驚，全都本能地將手伸向兵器。定睛一看，這才發現那似乎是遠方大樓施放煙火的聲音。

「居然這麼快就有人開始做這種事了。」

韓秀英好像很無言，嘟囔了幾聲。

看著那個畫面，金獨子的感觸格外深刻。

竟然是煙火。真想不到，這輩子還能活著看到那種東西。

美食的香味漸漸飄來。

「金獨子。」

「嗯？」

「最近你好像沒怎麼在看那個了。」

「什麼？」金獨子思索片刻，這才答道：「啊，對喔，我都忘記看了。」

金獨子匆匆掏出手機，但電量已經見底，手機開不了機。

黑色的液晶螢幕映照出韓秀英的臉龐，那副眼神叫人難以捉摸。韓秀英一聲不吭地打量著金獨子，嘿咻一聲一屁股坐了下來，嘴裡還在嘀咕。

「嗯？」

「早知道就不來了。這裡讓人想到太多事，腦袋都亂成一團。」

「我只是在自言自語而已。話說回來，《滅活法》也有寫到這樣的場景，有印象嗎？」

《滅活法》。

「就是，劉衆赫在第三次回歸聚集了所有伙伴，在漢江邊一起啃螻蛄腿……」

金獨子聽韓秀英一字一句地描述著，表情有些微妙。見金獨子的身子微微左搖右晃，韓秀英朝他伸出了手。

「喂，怎麼了，你還好吧？哪裡不舒服嗎？」

「我只是突然有點頭痛……」

「是我剛剛巴得太用力了嗎？不然你先休息……」

「沒事。話說回來……妳說的對。」

「什麼？」

「我是說《滅活法》。我真的很喜歡那一段，那是第三次回歸裡我最喜歡的段落。」

韓秀英凝視著金獨子的臉，接著微微一笑。

「真是的，《滅活法》臭宅。」

遠處再次燃放煙火，巨大的火花甚至比剛才還華麗得多。看著點綴夜空的煙火，兩個孩子也歡呼連連。

金獨子思索著。

或許，這就是他長久以來在心中描繪的景象吧，真的很久很久……很久很久。

韓秀英再次開口。

「不過，金獨子。」

「嗯？」

不知何時，韓秀英的臉猛然湊到眼前。

她的五官如此清晰。雪白的臉頰，還有明亮眼瞳下方的淚痣全都一清二楚。

撲鼻而來的檸檬香氣讓金獨子頓時驚慌失措，他正想開口，韓秀英卻率先靠近。她將嘴唇湊到他耳邊，用極其緩慢而明確的聲音低語。

「《滅活法》第三次回歸才沒有寫到那種東西。」

璀璨煙花在空中綻放，彷彿有一抹劇烈的火花從某處席捲而來。視野陡然天翻地覆，片刻之後，金獨子才意識到自己被韓秀英一把摔在地上。

「喂。」

韓秀英冷酷的雙眼就在咫尺。

——明明一切都已經落幕，為什麼，總覺得好像什麼都還沒塵埃落定呢？

他看見鄭熙媛和李賢誠朝他們跑了過來，也看見劉衆赫用冷淡的眼神盯著他。

這是所有故事都已經完結的世界。

在照亮整片夜空的煙火中，韓秀英的匕首閃爍著凜冽的寒光。

「你，到底是誰？」

4.

過去的三個月裡，韓秀英總是活在一種奇異的預感之中，日復一日。

起初其實很單純。

「劉衆赫，你知道嗎？」

「什麼？」

「那小子，現在居然敢吃番茄了。」

一開始，她覺得只是一些無足輕重的變化。反正任務結束了，這傢伙也跟著有所改變，這不算什麼。

她原本只是這麼認為。

「喂，金獨子，你最近怎麼老是在發呆？」

「嗯？喔……」

「話說，任務是真的結束了沒錯吧？為什麼系統不會消失？你現在也還能使用技能嗎？」

「嗯……可能還要過一段時間才會消失吧。」

任務雖然告終，但世界並沒有乾脆俐落地恢復原狀，就像還有故事沒說完一樣。人們仍舊能自由運用技能或星痕，就是最好的證據。

「嚴格來說，在找到寫出那部小說的原作者之前，或許一切都不能算是真正結束。」

韓秀英也認同劉衆赫的意見。

也許是因為最古老的夢閱讀了《滅活法》，才造就這個世界的存在，但在此之前，總有位原作者寫下這部小說，而這個故事，終歸得找出那名作者才算完結。

「tls123到底是什麼來頭？到目前為止，我們有過幾個推測，但全都大錯特錯。其中最有力的候選人就是最古老的夢，但祂好像也不是作者……金獨子，你有什麼看法？」

最有機會解答這個疑問的人，顯然非金獨子莫屬。

一位看完了長達三千一百四十九話的《滅活法》的讀者。

然而，金獨子是這麼回答的。

「嗯……這個嘛，我是覺得事到如今那些好像也不太重要……」

倘若換作其他人，會這麼說或許無可厚非，但他可是金獨子。他不僅是堅持不懈地看完《滅活法》的唯一一名讀者，也是韓秀英所知的最棒的讀者，金獨子。

「說，你到底是誰？」

因此，韓秀英不由得心生懷疑。

——萬一，眼前的金獨子是個冒牌貨呢？

「秀英小姐！這是怎麼回事——」

在李賢誠嚷著衝上前來的同時，申流承已經一把抓住韓秀英的手腕。

「妳在幹什麼？」

「秀英姐。」

李吉永也一樣。少年遲疑地擋在她面前，緊張地盯著韓秀英不放。

一看見她手中鋒利的匕首，一行人原本輕鬆的氣氛急轉直下。

「秀英姐，妳想做什麼？為什麼突然這樣？」

不知何時，李智慧也已放下了菜刀，手持雙龍劍站在她身邊。

李雪花震驚不已，鄭熙媛眯起了眼睛，相反地，劉尚雅則在旁沉著地觀察著整個狀況。

韓秀英思索片刻，這才輕輕嘆了口氣，鬆開金獨子的衣領。金獨子無力地癱倒在地，像個罪人似地抬眼看著她。

「這傢伙不是金獨子。別人也就算了，金獨子不可能不記得那種事。」

然。

「妳在說什麼啊？」

「《滅活法》。」

一聽見這句話，所有人的目光不約而同地看向金獨子。

那個總是將《滅活法》掛在嘴邊的金獨子。

像是在解說一道艱深難題的講師，韓秀英按著自己的額角，方才發生了什麼狀況頓時一目了然。

最後，她又補充了一句。

「剛剛我講的不是《滅活法》，而是我寫的小說的內容。《滅活法》根本沒有寫到主角一行人在漢江邊溫馨聚餐的場景。」

「秀英姐，這妳怎麼知道？妳也有看那部小說？」

「我只看了前半段。至少在第三次回歸沒有出現那種內容，這點我很肯定。」

鄭熙媛反駁道：「如果只是這種細節，可能只是搞錯了吧？說到底，能把那麼長的小說內容全部記住，這本身就——」

「如果是金獨子，一定可以。大家難道忘了，這一路以來你們都是怎麼通過那些任務的？妳認為那個金獨子真的會記不得這種事？」

韓秀英低吼著，回頭看向金獨子。

「喂，告訴我，劉衆赫在阿斯莫德手上死了多少次？」

面對韓秀英的質問，金獨子竟然只是一臉茫然地注視著她。正當韓秀英皺起眉頭，就要再次發飆的剎那，金獨子開了口。

「韓秀英。」

沒有任何高低起伏的聲音。一時間，韓秀英眼中閃過一絲期待。

然而……

「不好意思，我是真的記不起來了，最近我一直沒看《滅活法》……」

「你們看！這小子根本就不是金獨子……」

「叔叔。」

韓秀英握緊匕首就要上前，是申流承及時阻止了她。她用雙手拉起金獨子的手，像是在捧著脆弱的瓷器。

「你還記得，我說過能來漢江的話，我想吃些什麼嗎？」

聞言，在相距不遠的地方默默做菜的劉衆赫也停下了動作。料理還沒完成。

金獨子立刻回答道：「披薩和可樂。」

「獨子哥！還有我、我呢？」

「吉永說想去海邊吃炸雞對吧，對不起，下次一定帶你去海邊。」

李吉永和申流承抬起盈著淚的雙眼，怒瞪著韓秀英。

韓秀英蹙起眉頭。

「等等，這種問題未免太簡單了，光是這樣——」

這回換鄭熙媛出了聲。

「獨子先生，我的刀叫什麼名字？」

「審判者之刃。為了蒐集材料打造它，我不曉得吃了多少苦頭。」

「獨子先生，您還記得您第一次交給我的道具是什麼嗎？」

「是一面破舊的鐵製盾牌吧？」

一群人像在比賽似地紛紛向金獨子拋出提問，甚至連孔弼斗都插了一句。

「喂，在忠武路任務那時候，你交了多少罰款給我？」

「我不是沒交嗎？」

「不要臉的臭小子，你要是不馬上給我吐出來——」

「大叔，你之前不是對我這麼說過嗎——老實說，在金獨子集團的所有成員裡，智慧妳是最漂亮的。」

「我才沒說好嗎。」

李智慧暗暗罵了一句可惡。

「他是獨子大叔沒錯吧？」

伙伴們的表情都像是微妙地鬆了口氣。

金獨子觀看著整個事態，開口說道：「我不知道大家突然間怎麼了，不過，我確實是金獨子，千真萬確。韓秀英妳幹嘛又——」

「喂，《滅活法》一共有多少回？」

「秀英。」

最終是看不下去的鄭熙媛站出來主持公道。

「我不曉得妳這麼說的理由是什麼，但大家好不容易出門一趟，還是適可而止吧。」

「沒錯，秀英小姐，我覺得應該是有什麼誤會……」

「誤會？」

韓秀英握著匕首的手微微顫抖。

「喂，劉衆赫！你倒是說句話啊！」

聞言，一直默默忙著切菜的劉衆赫，漫不經心地瞥了韓秀英一眼，接著看了看金獨子，又看了看其他伙伴，最後一語不發地把目光轉回砧板上頭。

韓秀英氣得肩膀不停發抖。

「你真的是……」

她猛地低下頭，只見地上有罐啤酒骨碌碌滾動著，二話不說拾起啤酒一飲而盡，再粗魯地抹了抹嘴。

「好，現在就只有我一個人不正常，是吧？」

彷彿一瓶啤酒還不夠宣洩情緒，她立刻又打開了另一罐。

「沒錯，我知道因為任務大家全都累壞了，光想想都叫人疲憊，也知道大家現在只想好好放鬆。難道我就不想嗎？我也想休息啊！」

噗哧哧，啤酒罐的泡沫噴湧而出。

「但你們真的覺得那個金獨子不是冒牌貨？」

「韓秀英。」

「你閉嘴，不准叫我的名字。」

韓秀英的臉頰隱隱泛起紅暈，預想剽竊在她腦中飛速運作起來。

『或許大家說的對。她是錯的，說不定那個金獨子真的如假包換。』

僅僅因為不記得《滅活法》的幾個場面，她就能鐵口直斷金獨子不是金獨子了嗎？韓秀英也很清楚，現在的自己操之過急，欠缺邏輯依據。

儘管如此，韓秀英仍舊控制不了自己的情緒，就連她自己也說不清為何自己的反應會這麼激烈。

她喃喃說道：「我印象中的金獨子……」

那篇小說不僅無趣，還有著滿坑滿谷的設定，金獨子卻有足夠的耐心和毅力讀完那足足三千多話的大長篇小說，他就是這樣的人。

「或許有一天，當所有任務結束之後，說不定我會想重新提筆，試著寫一部小說。到那時候，你記得看我寫的小說。」

是比世上任何人都更熱愛故事的人。

「好啦，我會看的。」

「說不定會超過三千話喔。」

「正合我意，我就喜歡長篇小說。」

「搞不好還超無聊。」

「妳寫的小說怎麼可能無聊？」

這樣的金獨子，就算忘了一切，也不可能遺忘《滅活法》。

不知道是不是酒精的緣故，一股熱意在她的腦中不斷擴散。

——萬一這個「金獨子」是冒牌貨，那又意味著什麼？

這難道是原作者tls123的惡作劇？還是……

「秀英小姐，我看差不多該到此為止……」

看著其他伙伴的表情，諸多假設在她腦中一一浮現。

倘若鬼怪之王所言不虛，這世界終歸是最古老的夢的幻想，由於最古老的夢持續作夢，這個世界才能存續……而現在最古老的夢早已消失，隨著隱密的謀略家和其他第九百九十九次回歸的人物一起不知所蹤。

——既然如此，這個世界為何還能繼續存在？

那是種駭人的預感，是絕對不能化為現實的臆測。更叫人毛骨悚然的是，這股預感說不定早已成為現實。

手中的啤酒罐頓時掉落在地，剩餘的酒灑了大半，那鋁罐滾動的模樣簡直就和剛才的畫面沒有兩樣。

看著裡頭幾乎空無一物的空罐，韓秀英恍恍惚惚地說道：「萬一，那個金獨子是阿凡達呢？」

「秀英小姐！妳怎麼突然又在說那種話——」

「不然你覺得我是在沒事找碴嗎？」

她認真的語氣改變了幾個伙伴的神色，回過頭來的幾個人，幾乎都露出了相似的表情。

韓秀英。

她是一行人當中唯一擁有預想剽竊和阿凡達兩個技能的化身。每當金獨子缺席時，她就擔任了整個星雲的智囊。

並且，韓秀英的判斷幾乎從未出錯。

緩緩扭過頭的李賢誠注視著金獨子，下一個是鄭熙媛，接著是李智慧。眾人的目光紛紛集中到金獨子身上。

——萬一，韓秀英說的是真的。

微弱的裂痕在他們心中蔓延。那一絲懷疑造成的縫隙，對韓秀英來說便已足夠。

「如果真的是阿凡達，倒是有個很簡單的方法能辨別。」

當鄭熙媛察覺異狀，說時遲那時快，韓秀英已經消失在原地。

「韓秀英！」

李智慧如閃電般拔劍衝出，但一眨眼，韓秀英距離金獨子只剩數步之遙。

周圍驟然捲起一道可怕的氣流，是申流承爆發出的龍吼，而李吉永的昆蟲宛如枷鎖般迅速爬上韓秀英的腳踝。李賢誠則飛身撲了過去掩護金獨子，然而韓秀英沒有停下。

「答應要看我的小說的人——」

劉尚雅指尖射出的線絲纏住韓秀英的腰，慢了好幾拍才反應過來的鄭熙媛也在千鈞一髮之際從後頭一把抓住了韓秀英。

而就在這一切發生的同時，韓秀英的匕首也已從她手裡消失無蹤。

「不是你。」

啪的一聲，某種東西應聲破裂。

5.

韓秀英的匕首精準擦過了金獨子的肩膀，金獨子也反射性地按住了自己的傷口。韓秀英沒有錯過那個場面。

『阿凡達不會流血。』

隨著系統的力量慢慢削弱，現在就連星座受了傷體內也不會流出傳說，而是冒出鮮血，因此若那個金獨子是貨真價實的本人，中了這招肯定會見血。

「妳真的瘋了是不是？這是在幹嘛！」

「叔叔！」

錯愕的申流承連忙跑向金獨子，李賢誠和李智慧也不例外。金獨子腳步踉蹌，依舊死死地捂住自己的左肩。

『如果韓秀英說的沒錯。』

緊接著，金獨子的手掌無比緩慢地從肩上放了下來。

「我沒事，別擔心我。」

不知道是誰先倒抽了一口氣，但每個人全都看得一清二楚。

『傷口血流如注，是鮮紅色的血。』

韓秀英也看見了，但是……

「等等，這還沒結束！有些阿凡達也會流血。」

韓秀英說的確有其事，因為她自己就製作過這樣精密的阿凡達。投入大量記憶製作而成的阿凡達身上也流淌著鮮血。

遠遠地，劉眾赫仍自顧自地切著菜，好像根本沒把另一邊發生的騷動放在眼裡。那副事不關己的模樣讓韓秀英更是無名火起。

或許正是因此，才害她在衝動之下讓那句不該說的話脫口而出。

「把頭砍了就知道了，反正阿凡達就算砍了腦袋也還會動。」

「妳說什麼？」

直到看見鄭熙媛那殺氣騰騰的表情，韓秀英才猛然意識到自己說錯話了。

審判者之刃倏然捲起地獄炎火的氣息。任務結束後，鄭熙媛就連一次也不曾發動烏列爾的星痕。

鄭熙媛語氣凶狠地說道：「要是妳敢，等著掉腦袋的就是妳。」

看著指向自己的審判者之刃，韓秀英也催動了黑焰。儘管明知這樣下去事態將一發不可收拾，她還是控制不了自己。

當聽見李雪花拚命勸阻自己的聲音，看見申流承和李吉永在鄭熙媛身後對自己流露出敵意，霎時間，韓秀英內心的某種東西也驟然崩裂。

——說不定，能一起走到今天就已經是種奇蹟了吧。

韓秀英一直都明白自己和這群人格格不入的事實。

她是先知者之王，也被視為「冒牌王者」，說穿了，她只不過是金獨子編撰的宏大故事中的一名反派罷了。

居然和這些人跑來漢江吃披薩喝可樂，打從一開始，這就不是適合韓秀英的結局。

轟隆隆隆隆。

就在雙方僵持不下的同時，一個爽朗的聲音打斷了一切。

「你們現在在幹嘛？我買了啤酒來喔。」

張夏景雙手提著塑膠袋走了過來。

「難道是我遲到了，所以你們打算跟我開玩笑嗎？」

她聲音裡的不安讓一行人頓時回過神來，像是終於想起了自己來到這裡最初的目的。

此外，始終一聲不吭的那個男人也第一次開了口。

「到此為止吧。」

黑天魔刀插在砧板上，散發出超凡座的位格，方才壓迫著整座公園的殺意旋即一掃而空。

「該吃晚餐了。」

取而代之的是隨風而來的香味，刺激了剛才被眾人忘在腦後的飢餓感，桌子上已經擺好整整七大盤披薩和炸雞。

看著那幅景象，李智慧不由得嘆息。

「師父真的是……」

看見劉衆赫一臉認真的模樣，眾人一時面面相覷，似乎不知該作何反應。

第一個跑向食物的人是張夏景。

「大家還在發什麼呆？還不快點過來！」

看見她那副模樣，孔弼斗不禁失笑出聲。見氣氛稍稍緩和下來，金獨子也連忙開口緩頰。

「我真的沒事，秀英會抱持懷疑我也可以理解。說實話，我最近的記憶力確實變得很差，也常常覺得好像很多重要的記憶都消失了……」

鄭熙媛依然目不轉睛地緊盯著韓秀英，說道：「獨子先生，我認為這件事不能就這樣算了——」

「先吃完飯再說吧，畢竟劉衆赫可不是天天都願意做菜給大家吃啊。」

仍舊雙眉緊鎖的鄭熙媛大嘆了一口氣。

等到伙伴們紛紛在野餐墊上找好了位置，卻有一個人無聲無息地消失了蹤影。

鄭熙媛不禁升起一股無名火。

「她真的是……」

韓秀英不見了。

✦ ✦ ✦

火聲仍從遠處隱隱傳來。

盯著洗手間水龍頭奔流而出的冰冷水柱，韓秀英緊咬著嘴唇。

——是我不好。

這真不像她。

為什麼會那麼激動，就連她自己也說不上來。她心想自己是該平復一下心情，回去向大伙好好解釋，但她始終不曉得該從哪裡說起，又該怎麼說，才能說服其他伙伴。

——歸根究柢，將分享大半記憶的阿凡達稱作「冒牌貨」，又是正確的嗎？

口袋裡傳來微弱的震動聲。

——秀英小姐。

是劉尚雅傳來的簡訊。韓秀英立刻把手機塞回口袋，然而，震動聲不屈不撓地再次響起。

——韓秀一。

「煩死了。」

——呵呵打錯字了。

她正要回覆，身後忽然感受到某人的氣息。

「別再鬧彆扭了，快回去吧。」

纖長白皙的手按住她的肩膀，韓秀英甩開那隻手，扭頭看向身後。

「算了，反正我回去也只會破壞氣氛。」

「沒有那種事，大家都會理解妳的。」

「我說了，算——」

「妳希望我會那麼說嗎？」

劉尚雅的眼神漸漸有了轉變。

韓秀英蹙起眉頭。從敞開的門縫中，她能遠遠望見其他人的身影。看著劉尚雅背對著眾人，彷彿在守護著那幅景象，韓秀英腦中驀然閃過一絲奇異的違和感。

「妳……」

劉尚雅方才並沒有積極出手阻止自己。

說不定，劉尚雅隱瞞了什麼。

「獨子先生曾經提過，倘若這世界的起因就是最古老的夢，那在消滅了祂之後，這世界又會如何？」

「什麼？」

「沒有人注視的世界，該何去何從？」

聞言，韓秀英一把抓住劉尚雅的衣領，猛然將她推到牆上。

「妳……把妳知道的全都說出來。」

盯著劉尚雅始終平靜無波的眼神，韓秀英漸漸領悟了真相。

『劉尚雅曾在第四面牆內當過圖書館員。』

她是所有伙伴中唯一進入過金獨子內心的人。

在收藏了無數書籍的那座圖書館裡，劉尚雅究竟看到了什麼？

「快說！妳一定在那裡看到了什麼吧？那個混帳到底在想些什麼！」

「……」

「妳為什麼不攔著他？眼睜睜放任情況走到這步田地，到底——」

「我沒有阻止他的資格。」

劉尚雅的回答，讓韓秀英第一次安靜了下來。

「他將自己分割成兩半，守護這個世界，讓其中一人成為守望著世界的『讀者』，讓另一人成為『登場人物』。」

韓秀英也猜到了。

也許正是因為如此，那個「金獨子」才會流出鮮紅的血。

當所有人都從任務中解放的那天，另一半的金獨子或許仍留在了那輛列車上。在自己猛然回首，劉衆赫也跟著回頭的那一天，說不定正是沒有下車的金獨子在注視著他們。

「他比任何人都更了解這個世界，倘若這就是他的選擇……」

「妳怎麼能這麼說？」

韓秀英顫抖著手，揪住劉尚雅領口的力道越來越強，劉尚雅則輕輕握住了她的手。

「這就是我的選擇。」

「妳和金獨子都一樣。」

「秀英，妳真的覺得其他人都一無所知嗎？」

韓秀英感覺自己像被揍了一拳。

「對《滅活法》隻字不提的獨子先生……妳認為大家都不會感到奇怪？真的嗎？」

「那──」

「那邊那位『金獨子』先生，擁有和我們一起經歷的大部分記憶。」

遠方的伙伴們圍坐在野餐墊上談天說地。

微笑的鄭熙媛、為她斟滿啤酒的李賢誠、趁著酒興放聲高歌的孔彌斗，還有應和著鼓掌拍手的李雪花。而張夏景從座位上站起身來，用誇張的語調聒噪地講起在魔界時的英勇事蹟。

所有人記憶中的金獨子都有所不同。

若在韓秀英看來，金獨子是名「讀者」，那麼對申流承和李吉永而言，金獨子就宛如「父母」。對李賢誠來說他是「彈殼」，而在李智慧、鄭熙媛、張夏景，甚至在李雪花或孔弼斗眼中……

「那個人也是獨子先生啊。不管存在著多少個金獨子，他無疑就是金獨子沒有錯，是和我們一起攜手走來的金獨子。」

遠方慶典施放的煙火照亮了夜空，兩個孩子的眼睛閃閃發光，他們生活過的時間也緩緩消逝。韓秀英愣愣看著眼前的光景，在一行人之間，金獨子的臉上帶著笑容。

那分明就是金獨子盼望的景象，毋庸置疑。

『金獨子集團的故事，就在這裡劃下句點。』

劉尚雅說的沒錯。

金獨子作出了選擇，而其他伙伴也選擇接受了他的抉擇。他們已經背負太多傷痕，任誰也不願意彼此承受更多的傷。

所以，這就是他們的結局。

劉尚雅問道：「分清楚哪一個才是真的，真的有意義嗎？」

就像去區分無數次回歸的劉衆赫何者為「真」只是徒勞，試圖辨識一分為二的金獨子誰才是「真的」，同樣毫無意義。

韓秀英放開了劉尚雅的領子，開口說道：「我不是想去追究到底哪一個才是真的。」

劉尚雅神色動搖，那震動不已的眼底映照出韓秀英的臉。

韓秀英一邊對於自己竟會露出那樣的表情感到吃驚，一邊又為自己口中說出的話備感動搖，但她仍繼續說了下去。

「最重要的是……金獨子還留在那裡啊。」

或許，幾乎沒有任何人會需要那個金獨子，說不定根本沒有人會想起那個成天痴迷於《滅活法》的瘋子。但是，至少還有一個人……

「叔叔！」

一道焦急的嗓音從遠處傳來。

眾人野餐的方向一陣騷動，空氣中隱約飄來黏膩的血腥味。

劉尚雅和韓秀英很快就意識到有什麼出了差錯，當兩人趕到現場時，甲流承舉著一隻滿是鮮血的手嚎啕大哭。

「血、血一直停不下來！」

直到剛才還好端端的金獨子已經失去意識。

韓秀英握著匕首的手隱隱發抖。難不成……

「不是因為剛剛的傷，這是——」

為金獨子把脈的李雪花臉色一沉。只見金獨子的身體正不安地晃動著，肩上汩汩流出的鮮血將紗布染成一片腥紅。

而下一秒，被紗布吸收的血跡竟然開始蒸發。

噗嘶嘶嘶……

血液宛如傳說般煙消雲散。

李雪花高聲喊道：「把他帶回工業區，快點！」

6.

距離金獨子陷入昏厥已經一週了。

一行人輪班照顧著昏迷不醒的金獨子，李雪花和亞蓮輪流進行診治，也尋訪了眾多擁有醫療技能的知名化身。

然而在他們之中，誰也說不出金獨子倒下的理由。

「他的肉體結構越來越不穩定，卻找不出原因，說不定，真的和系統的削弱有關……」

甚至有幾名化身小心翼翼地提及和阿凡達有關的看法。

「叔叔。」

看著始終不省人事的金獨子，申流承像在對自己喊話似地喃喃自語。

「這個人是金獨子，是我記憶中那個貨真價實的金獨子。」

但無論她怎麼默念，仍舊有她無法改變的事實。

——在眼前的存在身上，她完全感受不到「背後星」的力量了。

那個曾經溫暖擁抱著她的傳說，似乎越來越微弱。

〔傳說『星星的救贖者』結結巴巴地講述故事。〕

就連將自己和金獨子聯繫起來的傳說也顯得猶豫不決，好像眼前這名存在並不適合作為故事的素材。

申流承緩緩閉上眼睛。

〔目前與背後星的連結相當模糊。〕

〔目前您與背後星的通訊頻道處於中斷狀態。〕

連結著她與金獨子的背後契約依然有效，夜空中的那束星光總是在同樣的位置守望著她。

——那麼，那道星光又會是誰？

申流承注視著金獨子肩膀上始終未見癒合的傷口，那是一路以來守護著伙伴們的臂膀。金獨子用那隻手刻畫出自己的世界，終結了任務，打破了最後一道牆。

她緩緩轉頭望著金獨子的臉龐。在改編西遊記任務替他戴上的金箍，仍留在金獨子的頭上。隨著齊天大聖的傳說逐漸衰弱，金箍也慢慢失去力量。

申流承伸手替金獨子整理了金箍之間蓬亂的頭髮。

「流承啊，別擔心。」

金獨子已經信守了承諾。

說好一起去網咖。

想在漢江旁邊享用披薩和可樂。

在那些如夢似幻的光景之中，確實有金獨子的身影。那是一個人以生命換來的脆弱風景。

她不願否認這個結局，不願否認這個歷經千辛萬苦才抵達的結尾。

申流承趴在床上哽咽抽泣，最終累得睡著了。就在這時，有人打開寂靜的病房房門走了進來。

「喂，差不多該換班……」

一看到熟睡的申流承，踏進病房的李吉永立刻安靜下來。他抖開放在椅子旁邊的薄毯，輕輕蓋在申流承的肩上，在床的另一頭坐下。

「獨子哥。」

看見金獨子一隻手落在床緣外，李吉永輕輕將那隻手放回床上。正是那隻滿是傷痕的手，將蚱蜢交到了少年手中。

在少年眼中，金獨子曾經宛如神祇。

李吉永俯視著金獨子好半晌，這才悄聲說道：「獨子哥就是獨子哥，對吧？」

他深深嘆了口氣，起身拉開了病房的窗簾。

街上熙來攘往，人潮絡繹不絕，那是金獨子拯救的人們，是金獨子守護的風景。

李吉永就這樣久久坐在窗邊，細數著人來人往。

✦

✦

✦

「該死的臭小子，既然要製作阿凡達，倒是做得像樣一點啊。」

韓秀英嘀嘀咕咕地走在工業區裡。

金獨子倒下後一週，韓秀英心中已有定見。

——不能向其他伙伴尋求幫助。

劉尚雅說的對。無論是身在此地的金獨子，又或是自己懷念的那個金獨子，兩者無疑都是金獨子。

因此，若這就是金獨子真心盼望的尾聲，伙伴們也都接納他的選擇，那就夠了。

然而，或許至少有一個人的想法會有所不同。

「喂，小鬼。」

「幹嘛啊，大嬸。」

「妳哥跑哪去了？」

「我才不告訴妳。」

「臭小鬼！」

劉美雅一溜煙地躲進了小巷。

不知她怎能跑得那麼快，等到韓秀英三步併作兩步地追上去，她早已跑得無影無蹤。不過，既然劉美雅出現在這裡，就意味著劉衆赫肯定也在附近。

不知道就這樣走了多久，一塊陌生的告示牌赫然出現眼前。

—凱傑尼克斯區。

這裡位處工業區的西面，是一整片住宅區，中世紀奇幻風格的建築古樸典雅，讓韓秀英由衷讚嘆這裡的城市景觀遠比她想像的更加完善。

她心想著，沒想到去找劉衆赫的路上還能順便一飽眼福。

「秀英？」

就在這時，一個意想不到的人物出現在她眼前。

「尤莉？」

……

「妳說，妳搬來這裡了？」

「其實有段時間了。喂，我當然知道妳很忙，不過妳居然到現在才來看我，真過分。」

「妳現在說話簡直和韓國人沒兩樣啊。」

看著尤莉在她眼前喝著茶，韓秀英也喜出望外。

尤莉·德·亞里斯特爾，在凱傑尼克斯群島上，韓秀英正是穿越到在她身上執行了任務。驀然回首，在凱傑尼克斯群島真的發生了許多事情。

為了等那個天殺的金獨子，整整耗費了她數十年的大好時光……

「妳是來這裡找人嗎？不會是特地來看我的吧。」

「抱歉，確實不是……」

「呿，所以？」

韓秀英簡單地說明了情況，尤莉忽然恍然大悟似地雙手一拍。

「啊，妳說的是妳未婚夫吧？」

「未婚夫？」

韓秀英思索片刻，隨即皺起眉頭。

經她這麼一提，她確實差點在那座島上把婚都給結了。

尤莉逗弄地說道：「不過，哪個才是妳的真愛呀？就我個人來說是比較喜歡小……」

「夠了。妳知道劉衆赫現在人在哪嗎？」

「啊？妳喜歡那一款啊？」

「到底說不說。」

「如果是那個笨蛋嘛……」

笨蛋？

「他剛好路過耶。」

好巧不巧，一個高大的身影正從咖啡廳的窗前一閃而過。

韓秀英連忙跳了起來，一個箭步衝出了咖啡廳。

「喂！付錢啊！」

「對不起，下次我請妳！」

韓秀英能看見劉衆赫跑在前方的身影，他穿著一身黑色運動服，用穩定的速度飛也似地跑過整個工業區。路邊隱約傳來工民交頭接耳的議論聲。

「那小子又在跑步了。」

「明明有技能可以用，幹嘛那樣傻乎乎地跑個不停呀？」

「還跑了三個月。」

這件事她還是頭一次聽說。

韓秀英追在劉衆赫身後，觀察著他的背影。確實就如工民所說，劉衆赫沒有使用任何技能，只是單純靠肌肉在移動身體。

韓秀英呼了口氣，迅速發動技能追上男人。

「你在幹嘛？」

大汗淋漓的劉衆赫瞥了韓秀英一眼，又轉開了目光。

「是要參加馬拉松？也對，畢竟你得在新的世界找份工作餬口——」

面對她的挑釁，劉衆赫無動於衷。正當韓秀英思索著該說什麼才能讓這個牛脾氣開口的時候，擦身而過的路人又開始議論。

「你們看，又多了一個傻子。」

這些人，真的是。

韓秀英正想回嘴，劉衆赫卻開了口。

「就只是想跑一跑而已。」

「幹嘛？心裡不痛快？」

劉衆赫沒有回答，取而代之的是一道細微的陰影掠過他的臉龐。儘管韓秀英無法完全理解那個表情的意義，卻不知為何又隱隱有些明白。

「那本小說，妳說妳看了多少？」

聽見出乎意料的提問，韓秀英不甘不願地回答。

「只有前半段一點點而已。」

她沒想到劉衆赫居然會問起這件事。

「在那個世界，本來的我是個怎樣的人？舉例來說，在第零次，或第一次回歸裡……」

「什麼亂七八糟的，突然問這個幹嘛？」

「最近，我不太記得過去的事。」

又是一件沒聽說過的事。

「記不起來？」

「並非完全想不起來，但記憶變得非常模糊。」

「你回歸超過一千次了耶，換成是我也記不清楚吧。」

儘管嘴上說得輕鬆，但韓秀英似乎猜得到為何劉衆赫的記憶會變得模糊不清。

嚴格來說，劉衆赫是《滅活法》的主角，關於他的所有情報都是作者預設的內容，而作家未寫明的事則「並不存在」。

《滅活法》是從劉衆赫的第三次回歸開始的小說，有鑑於此，劉衆赫無法明確地憶起第零次至第二次回歸的記憶，或許也是理所當然。

「那時候的你是什麼樣的人，很重要嗎？」

不管是設定上的問題，還是他真的忘了，反正昨日種種譬如昨日死，過去的就過去了。儘管這只是極其淺顯的忠告，韓秀英還是想提醒他，重要的並非過去，而是即將發生的一切。

劉衆赫卻這麼說道：「對我來說，很重要。」

劉衆赫保持著規律的呼吸。看著劉衆赫拒絕所有技能的幫助，只是殘酷地折磨著自己的肉體，韓秀英驀然明白了。

『劉衆赫是這世上最擅長攻略任務劇本的人物。』

能比所有人更輕鬆搞定任務的霸王，諷刺的是，任務一旦結束，他的強大也跟著化為烏有。在任務後的世界，劉衆赫將會變成什麼模樣？

韓秀英欲言又止了半晌。

「那時候，你也是劉衆赫啊，即將成為回歸者的劉衆赫。」

她只能硬著頭皮將劉衆赫曾親口說過的話還給了他，這就是韓秀英能告訴他的全部了。

為了轉移話題，韓秀英接著說了下去。

「不說這個了，我來找你是有事要跟你說。你應該也知道，這個世界線上的金獨子——」

「是阿凡達吧，我知道。」

他果然心裡有數。韓秀英本想埋怨兩句，想想還是忍了下來。

找來這裡並非難事，但真正來到劉衆赫面前，她卻沒法輕易說出口。

向這個「劉衆赫」作出請求，讓他一起去拯救記得《滅活法》的金獨子，是正確的選擇嗎？

正因根本沒有答案，韓秀英只能硬生生地吞回幾乎脫口而出的要求。

豈料，劉衆赫率先開了口。

「如果要救那傢伙，就必須設法再次搭乘位於最後一道牆另一側的地鐵，問題在於，用一般跨越世界線的方式無法抵達那裡。」

韓秀英只有片刻的動搖，又迅速回答道：「只要重新開啟最後一道牆就能到達那裡。我們必須蒐集開門的碎片，而且，我們應該已經有其中一塊碎片了。」

『韓秀英這麼說道。』

第四面牆的訊息不時傳來。現在韓秀英也能隱隱約約地聽見那些不規律穿插的句子，好似在從旁講解著這個世界。

錯不了的，那就是記錄在第四面牆上的字句，由這世界線的金獨了所持有。

「問題在於其他碎片。」

劉尚雅曾經擁有的定奪輪迴之牆、分別由鄭熙媛和李吉永持有的明辨善惡之牆，以及張夏景身上的不可能的溝通之牆……這些牆壁，都在他們開啟最後一道牆的同時化於無形。

肯定有辦法能將它們重新找回來，此刻的韓秀英卻束手無策。

「韓秀英。」

「幹嘛。」

「到目前為止，已經是第三圈了。」

第三圈？

聽見他這句話，韓秀英才意識到和剛才一模一樣的風景又出現在眼前。這是她剛踏進這片區域時就留心過的風景，他們兩人正繞著一個巨大的圓打轉。

「妳看到了什麼？我發現了那座塔上的鳥。」

劉衆赫繼續說著。

「那些鳥群，總是時間一到就會飛來這裡。」

「……」

「那間咖啡廳，在這個時間點人潮總是特別多。」

「你……」

「妳看見凱傑尼克斯鐘塔上的時鐘了嗎？在秒針、分針，還有時針上頭，都分別雕刻了每個人的臉。也有妳的臉。」

隨著劉衆赫的說明，韓秀英不由自主地轉過頭去，劉衆赫口中敘述的世界就在那裡。或許，劉衆赫反覆繞行這個圓不知多少回，始終注視著這道風景。

「幹嘛觀察那種東西？你腦子終於壞了？」

劉衆赫一個人在這邊繞圈實在令人心疼，韓秀英只能這麼說。

聞言，劉衆赫再次開口。

「要是再跑一圈……」不知不覺間，劉衆赫停下了步伐，向她問道：「要是重新再跑一圈，妳覺得，妳就能看清楚了嗎？」

韓秀英的腳步戛然而止。

〔登場人物『劉衆赫』的星痕散發出微弱的光芒。〕

其實韓秀英早就明白。稍早之前，她就已經明白劉衆赫在說些什麼，只是想刻意佯作不知。她只盼劉衆赫所說的，不會是那個辦法。

「你——」

拯救金獨子的方法、重新蒐集消失的三塊碎片的方法，也是唯有劉衆赫才能辦到的方法……

「那就是，回到那面牆依舊存在的世界，換言之，再一次走過由任務鋪就的地獄道。」

「你打算一個人去幹那種事？」

無論是韓秀英本人抑或金獨子，都不願意看到他這麼做。更何況，哪怕劉衆赫再強，單靠他一個人——

「我一個人辦不到。」

聽見劉衆赫淡然的宣言，韓秀英眨了眨眼。

「所以我才問妳，妳看到了什麼。」

超凡座的位格在劉衆赫賁張跳動的肌肉之中緩緩顯現，他的超凡型態正在進化，早已遠遠超越了星座的力量。

〔登場人物『劉衆赫』的星痕正在進化。〕

韓秀英回首凝視著自己一路走來的街道。鐘塔上的時鐘正在轉動，賣力走動的秒針上頭刻著自己的傻臉。

倘若他們能再次重返那段時光又會如何？如此一來，他們能做得更好嗎？

說不定，他們辦得到。

只要作足準備，比誰都更徹底地未雨綢繆的話。

還有……只要攜手走過這個世界的伙伴，願意與他們並肩作戰的話。

她回頭一看，已經跑過這段街道無數次的回歸者正定睛注視著她。

「我需要妳的幫助，韓秀英。」

〔星痕『回歸』已獲得成長為『集體回歸』的潛能。〕

7.

持續關注第零次回歸，不知不覺已經過了兩個月。

這段時間裡我深刻領悟到一點，那就是無論哪一次回歸，劉衆赫就是劉衆赫。

「我哪個都不選。」

〔登場人物『劉衆赫』並未選擇背後星。〕

時光荏苒，第二次選擇轉眼落幕，加上中間突發的背後星選擇活動，這都已經是第三回了。

整整三回，劉衆赫一次也沒有選擇背後星。

當然了，第一次他沒能作出選擇，其實得算在我頭上。

先前猛力巴那小子後腦勺的手掌至今仍隱隱作痛。

在任務初期突然介入重要劇情，讓一個化身當場昏厥，就算是我也不可能毫髮無傷。

無論如何，在那之後，劉衆赫就對背後星選擇表現出極大的戒心。

『**星座……那些傢伙隨時都能讓我陷入昏迷，絕對不能輕信。**』

在我的立場看來，這自然叫我惋惜不已，但除了我，其他人也沒被選上，所以這樣的結果也尚可接受。

〔星座『深淵的黑焰龍』對化身『劉衆赫』不選擇自己大為光火。〕

〔星座『啃指甲的老鼠』覬覦著化身『劉衆赫』的指甲。〕

〔星座『人類的始祖』對化身『劉衆赫』備感興趣。〕

〔星座『惡魔般的火之審判者』對化身『劉衆赫』的行動感到意外。〕

日積月累，鼻荊的頻道漸漸成長，那些我熟悉的名號也增加了不少。

〔星座『救贖的魔王』向星座『惡魔般的火之審判者』打了招呼。〕

〔星座『惡魔般的火之審判者』嗤之以鼻。〕

烏列爾……

〔星座『緊箍兒的囚犯』嗤笑出聲。〕

〔星座『救贖的魔王』向星座『緊箍兒的囚犯』親切地問候。〕

〔星座『緊箍兒的囚犯』自顧自地挖著鼻孔。〕

沒錯，這才是《滅活法》。

我所熟悉的星座的面貌總在腦中徘徊不去，讓我一時竟忘了這才是《滅活法》原本的模樣。

〔星座『深淵的黑焰龍』表示星座『救贖的魔王』就是個關種，要其他星座小心。〕

不消說，這群人裡最惡劣的肯定還是那小子。

就在我不惜消耗 Coin 也要嗆祂兩句的瞬間，鼻荊湊巧開口。

〔霸王劉衆赫，你真的不選擇背後星嗎？你最好考慮清楚。〕

「我不選。」

〔嗯哼，好，發出背後星邀請的各位星座大大，這一次，就特別給各位一個機會，向諸位化身好好自我推薦吧！〕

多虧了劉衆赫，鼻荊搜羅到大批「尋找化身」集團的星座爭相訂閱，讓祂一整天臉上都掛著笑容，祂肯定也已經意識到，這就是祂大撈一筆的好機會。

不久後，一個訊息視窗出現在眼前。

〔由鬼怪『鼻荊』提供的特別贊助機會！〕

〔向您中意的化身進行道具贊助！〕

在我漫不經心地點下確認之前，我無意間瞥見視窗最底下的一行警語。

＋

＊購買該項商品，將自動扣除 3,500 Coin。

＋

我不禁輕輕嘆了口氣。

〔持有 Coin：500 C〕

『笨**蛋**金獨**子**。』

在攻略最終任務的時候，金獨子集團的金庫也被我揮霍一空，因此，我根本不可能有剩餘的 Coin，簡直是一貧如洗。

雖然我也曾衝動地考慮過，是不是該動用最古老的夢的權限批量生產 Coin，但以我目前的力量，效率也不盡人意，因此這個選項暫且保留。

〔星座『深淵的黑焰龍』表示只要和自己簽約，就能讓您的黑焰龍變得雄壯威武……〕

〔星座『美酒與幻境之神』表示若和自己簽約，能以優惠價購買奧林帕斯的瓊漿玉液……〕

〔星座『寐錦之尊』表示只要和自己簽約，願意提供中級新手禮包……〕

星座的贊助訊息源源不絕自天上灑落，祂們紛紛提出就連我在任務初期都不曾獲得的特殊優待，排起了長長的隊伍。

按照原作的描寫，劉衆赫在第三次回歸初期也沒有獲得太多關注，怎會在第零次回歸大出風頭？道理其實簡單易懂。

〔登場人物『劉衆赫』拒絕了所有星座的提案。〕

「那點東西，根本不夠看。」

第零次回歸的劉衆赫簡直是吃了熊心豹子膽。

「要送我那些破玩意的人太多了，沒人能告訴我隱藏劇情的情報嗎？」

〔星座『寐錦之尊』汗流浹背地表示自己不太清楚。〕

「還是，有沒有人可以向我透露有關未來的預言？」

〔星座『空中漫步的主人』表示私自洩漏資訊可是違法的。〕

「這些傢伙，簡直連救贖的魔王都不如。」

〔部分星座對星座『救贖的魔王』的身分大感好奇！〕

就這樣陰錯陽差，無關乎本人的意願，救贖的魔王在第零次回歸聲勢水漲船高。

—救贖的魔王！未來啟示的洩密者？

—奧林帕斯星雲嚴正聲明，天啟絕無外洩的可能……

—魔王協會對外公告，沒有「救贖的魔王」這名魔王的存在。

—深淵的黑焰龍強烈主張，救贖的魔王與自己過去使用的名號高度相似，疑似抄襲……

看著經由《星流日報》發布的快訊，我再次醒悟，身為星座的人生究竟是怎麼一回事。

從化身成長為星座，和打從任務一開始就是星座，二者是如此天差地別。

〔您的名號在星星直播聲名鵲起。〕

〔部分好事之徒編寫歌曲〈救贖的魔王大騙子〉，廣為流傳。〕

〔由於名氣提升，已獲得5,000 Coin。〕

總而言之，情況對我倒也有益無害。

〔嘿嘿，救贖的魔王大大，您本月也會繼續訂閱頻道嗎？〕

〔星座『救贖的魔王』表示那是自然。〕

〔託魔王大人您的福，這個月的銷售額也大幅上升。不知道是否方便請教魔王大人您的真名……說實話，我還是第一次看到像魔王大人您這樣，根本不把概然性放在眼裡的人呢。啊，哈哈哈，這當然是在稱讚您了。〕

〔星座『救贖的魔王』表示不方便透露真實姓名。〕

〔是嗎？太遺憾了。事實上，像魔王大人您這麼了不起的大人物願意一直待在我的頻道裡，真叫人受寵若驚。畢竟，我也沒有特別有力的靠山……〕

眼見鼻荊戰戰兢兢、毫無自信的模樣，我凝視著祂片刻，這麼說道。

〔星座『救贖的魔王』表示自己只是在償還人情債罷了。〕

✦ ✦ ✦

比起一次都沒看過的書籍，翻看第二次的時候往往會輕鬆容易得多，然而，有些時候還是會在意想不到的地方嘗盡苦頭。

對我而言，第零次回歸正是如此。

〔登場人物『劉衆赫』並未選擇背後星。〕

從某種意義上來說，劉衆赫的第零次回歸和我經歷的世界線極其相似。

故事的發展已經與既定的劇情相距甚遠，走到這個地步，要回歸原本第零次回歸的故事進程，顯然已是天方夜譚。

「衆赫先生，路障設在這裡可以嗎？」

鋼鐵劍帝李賢誠。

「喂喂，隊長！你不是答應過也會教我劍術嗎？」

妄想惡鬼金南雲。

「師父，這次任務結束後，我可不可以去農一下裝備？」

海上提督李智慧。

此外，還加上一名原本的第零次回歸不存在的人物。

──經過金湖站的時候，務必和那個人接觸，吸收她成為伙伴。

或許，這是我個人的私心吧。

儘管這個世界沒有劉尚雅，沒有李吉永，也沒有我的存在……至少還有一個人，還有一名金獨子集團的成員能成為他的同伴。

「賢誠先生，那裡都歪掉了。」

滅惡的審判者，鄭熙媛。

看著鄭熙媛一一檢視著同伴們遺漏的事項，我久違地沉浸在感慨之中。

「那時我真的很開心。一起去逛百貨，添購衣服，再帥氣地造訪伊甸。」

儘管我已經把許多記憶交給了百分之四十九的阿凡達，但我身上仍保留了許多記憶。記憶如暴雨襲來，我只能試著集中心神，不讓自己在那之中迷失方向。

「所以，你才只能這麼做，因為你就是這樣的人，對吧？」

我記憶中的鄭熙媛一定會過得很好。

因為，那個世界已經平安落幕。她會和在那裡的我、和伙伴們一起，去漢江，去海邊，度過平和快樂的日常。

我洗腦似地對自己喃喃自語，努力將注意力放在眼前的世界。

『但**這**裡**也不是**你的世界。』

我明白。

『如今，屬於金獨子的世界早已不復存在。』

對於所有世界都是幻夢的存在而言，「唯一的現實」根本毫無意義。

為了忘卻這個事實，我刻意讓自己埋首於眼前的景象。

我不如讓自己成為毫無想法的星座，只要盡情享受任務，引導創造自己有興趣的劇情，成為渴求故事的饕客，如此一來，就能忘記這一切。

「衆赫哥哥！小女子美雅做到了！」

並且，幸好這是我最熱愛的故事。

「我不是說過了嗎？在別人面前別用這種語氣說話。」

「嗚。」

聽著劉衆赫指責妹妹的語調，我忍不住苦笑。

還是先改改你自己的說話態度吧，臭小子。

就算職業是職業選手，這傢伙應該還是會需要跟別人對話才是，老是用那種口氣講話到底怎麼適應社會啊？

難道是靠長相的概然性加成嗎？

「第四個任務馬上就要開始了，大家都作好準備。」

透過我傳達的情報，劉衆赫逐步成長茁壯。

──管好金南雲，別讓他走上邪魔歪道，那小子很仰慕你，可以好好利用這一點。務必記住，沒有人打從一開始就是十惡不赦的壞蛋。

每一次傳遞出去的訊息都會損耗我巨大的概然性。

—在影院地下城的時候別亂來，按部就班地推進。最終魔王會使用精神系攻擊，進去之前務必要熟練這個技能——

—只要在早期任務搞定孔弼斗，會有很大的用處。那個大叔不是壞人，讓他好好改過自新吧，提示是……

儘管劉衆赫起初也疑神疑鬼，但隨著我的建議接二連三命中紅心，他也逐漸對我表現出信賴。這也不意外，也不看看他是多虧了誰才能走到今天。說實話，直到現在他還不願意選擇「救贖的魔王」作為背後星，著實讓人覺得有些可惡。

「可是，隊長怎麼能對這些任務瞭若指掌啊？」

「有個傢伙在幫我。」

「……有人幫忙？」

幸虧，第零次回歸的劉衆赫並非全然不知感激。

—把下一個提示交出來。

劉衆赫向鼻荊支付高達三十萬的鉅額Coin開設了一對一的祕密通訊頻道。畢竟我是他最主要的情報來源，這選擇也算是合情合理，儘管如此，我仍十分欣慰。

〔星座『救贖的魔王』向化身『劉衆赫』賜與『啟示的吉光片羽』。〕

—第四號任務的關鍵是絕對王座。一定要記住，絕對不能……

滋滋滋滋滋滋……

每當我向他交付情報，必須消耗的概然性都極其可觀。

在這個世界，「故事」就是最基本的單位，想當然耳，比起重擊劉衆赫的後腦勺，洩漏未來的情報顯然傷害更鉅。

「就是那些傢伙！」

敵人前仆後繼地出現，劉衆赫和伙伴們同時地拿出兵器。

很快，第四個任務也即將邁向最後一幕。

第四面牆說道。

『你**應**該**知**道自己在**做什**麼吧？』

伴隨著沙沙沙的聲響，我的指尖正在消失。

我遙遙望見劉衆赫和首爾七王搏命廝殺的模樣，振天霸刀在他手中閃現凜凜凶芒，厲聲嗡鳴。

『不**管**你再**怎**麼**努**力。』

第零次回歸的故事已經和原作有著天淵之別。

在這條世界線，劉衆赫將與所有劉衆赫走上截然不同的道路。

『那**小子**也不可**能看**見牆的**彼**端。』

我很清楚第四面牆言下之意。

在這條世界線，沒有任何方法能取得第四面牆，換言之，劉衆赫沒有打開最後一道牆的最後一把鑰匙。

不管我怎麼做，第零次回歸的劉衆赫都不可能取得那把鑰匙。

不過，即使這小子無法跨越最後一道牆，也不意味著他將以不幸收場。只要我還是最古老的夢的一天，縱使任務結束，他的世界線也不會毀滅。

『某些真相，光是其存在本身就會讓所有人變得不幸。』

縱使我無法向他展示真相，至少可以讓他看見這個故事有個適當的結局。

〔恭喜！化身『劉衆赫』已通過『絕對王座』所有試煉。〕

總算擊敗首爾七王的劉衆赫佇立在絕對王座面前。

夜空吐露著點點星光，首爾巨蛋的所有星座，以及齊聚在光化門的所有市民，都在關注著劉衆赫的一舉一動。

劉衆赫從懷中緩緩抽出一把劍。

四寅斬邪劍。

我則代替了北斗星君助這小子一臂之力。

〔星座『救贖的魔王』注視著化身『劉衆赫』。〕

眼見七個星座逐一點亮，劉衆赫手裡的四寅斬邪劍爆發出璀璨奪目的光芒，逐漸進化成星遺物。

〔外神因您可怕的力量感到驚愕。〕

〔北斗星君因您的存在吃驚得倒抽一口氣。〕

〔朝鮮半島的所有星座……〕

「我可沒打算代表你們這些面目醜惡的傢伙。」劉衆赫接著說道：「我也不打算像你們一樣，成為那些齷齪星座手裡的玩物。我絕不會坐上絕對王座。」

似曾相識的話語。

劉衆赫的劍直指天際。

「此外，我也不會讓任何人坐上這張王座。」

四寅斬邪劍，這把斬斷星遺物與星座連結之緣的寶劍，在劉衆赫手裡狠狠揮向絕對王座。一下、兩下，緊接著，一陣咯吱吱吱的異響傳來。

星星直播漆黑的夜空頓時亮如白晝，系統訊息氾濫成災。由於任務扭曲引發的概然性反噬風暴正逐漸成形。

我默不作聲地伸出手，替他抵禦著鋪天蓋地的反噬風暴。

〔世界線對您過度的干預大為不滿！〕

〔該『覆寫取代』行徑已超越您的掌控力。〕

﹝您的部分傳說已消滅。﹞

目前的劉衆赫身處第零次回歸，他尚不是回歸者，對未來的情報一無所知，也不能透過「傳承」恢復上一次回歸曾經學會的技能。

他未來的劇情只會更加艱難。

這小子既不能像我一樣使用「書籤」，也沒有「全知讀者視角」。

『因此，金獨子很清楚要用什麼來彌補這所有的不足。』

劉衆赫不會踏入回歸。

不會成為隱密的謀略家。

也不會在世界線飄蕩，成為不幸的朝聖者。

在這個世界，劉衆赫會穩步前進，迎向本應屬於他的結尾。

﹝登場人物『劉衆赫』已獲得最初的傳說。﹞

﹝已生成屬於登場人物『劉衆赫』的全新傳說。﹞

劉衆赫仰望著天空。在他背後，傳說幻化為一頭白虎的形象凝視著我，正是曾經守護著我的那則傳說。

﹝傳說『無王世界之王』已誕生。﹞

透過逐漸破碎消散的右手拇指，我遙遙望見劉衆赫的臉上透出一抹喜色。

這個故事，不會有「金獨子」存在。

『儘管如此，那也是金獨子真正渴望創造的情節。』

我緩緩閉上眼睛，老舊、破敗、被人留下許多潦草塗鴉的書頁彷彿浮現在眼前。

『這個瞬間，金獨子下定決心，他要親自寫下原作未能寫就的故事。』

我開始在書頁上振筆疾書。

一頁、兩頁……每當紙張翻過一面，時間也不停流逝。

第五個、第六個、第七個、第八個……每跨越一個任務，我也會失去一根手指。
隨著時間流逝，消失的手指還會再長回來，但尺寸總比先前小了一點。
我用那些手指寫下一則又一則的啟示，寫下原作劉衆赫期盼的終結，寫下我渴望看見的結尾，寫下我曾犯過的錯，以及重新領悟的一切。
所有故事融為一體，迅速茁壯成傳說。
不知道就這樣過了多久。
我緩緩睜開眼睛。
『終於，第零次回歸的劉衆赫抵達了任務的最終篇章。』

8.

劉衆赫的振天霸刀劃破了天空，擊敗所有阻礙他前進的星座，屠殺甘願淪為星座走狗的化身。
一路以來，劉衆赫全力以赴地奮戰。
與他一起克服任務的一群伙伴全守在他身後，李智慧、李賢誠、鄭熙媛、申流承、金南雲、李雪花、孔弼斗……
—系統運行正常，我這邊準備好了，隊長。
首爾七王也沒有缺席，隱遁暗影之王韓東勳和美戲之王閔智媛都來助陣。
—上吧，劉衆赫！
超凡座之王，張夏景的身影也赫然在列。
—這裡就交給我們吧，霸王。
就連飛虎、蘭比爾·汗，以及其他國家的化身，甚至他的宿敵安娜卡芙特都紛紛伸出了援手。

〔星座『緊箍兒的囚犯』為化身『劉衆赫』加油打氣！〕

〔星座『惡魔般的火之審判者』……〕

〔星座『深淵的黑焰龍』……〕

沒有任何一次回歸能比這次更加完整。

「要上了，破天盟。」

破天盟，這就是劉衆赫創立的聯盟之名。

其中包含了我達成的終章，也有第一千八百六十三次回歸的韓秀英展示的布局。那些傳說凝聚了我所知的《滅活法》所有回歸的精髓，講述著故事。

〔傳說『無王世界之王』來勢洶洶！〕

〔浩瀚神話『魔界之春』開始講述故事。〕

〔浩瀚神話『光與暗的季節』開始講述故事。〕

彷彿迄今為止的所有章節、所有故事，只為了這一瞬間而存在。

〔怎麼會，這麼快就……你還不能找到這來——〕

總算，他們在支離破碎的方舟另一頭瞧見鬼怪之王驚慌失措的表情。

劉衆赫和破天盟的伙伴毫不猶豫地向那傢伙發動突襲。

〔愚昧無知的化身啊，你們就算殺了我也沒有任何意義，要是摧毀了星星直播，你們也得灰飛煙滅！沒有了任務的世界線只能慘遭拋棄，誰都不會繼續觀看這樣的世界！〕

鬼怪之王掙扎著。祂動員了自身所有傳說死命戰鬥，彷彿想證明自己的話才是對的，遺憾的是，祂終究獨木難支。

鬼怪之王不支跪地，大口大口吐著傳說，無力地笑道。

〔你們全都完了，這個世界很快就要迎來毀滅，那位大人對這種無趣的故事根本……〕

沒想到，大出祂的意料之外，末日並未到來。星星直播依然如故，完好如初。

鬼怪之王瞪大了雙眼。

〔星星直播最後的任務已結束。〕

〔……難道是？〕

在最後一刻，鬼怪之王拚命扭頭望向自己背後，像在努力看清位於遼闊的最後一道牆對面的某個人，凝望著祂的目光。

就在下一秒，一行文字浮現在最後一道牆上頭。

星星直播的傳奇，霸王劉衆赫。

嗶一聲，畫面顯示的字幕一閃而逝，螢幕隨之熄滅。

黑色的面板上出現了一間教室的景象。

教室裡，孩子們三三兩兩地坐在一起，他們全都帶著閃閃發光的眼神，緊盯著站在螢幕旁邊準備開始講課的男子。

那男人緩緩開了口。

「我是劉衆赫。」

✦

✦

✦

「孩子們真的很喜歡你，衆赫先生，你上課上得很棒呀。」

「應該很乏味吧，我看大家一副無聊的樣子。」

劉衆赫漠然的語氣讓李雪花露出一抹苦笑。

「沒有那回事。」

但劉衆赫只是面無表情地披上了大衣。

『不知不覺，在第零次回歸的世界裡，距離任務結束已過了整整五年。』

任務結束後，劉衆赫和伙伴便著手重建世界。

韓東勳和政府人士接觸，重新建構國家體制；李賢誠和鄭熙媛鎮壓了犯罪團伙發起的恐怖攻擊；李智慧守護著國界，協助與外國化身簽訂國際協議；李雪花和申流承則一直救助著在任務中失去父母的孤兒，「數星星的夜晚」這個機構就是這麼創立的。

劉衆赫也跟著投身機構的工作。這群抬頭仰望著自己的年幼孩子，他們是繁星造就的孤兒，往後也會細數著消失的星辰，繼續成長茁壯。

「可是，叔叔……」

其中一個小孩伸手拉住了劉衆赫的衣角，劉衆赫回頭一看，只見那孩子鼓起勇氣指著他的頭髮。

「你的頭髮閃亮亮的，在發光耶。」

✦ ✦ ✦

任務結束七年左右，劉衆赫結婚了。對象是李雪花。

偷偷抹著淚水的李智慧、擔任主婚人的孔弼斗，還有接下捧花的鄭熙媛……不惜蹺掉大學的課程跑來參加婚禮的申流承還唱了祝福歌曲。

他們沒有孩子，因為他們兩人都不想要孩子。

「這世界上，已經有太多需要父母的孩子了。」

他們選擇廣設機構，收容照顧更多孩子。很像他們兩人會作的選擇。

『光陰飛逝、歲月如梭，轉眼十年、十五年過去……』

就像直奔結局的書頁翻動得越來越快，第零次回歸的時間恍若白駒過隙，劉衆赫也慢慢上了年紀。更準確地說，其實只有劉衆赫上了年紀，主因是他在進行任務的過程中獲得的特性。

傳說級特性，全力以赴的人生。

在數千次的回歸人生中，劉衆赫就連一次也不曾選擇過這項能力，畢竟身為回歸者的他根本用不到。

『這個特性能在有限的壽命之中，激發持有者所有的潛能。』

但現在的他僅僅只是第零次回歸，既沒有藉由回歸累積的經驗，也沒有足夠的天賦才能。因此，他選擇了那項特性，唯有具備這個特性，他才能完成所有剩餘的任務。

「師父今年幾歲了啊？」

「那種東西，我早就忘了。」

「嗯，既然任務已經結束二十年……我的天呀，師父你——」

「是人都終有一死。」

「啊，師父，你實在是！」

只要星星直播的系統尚在，長生不老並非荒誕無稽的夢，畢竟像破天劍聖或基里奧斯這樣，能活數百年，甚至數千年的人所在多有。

不僅如此，只要持續累積傳說成為星座，就能享受無盡的生命。

但是，劉衆赫沒有這麼做。

『毫無犧牲的故事，並不存在。』

管理局垮臺，夜空中的星座一一殞落。

看著那片天空，劉衆赫度過了無數晝夜。

『二十五年，轉瞬即逝。』

直到鬢髮斑白的某一天，劉衆赫離開了城鎮。

「隊長，你真的打算自己在這種鳥不生蛋的山上生活？」

「我最討厭吵吵鬧鬧的地方。」

「那你叫雪花姐怎麼辦？這樣未免太自私了吧？」

劉衆赫一語不發地擦拭著振天霸刀。在沒有任何事物需要他對抗的世界裡，持續揮動那柄百無一用的劍，這就是劉衆赫選擇度過餘生的方式。

「練劍這種事，明明在工業區也可以……」

然而，申流承終究沒能把話說完，只因劉衆赫的面容映在振天霸刀光亮的刀身上。或許沒人能看出來，他已經是年屆花甲的人了，可就算如此……

劉衆赫終有一天會死。

而獨自留下的李雪花，還要在沒有劉衆赫的世界，繼續度過很長很長的人生。

申流承欲言又止了好半晌，正待開口，金南雲卻搶先插了嘴。

「霸王，你也終於變成糟老頭啦！看來，今年我應該贏得了你囉？」

金南雲自信滿滿地笑著解開手上的繃帶，衝向劉衆赫。

「呃啊啊啊啊！我的手、手！不對，眼睛！」

被一拳打飛的金南雲呻吟著倒在地上，隨即傳來一行人爽朗的笑聲。

鄭熙媛和李賢誠牽著手柔聲交談，李智慧和申流承則吵吵鬧鬧地誰也不讓誰。

看著此情此景，我閱讀著與眼前畫面隱隱重疊的文句。

——說不定，我也能夠看見這樣的景象吧？

也許，這些風景會稍有不同。畢竟在我生活的世界，星星直播已然毀滅，系統的力量也在減弱。人們會和劉衆赫一樣慢慢變老，而我也不例外，會和年齡漸長的伙伴一起年華老去。

看著一行人離開的背影，劉衆赫的白髮隨風飄揚。

即使上了年紀，老人的背脊依然筆直，皮膚仍舊光滑而有彈性，肌肉強健結實。

儘管如此，劉衆赫的雙眼已明顯不如從前那般凌厲。

『金獨**子**在這待得太**久**了。』

第四面牆說道。

『在同一個**夢**中待得**太久**會**累**。』

我明白它想說些什麼。

身為最古老的夢，我有義務公平地觀看每一個世界。

但我無法輕易從第零次回歸挪開目光。

倘若這個故事就此落幕，彷彿所有悲劇都會再次重啟，可是，倘若我一直緊抓著這個故事不放——

「救贖的魔王。」

劉衆赫抬起頭來，注視著我。

「事到如今，祢仍對這個故事感到好奇嗎？」

我遲疑片刻，回應道。

〔星座『救贖的魔王』表示沒錯。〕

「這個世界已經沒有任務劇本了，沒有刺激，也沒有驚奇，為何祢願意繼續觀看這個故事？」

〔星座『救贖的魔王』表示因為這就是自己想看見的故事。〕

「真是個怪異的傢伙。」

許多傳說在劉衆赫身後一一浮現。

〔傳說『無王世界之王』注視著星座『救贖的魔王』。〕

〔浩瀚神話『魔界之春』注視著星座『救贖的魔王』。〕

〔浩瀚神話『光與暗的季節』注視著星座『救贖的魔王』。〕

那些傳說看著我，講述著故事。那些曾經屬於我的傳說，而今它們形塑而成的記憶，就在劉衆赫背後延展流淌。

由我一手策劃，再由劉衆赫落實的世界，就此完成了第零次回歸的故事。

「有時，我會覺得這樣的和平就像一場夢，感覺好像是因他人成就了這場人生。」

〔星座『救贖的魔王』……〕

「我並不是說這是種不幸。」

劉衆赫淺淺地笑了。這是我第一次發覺，原來這個人竟然能夠露出這樣的笑容，有好一會，我只能愣愣地凝視著他。

「我一直在思考我應該如何生活下去。」

他將手中的刀輕輕揮向天空，刀刃中蘊藏著他的傳說。

他是比誰都更善於運用既定遊戲規則的化身。耗費一生與系統對抗的劉衆赫，事實上，是在系統存在的情況下才會更加閃耀的人。

「一場打不贏的仗，對我沒有任何意義。」

他擁有的能力，讓他能比任何人更迅速地審時度勢，分析自身的利弊得失，權衡戰局的形勢優劣。

「但我最近偶爾也會好奇，要是沒有祢的幫助，我又會是什麼樣子？無法取勝的我，又會過上什麼樣的生活？」

在第零次回歸中飽受挫折的劉衆赫將如何度日，我可說是再清楚不過。

而在那之後，劉衆赫變成什麼樣子，過上什麼樣的生活，又抵達了什麼樣的結局，我也全都心知肚明。

「如果是祢，應該也知道吧，我的生命所剩不多了。」

9.

劉衆赫步履蹣跚地拄著插在地上的刀，他的眼前逐漸蒙上一層霧，因為長時間的征伐，他疲憊不堪的眼睛正慢慢失去視力。

「倘若選擇祢作為背後星，就能看見祢的模樣了嗎？」

〔星座『救贖的魔王』搖了搖頭。〕

「祢這傢伙到底在哪裡？星星直播的星辰幾乎全都隕落了，祢究竟躲在何處注視著我？」

劉衆赫繼續喃喃自語。

「不，其實我也知道，祢……祢應該就在那道牆的另一頭吧。」

我什麼話也說不出來。

沒想到第零次回歸的劉衆赫居然能敏銳地察覺到這一點。

劉衆赫接著說了下去。

「這世界有些弔詭。」

這是我頭一次從劉衆赫口中聽見這麼狡猾的語氣。

「打從某一天起，我就突如其來地存在於這個世界。」

某一天，驀然存在於世的男人。

「我沒有半點兒時的記憶，毫無徵兆地被扔進這個世界展開了生活。我在非法的遊戲工作室輾轉來去，幸運地被組長相中，成了職業選手。直到某一天，又有人把一個孩子扔給了我，說是我的妹妹。」

那是為了敘事的便利任意編纂的人生，是為了日後的悲劇而刻意打造的逆境。

「我也曾試圖尋找我的父母，卻怎麼找都沒有任何蛛絲馬跡。徵信社的那些人就連總統極力藏匿的後代都能查得出來，卻找不到我的父母親，好像打從一開始，他們壓根就不存在於這世界上一樣。」

〔星座『救贖的魔王』……〕

「我問祢，救贖的魔王，我究竟是誰？」

心臟怦怦直跳，劉衆赫終究還是必須面對這個真相，讓我痛苦不已。

我必須說些什麼，什麼都好——

「祢所在的那面牆的另一端，是否還藏有這個世界的其他祕密？」

〔星座『救贖的魔王』詢問化身『劉衆赫』現在是否過得不幸福？〕

「我很幸福。」

沒有半點遲疑，劉衆赫肯定地回答。

「正因如此，才令我對牆的彼端更加好奇。」

〔星座『救贖的魔王』……〕

「我很好奇祢為何對我抱有這麼大的善意，好奇我人生的意義，好奇我究竟誕生於何處，又是為了什麼來到這裡。倘若我能再擁有一次機會——」

某處忽然傳來時鐘滴答的聲響。

『金獨子。』

我沒辦法向劉衆赫展示牆的另一端。就算我身為最古老的夢，那也絕無可能。

劉衆赫繼續說道：「祢曾經說過吧？只要我和祢簽訂背後契約，無論我想做什麼，祢都會答應我的請求。當時我有些懷疑，所以沒有答應祢的提案，要是那個提議直到今天還算數……」

劉衆赫的手指在空中比劃著，翻出存檔中某一天的訊息紀錄。

〔星座『救贖的魔王』希望能成為您的背後星。〕

〔您是否接受提議？〕

「現在，我願意接受祢的提案。」

猛烈襲來的暈眩加劇了四周的天搖地動。

我輕聲呼喚第四面牆。

「第四面牆。」

『**沒**門。』

這傢伙已經猜到我想說什麼了。

劉衆赫跨越最後一道牆的必要條件，便是將最後一道牆的碎片全數蒐集齊全，但第四面牆意志頑強，沒有半點轉移至劉衆赫身上的意願。

我咬了咬牙，傳出訊息。

〔星座『救贖的魔王』表示這一點無法幫忙。〕

「為什麼？」

〔星座『救贖的魔王』表示那是條極其艱辛的道路。〕

「辛苦？」

如果我不能將第四面牆轉讓給劉衆赫，那麼，他要親眼看到結尾的方法就再無其他。

〔星座『救贖的魔王』表示若化身『劉衆赫』希望跨越那道牆，勢必要走進回歸。〕

「回歸？」

滋滋滋滋滋，伴隨著嘈雜的聲響，我的全身濺起概然性的火花。

那是世界線在對我發出警告。

這是不能透露的事項，是現在的劉衆赫不應得知的情報。

但我緊咬著嘴唇，置世界線的抵抗於不顧。無論要犧牲多少概然性，我也要讓那小子得知真相。

——1864。

「一千八百六十四？那是什麼意思？」

〔星座『救贖的魔王』表示這是為了看見結局必須回歸的數字。〕

我經歷過的所有記憶紛紛化為傳說，流轉而過。

〔星座『救贖的魔王』表示就算經歷了所有回歸，能看見完結的機率也相當低。〕

更有甚者，此刻的劉衆赫，早已脫離了「原本的世界線」，他不再是原作的劉衆赫。

時間線出現分岔，未來也已消失。

縱使他抵達了第一千八百六十四次回歸，又有什麼方法能保證，他一定會再次遇見擁有第四面牆的金獨子？

『**有**的。』

什麼？

『抹去**這**次**回**歸的記**憶**就可**以**。』

霎時間，我渾身寒毛倒豎。

——倘若保留原作中的第零次回歸的記憶片段，將劉衆赫送入下一次回歸，會怎麼樣？

如此一來，世界線就會將劉衆赫視為「原作的劉衆赫」，將他重新編寫進原作的世界線，忘卻此生所有的記憶，重新經歷第一次和第二次回歸的人生。

但是……劉衆赫也將再次落入不幸之中。

『這**爲**什麼是由**你**說了**算**？』

我緩緩抬起頭。

只聽劉衆赫說道：「可能性很低也無所謂。」

〔登場人物『劉衆赫』接受了您的提議。〕

『**要是能重新活過此生，要是我能憑藉自己的雙手看見最終的結局，要是我能查清這個世界的祕密——**』

〔登場人物『劉衆赫』已成為您的化身。〕

傳說開始講述故事，連結成新的星座。

〔您的化身正等著您的話語。〕

我沉默了許久許久，最後才作出決定。

事到如今，也只能向他和盤託出，我盡力平復了呼吸，開口說道。

『劉衆赫。』

我久違地發出真言，頓時捲起鋪天蓋地的火花。縱使我已經將力量控制在最低的程度，影響依舊駭人。

劉衆赫瞪大了眼睛，仰望天空。

「那就是祢真正的聲音？」

『沒錯。』

「聽得挺清楚的。」耳朵也已漸漸失聰的劉衆赫咕噥道。

老劉衆赫臉上的皺紋微微蔓延開來，我刻意撇開了視線。

『我可以讓你走入回歸。但若是如此，從下一次回歸開始，我將無法再為你提供任何幫助。』

能讓劉衆赫拒絕這個提案的辦法，唯有說明真相一途。

『你要憑藉一己之力克服任務，而那些任務遠比你想像的還要殘酷，並且當你最終抵達盡頭，你所遭遇的，或許是你並不樂見的結果。』

我想起了劉衆赫。想起他第三次回歸的悲傷、第四次回歸的哀嘆，也想起了隱密的謀略家的絕望。

『此外，若你選擇回歸……你將無法帶走這次回歸大部分的記憶。』

這句話，讓劉衆赫極其細微地吸了一口氣。縱使他的決心再堅定，只怕這一點也很難接受。

『只有非常瑣碎的任務記憶會留在你身邊。』

「……」

『這也就意味著，對你而言珍貴的一切全都會消失。你所記得的李雪花、李賢誠、李智慧，這所有的一切全都──』

「縱使我會遺忘，也不代表他們並不存在。」

我安靜了下來。

「他們會在這個世界繼續活下去。」

──他們會在這個世界繼續活下去。

這句話有如某種烙印狠狠敲進我的腦海，彷彿巨大的命運朝我撲面而來。

『在這一剎那，金獨子意識到這就是第零次回歸的完成。』

在第零次回歸找不著最古老的夢蹤跡的原因。

即使如此，劉衆赫仍舊能跨入第一次、第二次回歸的理由，說不定正是……

『該死的傢伙。』

我併攏雙掌，發動我所凝聚的夢境掌控力，在概然性反噬風暴的反撲之下，其中一隻手臂彷彿要扭曲變形般劇痛無比。

我回想著我所知的劉衆赫的每一次回歸，蒐集他經歷過的一生，與我所知的傳說，凝聚出一個星痕。

這星痕既是這世界的原動力，也是劉衆赫所有悲劇的起因。

〔已生成星痕『回歸』！〕

〔您的星痕將傳遞至您的化身。〕

劉衆赫似乎心滿意足，欣然接受了那個星痕。

〔準備發動星痕『回歸 Lv.1』。〕

「剛才祢說過，我會失去記憶對吧。」

『沒錯。』

「那麼，我也會遺忘和祢有關的事嗎？」

我遲疑半晌，沒有回答。

劉衆赫再次追問道：「祢曾告訴我的那些情報也是？」

『沒錯。』

「原來如此。」

『要是後悔，現在還不遲——』

「祢還說了，從下一次回歸開始，不會再幫助我了吧？」

『我幫不了你。』

「要是想幫也無妨。」

『我說了，我幫不了。』

「聽說不只化身，連星座也有任務劇情，或許祢這小子也有吧。」

『……』

「只要我繼續回歸，總有一天會再遇到祢嗎？」

我一句話也說不出來，只能聽著這什麼都不懂的傢伙喋喋不休。聽著全然不了解這意味著什麼，也不知道未來會發生什麼事的、無知的第零次回歸的問句。

伴隨著無法言說的話語，劉衆赫的耳朵正在消失。

『劉衆赫的眼底映著夜空。』

就像對自己出生的根源感到好奇的孩子，劉衆赫向著牆所在的天空伸出了手。

終有一天，他將成為隱密的謀略家，也將同時成為我所知的第一千八百六十四次回歸的劉衆赫。

他將深深埋怨我，也將抵達世界最終的真實。

〔登場人物『劉衆赫』已發動星痕『回歸 Lv.1』！〕

〔您已同意發動星痕。〕

手臂、雙腿、身軀……劉衆赫的存在逐漸消散。

在最後一刻，劉衆赫呼喚了我的名字。

「救贖的魔王……」

他臉上的表情既微妙又神祕。

「希望祢也會在某個地方繼續活下去。」

劉衆赫的化身體化作銀色粉末緩緩消散，離開了這個世界。

〔該世界線的『覆寫取代』將不會對登場人物『劉衆赫』的下一次回歸產生影響。〕

〔您的化身已遺忘您的名號。〕

〔您的化身已遺忘與您有關的記憶。〕

〔您所有情報將以『？？？』處理。〕

他的記憶在任何地方都不再留有任何紀錄，徹底消失。

那麼，那些記憶又會何去何從？

我望著那閃耀的粉末，久久難以回神。

✦　✦　✦

「喂，劉衆赫！幹嘛不說話！」

啪一聲，後腦勺傳來的巨大衝擊讓劉衆赫一個踉蹌。

他轉過身，只見韓秀英正皺著眉頭站在那裡。

「所以，那個集體回歸到底是要怎麼搞？」

「我突然想起來了。」

「什麼？」

劉衆赫愣愣看著韓秀英。

「第零次回歸的記憶。」

Epilogue 2. 無處可尋

1.

病房，上午九點十二分。

—明天傍晚七點前，大家到工業區東門口集合，我們要穿越最後一道牆去救金獨子。

鄭熙媛是在昨晚收到了這封簡訊，發信人是韓秀英，訊息語氣一如既往地囂張。

收到訊息後，鄭熙媛看著窗外，愣愣地站了好半晌。

『鄭熙媛並不想再次回到任務之中。』

曾經，她比任何人都奮勇殺敵，比任何人都渴望拯救金獨子，也比任何人更期盼終結任務。

好不容易，她才走到了這裡。

『最後一道牆——在任務的最終篇章見過的那面牆。』

時至今日，只要一閉上眼，當時的景象仍舊歷歷在目。

和成為故事之敵的金獨子共同戰鬥的記憶。

她在那氾濫成災的恐怖傳說中不斷戰鬥、戰鬥、再戰鬥，好不容易活了下來，打破牆壁，抵達自己的終點站。

『然而，韓秀英叫她再次搭上那班列車。』

韓秀英是在說，要大家再次造訪最後一道牆，說他們把東西遺落在那輛列車上了。

「熙媛小姐。」

聽見這聲呼喚，鄭熙媛這才意識到自己緊抓著窗簾的手正在發抖。

「賢誠先生也收到簡訊了嗎？」

「對。」

「你怎麼說？」

「我們記憶中的獨子先生就在這裡。」

他們記憶中的金獨子正沉沉地睡著，闔起的雙眼彷彿遺忘了世間所有的慘劇。鄭熙媛輕輕將手蓋在金獨子的眼皮上。

有些不幸，只要視而不見就能使它化為泡影。

『這個金獨子就是他們記憶中的金獨子。』

與他們攜手走過了金湖站、忠武路、光化門、魔界、奧林帕斯和《西遊記》，一起戰勝最後一道牆的金獨子分明就在眼前。他記得鄭熙媛的劍，記得李賢誠心裡的創傷，也記得與每一個伙伴的約定。

更準確地說，他不多不少，正是他們所愛的金獨子，是她想守護的金獨子。

儘管她也拿不定主意，將一個人這樣簡單地一分為二是否妥當，因為這並不僅僅是關於阿凡達的問題。畢竟追根究柢，一個人會欣賞另外一個人，終究只是喜愛那個人的某一部分。

沾染在金獨子傷口上的血跡斷斷化為粉塵，破碎的傳說逸散在空中，旋即飄向窗外的天空，消失無蹤。

那些傳說究竟會飄去何方，鄭熙媛不得而知，或許會就此永遠消滅，或許會回到另一個金獨子身上也不一定。

『牢記著《滅活法》，始終深愛著這個故事的金獨子。』

關於那個金獨子，鄭熙媛了解有限，畢竟誰也不會熱愛不甚熟悉的事物。

「賢誠先生。」

「是。」

「如果換成是獨子先生，他會怎麼做？」

李賢誠沉默了許久，沒有回答。

✦

✦

✦

病房，下午一點三十一分。

似乎已經有許多人前來探視，病房的桌上整整齊齊地擺滿了鮮花和禮物，只盼金獨子會在某天睜開雙眼。

張夏景撥弄著花瓣，過了一段時間才慢慢走向金獨子。

「你就是我記得的金獨子，對吧？曾在魔界拯救了我的金獨子。」

擺在枕邊的時鐘，指針持續前進。

他是讓第七十三號魔界停滯的時間重新流動起來的人，也是他，讓備受才華的高牆挫折的她重新振作起來。

救贖的魔王。

「當時，其實我很不想回到地球。」張夏景苦笑著說道：「對我來說，這裡半點美好的記憶都沒有。」

張夏景是次元移動者。就和多數的穿越者一樣，次元移動的經過完全令人費解。

就像往常一樣在公司加班的某一天，她只感到心臟一陣劇痛便猝然倒下。在呼吸停止的剎那，她只來得及想「我果然活得太努力了」，並且痛下決心倘若還有下輩子，絕對不要活得那麼勤奮。

等她再度睜開眼睛，便已身在魔界。

看著工業區的工民匆匆準備去吃午餐，張夏景低聲嘟囔。

「都是你害的，害我又開始認真過日子了。」

✦ ✦ ✦

病房，傍晚六點二十四分。

「扔吧，輪到妳了。」

李吉永話聲剛落，申流承就將百元 Coin 拋了起來。硬幣在空中旋轉，啪一聲落在申流承的手背上。

是正面。

「我們丟幾次了？」

「九十九次。」

「那就是四十九對五十。」

李吉永拍了拍手站了起來。

坐在看護用折疊床上的李智慧忍不住問道：「你們又在用那玩意打賭？正面是代表獨子大叔活著還是怎樣？」

「妳說什麼啦，獨子叔叔不就在這裡嗎？」

「不然你們賭什麼？」

見他們兩個都不說話，李智慧蹙起眉頭。

「你們真的相信那種鬼話？」

「什麼？」

「就是，還有我們不知道的獨子大叔存在那種事，居然說什麼他現在還在地鐵上沒下車……」

兩個孩子沉默不語。

俯視著金獨子的李智慧冷不防地站起來，指著金獨子說道：「這個大叔就是我認識的獨子大叔。」

「……」

「之前救了你們，也救了我的，都是這個大叔。」

「我知道。」

「不只是這樣而已好嗎？」

李智慧滔滔不絕，一條一條列舉著支持這個獨子就是真正金獨子的理由。但怪異的是，每當她多說一個原因，就覺得金獨子好像離自己更遙遠了一點。

「還有……」

李智慧緊緊握住金獨子蒼白的手。

但她感受不到真實感。這雙手的主人陪著她一起艱難地成長，讓她懂得失去珍貴之人的失落，明白了必須守護的價值。在這一場糊塗的世界裡，金獨子讓她好不容易能喘過一口氣，大口呼吸。

或許金獨子也是從其他人身上學到了這些。

申流承喃喃道：「叔叔應該也有小時候吧。」

在星星直播，「無王世界之王」就是催生了救贖的魔王的傳說，但那只是「救贖的魔王」的誕生神話，不是金獨子誕生的故事。

『或許，人類金獨子誕生的故事一點也不盛大。』

若要以金獨子之名存在，金獨子應該要活在哪一個故事裡？

「智慧姐。」

「幹嘛。」

「妳明天會去嗎？」

「我早就說過我不去了。」

「可是，妳還是會去吧？」

「我不去，我才不想回到任務劇本裡頭。」

李智慧低頭看著兩個孩子的腦袋，他們已經在不知不覺間抽高了，但仍是她應當守護的孩子。

申流承和李吉永靜靜地注視著仍在嘴硬的她，忽然伸出手來。

「智慧姐，妳要不要丟一次看看？」

李智慧目不轉睛地看著放在自己掌心的硬幣，接著將它扔上半空。硬幣旋轉了好幾圈，很快又回到李智慧的手心裡，但她始終沒能打開手掌。

「智慧姐？」

硬幣就在手裡，縱使分不清是正面還是背面，硬幣分明就在那裡。

「妳還好吧？」

好半晌，李智慧只是默默感受著掌心裡硬幣沉甸甸的觸感。

✦ ✦ ✦

病房，晚上十點四十八分。

率先開口說話的人是劉尚雅。

「傳說的數值還在下降。」

理應花費數十年緩緩進行的生物降解過程彷彿在一瞬間同時發生，金獨子的血液正在以肉眼可見的速度蒸發。

李秀卿問道：「雪花小姐，還有什麼辦法嗎？」

「就目前來看……」

「不能使用當初救了我們的那個方法嗎？傳說修補之類的。」

李雪花輕輕嘆了口氣，回頭看向劉尚雅。

「之前能用修繕傳說的技術治療秀卿小姐和尚雅小姐，是因為當時星星直播的系統還很完善。」

當時還是擁有技能和星痕的世界，還是世間的森羅萬象皆由故事構成的世界，在那樣的世界，所謂的治療就意指傳說的縫補修繕。

「近日以來，不管是技能或傳說的作用都不如以往，我和亞蓮小姐的力量也在慢慢流失。」

「是因為星星直播的影響力正在消失？」

「目前只能這麼推斷。」

「獨子先生的傷口一直無法痊癒，也是因為相同的原因吧。」

眼前的金獨子是透過阿凡達技能創造出來的存在，而阿凡達正是星星直播的系統技能。

李雪花作出最後的診斷。

「繼續待在這裡，獨子先生最終一定會消失。」

李秀卿一語不發地凝視著金獨子。

金獨子盡畢生之力創造的世界，正在親手扼殺他的存在。就好像一個故事迎來了終結，成為一個再也不需要讀者的世界。

李秀卿將手輕輕放在金獨子熟睡的臉頰邊。

「早知如此，媽媽當時就該阻止你。」

在她的指尖輕觸臉頰的瞬間，一則傳說在兩人之間綻放，那是在闇城針鋒相對的他們。直到現在，李秀卿仍清楚地記得那個時候。

隔著第四面牆遙遙相望的兩張臉孔。

兩人之間總有隔閡，但是，當時是金獨子率先敲打那道高牆。

她深知，就算回到過去，她也阻止不了自己的兒子。

李秀卿握起兒子的手，那雙一直熱愛書籍的手。

說不定，另一名金獨子現在也正用這隻手，在地鐵或在某處，滑動著頁面捲軸。

「早知道，就不給你取這個名字了。」

✦ ✦ ✦

工業區東側出入口，晚上八點。

韓秀英和劉衆赫兩人並肩站在門前等待同伴，就像兩棵高度參差不齊的樹。寒風拍濕了臉頰，兩人的嘴角吐出了溫熱的呼吸。

韓秀英把手插進厚厚的大衣裡，嘟囔道：「一個人也沒來。」

她早有預想或許會是這樣了。

韓秀英用手肘捅了捅劉衆赫的腰。

「喂，就我們兩個去不行嗎？只要聯合我這天才般的腦袋，還有你那頭腦簡單四肢發達的力量——」

「兩個人辦不到。」

「啊？為什麼？到目前為止，你不也一直獨自回歸，這次足足有兩個人耶。」

劉衆赫沒有回答，只是靜靜低頭俯視自己的手。一道透明的環狀圓圈在他掌上旋轉翻湧。

〔星痕『回歸』正在進化。〕

他經歷過的無數次回歸都在這道環上動盪翻滾。

「妳不知道我的『回歸』意味著什麼。」劉衆赫將手中的環捏得變形，說道：「妳也不曉得，每當我踏入回歸時會發生些什麼。」

傳說在他緊握的拳頭裡痛苦哀號。

字句有如蟲卵一樣爆開，那是在他的生命中反覆死亡的人們的悲鳴。

「沒有完美無瑕的回歸，就像不存在沒有任何犧牲的傳說一樣。如果這次又踏入回歸……」

說不定，他們又會失去某個人，世界將再次陷入悲哀的輪迴。為了拯救金獨子而創造的世界，很可能一個人也拯救不了，只是毫無意義地步入毀滅。

韓秀英說道：「這種事我當然知道，而且……」

她望著工業區的入口。

不知何時，冬日冰冷的陽光映照出幾道細長的身影。

「他們也知道。」

2.

韓秀英以精確的用字遣詞向大家說明了計畫。

第一，為了拯救金獨子，他們必須跨越最後一道牆。

第二，想越過最後一道牆，需要五個「碎片」。

第三，目前遺留在這條世界線上的碎片，只有金獨子的阿凡達的第四面牆而已。

第四，為了獲取其餘四個碎片，他們將透過「集體回歸」前往另一條世界線。

聽完計畫，眾人全都愣住了，面面相覷。

第一個開口質疑的是李智慧。

「那種事辦得到嗎？」

「既然這傢伙說可以，那就可以吧。」

接收到韓秀英示意的眼神，劉衆赫點了點頭。

「可行。雖然目前星痕尚未進化完畢，還要花一點時間，但反正我們也需要時間預作準備。」

「等等，師父，你所說的回歸正確的原理到底是什麼？」

「只要我使用回歸，我和你們所有人都會回到過去任務起始的時間點。」

「那我們所在的世界會怎樣？」

「我們會在這個世界開啟另一條全新的世界線。若按回歸的次數來算……大概就是第一千八百六十五條世界線吧。」

第一千八百六十五條世界線。

太過龐大的數字聽得眾人目瞪口呆，只能呆呆地眨著眼睛。

「也就是說，要在那裡讓一切重新開始。」

彷彿早有預期一般，鄭熙媛表情決絕地作了個簡短的結論。

但不是所有人的觀點都與她一致。

「據我所知，這次的回歸應該會有些不同。」

說話的是劉尚雅。

「我曾在獨子先生的圖書館讀過與回歸相關的書籍，所以我也略知一二。到目前為止，衆赫先生的回歸一直是以《滅活法》為中心反覆進行，但我想，這次可能會有點特別。」

她的話意味著什麼，一行人也隱隱約約有了猜想。

現在的世界線與劉衆赫過去經歷的回歸不同。

目前他們所在的世界線，是圍繞著劉衆赫渴望見證「盡頭」的個人意志而生，隨著一部分的第四面牆倒塌，這裡也成了現實與虛構相互結合的世界。並未在《滅活法》登場的人物出現在這次回歸之中，就是最好的證明。

「我們真的有辦法全部一起回到過去嗎？你真的有把握？」

萬一劉衆赫的回歸只能以《滅活法》為基準發動，就意味著劉尚雅和李吉永等人無法與大家同行。

劉衆赫眨了眨眼，說道：「啟動回歸時的基準點，是我發動回歸當下所在的世界線。」

「也就是說，我們可以把這個獨子先生一起帶去？」

劉尚雅指著躺在後頭病床上的金獨子。

此處的金獨子之所以逐漸邁向死亡，主因就是系統的力量正在減弱。倘若他們能透過集體回歸帶走金獨子，或許他就能透過星星直播的系統慢慢恢復健康。

劉衆赫輕輕點了點頭。

「應該可以。」

「那麼，大家都決定了吧？反對的人舉手。」

韓秀英一副理所當然的語調，卻看見申流承小心翼翼地舉起手來。

「啊，妳又有什麼意見？」

「我不曉得這麼做到底對不對……叔叔他不是希望衆赫叔叔不要再繼續回歸了嗎？」

「反正那個臭小子從來就沒在考慮我們想要什麼，彼此彼此而已。」

「如果衆赫叔叔回歸，世界又會重新開啟任務劇本，會害很多人死掉吧？大家會再次被迫走向悲劇之中，星座又會把人類當作娛樂和消遣，而且，大部分的人……恐怕就連第一個任務都沒辦法過關。」

申流承說的沒錯。比起其他同伴，身為金獨子化身的申流承，或許比誰都更能理解他的想法。金獨子不會希望重複製造那些不幸，讓一切重演。

韓秀英卻持反對意見。

「所以，妳認為只要我們不回歸，那些不幸就永遠不會發生？」

「什麼？」

韓秀英輕輕嘆了口氣，仰望天空。

「喂，妳還要看戲看到什麼時候？」

話聲一落，空中傳來砰一聲，冒出一顆毛茸茸的毛球。

〔哇啊？〕

譬喻轉動著她那對純真的眼睛，韓秀英不耐煩地嘖了一聲。

「還來？」

譬喻乾咳了兩聲。

〔不管你們回歸與否，其他世界線還是會繼續走向滅亡。〕

譬喻流暢的韓文讓申流承頓時張大了嘴。她知道譬喻可以說話，但在地鐵碰面後，還是第一次這樣直接交談。

「妳怎麼知道？」

〔因為，現在我已經是鬼怪之王了。〕

譬喻嘿嘿笑了兩聲，用短小的手臂砰砰拍了拍自己胸口。

譬喻是唯一一名非管理局轄下的鬼怪，並且從鬼怪之王身上完整繼承了星星直播。

目前全多虧了有譬喻在，星星直播才能繼續維繫一定的力量，然而星星直播會逐漸消失，也是因為只剩下譬喻一個鬼怪的緣故。

〔雖然你們不知道，但每時每刻都在誕生新的世界線。〕

「每一刻？」

〔沒錯，每當世界中的存在作出選擇，就會持續催生嶄新的世界線。就連流承你們拋擲硬幣的時候，也會有新的世界線誕生，再走向毀滅。〕

世界線就像是因每個選擇不斷出現分歧的枝椏，持續增長。

譬喻繼續解釋。

〔回歸只不過是以比較特別的形式選擇世界線的方法罷了，也就是說，回到過去的時間分支，從那裡開始生長出新的樹枝。〕

祂的說明聽得所有人目瞪口呆。

「那麼……到目前為止究竟生出了多少個世界？」

彷彿看穿了一行人的茫然與絕望，譬喻再度開口。

〔這個，應該只有把拔知道吧。〕

爸爸。綜觀所有世界線，唯有一名存在能被譬喻稱為父親——也就是創立金獨子集團的星座，成為這個宇宙「最古老的夢」的那個人。

〔你們能改變的，不過是多不勝數的世界線之一而已。〕

✦ ✦ ✦

從隔天起，眾人就開始著手進行他們的計畫。

行動代號「捕撈魷魚」。

那是韓秀英取的名字。

「你剛剛說，星星直播認定為生物的標準是什麼？」

既然決心再次回歸，這次的計畫自然要比之前更盡善盡美。

為了完美地通過任務，一行人經常相互商議討論，意見衝突最為劇烈的部分就是第一個任務。

「那細菌又怎麼說？細菌也是生物吧，只要往手上噴酒精，是不是就可以一口氣得到十萬

Coin？」

「如果這樣會被認可，那什麼都不做就能活下來了吧，我們的身體可是隨時都在消滅細菌耶。」

「確實有些人明明什麼都沒殺死，也還是逃過一劫了啊。」

「我們不能純靠運氣，總得真的殺死什麼吧。」

「我是殺了蚱蜢才活下來的。我聽獨子哥說，他是捏爆蚱蜢的卵才拿到一大堆 Coin 獎勵。」

韓秀英仔細聆聽眾人的意見，記下筆記。

「總之，以星星直播的基準來說，蟲卵也被認定為生物。」

「那細菌為什麼不行？」

「我在猜，說不定是以可辨識的生物作為判定標準，要不要乾脆問問譬喻？」

除了他們之外，再加上包含賽琳娜．金在內的「安娜小組」也加入了討論，眾人的作戰會議氣氛變得更加熱烈。

「在這裡，這個路線是最恰當的。」

「不，這麼做會更好，按照我的預想剽竊來看——」

他們下一次的回歸沒有金獨子，但這並不代表他們就一無所知。

劉衆赫保有從隱密的謀略家身上接收的一千八百六十三次回歸的記憶，韓秀英擁有預想剽竊，而劉尚雅也在第四面牆的圖書館翻看過不少紀錄。

『並且，他們全都是在世界線當中，唯一成功跨越最後一道牆的存在。』

第一次討論會議結束後，韓秀英深吸了一口氣。這才不過一個星期而已，根據劉衆赫推測，集體回歸的時間是在距今一個月之後。

伙伴們還在為了任務的通關方式爭論不休。

「關於最強的代罪羔羊，我覺得，在這邊一定要……」

「你忘記當時獨子先生犧牲了嗎？要是那麼做——」

他們是比任何人更憎惡任務的一群人，儘管如此，不斷討論通關方法的他們看起來頗為興奮。這究竟是為什麼？任務劃下句點，好不容易才找回現實的他們，為何還能如此樂在其中地討論著返回任務的計畫？

『現實並不意味著某個場所。』

或許那正是因為，他們無法遺忘某個人，無法忘卻和某人一起扭轉那些慘烈悲劇的經驗，更無法忘卻曾經的時光。

「影院地下城這邊我記得很清楚，獨子先生他……」

他們每個人加入團隊的時間都不一樣，每個人記得的時光和他們記憶中的金獨子也有所不同。

儘管如此，正如劉衆赫必須凝聚無數的回歸才能恢復成「一個人」，金獨子的情況也如出一轍。

「絕對王座那時候，獨子哥曾說……」

凝聚每一個人所喜愛的金獨子的片段，才能拼湊成一個完整的金獨子。

「好懷念啊。」

就這樣，他們慢慢匯聚金獨子的碎片，使他們也重新愛上原本有所不知的其他部分。

韓秀英緩緩轉過頭，只見劉衆赫盤腿而坐，正為了星痕的進化潛心修練，金光燦爛的圓環圍繞著他不斷流轉。

韓秀英目不轉睛地盯著劉衆赫，開口問道：「喂，我想問一件事。」

「我得集中心神，別打擾我。」

「你之前不是說過，你突然想起第零次回歸的記憶？」

飛速旋轉的其中一個金環陡然歪斜。在些許火星中，劉衆赫瞇起了眼睛。

韓秀英笑咪咪地問道：「你想起什麼了？」

劉衆赫猶豫了許久後才開口。

「金獨子也在那裡。」

「什麼？真的假的？」

「所以我才肯定，金獨子一定還活著，還成為了最古老的夢。」

「那傢伙都幹了些什麼好事？」

「我記不太清楚，但是……」

劉衆赫眉頭深鎖，垂眼盯著自己的黑天魔刀，聲音裡隱含著熊熊怒火。

「我只確定，他打了我頭。」

✦ ✦ ✦

我在列車顛簸的震動中睜開了眼睛。

『再多睡一下也行，金獨子。』

「我睡夠了。」

我伸了個懶腰，感覺疲憊僵硬的身體慢慢恢復了活力。

在觀看第零次回歸的期間損耗的力量稍稍復原，為了讓劉衆赫進入回歸而犧牲的右手臂也幾乎全長回來了。

但不知道為什麼，總覺得肉體似乎比以前輕了一些，或者說，我的整個身子好像縮小了一號。

『劉衆赫開啟了第二次人生。』

畫面上顯示著活在第一次回歸時間線的劉衆赫，讓我不由得想起劉衆赫離開第零次回歸時的身影。

即使已經抵達我認為最理想的結局，這傢伙還是選擇了回歸。

為了釐清自己出生的理由，為了尋找自己存在於這個世界的根源……

「第四面牆。」

『嗯。』

「如果所有存在都是因某人的閱讀而誕生……那麼，是不是也有某個存在，在某個地方觀看著我？」

第四面牆沒有說話。或許，這是個連第四面牆也不知道的大哉問吧。

我曾試著想像在某處注視著我的另一個讀者，卻勾勒不出清晰的輪廓。說不定就像是第一任的最古老的夢，所謂的神能展現出來的樣貌，永遠是無能為力的，甚至可能是我熟知的面孔。

會不會就是金獨子集團的伙伴？

因為他們想像著我，我才得以存在於此吧。

『想看看他們**嗎**？』

我轉頭看著劉衆赫的第一次回歸。

「晚點再說，還有很多世界線要看呢。」

就在這時，列車的速度漸漸放緩下來。

「現正經過夢境邊境地帶。」

隨著部分螢幕熄滅，窗外出現宇宙的景色。

還沒等我提問，第四面牆就開口了。

『宇**宙**的**外**圍是與其**他次**元**接**壤的邊界。』

在宇宙漆黑的夜空之間，我望見一抹朦朧的光暈，那光芒明顯不同於星星直播的模樣。

那個宇宙的形象，就像一棵彎彎曲曲的大樹。

「那是什麼？還有其他宇宙？」

『**星**星直**播**也只是**大宇宙**的世界**觀**之一而已。』

「現正經過『幻想樹』[6]邊境。」

「現在通過暗黑次元的時間斷層。」

幻想樹，這八成就是那棵樹的名字了。

是我的錯覺嗎？總覺得這名字似乎在哪聽過。

「我也可以去那裡嗎？」

『**因**為**很**危險，最好**不**要去。』

「那裡也有最古老的夢？」

『**只**是名**字**有些**不**同。』

那棵樹擁有無數向下伸展的根，和數不清的靈魂群落形成的枝幹，上方生長的枝枒則與黑夜同化。它的根系和樹枝環繞過整個蒼茫的宇宙再次相遇，在中心形成一顆巨大的眼睛。

那是以熾熱的火花照亮著宇宙的唯一一個瞳孔，當我與它目光相遇的剎那，不禁感到一陣惡寒。

〔系統出現錯誤！〕

只聽見叩隆叩隆一陣響動，地鐵速度急遽下降，整輛列車的燈光明滅不定，還伴隨著嘰咿咿咿咿的刺耳噪音。

眼前的情景與第一個任務開始的畫面極其相似，耳中傳來陣陣耳鳴，緊接著，又聽到了某種怪異的機械聲。

有什麼正在高速接近列車的車窗。

『金**獨子**危**險**。』

6 暗指本書作者前作《滅亡後的世界》的世界觀。後續出現的與設定，亦皆出自該作品。

隨後，我看到一道光芒。
『其**他**次元**的絕**對**者**。』
光束的盡頭赫然是一道劍芒，那光芒貫穿暗黑斷層疾刺而來，彷彿要將整個宇宙撕裂一般。
我好不容易才看清那究竟是什麼樣的招式。
是劍的刺擊。
砰轟轟轟！
在一陣巨響中，我摔倒在地。
我反射性地催動傳說，匆匆抬起頭來，終於看見那柄劍穿過車廂出入口，出現在眼前。
一柄漆黑的劍。
一名赤裸的男子握著劍昂然而立，橫眉豎目地瞪視著我。
「你這傢伙就是『老大[7]』？」

3.

我目瞪口呆地看著目光灼灼的裸體男子，全然無法理解這是什麼情況。
「我在問，你是不是老大？」
「不是，等等，我才想問你呢，你是哪位？老大又是什麼鬼？」
「看來你不是老大。那麼，你又是怎麼穿過時間瀑布來到這裡的？這輛列車又是什麼？像是地鐵……是噩夢之塔的一種嗎？移動的原理是什麼？」

7　Big Brother，原出自反烏托邦小說《一九八四》中的虛構人物，象徵極權體制無所不在的監看與控制，其後更衍生出美國知名真人秀《名人老大哥》，參與者被稱為「房客」，在節目中的一舉一動都會被拍攝監視，正是由於節目監看的行為與小說中的「老大哥」相似而得名。

這傢伙簡直不講道理，隨隨便便弄壞別人的列車跑進來，還自顧自地胡說八道。我立刻發動全知讀者視角，但眼前竟然冒出一條前所未見的訊息。

〔該人物是您陌生世界觀中的『登場人物』。〕

我不知道的世界的登場人物？

就在這時，男人的眼中倏然閃過明亮的光芒。

〔某人使用了系統未登錄的力量！〕

他的瞳孔中出現了一個猛烈旋轉的圓。

〔其他次元的存在正在窺探您的本質！〕

〔警告！專用技能『第四面牆』無法徹底阻斷這種力量！〕

什麼？

伴隨著飛濺的火花，我體內的傳說轟然爆發，就像是在回應著對方的力量。在此之中，反應尤為激烈的是……

〔星痕『回歸』的本質蠢蠢欲動。〕

〔傳說『恆久不滅的地獄道』露出利齒！〕

霎時間，地鐵內部迅速轉換成劉衆赫一路走來的地獄道景象。

看著血跡斑斑的世界，男人臉上的表情轉為吃驚。

「這個『固有世界』……難不成是回歸者？」

固有世界？我正想開嗆這到底是什麼金南雲上身的中二臺詞，一股憤恨的氣息卻從他的黑色長劍擴散開來。

「背棄了當下的傢伙，去死吧。」

凝聚在劍身上的寒光眼看就要襲來。

〔列車已進入正常軌道。〕

〔已發動『最古老的夢』的權能，排除系統中的雜質。〕

伴隨著噗咻咻的聲響，舉劍指著我的男子倏然被一股強烈的吸力拖出了門外。

「想往哪跑！」

男子眼疾手快地將劍插在了門口，抵抗著地鐵的加速度。

說時遲那時快，我的身體被傳送到了另一節地鐵車廂。

〔啟動緊急電力系統。〕

〔廢棄一截車廂以排除雜質。〕

回頭一看，只見男子掛在最後一節車廂上，飄浮在宇宙之中。他怒不可遏，還在試圖朝我衝來。

看著那傢伙滿身肌肉拚命狂奔的模樣，我感到一股毫無來由的恐懼。

「開快點啊！那傢伙還想追！」

『**別**擔心，那**傢**伙沒辦法脫離**時間斷**層。』

只見男人以驚人的速度追上了地鐵，卻沒能再跳進車廂內，就好像列車和他之間隔著一道看不見的透明屏障。他沿著軌道追趕了許久，不知過了多久才總算停下腳步，瞪著我逐漸遠離。

等到再也看不見那傢伙的身影，我才有驚無險地鬆了口氣。

「到底是怎麼回事？」

『那是君主屠殺者**宰煥**。』

君主屠殺者？

『在時間**斷**層修行了**數**十億**年以**上的怪**物**。』

我一時還以為我聽錯了。

「幾年？」

『我也不**確定**，他在我**被**設定出**來**以前就存在了。』

那傢伙竟然比第四面牆還年長，那驚人的歲月光是想想就叫人難以置信。

人類竟然有辦法活了數十億年而不陷入瘋狂？

不對，他的腦子好像確實壞了。

「他為什麼會被關在那裡數十億年之久？」

『為了破壞**他**所屬的**宇宙**系統。』

「應該不會再見到那傢伙了吧？」

或許是累了，第四面牆沒有回應，大概是在忙著修補破損的列車。

我拍了拍方才被宰煥的劍擦過的大衣。真是驚人的刺擊，至今我遇過的星座和超凡座，都不可能使出那樣威力無窮的刺擊。

難道數十億年的時間，會讓一個人變成那副德性嗎？

不知系統是不是完全修復了，世界線的傳說再次浮現在車窗上。畫面中，第一次回歸的劉衆赫正用炯炯有神的雙眼瞪著天空。

我看著劉衆赫，一絲恐懼油然而生。

「第四面牆。」

『怎樣。』

「劉衆赫現在幾歲了？」

✦ ✦ ✦

「我們一週後出發。」

劉衆赫的星痕終於完成了進化，決定參與捕撈魷魚行動的成員，紛紛開始進行動身前的最後準備。

「亞蓮小姐、福順奶奶、英蘭，工業區就拜託妳們了。」
「果然，妳也決定一起去了嗎？」
面對眾人的告別，李秀卿微微一笑。
「是。」
然而，也不是所有人都決定離開。
「我們不能走。」
以安娜卡芙特為首的安娜小組成員，選擇留在這條世界線。
「系統正在弱化，與我的想像最為接近的世界已經到來，所以我們要留在這裡。但我們團隊也有人希望能與你們一起走……你們願意接納她嗎？」
安娜小組唯一一名決定加入捕撈魷魚行動的人，就是賽琳娜·金。她難為情地笑著表示，她還欠金獨子一份恩情，一定要還。
韓秀英清點著人員。
「還有人要去嗎？工業區要去的人就這些了？」
出乎意料的是，韓明武偷瞄著其他人的臉色舉起手來。
「什麼啊，大叔不是本來就要一起去嗎？」
「我舉手就是要說，我不去了。」
「什麼？」
韓明武和金獨子之間本就有嫌隙，這點人盡皆知，但經歷了這麼漫長了任務，大家還以為他多少和他們有點感情了……
「我走不了。」
聽見他這句話，韓秀英才看見牽著韓明武的少女。
『有些人，這次回歸註定無法與他們同行。』

韓秀英靜靜地端詳著少女的面孔。從外表看來，她約莫十來歲，但她的精神年齡應該還不到五歲的年紀。

在任務開始之後才出生的人無法參與他們的回歸，因為在那個時間點，這孩子壓根就不存在。

韓秀英注視著韓明武蒼老的臉。

「我知道了，大叔你就留下來吧。」

「獨子那小子就麻煩你們了。」

「你還是顧好自己的身體吧。既然決定留下，不如加減幫忙工業區的事務。我們走了之後，這點人手肯定忙不過來，你要是還整天躲在房間裡玩遊戲，就算得跨過世界線，我也會回來痛扁你一頓，知道嗎？」

就在這時，許多車輛從遠處駛來，從黑色轎車下來的人潮湧向眾人。

「韓秀英代表！請您接受採訪！」

韓秀英皺起眉頭。

「聽說您打算與回歸者一起集體回歸，這是真的嗎？」

廣場上，同步放映的螢幕忽然浮現出韓秀英的臉，畫面中還標示著生動的「LIVE」字樣，她的面孔已經被任意轉播到全國各地。

「據我所知，金獨子代表比誰都更重視現實的重要性，您為什麼會選擇制定這樣的計畫？」

「目前的世界線會如何？您打算放棄這個世界嗎？」

看著激動的記者爭先恐後地提出質疑，好像她是背叛了全天下的可惡罪人，韓秀英不禁苦笑起來。

「拋棄這個世界？我們？世界是我們的所有物嗎？」

「代表對這個世界負有責任——」

「這個世界現在還需要我們嗎？任務早就結束了吧。」

她這麼一說，大批記者臉色丕變，閃爍的鏡頭就像捕捉到獨家新聞一樣，不斷聚焦放大韓秀英的臉部特寫。

韓秀英一邊看著出現在螢幕上的自己，一邊繼續說了下去。

「我們在或不在，又有什麼不同？你們還不是只會制定莫名其妙的規定限制我們？你們以為我會不知道韓東勳花了多少力氣阻止國會提出法案嗎？你們根本不需要我們，反而對我們心懷恐懼。」

「可是，誰也不曉得任務什麼時候會重新開始！要是鬼怪再次出現……」

韓秀英莞爾一笑，心想既然他都自己開口了，也好。

「你是說，像她那樣的存在？」

隨著韓秀英的視線，眾人這才發現某個東西飄在空中，活像顆巨大的熱氣球。記者一認出那東西的真面目，全都嚇得尖叫出聲。

〔我乃譬喻，這個世界線的鬼怪之王。〕

那即將為任務重新拉開序幕的語氣，彷彿召來世界末日的恐怖開端。

譬喻似乎理解眾人的恐懼，笑了起來。

〔萬事萬物誕生在世間，總有一天會滅亡，但這顆行星還不賴，只要沒有人引爆核武戰爭，未來再撐個幾萬年都不成問題。我是說，如果順利避開偶爾從宇宙飛來的隕石的話。〕

從鬼怪口中聽見這番話，記者全都不禁瞪大了眼睛。

然而，接下來才是重點。

〔儘管主線任務已經結束，不過呢……我還握有發布支線任務的權限。〕

聽到支線任務幾個字，記者的臉色都白了。

「快、快逃啊！鬼怪又——」

緊接著，一條訊息在眾人眼前彈了出來。

〔您收■到了全■新的支線■任務！〕

或許是因為管理局倒臺，任務視窗的解析度不太及格，儘管如此，要看清內容也不算困難。

〔這個任務沒有強制性，只接受自願參加的參與者，並且，也會嚴格篩選，只有具備資格的人能加入。〕

〔該支線任務為自願參與。〕

〔因為星星直播已經毀滅，我沒有任何獎勵能提供各位，但是，哪怕能給予金獨子集團一丁點幫助……〕

譬喻似乎對螢幕上的自己相當滿意，咧嘴笑了起來。

〔至少，那些讓你們悔恨的時光，有了重頭再來的機會。〕

✦ ✦ ✦

一週的時間很快過去。

〔支線任務—捕撈魷魚有新的參加者。〕

失去了珍視的一切，好不容易活到任務最後的人們，紛紛湧向了首爾。

看著蜂擁而至的人潮，劉衆赫蹙起眉頭。

「人數太多了，可能會有困難。」

「我們還是要盡可能多帶一點人走，這樣才能拯救更多人。」

就算隨便數數，報名人數也超過了五百。

金獨子集團的成員經過審慎的面試和每一次回歸的分析，篩選掉不符資格的人選，劉衆赫和韓秀英則負責訓練報名者，讓他們掌握各項必要的技能。

就這樣篩選好幾輪下來，剩餘的人數共有一百人。這一百人，就是他們本次回歸能帶走的全部人員。

「真的可以再次回到過去嗎？」

提出疑問的是身懷三大審判者特性的尤利烏斯，他在最強百人名單排名第五十二，人稱「震怒的審判者」。

他在祖國失去了所有家人、親友和伙伴，讓他懷著對整個世界的怨恨和憤怒活到了今天。

不只是他。

來自日本的飛鳥蓮、出身中國的飛虎，及印度的蘭比爾．汗也赫然在列，在任務中倖存下來的最強化身全都齊聚一堂。

尤利烏斯繼續追問道：「告訴我！我們一直咬牙撐過所有訓練了，他們說我們可以回到過去，這是真的嗎？」

「沒有，那是謊言。」

「那是什麼意思……我們所有人聚集在這裡是為了……」

「你們要前往的地方不是過去，而是徹徹底底的另一條世界線。人類不管做什麼，都不可能回到過去。」

「我才不是來聽這些理所當然的廢話——」

「已經發生的事絕對無法改變，你們所愛的人全都死了。」

聽見那個冷淡的聲音，所有人頓時閉上了嘴。

那聲音來自這世上唯一一名經歷過回歸的人類。

「他們不會記得你們，因為他們和你們記憶中那些已死之人毫無關聯。他們不會想起和你們一起度過的任何時光，每當和他們交談，你們就會更深刻地了解到，過去的日子永遠不會回來。」

這個人獨自記憶著已經消逝的世界，一字一句都飽含著深深的痛苦。

「你們會更加孤獨，最終成為孤身一人。誰也不會理解你們的痛苦，這個世界亦然，他們只會將你們稱為回歸者，痛罵你們偷走了某個人的未來。你們無法隸屬任何地方，只會活生生地走向死亡。」

這就是回歸的詛咒。

「就算如此，你們還想回歸嗎？」

這就是成為回歸者的最後一道試煉。

為了成為回歸者，不遠千里而來的人們面面相覷。有些人在這番恫嚇下連連後退，已經下定決心的人則試著深呼吸，隨即，有個人緩步挺身向前。

是飛鳥蓮。

這名曾在和平之地和金獨子集團並肩作戰的日本女孩，也是在那裡痛失最多同伴的人。

「我很清楚，無論我做什麼都無法挽回那些已經失去的東西，但是，只要我鼓起勇氣回歸……」飛鳥蓮緊握著自己的太刀，抬起頭說道：「至少，我可以拯救那一條世界線。」

於是，人們一個接一個聚集到她身邊。

「就算我的痛苦毫無意義也無妨，就算這一切都是假象也無所謂。」

「一次也好，哪怕只有一次，只要我能拯救他們——」

這就是他們的意志。

有人躊躇滿志，也有人沉浸在悲傷之中，而他們所有人，都懷念著過往。

劉衆赫很清楚。

『他們終究會後悔。』

他本可以告訴他們，當他經歷一次又一次回歸，他的伙伴們對他說過的那些話語。

「隊長，一定要活在當下，請不要沉溺於過去。」

「那只不過是迷失在過往裡而已。」

在上一次回歸死去的伙伴，在下一次的回歸對他這麼說。

每回聽到這樣的勸戒，劉衆赫只能默默擦拭著自己的刀，咬牙苦撐。

他們不會明白。

在這世界上，終究有人永遠不甘於活在當下。

「帶我們走吧，霸王。」

因此，回歸者劉衆赫能理解眼前這些人。唯有過去才是他們所選擇的當下，誰也不能說這是錯誤的選擇。

不，或許真有那麼一個人，會厲聲主張他們全都大錯特錯。

「不要誤以為放棄了這次，下一次就會更好，說不定你想放棄的這次回歸，便是能夠以『人類』身分看見世界盡頭的『唯一一次回歸』。」

劉衆赫慢慢閉上眼睛。

此時此刻，他能否回答金獨子的主張？他也說不上來。

但至少，有一點是肯定的。

——在這世界上，有人情願放棄人類之軀，也渴望看見某則故事。

劉衆赫緩緩站起。

「該動身了，去把星座叫來吧。」

4.

在李秀卿面前的是一顆最暗淡的星辰。

「您願意和我一起去嗎？」

〔星座『最晦暗的春日女王』徐徐睜開雙眼。〕

波瑟芬妮居住的處所並非冥界。因為星星直播崩潰之後，通往冥界的通路也消失無蹤，祂目前暫時在工業區的一間屋子落腳，鎮日仰望著夜空，細數著那些古老的神話。

『既然我還活著，至少代表我的[redacted]不在這裡。』

祂轉過頭，眼中還殘留著些許餘溫。那是某人留下的溫度。

李秀卿很清楚那是誰的傳說。

〔傳說『至暗之夜的諾言』繼續講述故事。〕

曾經允諾過祂，會陪伴祂直至世界盡頭的冥王，一如祂的承諾，代替波瑟芬妮葬身在世界的盡頭。

『走吧，得去把那孩子帶回來呀。』

✦ ✦ ✦

鄭熙媛敲著工業區某個房間的破舊門板。

「有人在嗎？」

她轉動把手，門應聲打開，迎面而來的是幾個全像投影的模型列隊歡迎著她。

〔金獨子，魚龍腹底歷劫逃脫！〕

金獨子從魚龍體內逃出的那一幕陡然映入眼簾，甚至，在那些全像投影模型的底下還浮現出臺詞。

—「好，那麼也差不多該出去啦。」

鄭熙媛目瞪口呆地看著那詭異的模型，那玩意甚至不只一座。

〔金獨子，摧毀絕對王座！〕

〔金獨子，解放魔界！〕

「就算是流承或吉永的房間也沒這麼誇張耶。」

鄭熙媛眼花撩亂地環顧著周圍的模型。她隨著按照年度和任務順序排列的模型向前走去，諸多往日回憶湧上心頭。

或許，烏列爾就是這樣一直觀看著金獨子的每一個瞬間吧。

在那之中，還不時出現一些特別的收藏品，例如魷魚腳之類的東西。

〔魷魚金獨子的最後一條腿 Made by Yangsan〕

鄭熙媛忍不住帶著懷疑的眼神將手伸向玻璃，就在這一剎那，只聽見某人的真言陡然響起。

『要是隨便亂動，烏列爾會生氣的。』

不知從什麼時候開始，一名面容憔悴的大天使已端坐在玻璃展示櫃旁的桌邊。不，現在幾乎沒有人還認得出祂是大天使了。

明明是對方先開了口，卻瞧也不瞧鄭熙媛一眼，只是默默地翻著手裡的書。

鄭熙媛愣愣地注視著祂長長的眼睫毛，問道：「加百列，烏列爾人呢？」

〔星座『水瓶座的盛放百合』彰顯出自身的存在。〕

傳說的力量有波濤般在祂周圍蕩漾，或許，那就是大天使最後的自尊吧。

『伊甸最後的化身啊。』

加百列靜靜闔上手裡的書，眸光熠熠生輝，似乎早已得知鄭熙媛找來這裡的目的。

『我曾經穿越世界線，那可說是一趟驚險萬分的旅程，但你們正在盤算的計畫遠比那更加過分，絕對是有去無回。』

「這算是伊甸風格的詛咒嗎？」

『這裡就是你們的現實，別想逃跑。你們費盡千辛萬苦才推翻了星星直播，該不會想讓這一切回到原點吧？』

現實。這兩個字的重量無端端地壓上心頭，鄭熙媛沒有回答，而是再次打量起房間內的景象。

烏列爾和加百列使用的上下鋪就擺放在角落，上頭像張貼海報一樣貼著「EDEN」幾個字樣。

『伊甸星雲已經消失了，此處沒有人不曉得這個事實。』

「現實不是由某種特定的風景或場所打造而成的。」

『儘管這裡只剩兩名天使。』

儘管伊甸不復存在，仍有人一廂情願地將這裡稱作伊甸園，只因還有大天使留在此間。

「這個伊甸園真棒。」

一回過頭，只見加百列正用動搖的目光注視著她。

「烏列爾在哪裡？」

『妳後面。』

鄭熙媛轉過身，只見烏列爾就在那裡。祂似乎是碰巧出門去買充饑的零食，嬌小的懷中捧滿小山般的速食食品。

烏列爾像是吃了一驚，翡翠色的瞳孔瞪得大大的。

鄭熙媛凝視著自己的背後星。

現在，烏列爾身上已經幾乎感覺不到大天使的光輝了，背後的羽翼消失無蹤，身上也換了套衣裳。祂沒有穿那件最喜歡的黑色洋裝，而是隨意罩著一件灰色連帽棉衫和運動棉褲。

『熙、熙媛呀。』

「烏列爾。」

鄭熙媛比誰都清楚烏列爾為何會變成現在的模樣。

『事實上，烏列爾留在這裡會不會更幸福？』

大天使進行任務的時間遠比自己更漫長，倘若就這樣將祂帶回那個地獄，是否是正確的選擇？

鄭熙媛沒有開口，只是握緊了拳頭，掌心倏然燃起一抹微弱的火花。地獄炎火。那是背後星交付給她的、世上最純淨的火焰。

在火花燃起的瞬間，昏暗的房間裡有座模型旋即散發出相同的光芒。鄭熙媛下意識看了過去，只見那裡有座女性模型，長得和自己一模一樣。

這些收藏品並非只有金獨子一人而已。

鄭熙媛恍惚地走上前去，看著玻璃櫃。

手握審判者之刃，燃放著地獄炎火的自己，就在那裡。

〔我唯一的化身〕

鄭熙媛壓抑著湧上心頭的情緒，開口說道：「烏列爾。」

『嗯，熙媛啊。』

一聽見那溫暖的嗓音，鄭熙媛頓時明白，她的背後星早就明白了一切。

「請祢像當時一樣，再次支持著我活下去。」

她慢慢回過頭，只見烏列爾正憂傷地笑著，就像在詢問她，她是不是真的沒事。

鄭熙媛鄭重地朝著烏列爾單膝下跪。

「請祢再一次，成為我的背後星。」

✦ ✦ ✦

「焰龍那個臭小子跑哪去了？焰龍啊！」

「將軍大人！我家將軍大人呢！」

韓秀英和李智慧扯著嗓子各自尋找自己的背後星。

在紛擾的人群之間，劉衆赫正低頭看著自己的妹妹，她鼓著一張臉，整個人氣呼呼的，像在鬧彆扭。

劉衆赫嘆了口氣。

「待在這裡，妳就是安全的。」

「哼……」

「這個世界很快就會穩定下來了，現在，這個世界——」

「可是，哥哥這個笨蛋不在了啊。」

劉美雅很久沒對他這麼說話了。劉衆赫本想說她兩句，思來想去還是改了口。

「我會再回來的。」

「什麼時候？」

「等我看到另一個世界線的盡頭，救回金獨子之後，我就回來了。」

「那是什麼時候？」

劉衆赫沒有回答。

「那裡很危險，我不能帶妳過去。」

「你騙人。」

劉美雅全身隱隱散發出超凡座的氣息，那正是超凡座的位格。

叫人吃驚的是，經過數個月的鍛鍊，劉美雅竟然覺醒了超凡型態的第一階段，一舉成為有史以來最年輕的超凡座，這樣的天賦才能簡直叫人吃驚。

「既然你這麼說，那之前為什麼不阻止我參加訓練？我也和吉永哥哥、流承姐姐一起參加集訓了啊。」

「……」

「哥哥，告訴我實話。」

看著少女沒有絲毫動搖的眼眸，劉衆赫只能緩緩閉上雙眼。

他們的計畫非常周詳。為了不失去任何一個人，這是比任何一次回歸都更加縝密完美的計畫。然而，變數永遠都會存在，劉美雅也可能再次面臨生死交關的危機。

劉衆赫放低視線，半跪下來看著劉美雅。

「如果妳願意，就一起去吧。」

這就是劉美雅渴望聽見的回答，她用小手摸了摸劉衆赫的腦袋。

「一回歸，我會讓同伴馬上過去接妳。」

「要是沒有我，你們在旗幟爭奪戰的時候就都死定了好不好。」劉美雅這麼說道，張嘴笑了起來。

看著她得意忘形的模樣，劉衆赫皺起眉頭正打算開口。

「喂，人都齊了！」

只見韓秀英用一隻手鎖著黑焰龍的脖子，揮著手走了過來。跟在後頭的是海上戰神和高麗第一劍，以及掛在兩人手臂上的李智慧。

劉衆赫皺著眉頭問道：「那隻猴子呢？」

韓秀英沒有說話，只是揚了揚下巴。

〔星座『最古老的解放者』態度囂張。〕

劉衆赫瞇起眼望向天空，只見齊天大聖正嬉皮笑臉地浮在上頭。

「祢什麼時候來的？」

『你們未免也準備得太遲了吧？要是害我們小老弟翹辮子，老孫就當場把你五馬分屍。』

縱使星星直播滅亡導致位格削弱，神話級星座仍不容小覷。畢竟在系統漸漸消失的此刻，唯有齊天大聖還能散發出這種程度的氣勢。

劉衆赫開口。

「要是敢妨礙我，我隨時都能把祢這傢伙滅了。」

此話一出，齊天大聖笑著露出一排潔白的牙齒。

『那就在下次回歸一決勝負吧，我倒要試試，你這小子和隱密的謀略家比起來有多了不——』

「行了行了，大家都準備好了吧？」

聽見韓秀英的招呼，正在等候的化身全都露出緊張的神色。

決定參與回歸的金獨子集團一行人齊聚一堂，劉尚雅、鄭熙媛、李賢誠、申流承、李吉永、李智慧、李雪花、張夏景，再加上李秀卿和賽琳娜．金。

工業區的居民紛紛來為他們送行。

「霸王，務必牢記我告訴你的情報。」

「飛虎，大陸的未來，就在你身上了。」

「蘭比爾．汗——」

此外，還有飄浮在眾人中央的那隻小小鬼怪。

「譬喻。」

申流承不由自主地伸出了手。

必須和工業區的人們一起留下的譬喻露出微妙的憂鬱神情。

『譬喻無法與眾人同行。』

一如韓明武的女兒，譬喻是在這個世界滅亡後才誕生的存在。從現在起，譬喻無法繼續作為他們的頻道主了。

譬喻像在安慰大家一樣地說道。

〔不要傷心，無論到了哪一條世界線，我都會為你們加油。我可是鬼怪之王，只要我努力修練，找到瘤老頭之王留下的遺產，一定就能跨越世界線。這麼一來，我們總有一天會再次重逢。〕

「我會等你，哪怕是幾萬年也會等。」

譬喻哇啊一聲嚎啕大哭，整個工業區同一時間像在施放煙火一樣點燃了爆竹。

「該走了。」

〔已發動星痕『集體回歸 Lv.1』！〕

終於，劉衆赫發動了回歸。在星痕發動的剎那，劉衆赫和一行人全身都染上了璀璨奪目的光輝。

就在這時——

「這些沒禮貌的臭小鬼！居然都沒人來找我！」

孔弼斗大吼大叫，從遠處急急忙忙地衝了過來，加入回歸之行的光芒中。

轟轟轟轟轟轟轟——！

世界開始破碎。

所有人緊緊握著彼此的手，凝視著緩緩消失的世界，譬喻臉上燦爛的笑容慢慢變得扭曲。

——還能再見面嗎？

隨之而來的是靈魂支離破碎般的痛楚，申流承咬緊了牙關。

『一直以來，劉衆赫都是獨自撐過這痛苦萬分的時刻。』

值得慶幸的是，這次，他不是一個人。

申流承倏然發覺自己正在蒼茫的銀河中飄蕩，身邊的背景以肉眼跟不上的速度飛速遠去。每一條世界線的星星直播型態各異，在故事的灰燼中，被遺棄的無數異界神格朝他們連聲呼號。

【啊啊啊啊啊啊啊。】

【過來過來過來過來過來過來。】

韓秀英牢牢地握住申流承的手，說道：「如果不想被捲進去，就好好打起精神來。」

申流承好幾次忍不住回頭，看著那些漸漸遠去的異界神格。

在上一次回歸，金獨子曾經拯救了許多異界神格，替那些被遺忘的故事重新找回了名字。儘管如此，這個宇宙裡被遺忘的東西仍不計其數。

韓秀英再次提醒。

「我們不是金獨子，沒辦法拯救每一個世界。」

申流承明白，其他伙伴也都心裡有數。

『此時的他們，就連拯救眼前的一個世界都相當吃力。』

但是，總會有那麼一天。

『尚未結束的故事，都在往某個方向奔流而去。』

異界神格慢慢遠離，再次變成夢幻美麗的銀河。從遠處觀看，悲劇也是如此淒美。

韓秀英高聲喊道：「喂，本來就要這麼久嗎？我們有在好好——」

就在這時，一陣震耳欲聾的鼓聲驟然響起。

咯吱吱吱吱！

〔世界線感知到『集體回歸』的發動。〕

〔星星直播指責此舉已超出該星痕的概然性。〕

〔這股力量超越該星痕的概然性上限。〕

事情出了差錯。韓秀英正想大喊，視野瞬間被黑暗徹底吞噬

等韓秀英再度睜開眼睛時，她赫然發現自己被扔進一座白色雪原。

「什麼啊！這是什麼地方？」

一行人全都不見蹤影，只有劉衆赫神情呆滯地站在她面前。

「世界線糾纏在一起了。」

「這又是什麼鬼話！你不是說都準備好了？」

劉衆赫閉上眼睛像在感應著什麼，開口說道：「準備很完善，而日，其他人……應該都平安抵達第一千八百六十五次回歸了，跑到這來的只有我們兩個。」

「這裡又是哪裡？」

「不管怎麼看，我們應該是掉進世界線的夾縫了。」

韓秀英再次打量起周圍，在乾淨潔白的雪原上，不時能看到幾幢漆黑的建築物錯落其間。

「妳等一下，我要凝聚傳說再次發動星痕。」

「還要多久？動作快，要是我們到得太遲，所有計畫都要白費了！」

劉衆赫似乎已經集中心神了，沒有回答。

韓秀英驀然站起，伸手碰觸就在身旁的一幢建築物，某種黑色石墨般的物質立刻沾上了她的手。

「這到底是……」

下一秒，她的腦海裡竟自動勾勒出整個建築物完整的形象。

錯不了，這棟建築物就是這個形狀，而它旁邊的建物又是……

背後緩緩冒出一片雞皮疙瘩，她依序檢視那些建築物，只見它們迅速連接成一行文字。

全知讀者視角。

5.

全知讀者視角。

韓秀英盯著那行文字瞇起了眼睛。

「這不是金獨子那個技能的名稱嗎？」

世界線的縫隙為什麼會有這種玩意？

文字還在不斷延續。

我曾想過也許是這麼一回事，也只有如此，才能合理化母親的行動。

突然寫什麼莫名其妙散文的理由也是。

我不得不成為殺人犯之子的理由也是。

那些字句以穩定的速度飄移，流暢地從過去延伸到未來，在這一剎那，韓秀英頓時醒悟。

所謂回歸，就是沿著世界線逆流而上，回到某個時間節點長出全新的世界線。

萬一，他們是在回溯的途中被意外卡進這個夾縫，會是怎樣的狀況？

若是如此，這些文字所在的時間點就是——

「劉衆赫！這裡是——」

當她回過頭時，劉衆赫也在注視著某個方向。

砰砰！砰砰砰！

雪原轟然震盪起來，某人正使勁全力敲打著困住了他們的世界線夾縫。

「吐出來！快給我吐出來！」

金獨子正在哭泣。

這難不成是……

他捶打著牆壁。

現實正逐漸成為故事。自己的所有行動和話語，都成為故事的一部分，化作牆上的字句。金獨子對這一切感到厭倦。

「閉嘴！」

儘管看不見他的臉，但光看著那些文字，韓秀英就明白了。

金獨子就在這些文字的另一頭。《滅活法》的第三次回歸，金獨子正在過去的某處拚命戰鬥。

要怎麼做、該做些什麼才能打破這面牆？金獨子亟欲找到解答。難道，這就是閱讀《滅活法》的代價嗎？難道因為看了那篇文章，就連我經歷過的一切都會化為小說嗎？

一看見那個段落，韓秀英就有了把握。

「這是闇城那個時候。」

「闇城？」

「那是金獨子和食夢者戰鬥後發生的場景，他有跟我講過當時的事，他被困在自己的技能裡頭……」

最終任務即將到來之前，韓秀英和金獨子曾聊了一整夜，有些是關於今後的計畫，也有些是關於過去的往事。因為當時他們認為，過去未能解決的事件，說不定會成為未來的線索。

「這麼說來，當時確實還發生了一些怪事，好像有人在叫我……要不是那個聲音，我恐怕什麼也沒做就完蛋了。」

「喂！金獨子！」

「韓秀英，別白費力氣，這些都已經是既定的過去了。」

夾縫就該作為夾縫，唯有如此，剩餘的空間才不會變成空隙。

但是，既然在這種地方也存在著文字，那是否意味著，實際上也有他們沒讀過的故事？

韓秀英再次向那些巨大的文字伸出手，這一次，漆黑的粒子也沾上了她的手指。

那不是石墨，而是由零和一組成的極為細小又精美的黑色粒子。

韓秀英將那些字元使勁握在手心。

倘若這是已經被記載下來的故事，那麼，她是不是有機會改寫這份紀錄？

「人物『韓秀英』全新的傳說即將甦醒！」

滋滋滋滋滋！

劇烈的火花暴起襲向韓秀英全身，忽然間，彷彿世上所有文句都在怒視著她。

「可惡……現在可不是這種時候啊——！」

〔傳說『校潤專家』開始講述故事。〕

「喂！給我清醒一點！」

她一握住那些文字，文句的內容立刻流入腦海。

這是金獨子的人生，是金獨子為了將這些文句寫進最後一道牆而努力活著的生命。

韓秀英扯開嗓門，向正在和第四面牆搏鬥的金獨子大喊。

「這不是你的技能嗎，別被你的技能給吃了！」

像在修訂已經寫完的文句，她抓著整篇文章的框架用力晃動。

說不定是她猜錯了。說不定金獨子一個人就能克服這個危機，說不定她的聲音永遠也傳不進金獨子耳裡。

儘管如此，韓秀英還是奮力在牆上留下屬於她的文字，畢竟，或許牆的彼端真的有人在聆聽也不一定。

「韓秀英，回歸要開始了！」

「閉嘴！你也說點什麼啊！」

在燦爛的光芒中，韓秀英和劉衆赫的身形再次消散。

在消失前的最後一刻，劉衆赫皺著眉頭留下一句簡短的話。

「快解除技能，金獨子。」

✦ ✦ ✦

劉尚雅愣愣地眨了眨眼睛。微弱的燈光籠罩著周圍，眼前的螢幕跳動著，螢幕上顯示著她正在查閱的人事紀錄。

「啊。」

感覺好不真實。

她再次眨了眨眼，感覺渾身都軟綿綿的。失去了技能和星痕，脫離了受到系統庇護的肉體，這就是人類的感覺。

回來了。

她的腦中依序浮現出回歸後必須處理的事項。確認回歸的時間點、透過緊急聯絡網嘗試和伙伴們取得聯繫，還有……

她猛然從自己的座位上跳起來，立刻引來幾個人的側目。久遠的名字一個個浮現腦海，金旻佑代理、張恩靜部長，還有……

「喔，尚雅小姐！人事組的是不是都特別有人情味呀？妳真是特別平易近人呢，還特別站起來打招呼！」

這番話簡直分不清是在講冷笑話還是想挑釁。吊兒郎當走來的男人，正是專務江永賢董事，至於低聲下氣跟在他後頭的……就是財務部的韓明武部長了。

韓明武部長一邊看著上司的臉色，一邊笑嘻嘻地向她打了個招呼。他不是過去四年她所認得的韓明武，她熟識的那個他，這次回歸沒能一起同行。

「真是的，開個玩笑而已嘛，劉尚雅小姐，這個週末妳……」

劉尚雅一聲不吭地拔腿就跑。越過江董事，衝進走廊，她忽然覺得現實開始變得模糊不清。

回歸真的成功了嗎？

這是她曾無比熟悉的世界，各種景色在眼前一晃而過。

她曾經天天準時到這裡上班，時間一到就打卡下班，這就是這個世界的規則，踏實地遵循規則就是劉尚雅能做的全部。

「不是，喂！劉尚雅小姐！」

和印象中一模一樣的員工識別證。為了將這東西掛在脖子上，她曾費盡了心思，好像這玩意是自身價值的某種證明。

劉尚雅喘著氣一路跑到ＱＡ組的部門時，幾名同事認出了她。

「嗯？劉尚雅小姐？」

她放在口袋裡的手機嗡嗡響個不停，都是對她突如其來的舉動表達疑惑的訊息，身後則是此起彼落的高喊。

劉尚雅一步一步地走向辦公室的座位。

『她記憶中的人，就在那裡。』

那男人戴著耳機，抬眼看著她。

永遠放在座位角落充電的行動電源。

她記憶中的金獨子，就在眼前。

那是任務開始之前的金獨子。

劉尚雅不由自主地伸手捏住金獨子的臉頰。

「呃？」

金獨子瞪大了眼睛。周圍的人全都因她莫名的舉動大吃一驚，但她耳中聽見的根本不是他們議論紛紛的耳語。

「劉尚雅，妳怎麼能那麼冷靜？正如這個金獨子就是金獨子，留在那裡的金獨子同樣也是金獨子啊。妳——」

韓秀英的話在腦中嗡嗡作響。

當時的自己，反應怎麼能如此冷酷鎮定呢？

「獨子先生。」

現在，她很篤定。看見了金獨子這副呆傻的表情，她不可能不明白。

「秀英，我也擁有很珍貴的記憶。」

她不像韓秀英那樣是作家，也不像劉衆赫一樣是主角，她就是劉尚雅。是金獨子公司的同事，也是金獨子的朋友。

儘管不知何故湧上眼眶的淚水模糊了視野，劉尚雅仍燦爛地笑了起來。

『為了守護這個金獨子，她回來了。』

金獨子的嘴唇一開一闔，好像已經認出了她，剛才一度恍惚的眼眸漸漸恢復了光芒。

看著那雙眼睛中隱約湧現的火花，劉尚雅立刻開口。

「我們一起去尋找你遺忘的故事吧。」

✦ ✦ ✦

劉尚雅拖著金獨子逕自離開了公司。為了以防萬一，她在快步衝過辦公室走廊的同時，也沒有忘記對人們放聲高喊。

「大家趁現在趕快辭職，快去抓一隻蚱蜢吧！」

當他們在光化門站跳下車時，第一個前來迎接兩人的是鄭熙媛。鄭熙媛站在完好無損的世宗大王像和李舜臣將軍像下方，朝兩人揮著手。

「劉尚雅小姐！」

高興之餘，鄭熙媛也沒忘記給她一個大大的擁抱。

看來，目前抵達的只有鄭熙媛一人。

「獨子先生這是怎麼回事？」

「應該是記憶沒有完全恢復吧，對現實的認知還在混亂狀態。」

她們也只能大致猜測，或許是因為他是阿凡達，狀態才會不太對勁。

「衆赫先生和秀英小姐呢？」

「目前還聯繫不上。衆赫先生也就罷了，秀英小姐應該會搶在頭一個打電話來才對……」

距離他們成功回歸已經過了幾個鐘頭，那個就算要她去借電話也會第一個聯絡的人卻遲遲沒有音訊，意味著很可能是哪裡出了問題。

「其他人呢？」

「吉永人在鄉下，流承和智慧應該要晚一點才會到，至於賢誠先生——」

「咳！咳！熙媛小姐！尚雅小姐！」

只見一頭大熊高高揮舞著雙手，還穿著一身軍裝，從遠處跑向兩人。

「咦？你不是說你在軍隊裡，沒辦法馬上出來嗎？」

「我當逃兵了。」

「這樣沒問題嗎？」

「世界都快毀滅了，這還有什麼要緊的。」

「你說的很快，應該還有一點時間吧。」

鄭熙媛一邊說著，一邊向他展示了她的手機畫面上顯示的日期。

—距離任務開始D-28。

李賢誠表情嚴肅。

「我們的目標，不是要回到任務開始的前一天嗎？」

「這樣更好吧，爭取到更多準備的時間，說不定能拯救更多人。」

嗡嗡嗡。

人們一個接一個湧入事先說定的聊天群組，鄭熙媛則使用翻譯軟體閱讀了幾則訊息。

—中國的飛虎已抵達中國。霧霾嚴重，空氣品質堪憂。
—印度的蘭比爾．汗已順利抵達。這氣味引發人的鄉愁。
—我是日本的飛鳥蓮。熟悉的天花板，沒有任何問題（´・ω・｀）。
成功回歸的一百名最強化身都聚集在群組之中。
幾人彼此對望了一眼，不約而同地點了點頭。
「作戰開始吧。」

✦ ✦ ✦

距離任務開始二十一天。
「今日，軍隊正式對無故竊取大量槍枝的李姓中尉下達通緝令……」
「近期網路上突然開始瘋傳末日論，部分專家認為……」
距離任務開始十四天。
「原以為只是在網上風行一時的末日論整整延燒了兩個禮拜。」
「末日論者賽琳娜．金示警，為了應對兩週後即將到來的劇變，大家都應準備好緊急物資……」
就連部分政商名流也對末日論表示認同，受到輿論譴責……」
距離任務開始七天。
「全國首屆一指的製藥廠商研發中的微生物濃縮精華樣品意外遭竊……」
「近日來，在十來歲的青少年間掀起一股蒐集青蛙卵的風潮……」
距離任務開始一天。
「距離末日論者賽琳娜．金預言的終末之日只剩一天……」

任務開始當天。

李雪花低下頭，看了看握在手裡的小瓶。

─我已經在濃縮液裡加入了小蟲或蟲卵。

─為了盡可能方便大眾瀏覽，我們也在網上大量推播濃縮液擺放的位置。

─現在，只能祝大家好運了。

末日四小時前。

─印度新德里，準備就緒。

─中國北京，準備完成。

─美國華盛頓，已準備就緒。

末日一小時前。

─大韓民國首爾，準備完畢。

末日十分鐘前。

─申流承、李吉永組，三號線鄰近地區布局完成。

地鐵三號線狎鷗亭站。

聽著遠處疾駛而來的列車聲響，申流承忽然開口。

「應該不會有問題吧？」

「當然，妳帶了幾顆青蛙卵？」

「一百零二顆，你呢？」

「五百二十四顆。」

申流承皺起眉頭盯著李吉永手裡的寶特瓶。

「喂，你一個人拿那麼多，那其他人……」

「反正每個人都有一罐濃縮液啊，要是想打贏那個黑漆漆的傢伙，這次開局一定要先取得優勢才行！只要有了這個——」
就在這一刻，某人冷不防從李吉永手中奪走了瓶子。
他大吃一驚地扭過頭，只見一個熟悉的男子站在身後。
「黑漆漆的大叔！」
「衆赫叔叔？你什麼時候來的！」
「剛剛。星痕出現了問題，所以晚了一點。」
劉衆赫一邊喘著氣，一邊抹了把額上的汗，將寶特瓶收進懷裡。
「金獨子呢？」
「叔叔身體狀態不太樂觀，所以雪花姐一直把他帶在身邊。或許是因為任務還沒開始，之前明明還算清醒，現在又陷入昏迷了。」
「作戰準備都完成了？」
「都準備好了。」
申流承沒有多說，直接將一隻備用手機交到劉衆赫手裡。
在旁邊嘀咕個沒完的李吉永也從懷裡再掏出了一個寶特瓶。
「哼，我就知道會被搶走，早就多做了一個。」
傍晚六點五十五分。
列車遠遠駛來，三人一起搭上了地鐵。三號線地鐵的氣味和平時一模一樣，尋常的景象平和得無法想像末日即將到來。
看著隧道中的黑暗朝後方飛逝，李吉永喃喃說道：「可是，任務真的會開始嗎？」
李吉永毫無把握地看了劉衆赫一眼。在過去二十八天，李吉永比誰都更努力地為末日到來作足了準備，正因如此，他反倒諷刺地擔憂起滅亡會不會真的發生。
劉衆赫向杞人憂天的他開口道：「一定會開始，在這之前已經重複一千八百六十四次了。」

漫長歲月裡，總是獨自等候末日降臨的他篤定地說著。
劉衆赫不動聲色地低頭看了看自己的手錶。
還有三分鐘、兩分鐘、一分鐘……

PM 7:00

嘰咿咿咿！列車在尖銳的摩擦聲中緊急煞車，突然降臨的黑暗讓車廂內的市民紛紛尖叫出聲。
在那慘不忍睹的混亂之中，唯有三個人神情依然鎮定。
劉衆赫的聲音就像照亮了周圍的黑暗一般清晰。
「捕撈魷魚行動，正式開始。」

6.

距離滅亡一小時。
「該死，這到底是哪裡啊？」
韓秀英抱著暈頭轉向的腦袋，迅速觀察著四周。
最後的記憶是劉衆赫的身體在刺眼的光芒中漸漸消失的模樣，她反射性地檢查起自己的身體。
回歸成功了。
手臂變瘦、肌肉變軟，這段期間累積的傳說和勤加鍛鍊的技能或星痕，全都感應不到了。
不過，這算不上大問題，等到任務重新開始，她早已想好應對種種情況的辦法。
問題在於……

「該死，時間不多了。」

偏偏她手機的電量幾乎見底，連確認同伴的安危都有困難，她還能找到聊天室，勉強下載好其他人上傳在群組裡的配置圖，簡直是上天保祐。

「這些傢伙，就算我不在也幹得不錯嘛。」

她迅速一瞥，眾人的現況安排立刻一目了然，畢竟策劃整個作戰計畫的軍師就是她本人。然而，仔細查看布局的韓秀英倏然吃了一驚。

「那傢伙怎麼……」

韓秀英匆匆抬頭環顧四周。

儘管有些倉促，但應該還有時間。

✦ ✦ ✦

距離滅亡三十分鐘。

李智慧正愣愣地盯著手錶，一頭黑髮忽然從眼前冒了出來。

「慧慧，妳今天要留晚自習嗎？」

「不要，嗯，不留。」

儘管已經回歸了二十八天，她還是適應不了這個綽號。

慧慧。

最後一次聽到這個綽號是什麼時候的事了？曾經擁有另一個綽號的日子，那段時光又回來了。

「真的假的？我只是隨便問問而已耶，妳不留喔？」

滿含笑意的眼睛。

在過去四年裡，李智慧就連一天也不曾遺忘那對眼睛。稍微比自己嬌小的身材、白皙的皮膚、少了一顆鈕釦的校服衣襟、線頭鬆脫的名牌上寫著的名字……

『每當她睜開雙眼，那雙充滿血絲的眼瞳就注視著她。』

她顫抖著右手，緊緊揪住運動服的褲子。

「智慧，沒關係的。」

李智慧死命地壓抑住手部的顫抖。

「活下去。」

「李智慧？」

朋友的手倏然從空中接近，李智慧幾乎是下意識地避了開來。

「啊，抱歉，妳剛剛說什麼？」

「妳不舒服嗎？」

「沒有，我沒事。」

「不然七點我們一起蹺掉晚自習怎麼樣？」

「絕對不可以！」李智慧霍地站起來大吼。

周圍的同學霎時全轉過頭來，李智慧連忙再次坐回位子上。

「沒多久就要升高三了，當然要念書啊。」

「慧慧，妳真的人不舒服是不是？」

距離滅亡二十分鐘。

晚自習第一節課的鐘聲響起，李智慧從懷裡掏出了某樣東西，是個包裝得破破爛爛的小紙箱。

「麥麥，這個妳拿去。」

「什麼？」

看見箱子的朋友伸出了手，但李智慧沒有立刻把箱子交到她手裡，只是用惡狠狠的語調進行威脅。

「妳絕對不可以現在打開，等到六點五十分左右，那時候妳再打開。」

「該不會是蟲子之類的東西？妳知道我心臟不好吧？」

聽見這句話，李智慧一頓。

「別擔心，我絕對不會讓妳死的。」

話一說完，李智慧立刻從座位上跳了起來，接著掏出預先藏在教室儲物櫃後頭的長刀。

朋友吃驚地盯著她的動作。

「妳要去哪？」

「拉屎。」

李智慧就這樣衝出了教室，班導這時碰巧往教室的方向走來。

「李智慧，妳要幹嘛？回教室！晚自習開始了！妳背後那又是什──」

「老師，你今天值班？」

瘦長的體格、凹陷的眼眶，眼前戴著黑框眼鏡的人正是班上的公民老師，至少在李智慧的記憶裡，他是個好人。

「老師，等等一定要記得打開導師辦公室的二號儲藏櫃。」

見李智慧自顧自地越過自己身邊，老師連忙朝她的肩膀伸手。

「什麼？妳要去哪……呃，妳這孩子哪來的怪力，喂！李智慧！」

李智慧拔足狂奔，轉瞬衝上樓梯，拐進教務處摸走了廣播室的鑰匙。她一扭頭，三步併作兩步跑向三樓，感覺自己的心臟好像隨時都要爆炸。

『颱風女高地區的第一個任務，比其他地區略早幾分鐘開始。』

這也是李智慧被提前安插在這裡的理由。

她上氣不接下氣地拉開門，廣播室熟悉的景象就在眼前。颱風女高廣播室的設備相當完善，不僅如此，還擁有在緊急狀況發生時，透過地區線路播送廣播的權限。

聽見老師在樓下四處找尋自己的呼喊，李智慧拿出先前準備好的預備電源，並沉著地著手設定廣播用的設備。

在她忙著連接線路的同時，腦海中的記憶也一一連接起來。

她曾在這裡當過廣播社社員，每到午餐時間，她就能播放自己喜歡的音樂。這就是她的日常。

──至少，在滅亡到來之前都是如此。

看著其他同學活蹦亂跳的模樣，李智慧再次體認到，那一天，整個教室活下來的只有她自己。

「李智慧。」

她嚇了一跳，回頭一看，只見一個出乎意料的人物出現在身後。

「秀英姐？」

彷彿早早就等在了這裡，韓秀英從黑暗中現身，認真盯著李智慧的臉。

「妳的臉色真的很糟。」

「我沒事。」沉默片刻後，李智慧繼續說道：「任務真的會開始吧？不然，我八成要被停學了。」

「快了。但妳沒必要從這裡出發，現在立刻到別的地方去，這裡交給我就好。」

「我該開始的地方，就是這裡。」

李智慧笑了。

「因為，這裡就是『受傷的劍鬼』誕生的地方。」

李智慧緩緩吸了口氣，她已經把所有設備連接好了。

距離滅亡十分鐘。

緊接著，混亂開始了。

伴隨著轟隆隆的巨響，李智慧感到整個世界天翻地覆，不知何處傳來震耳欲聾的鼓聲，隨之而來的是……

〔哎呀，頻道比預定時間還早開通了耶。啊、啊，各位聽得到嗎？〕

李智慧回頭看向韓秀英。一看到她的臉，她就明白了，可笑的是，她們竟然一直在引頸等待著這一刻到來。

〔各位同學，請不必驚慌。首先要告訴大家，目前的情況不是在拍電影，不是恐怖攻擊，也不是作夢。現在呢——〕

那是她深惡痛絕的鬼怪的聲音。

教室裡，尖叫聲此起彼落。

〔主線任務#1—價值證明已開始。〕

這就是她們啟動作戰計畫的信號。

李智慧一把抓住麥克風。

「現在開始緊急災難廣播。」

她聽見自己的聲音透過喇叭響徹校園。

「請各位仔細聽好，待在教室的人請打開掃具櫃，在辦公室的各位請打開二號儲物櫃！動作快！」

李智慧猜得到，現在其他伙伴們臉上的表情想必也和自己如出一轍，大家都在透過鬼怪顯示出來的畫面，觀看著這一幕。

「各位不需要互相殘殺。至少，這次我們不必這麼做。」

李智慧想著她的同伴，也想起跨越到這個世界之前，伙伴們之間的約定。

「至少這一次，要讓大家自己選擇要殺死什麼。」

申流承的任務劇本不必再從殺死自己的小狗開始。

「我要救我的阿姨。」

李吉永決定拯救自己厭惡的親戚。

「我死也不會再回去軍隊。」

李賢誠決心離開部隊。

「這次，我想拯救當時那個老奶奶。」

劉尚雅會挽救當時無法拯救的人。

「概然性允許的機會僅此一回，我無法使用兩次集體回歸。」

劉衆赫不會再繼續回歸。

以及……

「這次回歸，我絕不會再成為『受傷的劍鬼』。」

等到校園中的喧鬧聲漸漸平息，李智慧再次開口。

「大家都有拿到一個瓶子了嗎？」

就像當初的金獨子，朝人群用力扔出蚱蜢那般。

「就是現在，請用力把瓶子砸在地上！」

李智慧一邊說著，一邊敲碎手中的濃縮瓶。

〔您總共擊殺了133個生命體。〕

〔擊殺項目：青蛙卵133個。〕

〔由於擊殺個體無抵抗能力，獲得Coin數量減半。〕

〔共獲得6,650 Coin。〕

……

〔主線任務#1—價值證明已結束。〕

『再一次，他們將繼續創造前所未見的故事。』

負責的鬼怪慢了好幾拍才察覺事態有異，連忙出現在李智慧面前。

〔這是……喂喂！妳是什麼人？怎麼會幹出這種事來——〕

下一秒，劇烈的概然性反噬風暴席捲了整個任務，大量 Coin 迅速流失的聲響隱隱響起。

李智慧意識到眼前發生了什麼。

〔星座大大！各位誤會了！局長大人，不是這樣的！這不是我的錯……請管理局明察……呃啊啊啊！〕

隨著頻道原地解散，那隻下級鬼怪也在慘叫聲中消失了身影。

七點到了。

一切就此拉開了序幕。

廣播室的窗戶外映出首爾的夜空，她望見遠處天空出現一道裂痕。

而此時的地鐵三號線……

「大家冷靜下來！每個人都拿這個扔出去！快！」

光化門。

「請不要驚慌，所有人砸碎領到的瓶子，我們能活下去的！」

醫院。

「有沒有沒拿到濃縮液的人！」

首爾各處，突發性的異變多點齊放，既定的任務也發生了變化。

〔在任務全域發生多起令人難以置信的成就！〕

〔管理局流失大量 Coin！〕

劇烈流失的 Coin 讓整個星星直播戰慄不已。

〔星星直播對任務突如其來的變故感到震驚！〕

〔管理局的鬼怪對流失大量 Coin 感到錯愕！〕

﹝觀賞著朝鮮半島任務的多數星座……﹞

宛若煙火在空中炸開的 Coin 瀑布，這是一個世界步入滅亡的景象。

回頭一看，只見韓秀英也凝視著同一片天空，就像在找尋著某個人，而那人也在那片夜空的某個角落，注視著她們。

「走吧，我們去救大叔。」

她們的作戰計畫才剛剛開始。

✦ ✦ ✦

我粗重地吐出一口氣，再次恢復了意識。

『他說不清究竟流逝了多長的時間。』

我試著挪動肢體，手臂、雙腳、肩膀……整個身子的感覺確實不如從前。

『金**獨**子**變小**了很**多**。』

我只能苦笑著看了看自己縮水的手。與最後一次觀察的時候相比，每一節手指似乎又短了一公分。

我有些疲憊地問道：「我看到第幾次回歸了？」

『第七百八十六次**回**歸。』

萬萬沒想到，用盡全力閱讀竟是如此累人的事。

每當劉衆赫和同伴一起走過一次回歸，我也同樣經歷一整個回歸。

第二次、第三次、第四次，再來是第五次回歸……

『這**就**是最**古**老的夢**的宿命**。』

我一遍又一遍地閱讀了由無數選擇所創造的傳說，又一次次地觀看它們衍生出來的每一條世界線。

『就像踱步走過蒼茫遙遠的海岸，金獨子瀏覽著這個世界。』

傳說的浪潮起起落落，每一回都會讓我慢慢失去些什麼。當我驀然想起，回頭一看，只有成排的腳印留在身後。

腳印很快就被拍上岸邊的海浪抹去，我則凝視著殘餘的痕跡，再次邁步往前。

每當我想起我在泛濫成災的傳說中遺落了什麼，我就會憶起曾經屬於我的那次回歸，想起在那裡活下去的人們依舊幸福如故。

然後……

「嗯？」

我的指尖在顫抖。

我赫然發現，我竟記不起自己生活的回歸是哪一回了。

我不由得回頭張望，這才察覺身後除了劉衆赫的上一次回歸，什麼也沒有。

『最終，殘留下來的唯有閱讀下一個故事的欲望。』

我低頭注視著自己變小的手。

在這漫漫旅程的盡頭，等著我的究竟會是什麼？

『金獨子回想起在最後的任務見過的最古老的夢。』

難道，我終究會變成我曾見過的最古老的夢嗎？我是否會失去所有記憶，化為一個巨大的潛意識，永無止境地作著宇宙的幻夢？

『不想變成那樣。』

我必須回想起來……一定要記起來才行。

等我回過神，手裡已經習慣性地握著我的手機，每當我感到不安焦慮的時候，它就是永遠守護著我的小小世界。

手機從很久以前就沒電了，漆黑的螢幕映照出我的臉。

我簡單地操作傳說，打開了手機。熟悉的桌面映入眼簾，引發了所有故事的那部小說靜靜躺在裡頭。

—〔在滅亡的世界中存活的三種方法（最終版）.txt〕

這段時間以來，我一直刻意不去閱讀最終版本，唯恐一旦打開了它，某些事就會成為定數。我不願未來和伙伴們一起活下去的每一天，都被某人預先寫下的故事所左右。

——但是，現在應該沒關係了吧？

金獨子集團的故事已經落幕，我的[redacted]早已底定。

——如果讀了它，是不是就能想起被我遺忘的事物？

我至今仍不知道tls123是誰，因此我也很好奇，作者在最終版到底寫了些什麼？作者決定的結局會是什麼？

這個故事原本該在哪裡，又會以什麼方式劃下句點？

我慢慢做了個深呼吸，用變短的手指挪向文件檔案，就像頭一次點開《滅活法》的那一天。

『就這樣，金獨子開始他最後的閱讀。緩緩伸直的拇指觸到冰冷的螢幕，在這一瞬間，一抹火花在畫面裡一閃而逝。』

〔『最終修訂版』已更新完畢。〕

—〔在滅亡的世界中存活的三種方法（最終修訂版）.txt〕

不過短短一剎那，文件的名稱又出現了變化。

最終修訂版？我幾乎是反射性地點開了檔案。

然而，這是怎麼回事？打開的檔案頁面捲軸差不多已拉到檔案的最底端，感覺就像這份文件才剛編輯完。

我漫不經心地又將捲軸往下拉。
難道它終於新增了我沒看過的《滅活法》後記？
在正文結束之處，檔案仍在延續，那是在此之前我未曾見過的故事。
不經意間，我出聲讀起了那則故事。

Epilogue 3. 作者的話

1.

每一次回歸都會以各自的方式迎來結尾。

以隱密的謀略家的陰謀詭計作為開端，屬於韓秀英的第一千八百六十三次回歸也不例外。

〔您已完成星星直播的所有任務。〕

做到了。看見這條訊息的瞬間，無數文字閃過韓秀英的腦海。

鬼怪之王倒在她眼前，由她領軍的第一千八百六十三次回歸的伙伴都圍繞在她身邊。

「隊長！我們贏了！」

金南雲哭得一把鼻涕一把眼淚。

看著為了攙扶她而走來的李賢誠，韓秀英終於切實地感受到，她成功了。

『這就是第一千八百六十三次回歸的尾聲。』

真是一場漫長的戰鬥。生活在第三次回歸的她，突然被傳送到第一千八百六十三次回歸，最終在這個世界迎來了屬於自己的結局……

有好幾回，韓秀英都差點中途放棄，讓她咬牙堅持到最後的，全是那傢伙當時留下的一句話。

「與其永遠陷入沉睡，還不如進入下一個任務更好。」

和自己一樣，從第三次回歸跨越而來的傢伙。

那個擁有與自己相同的大衣，使用相同武器的男人。

「啟示錄巨龍獲得解放並不代表一切都結束了，妳也很清楚，不是嗎？」

那個傢伙把她所有的計畫攪得一塌糊塗，不僅釋放了啟示錄巨龍，甚至搞到連劉衆赫都脫離了任務。

直到今天，只要她閉上雙眼，當時的情景仍歷歷在目，那是一個「登場人物」擺脫了既定的故事，前去找尋自由的模樣……

「隊長，我們做到了，我們真的做到了！」

看著欣喜若狂的李賢誠，韓秀英捻熄了手中的菸頭。

「帶大家回去吧。」

「那隊長……」

「我再抽一根就走，你們先回去。」

「不行，隊長也要一起──」

想不到向來遲鈍的傢伙這回倒挺敏銳的。

韓秀英朝李賢誠身旁的大天使使了個眼色。

「約斐爾。」

指揮官赤紅波斯菊，約斐爾，和那個第三次回歸的傢伙一起來到這條世界線的大天使。

「不行，隊長大人！」

『走吧，大塊頭。』

看著大天使帶領其他伙伴返回地球，韓秀英掏出剩下的最後一根香菸。《滅活法》的一行人漸行漸遠，他們全都因為完成了任務而淚流滿面，韓秀英不禁苦笑了起來。

約斐爾展開羽翼慢慢遠去，又轉頭看了看她。

──妳打算自己一個人走？

韓秀英沒有回答，只是舉起香菸朝祂揮了揮手。

就這樣，等到所有人的身影消失在遠處，韓秀英才緩緩回頭看向身後。

──最後一道牆。

它既是屹立在這條世界線盡頭的牆壁，也是記錄著宇宙中森羅萬象的卷軸。
韓秀英早就知道這堵牆的存在，甚至知道該怎麼做才能打開它。她與第三次回歸的韓秀英彼此連結時就曾瞥見一些畫面，更重要的是，先前到訪這個世界的金獨子帶來了關鍵情報。
〔『定奪輪迴之牆』重新找回屬於自己的位置。〕
韓秀英將事先蒐集好的牆壁碎片一一嵌回牆上。
〔『明辨善惡之牆』重新找回屬於自己的位置。〕
〔『不可能的溝通之牆』重新找回屬於自己的位置。〕
但是，她還缺少最後一塊碎片。
綜觀整個宇宙，只有一人擁有的碎片——第四面牆。
韓秀英低頭看著自己的手，接著緩緩將手伸往牆上的縫隙。
〔傳說『預想剽竊』開始講述故事。〕
她沒有第四面牆，但說不定能打造出與之相仿的碎片。
〔傳說『終極的謊言』開始講述故事。〕
韓秀英開始絞盡腦汁地編寫她能想像到的所有傳說。
只有一次，她只見過第四面牆真正的模樣一次。在她使用真知之瞳被第四面牆擋下時，她確實窺見了那道牆的一部分。
〔傳說『預想剽竊』已發動至極限！〕
韓秀英的手指飛速移動，行雲流水地開始書寫。那是由她想像而成的牆的傳說，也是建構出那面牆的唯一一則神話。
「我是獨子。」
金獨子。爸爸為我如此取名，是希望我即使獨自一人，也能成為強大的男子漢。
下一秒，韓秀英的指尖忽然陷進了牆內。緊接著，手臂、肩膀、腦袋和身體……最終她整個人都沒入了牆壁之中。

〔『最後一道牆』的系統因您的傳說資訊大吃一驚！〕

〔系統出現暫時性錯誤！〕

韓秀英拚命忍住湧上喉頭的反胃感，在地面到處摸索。

成功了，她總算成功進入這道該死的牆裡。

她抬起頭，映入眼簾的是一個小小的房間，房內放著一個個打包好的包裹，還有幾面小型螢幕。

螢幕上正在播放的傳說，她也很熟悉。

〔星座『救贖的魔王』已抵達自己的[redacted]。〕

〔星座『救贖的魔王』的[redacted]為『永恆』。〕

那是第三次回歸的結局。那個傢伙在自己的世界線也努力將任務推進到最後一刻，於是，最終他成為了這個世界唯一的讀者。

身在沒有任務的世界，只剩下繼續閱讀下一個故事的欲望的……擁有豐富想像力的孩子。

他會不斷縮小，總有一天，會成為這個世界的潛意識，並且繼續編織著那些不會結束的故事。

第一千八百六十三次回歸的韓秀英知道一定會變成這樣。至於問她為何知道？她就是知道。

——因為如果是我，也會以這種方式寫下結局。

這個世界，是為了故事而生的世界。劉衆赫的故事也好，金獨子的故事也罷，最終都只是為了完成唯一一則故事而不斷前進的敘事罷了。

韓秀英凝視著畫面中那輛漸行漸遠的地鐵。看著這個宇宙的神祇朝向無人記憶也無人知曉的世界不斷前行，她久久挪不開目光。

緊接著，她發現就在數步開外的地方，有個傢伙正看著畫面，不停用手帕擦拭著臉上的淚水。

「咦咦？」

「祢就是真正的鬼怪之王？」

「妳到底是怎麼進來的？」

分明已經被他們擊殺的鬼怪之王，竟然完好無缺地站在眼前。

韓秀英不由分說地從懷裡抽出黑天魔刀，沉聲問道：「怪不得，我還在想那傢伙怎麼弱成那樣，原來祢根本沒拿出真本事啊？祢躲在這地方幹什麼？」

「喂喂，等一等，任務已經結束了，我不想跟妳打。」

鬼怪之王連連揮舞著雙手，身上竟真的感受不到任何殺意。

看見韓秀英全身輕微飛濺的火花，鬼怪之王的眼睛倏然亮了起來。祂的目光最終固定在出現異常的最後一道牆上頭。

「複製最後一道牆？如此驚人的才能……妳到底是誰？妳的靈魂……簡直就像是天賦的集合啊。」

「派出那種傀儡對付我們，祢到底是什麼意思？看不起這條世界線嗎？」

「哼哼，怎麼可能看不起你們呢？每一條世界線的故事都彌足珍貴，只是……現在這條世界線已經沒什麼意義了，畢竟最重要的傳說才剛剛結束。」

鬼怪之王一邊說著，一邊回頭看向畫面。

韓秀英默默催動傳說，見狀，鬼怪之王微微一笑。

「幹嘛火氣這麼大？反正你們的故事順利結束了，不是嗎？」

「不准亂動這條世界線的結局。」

當她正這麼說著，螢幕倏然浮現出第一千八百六十三次回歸的畫面。

李賢誠和金南雲攙扶著彼此，鏡頭以全景帶出了一行人的背影。

「啊，那是當然，反正也不是什麼重要的世界線……」

看著鬼怪之王滿不在乎地聳了聳肩膀，韓秀英感到一股難以言喻的空虛。

這一次回歸的故事就這樣結束了？任它就這樣劃下句點，真的好嗎？

「更何況……新任的最古老的夢，肯定也不樂見那種事發生。」

聽見這句話，韓秀英不由自主地抬頭仰望蒼穹。

「最古老的夢。」

她認識的那個金獨子已經變成那樣的存在了，也就是說，此時此刻，那傢伙說不定也在看著這幅景象吧。

「只是這樣盯著天空怎麼可能得到回應？在妳的世界裡，應該也有人相信神的存在吧，難道只要人類大聲呼喊，神就會一一回答嗎？」

「這根本是兩回事。」

「隨妳高興吧，總之我打算脫離這裡了，妳不介意我先走一步吧？」

「祢想去哪？」

「既然這條世界線的故事結束了，我也該去別的地方看看，我努力工作了這麼久，一直有個想去的地方……」

「祢打算就這樣隨隨便便扔下任務走人？」

「妳怎麼不去誕生在一條鬼怪之王超認真幹活的世界線？」

韓秀英皺起眉頭，再次催動力量。

「我費盡千辛萬苦才走到這裡……再怎麼樣也得給點通關獎勵吧？」

鬼怪之王嘆了口氣。

「好吧，也行，我可以實現妳一個願望。」

「我想見見那傢伙。」

一時間，韓秀英也不明白這句話為什麼會脫口而出。

「因為妳也在那裡。」

「我相信第三次回歸的妳。」

心裡的鬱悶到底是怎麼回事，她也說不上來，如果能再見那傢伙一面，似乎就能弄清楚這股煩悶從何而來。

鬼怪之王歪了歪腦袋。

「……妳說的那傢伙是？」

韓秀英朝畫面揚了揚下巴，鬼怪之王震驚地倒抽了一口氣。

「妳瘋了嗎？那位大人早已不是現在的我能見到的存在了。」

「不然其他世界線的他也行，就算是還沒看到結局的也沒差。」

畫面中已經看不見金獨子的身影了。

「我只想再見那傢伙一面。」

「在這整個宇宙，那位大人僅只一位。」

鬼怪之王說得斬釘截鐵，多半是真的無能為力。

看著失落的韓秀英，鬼怪之王又狡猾地說了下去。

「不過呢，我倒是有一個辦法可以滿足妳的願望。」

「什麼辦法？」

「那條世界線本來是禁止出入的，不過，在最古老的夢重新即位時，我偷偷記下了座標……先聲明，那裡的最古老的夢不認得妳。」

韓秀英面露喜色道：「那是哪裡？」

「是我正打算走訪的地方。在這次宇宙的史詩結束之後，我一直很想去那裡看一看。」

鬼怪之王一邊說著，一邊朝天空伸開雙臂，星星直播孤高的宇宙就在那裡。

鬼怪之王望著那幅景象，神情莊嚴肅穆。

「妳不好奇嗎？這個宇宙是從哪裡起始，又是誰打造了這條巧妙精美的傳說銀河？是誰編寫了這個世界的劇本？究竟是誰，打造了這個因果相生、又充滿矛盾的世界？」

韓秀英迅速明白了鬼怪之王的目的。

祂打算前往這個宇宙起源的世界線——也就是《在滅亡的世界中存活的三種方法》的緣起之地。

「祢！」

亦即，tls123 所在的宇宙。

「現在，我就要出發去見我的神明了，如果妳願意，我就捎妳一程吧！」

隨著一聲巨響，她和鬼怪之王之間陡然颳起概然性反噬風暴。在靈魂像是被撕裂粉碎的痛苦之中，她隱約看見了鬼怪之王的微笑。

「平安活下來吧，後會有期。」

這就是韓秀英記憶裡，第一千八百六十三次回歸的結局。

✦ ✦ ✦

當她打著呵欠清醒過來時，已經是凌晨兩點了，她整個背部被汗水浸濕，時鐘滴答作響。

是夢嗎？

韓秀英頂著一頭亂髮站了起身，察覺棉被全纏在手腳上頭。怪不得，總覺得床鋪有點陌生。

她拿起擺在床頭櫃上的水杯喝了點水，走進洗手間打開燈，橙黃色的燈光照亮了黑暗，映照在鏡中的臉龐映入眼簾。

鏡中人留著一頭齊肩短髮，眼角有顆瞇起眼睛時更明顯的淚痣。是她的臉孔，毋庸置疑。

明明是她的臉沒錯。

「這是怎麼回事？」

她忽然感到胸口一陣煩悶。

〔您已進入『最初的世界線』。〕

梳妝檯上陳列著模型和漫畫。韓秀英衝出了洗手間，放在床邊的是熟悉的書包。現在，家裡的黑暗看起來不再陌生了。

她顫抖著手打開書包，幾本課本掉了出來，上頭端正的字跡寫著——

——六年二班二號　韓秀英

韓秀英回到了十三歲[8]。

2.

這到底是怎麼回事，為何會突然回到小學六年級？

整個清晨，韓秀英一直處於失魂落魄的狀態，起初她還以為自己和劉衆赫一樣回歸了，然而就在這時，眼前浮現了數條訊息。

〔自主活動時間已結束。〕

〔下次自主活動時間約為14小時後。〕

〔已回收肉體控制權。〕

隨著出現的訊息，韓秀英的軀體控制權跟著消失，她忽然明白自己身上究竟發生了什麼事。

〔您唯有在本體的自我入睡後才能行使控制權。〕

8　韓國人的年齡通常是以虛歲計算，出生時就算一歲，所以小學六年級孩童的年紀，會比臺灣一般認為的十二歲再多一歲。

她穿越到年幼的自己身上了。

——難不成這是新的任務嗎？

但無論她左等右等，都沒有看到任務相關的資訊。

她只能從旁看著年幼的孩子頂著浮腫的臉，洗臉、吃飯、出門上學，除此之外，她什麼也做不了。

精準地過了十四個小時後，韓秀英眼前彈出以下訊息。

〔本體的自我陷入沉睡。〕

〔開始自主活動。〕

〔已接收肉體控制權。〕

整個白天，她都扮演著一個傻乎乎的十三歲小孩，而一到晚上，肉體的控制權就神不知鬼不覺地回到她手裡。

「祢到底想讓我怎樣？」她只能像這樣無助地呼喊。

她的腦袋一片混亂。倘若這真的是最初的世界線，那麼，她此刻的行動或許會對今後所有的世界線產生影響。

韓秀英決定先深呼吸，再好好環顧周圍的景象。

這是間三房一廳的屋子，家中擺設著昂貴而簡約的家具。韓秀英認得這個家。

天天早起上班的保母，懶惰的警衛隨時監視著進出的人，還有每到週末，才會搭乘陌生的車輛輪流返家的父母。

身為國會議員的父親，和作為演員的母親，打從出生，韓秀英就連一次也不曾把他們當作家人。

這世界根本不知道她的存在，而她的父母，更不希望她的存在公諸於世。

「真的都和以前一樣。」

韓秀英隨手翻動十三歲的自己堆滿整張書桌的書籍。有她喜歡的書，也有早已記不得的書籍，那模糊不清的記憶，說不定正存在於另一個自我身上。

總之，從那些書上的痕跡看來，明顯都是她認真讀過的書本。

—每個人都有屬於自己的人生。

那乏善可陳的字句底下甚至畫了線，令她起了一陣雞皮疙瘩。

就是這些微不足道的文章不斷累積堆疊，才形成了韓秀英這個人吧。

就在這時，玄關傳來了門鈴聲。

在這種時間？

她按下對講機的按鈕，確認玄關外的景象。起初，她還以為還是門口的警衛，定睛一看，卻見畫面另一頭的警衛早已昏倒在地。

一個頭戴軟呢帽的中年人正朝著她揮手。

是鬼怪之王。

✦ ✦ ✦

「祢怎麼變成這副德性？」

「一來到這裡，我就忽然變成人類，系統的權限也幾乎全被沒收了……那妳又為什麼變得這麼年輕？」

「還不都是祢害的。」

「與我無關，這都是受到高深莫測的概然性影響……不管怎麼樣，打擾一下囉。」

韓秀英嘆了口氣，把鬼怪之王領進屋裡。

「妳一個人住？」

「沒錯。」

「空房間一定很多吧。」

「話說在前頭，祢想都別想借住在我家。」

鬼怪之王一臉不滿。

韓秀英用茶包簡單替客人泡了杯茶，開口問道：「所以呢？祢把我帶到這世界線的理由是什麼？」

「我們一起來尋找創世神吧。」

「怎麼找？」

「這就得從現在開始思考啦。」

「祢該不會什麼功課也沒做，就這樣跑來了吧？」

「我自然有些想法，例如……那部小說。」

韓秀英神色一僵，果不其然，鬼怪之王也知道《滅活法》的存在。

「寫下那部小說的人，很可能就是設計了這個宇宙的神明。」

tls123，創作《在滅亡的世界中存活的三種方法》的作者。

韓秀英輕輕嘆了口氣，取出筆記型電腦。

「就算祢不說，我也查過了。」

—沒有相符的搜尋結果。

「那篇小說根本還沒上傳。」

「嗯，難道是出了什麼差錯嗎？」

「應該是我們來得太早了吧，不過，確實是今年開始連載的。」

「妳怎麼知道？」

「如果我的情報沒錯，金獨子是在十五歲第一次讀到這部小說。我現在是十三歲，那傢伙現在應該就是十五歲了吧。」

韓秀英不由得想起金獨子交給她的那本皺巴巴的小冊子。

那傢伙當初把各種有的沒的情報一古腦全記下來給她，然後就離開了。

鬼怪之王摩挲著下巴，自言自語。

「十五歲的那位大人啊……總覺得好像有點可愛……」

「先不說這個，我還有個疑問。」

「妳說？」

「萬一這個世界沒出現《滅活法》，又會怎麼樣？」

「什麼？」

面對這個提問，鬼怪之王遲疑了半晌，才接著說了下去。

「嗯……這麼一來，那位大人就看不到這部小說了。」

「當然看不了，那《滅活法》自然就不會化為現實了吧？」

「這也不無可能。至少，從此地衍生出來的新世界線，或許就不會迎來末日了吧。」

也就是說，只要設法阻止金獨子閱讀《滅活法》，說不定就可以阻止這個世界線邁向毀滅。

「我大概猜到妳的想法了。妳想阻止《滅活法》連載吧？」

「沒錯。」

韓秀英點了點頭。至少，若 tls123 不是非人的存在，或許可以靠她的力量阻止這條世界線的滅亡。

然而，鬼怪之王發出吐槽。

「真有意思，明明妳連作家是誰都不曉得……」

「祢有看過那部小說嗎？」

「不，當然沒有，妳看過？」

「嗯。」韓秀英想了想，接著說道：「那部小說寫得超爛。」

「……」

「打從一開始就是一大堆解釋性說明，章節也分配得不好，完全沒在照顧讀者的閱讀體驗。只有金獨子一個人把那小說從頭到尾看完了。」

「喔，果然是我們了不起的……」

「你認為這有可能嗎？」

鬼怪之王瞇起了眼睛，似乎在反問她這是什麼意思。

韓秀英繼續說道：「沒有作家不會重新閱讀自己寫的小說，再加上網路小說的特性，連載的章節不可能完美到不需要修改，就算只是為了修改錯別字，也會反覆點擊自己上傳的文章好幾回。但是……從第一百話之後，那篇小說的觀看數永遠都是一。」

鬼怪之王似乎明白了韓秀英的言下之意，吃驚地瞪大了眼睛。

「難不成……」

「沒錯，我猜那個人就是《滅活法》的作者。為什麼寫了之後本人卻矢口否認，這點我也不明白，但肯定不會錯。」

筆記型電腦上頭，顯示著她習慣性打開的文件編輯軟體。

韓秀英盯著閃爍不定的游標。

「我們得找出金獨子，在那小子開始閱讀那篇天殺的《滅活法》之前。」

✦ ✦ ✦

然而，要如何找出「金獨子」，才是最大的難關。

「妳不知道他住在哪裡嗎？我沒有系統權限了，得親自去找才行。」

「大概就在首爾的某個地方吧。」

「沒有其他特徵之類的？」

「他喜歡找個地方躲起來，埋頭閱讀奇幻小說……」

「光靠這種線索，到底要怎麼找？」

「啊，我不管啦，祢自己看著辦，我只是個小學生耶。」

話一說完，韓秀英立刻昏了過去，等她再度清醒過來，鬼怪之王早已不見了蹤影。

「害我一天到晚在學校打瞌睡。」

怪不得，小時候的她只要一上學，倦意就排山倒海而來……誰能想得到，竟是因為有另一個自我在她睡著後清醒過來活動。

天天乾等鬼怪之王的消息實在無聊，所以每個凌晨，韓秀英都會盡量抽空做點她力所能及的事。

主要是在各個社群平臺進行搜索。

「那傢伙明明有寫過部落格之類的東西啊……」

每當她閒得發慌，她就會打開她在筆記型電腦裡創建的祕密資料夾，試著寫點小說，她主要寫簡單的極短篇，只是為了不失去寫作的手感。

然而，在她完成極短篇的第二天，怪事就發生了。在白天活動的那個十三歲的自我竟闖下了大禍。

「秀英，妳什麼時候這麼會寫小說啦？」

她突然在學校主辦的寫作大賽獲得了優勝，文章內容甚至和自己半夜信手寫下的極短篇一模一樣。

「突然唰一下就寫出來了呀。」

這麼一想，她確實就是在十三歲開始聽到旁人稱讚自己的文筆，也是由此為起點，正式走上了作家之路。

就這樣，一個月、兩個月過去了。

看著十三歲的自己經歷的每一天，韓秀英覺得這種生活也挺有意思。

或許，十五歲的金獨子也生活在這世界的某個地方吧。

一想到這些，韓秀英的心情就莫名地愉悅，要是真的讓她遇見那個討人厭的臭傢伙，該說點什麼才好呢？

時間過得飛快，九月轉瞬即逝，十月正式來臨。

她的父母偶爾會回家看看，留下一些她絲毫不感興趣的禮物。

終於到了十二月，韓秀英開始感到有些蹊蹺。

—沒有相符的搜尋結果。

tls123 怎麼直到現在都還沒開始連載？難道是因為自己做錯了什麼，改變了未來嗎？

但是，這不可能啊，她根本連金獨子的面都沒見到。

倘若今年之內《滅活法》都沒有開始連載會怎麼樣？

這個世界，是否能在沒有《滅活法》的情況下存續下去？

也許，這也會是個不錯的世界吧。畢竟只要《滅活法》不存在，世界就不會迎來滅亡，如此一來……

手機鈴聲就在這時響起。她下意識地認定是她的父母，然而，就在她接起電話的同時——

「我找到那位大人了。」

「什麼？你在哪找到的？不對，他現在人在哪裡？」

心臟開始狂跳。找到金獨子了，終於。

沒想到接下來傳進耳中的字句，就連她的預想剽竊也始料未及。

「這裡是……我看看，是一個叫『醫院急診室』的地方。」

✦ ✦ ✦

韓秀英避開警衛的視線，在凌晨跳上了計程車。

醫院和韓秀英家相距不遠，儘管已是深夜，仍有許多醫生和護士忙碌地來來去去，走廊不時傳來病患呼痛的哀號，濃烈的死亡氣息殘留在空無一人的病床上。

即使在沒有任務的地方，人們仍在死去。

微不足道的毀滅。不被記錄的人生煙消雲散的地方。

韓秀英魂不守舍地掃視著每一張病床。

「啊——」

十五歲的金獨子就躺在那裡。少年的臉消瘦而憔悴，纏著繃帶的手腕上插著打點滴用的針頭。

「不是，這怎麼會是我們的疏失！這孩子自己在學校——」

長著和金獨子毫無相像之處的面孔，一對看似表親的夫妻不耐煩地朝醫生大發脾氣。韓秀英看著那個場面，著急地催促著鬼怪之王。

「那傢伙怎麼會變成這樣？」

「聽說他從教室的窗戶跳下來了。」

韓秀英緩緩伸手觀察金獨子的身體，他全身都打著粗糙的石膏，纏上滿滿的繃帶，臉上還殘留著烏黑的瘀青，沒有半點肌肉的手臂癱軟無力地垂落在床緣。

韓秀英握起少年的手。

那隻手，就和她一樣瘦小。

「怎麼辦……祢快點救救他啊！」

「別擔心，他的傷勢不致命，幸好只是低樓層，還先撞到了樹上……」

「我不是那個意思！」

韓秀英遠遠地看到那對夫妻朝這邊走了過來，他們似乎發現了她，立刻大聲嚷嚷起來。

但韓秀英根本聽不見那兩人的叫罵。

這到底是為什麼？

「要是沒有那部小說，那時候我恐怕早就死了。」

她已經分不清這究竟是自己的記憶，還是第三次回歸的記憶。

「又在誇大其詞了。」

「我是說真的啊。」

在嗡嗡的耳鳴聲中，陳舊的記憶如海潮般湧現。

鬼怪之王攙扶著她離開了醫院，也看見院外的醫護人員和急救人員將新的患者轉移至急診室的模樣。

「總之，至少找到人了。」

「……」

「親眼見到他，我才知道那位大人果然名不虛傳，妳有感受到他全身那股震懾人心的氣息嗎？現在，只要等大人開啟他的世界——」

鬼怪之王似乎很期待即將降臨在這條世界線的末日，一個人嘰嘰喳喳地說個不停。

韓秀英步伐搖搖晃晃，嘀咕道：「金獨子說過，他是在十五歲看到《滅活法》。」

「是的，那麼，應該很快——」

「萬一，那傢伙根本沒看到那篇小說會怎麼樣？」

「什麼？」

只要《滅活法》沒有發布連載，世界就不會滅亡。

但是，金獨子呢？

「呃？」

「……」

「妳在哭嗎？」

發生在金獨子身上的悲劇其實司空見慣，只要他能得到少許的關心，和一點點的善意，就能順利度過難關。然而，現在的情況，根本無法期待有誰能給他任何一點關心和善意。

唯有在每天凌晨才能勉強恢復意識的十三歲小學生，到底能救得了誰？

「怎麼了？」

話雖如此，她也無法放心將這件事託付給鬼怪之王。

她怎麼可能相信一個語氣詭異、用不了系統，連身分來歷都不清不楚的無業鬼怪……

韓秀英低頭看向自己的手。

「那本小說拯救了我，我當然得向主角還清這筆人情債。」

能夠拯救金獨子的辦法。

「祢身上有沒有錢？」

「咦？」

「五千[9]，不對，借我一萬[10]。」

韓秀英洗劫了鬼怪之王身上的現金，扭頭就衝向附近的網咖。

9 約臺幣一百二十元。
10 約臺幣兩百四十元。

鬼怪之王大喊著追了過來。

「那是我全部的財產耶！」

韓秀英沒有理會正在打瞌睡的網咖老闆，隨手拿起一張後付卡，點開了瀏覽器。她輸入經常造訪的網路小說平臺網址，搜尋作者名稱。

—沒有相符的搜尋結果。

tls123依然不見蹤影。這一年的最後一天眼看就要到來，《滅活法》的連載仍未開始。

韓秀英瞪著畫面許久，最終點下了平臺的「加入會員」按鍵。

她不曉得tls123究竟是誰，但是，假如tls123不是金獨子，寫下那部該死小說的肯定另有其人，那麼——

—該暱稱無人使用，是否確認使用該暱稱？

那麼，那個人是誰都無所謂吧？

她握著滑鼠的手不停顫抖，啟動悲劇的按鈕就在她的指尖。只要她按下這個按鍵，無數世界線的滅亡就將一一展開。

要是她不按下這個按鈕……

—是。

她曾見過的那個小小世界也將消失。

—tls123，歡迎加入！

〔自主活動時間剩餘3小時。〕

韓秀英確認時間。

〔本體甦醒後，將強制收回您的控制權。〕

她點開編輯視窗，毫不遲疑地開始輸入文字。她的手指快得叫人眼花撩亂，彷彿只是將早已想好的原稿寫出來。

她敲打著鍵盤，一個錯字也沒有，精妙絕倫的字句就像把一整個世界徹底拆解。然而那些描述既沒考慮到讀者的閱讀體驗，也沒有安排引人入勝的橋段，她只是一行又一行，平鋪直述地寫下那些枯燥乏味的敘事。

她暗自期盼會有那麼一個人去閱讀這個故事。

『這全是虛構的情節。』

無數世界在她指尖毀滅。

數不清的登場人物失去生命。

『至少，直到它們化為真實之前，都只是虛構。』

預想剽竊能估算的所有可能性在她腦海肆意泛濫，有些化為故事，有些則成為設定。

不知道過了多久，韓秀英的手指終於停了下來。

面對襲向自己的可怕災難，劉衆赫沉聲說道。

那則故事，並不全都是她用預想剽竊知悉的內容。

「在看見任務的盡頭之前，我絕不會放棄，所以——」

劉衆赫是否真的說過這番話，她也不得而知，因為這全都是假想的故事，是她杜撰出來的情節罷了。

因此，她一定要把這句話寫出來，她希望藉由劉衆赫的嘴，寫出這句話。

「你也不要放棄。」

韓秀英做了個深呼吸，回頭一看，只見鬼怪之王正神情恍惚地緊盯著螢幕。

「鬼怪之王。」

鬼怪之王緩緩屈膝下跪，等著她發話。

「我要睡了。」

〔您在極短時間內消耗了過多的精神力。〕

〔您的自我將化為潛意識……〕

✦ ✦ ✦

等她再度清醒時，人正躺在床上。

晚上十二點。她似乎失去了意識一整天。

——可惡，我到底做了什麼啊？

韓秀英抱著腦袋從床上起身，看見桌上的筆記型電腦湛藍的桌面。

她點開瀏覽器，又登入連載平臺。

昨天凌晨上傳的文章下頭多了幾條評論，絕大部分都是抱怨故事無聊透頂、作者是設定狂之類的負面評論。

「這是我昨天只用兩小時匆匆寫下的文章耶，當然無趣啊……更何況，我還得盡量寫得和《滅活法》差不多好不好？」

在那之中，一條留言吸引了她的目光。

—作者大大，真的很好看耶，這部小說多久會更新啊？

那個傢伙居然天真無邪到真的用自己的名字當作暱稱。

韓秀英凝視著那個名字良久，再一看，才發現底下還有一條留言。

—明天……也會連載嗎？

韓秀英捏起自己的拳頭又鬆開，就這樣反覆了好幾遍。她的手心汗水涔涔，不知道自己究竟能不能回覆這句話。

這樣真的沒關係嗎？

韓秀英猶豫了好半晌，還是寫下了回覆。

她在腦中想像著活在螢幕另一端的那個人。

那個少年會呼吸、會吃飯，會在內心大喊「我是劉衆赫」之類的蠢話，會想方設法撐過自己的滅亡。

長達三千一百四十九話，一個關於回歸者的故事就此拉開序幕。

—是，明天也會更新。

3.

利用每天凌晨才有的零星片段，韓秀英繼續寫了下去。這段時間，她將全部精力完完全全奉獻給了金獨子。

「鬼怪之王。」

「我的神啊，請說。」

「我說了，不要那樣叫我。之後《滅活法》會固定在每晚七點發布連載，因為網站還沒有預約發表的功能，你先把稿子留著，到時候再上傳。老是在凌晨更新的話，那孩子一定不會去睡覺。」

「謹遵吩咐。」

韓秀英嘆了口氣，查看著寫好的原稿。

劉衆赫檢視著上一次回歸發生的各種事件。

高達第一千八百六十三次的回歸實在沒法統統寫進小說裡頭，畢竟要記錄一千八百六十三次回歸，三千一百四十九話的篇幅無疑太少了。有些回歸只能省略，有些回歸則必須濃縮精煉。

韓秀英知道，生命才不會以這種方式往前推進，但也不得不承認，某些生活只能用這種方法概略描寫。一旦承認了這一點，要寫起來並不困難。

她既擁有從第一千八百六十三次回歸的劉衆赫那裡接收的人生，也有從第三次回歸的金獨子手中取得的情報，最重要的是，她是名出色的作家。

劉衆赫會替她活出她未能寫就的空白。他在文字的脈絡之間呼吸，腳踩著覆蓋了黑色文字的堅實土壤。

她所能做的，唯有用文字傳遞劉衆赫的故事。

每當韓秀英多寫一篇文章，金獨子的生命又會延長一天，就這樣一篇又一篇地累積下來，她的時間也隨之流逝。

十三歲的韓秀英很快就過了十四歲，到了十五歲。

『長達十餘年的長篇連載才正要開始。』

這很累人。年幼的她身體虛弱得離譜，韓秀英體力不支，但想著螢幕另一頭那個和自己一樣一天天長大的金獨子，她一路堅持了下來。

不會尋死、不會放棄，會堅持著活下去的金獨子。

—作者大大，今天衆赫他……

他是真心覺得這故事很有趣嗎？儘管半信半疑，韓秀英仍不斷地寫著。

「總有一天，我告訴妳的情報一定會有所幫助，有空就翻翻看吧。」

只要還有人在閱讀，故事就不會結束。

她曾以為早已落幕的第一千八百六十三次回歸也是如此。

—作者大大，我個人有點想法供您參考，如果趁這個機會創造一個新角色……

韓秀英每天都會確認金獨子的留言，因為幾乎只能在凌晨活動，所以兩人很難同步對話，但針對某些必要的問題，她也會作出回覆。

—索性增加一個主角怎麼樣？

——還有，既然要創造新人物，乾脆寫個漂亮的女角……

——啊哈，你說的是美少女吧。

只見那美少年面容俊美，好看到簡直能勝過劉衆赫兩條街，他頂著一頭華麗的金髮，瞪著劉衆赫喊道：「喂，包子哥。」

——作者大大？？

十六歲、十七歲、十八歲的金獨子。

他看著這則故事成長，總有一天會成為最古老的夢，明知如此，韓秀英還是非常享受這段時光。在潔白的雪原上，徜徉於文字之中的世界，這裡既有金獨子，也有韓秀英的存在。

——作者大大，最近衆赫未免也太可憐了吧……

有時，她會對筆下的劉衆赫格外凶狠，這多半是她把自己所知的故事描寫得太過現實，才導致這種情形。

韓秀英天天這樣寫著，偶爾也會感到混亂。

——這些事，真的已經發生過了嗎？還是因為我動筆寫了，才導致事件發生？

無論答案為何，韓秀英都盡了自己最大的努力。她為自己的作品負責，但與此同時，她也承認自己無法完全支配這部作品。

劉衆赫用怒氣騰騰的目光瞪著天空。

總有一天，在她指尖創造出來的劉衆赫會真真實實地見到那個金獨子。每當她想起這件事，她就覺得自己好像快瘋了。

——一夕爆紅，空前絕後的奇幻小說！《SSSSS級無限回歸者》！

差不多就在這個時期，她白天的自我也正式以作家的身分展開活動。想當然耳，由於她原封不動地盜用了自己的才華，發布的作品當然不可能失敗。

白天的自我甚至開了匿名帳號，跑來《滅活法》留言區發布酸言酸語的負評。

—寫出這種作品，這位作者將來的職業生涯真令人擔憂。

不過，更叫她備感荒謬的是金獨子發來的私訊。

—作者大大！你知道《SSSSS 級無限回歸者》這部小說嗎？它的設定和《滅活法》……

韓秀英噗嗤一笑，回覆了他的私訊。

沒錯，給她發過這種私訊的傢伙，竟然在第一千八百六十三次回歸堂而皇之地指著鼻子罵她是抄襲作家呢。

—多虧了它，觀看數提高了呢，這樣也不錯呀。

等她回完訊息，窗外開始透進拂曉的微光。不知從什麼時候開始，即使她一覺醒來，意識仍舊昏昏沉沉的。

只要一投入寫作，她所能掌控的時間轉眼就消耗殆盡，就算自主活動時間還沒用完，她也會因過度疲憊陷入沉睡。

甚至她的記憶力也在漸漸衰退。她越來越想不起來從劉衆赫或金獨子那裡聽來的資訊，第一千八百六十三次回歸發生的事件也變得模糊不清。

此外……

〔您的傳說正在耗盡。〕

她的自主活動時間正逐漸減少。

✦

✦

✦

時光荏苒，韓秀英幾乎每天都在寫作。

有時因為她沉睡不醒，白白浪費了一整天，由於沉重的疲憊感，沒力氣閱讀金獨子留言的日子也越來越多。

—作者大大，我後天就要入伍了，感覺會抽到最前線。

—新兵金獨子，報告，我抽到楊口[11]了。

—衆赫啊……你有除過雪嗎？

二十歲、二十一歲、二十二歲……

第三百七十一次回歸、第六百二十一次回歸、第九百七十二次回歸……

隨著劉衆赫的回歸一次次累積，金獨子也慢慢長大，以劉衆赫的悲劇為養分，金獨子成了高中生、大學生，又成了軍人。

韓秀英一直關注著金獨子的成長。

在她成年之後，白天的自我在凌晨也經常醒著，她的空閒時間更是受到大幅壓縮。能夠潤飾文章的時間一縮減，鬼怪之王的重要性也隨之提升。

「請您別擔心，錯別字我來替您修改。」

「祢會打字？」

「當然，我也考慮靠這個來維持生計。我聽說有出版社在徵校對工讀生，我很有自信地去應徵了。」

儘管無法完全相信鬼怪之王，但韓秀英也沒有其他尋求協助的管道，畢竟，她甚至沒辦法要求白天的自我幫忙。

11　位於大韓民國東北角，與北韓接壤的行政區之一。由於靠近北方，除了地處前線軍隊氣氛較為緊張以外，酷寒氣候與繁重的除雪工作，也是讓韓國役男備感艱辛的原因之一。

近來，她的體力越發衰弱，健忘症更是嚴重，就連回覆金獨子的留言都很吃力。

就這樣，時間又如魔法般地過了好幾年。

寫著這段文字，韓秀英不禁尋思，自己的人生也許和劉衆赫沒什麼兩樣。有時生活確實會被大幅省略，但就算以這種方式逝去，也並不意味這樣的生命什麼也不會留下。

看著眼前累積長達三千多話的小說，韓秀英總會這麼想。

臨近完結的某一天，韓秀英久違地點開了平臺的視窗，查看留言。

—加油，讀者大大。

我寫過這樣的留言嗎？

起初，她還以為是自己在半夢半醒之間作出回覆，豈料她毫無印象的留言不只一兩篇。

—關於您的提問……

自己到底是什麼時候留下了這些回覆？無論她怎麼想都沒有任何印象。

更何況，回覆的時間也有些蹊蹺。

—也就是說，與其說是設定上的錯誤，不如說是……

韓秀英立刻找來鬼怪之王。

滋滋滋！戴著軟呢帽的鬼怪之王憑空出現。

韓秀英質問道：「這是祢寫的？」

「是。」

「誰說祢可以回的？」

「非常抱歉，未能事先徵得您的許可，因為您看起來實在太疲倦了。」

韓秀英目不轉睛地看著鬼怪之王。

為了尋找自己的「神」輾轉來到這個世界的祂，此時早已得知自己的創世主究竟是誰。

「祢這麼做的目的是什麼？」

「我是負責講述故事的頻道主，就和所有的頻道主一樣，我們熱愛傳頌偉大的史詩，也就是您所創造的世界。」

「這個故事只有一個讀者。」

「您真的這麼認為嗎？」

韓秀英瞇起眼睛，聲音裡帶著怒意。

「我知道祢在打什麼鬼主意，祢不就是想把我的小說轉成收費制嗎？」

打從來到這個世界線，韓秀英一直在思考有關「那一天」的到來。

她創作的小說，總有一天會成為毀滅這個宇宙的劇本，但是，究竟是誰會做出這麼駭人聽聞的事？仔細想想，答案意外地簡單。

因為在這條世界線，能做出這種事的存在再無其他。

「打從一開始，祢就是為了這個目的，才把我帶來這裡的吧。」

「我不否認這一點。儘管我也是直到不久之前，才意識到自己擔任著什麼樣的角色。」

隱隱約約的火花在祂身上飛濺，證明了系統的概然性正逐漸擴張，過去身為故事之王的力量也在慢慢回到祂體內。

韓秀英盯著那些火花，說道：「滅亡真的要開始了，對吧？」

「沒錯。」

「事實上，我不太能理解，這時間順序根本沒有道理。」

「什麼時間順序？」

「我能寫出《滅活法》，是因為劉衆赫先前經歷了這些人生，金獨子也看了那部小說。可是，現在的我又在寫著金獨子要看的小說……」

「時間悖論，這是人類對這種現象的稱呼，但也有部分宇宙素來依照這種方式運行。在這類宇宙，未來比過去更早被決定，依據既定的結果來形成原因……妳應該早已見過這樣的宇宙。」

韓秀英眉頭緊鎖，彷彿不明白祂到底在說些什麼。

鬼怪之王微微一笑，輕輕碰了碰螢幕，那裡頭裝滿了韓秀英不時記下的隨想和文字片段。

「您自己在寫作時，不也是如此嗎？」

時間之外。有許多場面仍等在世界的外圍，靜候彼此連結成篇。某些場景早早竣工，卻依然成了未來；某些故事動筆較遲，但仍會被當作過去。

韓秀英大為動搖。

「祢的意思是，這個宇宙就是一篇小說？」

「如果要打個比方，確實如此。」

螢幕裡的印刷字體晃動搖曳，那些文字渴望著得到某人的愛，一個個流淌而出。

字句猶如繁星，熠熠生輝。

有些字詞甘願為其他段落陪襯而轉為暗淡，有些段落則因此煥發出更加耀眼的光彩；有些字句僅僅為了下一個句子存在，而下一行文字又因最初的鋪墊有了意義。

「在這個宇宙，因果不分先後。最初的世界線反而最後才迎來完結，正是這個道理。」

鬼怪之王站在這環環相扣的巨大連鎖之中，著迷似地放聲大笑。

「宇宙既是不久前才剛剛成形，同時也已存在數億年之久，而某些太初，在終焉降臨之後才會誕生。」

字句有如流星雨一樣漫天灑落。

星星直播正在向自己的神祇高聲歌頌。

因為韓秀英寫下了《滅活法》，金獨子才能看到這部小說。

因為金獨子閱讀了《滅活法》，劉衆赫才會開始回歸。

因為劉衆赫開始回歸，韓秀英才得以寫出《滅活法》。

這些篇章既是由她執筆，卻在脫離了她的手之後才臻至完成。

『這是拯救某人、毀滅某人，又讓某人活下去的故事。』

凝視著由那些話語所勾勒出的殘酷軌跡，韓秀英真真切切地感受到自己被扔進了一個不會結束的龐大輪迴之中。

她雖是創造這個世界的作家，卻也是最無能為力的神明。作為神祇，她就連一名讀者都拯救不了，不過是這蒼茫故事的附屬之物。

〔星星直播向您微笑。〕

「您看，這是多麼完美的故事啊。」

〔星星直播注視著自己的創世神。〕

眼皮因疲憊而沉重不已，止不住地往下掉，在睏倦朦朧的意識之中，韓秀英聽見鬼怪之王的聲音。

「快睡吧，我崇高的神啊。」

隔天，她終於完成了《滅活法》的最後一話。

✦

✦

✦

……存活下來，有三種方法。事到如今我也忘了是哪幾種，但有件事是肯定的。那就是……

打完最後一段話，韓秀英闔上雙眼沉澱了好半晌。她知道這一天遲早會來，但等這天真正到來的時候，仍舊感到很不真實。

她漫長的連載終於劃下句點。

回過頭，鬼怪之王不出所料地站在身後，祂正感動地注視著螢幕。

「喂。」

「是。」

「就不能不收費嗎？」

「我的神，就算我不這麼做，故事也會開始。」

鬼怪之王說話的語氣虔敬得宛若狂熱的信徒，韓秀英不由得發出苦笑。

窗外的太陽正在升起。當那輪太陽升起又再度落下，這世界的末日也會隨之降臨。

『而金獨子的故事亦將展開。』

「接下來，我註定會消失對吧？」

滋滋、滋滋滋……她所剩無幾的傳說在體內蠢動。

縱使既不突出也不特別，某些故事仍需要獻出一個人的靈魂才能完成，對韓秀英而言，《滅活法》就是這樣一部作品。

〔維繫您存在的傳說岌岌可危。〕

按照未來既定的發展，她的自我想必會消失在本體茫茫的潛意識之中，直到本體掌握了阿凡達這項技能，才會帶著些許的記憶勉強誕生，並重新在第一千八百六十三次回歸活下去。

——若是如此，我的生命究竟是為了什麼而存在？

韓秀英茫然地走到窗邊，曙光照亮了天空，繁星正漸漸落下。

【一切都已經完結，同時也仍在編寫。】

送她前往第一千八百六十三次回歸的異界神格曾經這麼說過。

在這往復循環的宇宙，結果造就了起因，原因再次締造出後果。

為了創造一個完整的故事，結果會否定原因，而原因又將藉由吞噬後果才得以存在。

當韓秀英切身感受到這亙古的法則，不禁覺得這世界就像一座西洋棋盤，它被某種身分不明、起源不明的巨大意志操控，只為追求極致的完整性。

就連創造了結局的她，在宇宙這浩大無垠的棋盤上，或許也只是一匹「馬[12]」而已吧。

她感受著不斷湧上的睡意，從座位上站起身。

〔您的精神力已抵達極限！〕

韓秀英忍受著強烈的困頓和倦怠，笨拙地穿好衣服離開了房間。時間還很早，早起的人們都還在準備出門上班。

鬼怪之王跟著出了門，韓秀英頭也不回地說：「這段時間，編輯小說辛苦祢了。」

「現在出門的話，您會出事的。」

她知道，因為太陽就快升起了。

韓秀英仰望著破曉的天空，說道：「反正我的任務就到這了，剩下的，祢自己也能處理吧？只要在預定的時間把檔案交給那傢伙就行了。為了以防萬一，我還寫了之前和祢提過的修訂版……但還沒完成，祢自己看著辦吧。」

「可是……」

「已經超過十年了。」

韓秀英望著比自己高了一顆頭的鬼怪之王。

「就讓我任性一次也不行嗎？」

她來到這個世界最初的理由，就是想和穿越到第一千八百六十三次回歸的金獨子再見一面。

她暖了暖身，邁步跑了起來。

『韓秀英想像著正要出門去 Mino Soft 上班的金獨子。』

有不少是從鬼怪之王那裡聽到的消息，也有金獨子自己留言告訴她的事，現在的她對金獨子了解得更多了。

12 即為西洋棋中的騎士棋子，走法是「日」字，或英文字母大寫的「L」形。

——作者大大！從今年開始我要搬出去自己住了！

——我也住在這附近耶，在小說裡看到這一帶真是神奇。

——您聽過 Mino Soft 嗎？要是作者大大的小說也能遊戲化就太好了，我來向公司提議看看……

她知道他是在何時脫離了自身的悲劇，又面對了另一個悲劇，也知道那個悲劇是什麼模樣。

〔本體的自我正在甦醒。〕

〔警告！您的自主活動時間已結束，若繼續行使控制權，您的自我將……〕

韓秀英無視那些訊息繼續向前奔跑，一直跑到上氣不接下氣，仍沒有停下腳步。

她滿腦子思考著金獨子寫下的字句，拚了命地跑著。

——作者大大，雖然我不確定我講過多少次了……

這些話語，她將忘得一乾二淨。

〔您的行動嚴重違反概然性。〕

她會忘記第一千八百六十三次回歸的記憶，也會忘記自己寫過某部小說。

〔您的傳說正在消失。〕

她更會徹底遺忘，這是只為了唯一的讀者而寫的故事。

但是，就算她淡忘了這一切……

『韓秀英緩緩停下奔跑的腳步。』

除了在急診室的匆匆一面，那個長久以來始終以文本形式存在的人……

『金獨子自遠處走過。』

那張臉，就和她記憶中的金獨子一模一樣。

那個曾來到第一千八百六十三次回歸的男人、那個她渴望再見一次的人、那個總是用那特有的語調惹人煩的人、那個經常說謊的人，那個可以和她一起說謊、一起嬉皮笑臉、一起歡笑的人……

「——。」
也是，那個不記得她的人。
「——」
不知是因為哽咽，還是已經失去了肉體的控制權，韓秀英發不出聲音。她踉踉蹌蹌地走向金獨子，擦肩而過的路人紛紛用異樣的眼神回頭打量。
金獨子正要走下地鐵車站的階梯，他戴著耳機，正專心致志地閱讀著手機畫面裡的東西。
她知道他在看什麼。
「——！」
她竭盡全力呼喊，卻喊不出半點聲音，她只能奮力跟在金獨子身後追了過去。
——多虧了作者大大寫的故事，我才能活到今天。
韓秀英也一樣。讀著唯一的讀者寫下的話語，才支持著她活了下去，讓她好不容易寫出劉衆赫的來生，讓她撐過這漫長又枯燥的十來歲青春，度過她不堪回首的那些日子。
「下班列車……前往……」
金獨子站在月臺旁等候著下一班列車，他藏身在文字創造的小小世界裡，在那裡，有個人正守護著他。
對即將到來的毀滅一無所知的金獨子。
活在《滅活法》浩瀚宇宙之中的金獨子。
即將和自己憧憬的主角碰面的金獨子。
未來會蛻變為「救贖的魔王」的金獨子。
為了伙伴，數度自我犧牲，並前往第一千八百六十三次回歸與她相見的金獨子。
還有因太過熱愛某則故事，不惜成為最古老的夢的金獨子……
〔您的精神力已崩潰。〕

﹇您的本體重新取回肉體控制權。﹈
﹇您的傳說已消滅。﹈
雙腿越發沉重，手臂動彈不得，整個身體不聽使喚。
儘管如此，韓秀英還是想告訴他。
——這故事的誕生不是你的錯，包括未來你將經歷的一切，也都不是你的罪過。
畢竟她堅持了十三年，就是為了告訴他這句話。
——就算你看著這個故事長大，也沒有必要成為故事本身。
她好不容易伸長了指尖，眼看就要觸到金獨子的肩頭。
﹇您的自我將轉變為潛意識。﹈
啪。若有似無的觸感讓金獨子驀然回頭，但上班時間行色匆匆的人群推著他倉促搭上了地鐵。
人潮散盡的空蕩月臺上，只剩下韓秀英一個人神情呆滯地站著。
「什麼？我怎麼會在這裡？」
韓秀英歪了歪腦袋，咕噥著：「夢遊症又犯了？」
她撓了撓頭髮，打開手機確認時間，頓時心煩意亂。
「今天的連載都還沒寫完耶。」
……
﹇傳說『預想剽竊』抄襲了您失落的記憶。﹈
……
滋滋滋滋滋……
「韓秀英？」
滋滋滋……
「韓秀英。」

在劇烈的耳鳴之中，韓秀英隱約聽見有人呼喚自己的嗓音。

「韓秀英！」

下一秒，一陣劇烈的衝擊讓韓秀英猛然回神，後腦勺火辣生疼。不知為何，她就是知道是哪個傢伙下的手。

「衆赫先生！你怎麼能打得那麼大力？她才剛清醒就要被你打暈了！」

韓秀英緩緩回過頭，攙扶著她的李雪花和皺著眉頭的劉衆赫立刻映入眼簾，此外，金獨子集團的成員也都在她身邊。

鄭熙媛、李賢誠、申流承、李智慧……那群灰頭土臉、傷痕累累的人們，她仔細地一一掃視著每個人的臉，最後才將目光轉向劉衆赫。

「我現在才知道，你回想起第零次回歸時是什麼感覺。」

「妳沒頭沒腦地在胡說八道什麼？」

「我也想起來了。」

彷彿還沒恢復真實感，韓秀英骨碌碌地轉了轉眼珠子，回頭看向身後。

那裡瀰漫著由密密麻麻的文字組成的濃霧，正是他們剛才闖過的關口，也是害她差點沒命的生死關頭。

李智慧觀察著她的臉色，開口問道：「秀英姐，妳還好吧？妳剛剛一直在胡言亂語，說什麼有部作品要去簽約——」

〔傳說『預想剽竊』停止講述故事。〕

韓秀英低頭看著自己顫抖不已的手。

為什麼她直到現在才想起這段記憶？不對，這段記憶是真實的嗎？

『曾經，她用這雙手寫下某一則故事。』

這些記憶既隱微而又鮮明。

韓秀英依序梳理著腦中的思緒。自己為何會在此地、發生了什麼事、現在又該說些什麼等等。

「我就是……《滅活法》的——」

韓秀英艱難地做了個深呼吸，正要再次開口，劉衆赫卻打斷了她的話。

「廢話少說，快走吧。」

聽他這麼說，韓秀英猛然抬起頭來。

〔已更新主線任務。〕

〔主線任務#99—最後的任務已開始！〕

看著再次浮現在空中的任務訊息，韓秀英仍舊不敢置信，她很清楚那些訊息為什麼會出現在自己眼前。

『一行人再次通過了九十九個任務。』

「還在發什麼呆？」

因她而起的悲劇。

一路面對這場悲劇的人們朝她伸出了手。

「走吧，秀英小姐。」

劉尚雅輕輕拍了拍韓秀英的背，率先邁開步伐，一行人也紛紛向前走去，背影有些模糊不清。

這本是不可能的。僅僅憑藉著為了某人的心意，絕對不可能一路走到這裡，儘管如此，他們還是辦到了。

遠遠地，她望見那道橫亙在世界盡頭的文字之牆。

最後一道牆。

星座的吶喊從遠處傳來，伙伴們彼此對視一眼，紛紛抽出兵刃。

看著那一幕，劉衆赫拔出黑天魔刀。

「那傢伙就在牆的彼端。」

大批管理局的鬼怪，還有誓死守護最後一道牆的鬼怪之王全都攔在他們面前，韓秀英深深吸了一口氣，緩緩站起身來。

這是個漫長的故事。

距離故事的結尾，只剩一步之遙。

『他們，終於抵達了她所寫的結局。』

Epilogue 4. 全知讀者視角

1.

我還記得自己第一次點開《滅活法》的瞬間。

死氣沉沉的病房，只有一臺公用電腦設置在醫院大廳。

為了使用電腦，我老老實實在後頭排著隊，一名戴著軟呢帽的紳士為我讓了座，螢幕上碰巧顯示著我平時愛看的網路小說平臺。

我愣愣地看著畫面，輸入關鍵字，我隱約知道我好像打了三個字，卻忘記自己究竟輸入了什麼，只記得當時腦中浮現的場景……

自動鉛筆散落一地的教室，以及窗外無邊無際的蔚藍藍天。

可以肯定的是，我用打開窗戶的那隻手鍵入某些字詞，找到了那篇小說。

《在滅亡的世界中存活的三種方法》。

我靠著它活下來了。

『這個故事的誕生絕對不是你的錯。』

胃裡一陣翻騰，我一時難忍強烈的暈眩，整個人癱坐在地上。眼前的文字模糊不清。

『韓秀英就是 tls123。』

我躺在原地，大口大口地喘著氣，腦中只是不停迴盪著同樣的問題。

怎麼可能，怎麼會？

為了我這種人，她居然……

我就這樣倒在地上好陣子，好像也哭了一會，但無論我怎麼放聲哭喊，已經寫下的文章仍沒有任何改變。

為了我，韓秀英花了十三年的時光，藉由損耗自己的靈魂寫下的文章拯救了我。

直到神形俱滅。

『金獨子。』

第四面牆在呼喚我，但我只是靜靜等著它要說些什麼。

『該**繼**續看了。』

我凌亂地站起來，窗裡映照出的模樣簡直不像話。對於一名成年男性來說太過矮小的身材，不僅個子矮了一大截，連長相也變得更年幼。

身上的大衣早已不合身，我盯著那張臉端詳好半晌，索性脫掉了大衣。

「今年是第幾年了？」

『地球的**時間**單位**沒**有任何意**義**。』

我明白它的意思。

我所在的地鐵是最古老的夢作夢的場域，用其他世界線的時間根本無法衡量這輛列車中流淌的時間。

實際上，自從坐上這班地鐵，我就徹底失去了時間感。

「那至少有體感的時間吧。」

『大**約**是兩萬一千七百六十三年。』

「沒有想像中那麼久嘛，我現在還比隱密的謀略家年輕呢。」

『還是小鬼頭**啊**。』

我聽見第四面牆咯咯笑的聲音，要不是有它在，我肯定早就在這裡發瘋了。

啪沙沙沙。小指頭又縮短了一截。

不知道從什麼時候開始，即使我什麼也沒做，我的軀體也在不斷縮小。雖然更準確地說，我並非真的「什麼也沒做」。

「我會一直變小嗎？」我注視著窗外川流不息的傳說碎屑，問道：「那些傳說會去哪裡？」

『**宇宙**的潛意識。』

「那是哪裡？」

『你**無**法意識到的**世界**線。』

身為最古老的夢，我的任務就是想像所有世界線，縱使我不刻意調動意識，我的潛意識也在時刻關注著所有世界線，不曾稍止。

『那些傳說會**再**次誕生成另一個金獨子。』

「變成金獨子？」

『**如**果要打**個比**方，就是這**麼**回事。』

我驀然領悟第四面牆的意思。

諸多傳說正跨越銀河流向另一條世界線，那些傳說即是「我」。

就像留在第一千八百六十四次回歸的某個角落，陪伴在同伴身邊的百分之四十九的我，那些碎片或許也會在某個世界線之中，作為「金獨子」誕生，因為這個宇宙，就是以這種方式循環往復。

「如果只是這麼點碎屑，應該很難稱作『金獨子』吧，畢竟那麼零散的碎片應該不會像我。」

『應該**是**吧。』

名字和長相都與我不盡相同的存在，即使如此，那些存在仍會在某個地方誕生，想像著宇宙，閱讀故事並為之感動，守望著那條世界線。

就這樣，繼續維繫著這個宇宙。

「好吧。」

或許，我終於稍稍理解這個宇宙的原理了。

我伸出不斷碎裂的手指，嘗試去觸碰窗戶，手指消散的速度漸漸加快了。

『你這麼**做**……』

「這就是我對這個故事的贖罪。」

不僅是手指，不多久，我的肩膀和雙腿的傳說也開始飄散消失。

漫天飛散的傳說飛向整個宇宙，前往世界線的某個地方，成為支撐這個宇宙的文字。

「就算你看著這個故事長大，也沒有必要成為故事本身。」

《滅活法》的作者，韓秀英是這麼說的。

儘管我清晰明確地接收到她傳遞出來的訊息，我仍無法聽從她的勸慰。看著這樣的故事，我怎麼可能作出別的選擇？

只要一閉上雙眼，我就能刻劃出整個宇宙的形貌。

韓秀英寫下這個故事，劉衆赫活在故事之中，而我閱讀了這個故事。

這是歷盡曲折才得以完成的世界。

「獨子先生。」

正因有了這場悲劇，某些人才能夠相遇……某些人，才能得到救贖。

『金獨子遙望著遼闊無垠的宇宙。』

現在，我已明白我的未來。每當我閱讀些什麼，我就會慢慢粉碎，而我碎裂的傳說會飛散至數不清的世界線，成為支撐著這個宇宙的「凝視」。

我會失去記憶，失去所愛的一切，最終只剩下閱讀下一則故事的欲望。

要是沒有這種欲望，這個宇宙將無以為繼，唯有在他人的目光下，它才能繼續講述故事。

在這宇宙之中，停止觀看，停止闡述，即意味著死亡。

滋滋滋滋滋……

分散為無數粒子的「我」擴散到難以計數的世界線，傳說消散的速度越來越快。

「等我遺忘了一切……應該也不會感到痛苦了吧？」

『畢竟你**全**都**不**會記**得**了。』

當一個人連失去的痕跡都不剩，他便不再失去。

我撿起掉在地上的手機，說道：「我還有時間再讀一遍嗎？」

我打開《滅活法》的檔案，將令我痛苦不已的「作者的話」滑到底下。

《在滅亡的世界中存活的三種方法》。

我從頭開始重新讀起小說。

我讀著劉衆赫的第三次回歸，有些故事早已爛熟於心，有些故事現在回顧起來反而格外新鮮。

最終版本和我原先所知的原著如出一轍。

裡頭沒有「金獨子」。

啪沙沙沙沙……

我的傳說逸散了多少，《滅活法》的字句就往我心中傾注了多少。感到疲憊的時候，我也會閉上眼睛略作休息，休息過後再繼續開始看書。

第五次、第六次回歸……第六十四次回歸……第一百二十九次回歸……

第六百七十二次回歸。

第九百一十四次回歸。

第一千六百四十二次回歸。

頁面不斷向下捲動，我的心情隨著故事起伏不知多少回，只可惜，現在無法再留下回覆了。

我很想將種種情緒傳遞給韓秀英知道，想告訴她——因為有妳講述的故事，我才能來到這裡，我比這世上任何人都熱愛著妳的故事。

我就這樣讀著、讀著、讀著，不知道就這樣讀了多久。

……

再度抵達故事的尾聲，我的眼前忽然變得模糊不清。

一時間，我還懷疑自己是不是看小說看得太久，導致視力下降了。

〔已完成更新。〕

視野又緩緩恢復清晰，眼中所見的已經不是成句的章節，通篇文章和所有段落都支離破碎。

失去了小說的完整形態的字句。

儘管如此，不知道為什麼，我還是能理解這篇文章。

一個世界已然毀滅，全新的世界正在誕生。

我的心臟怦然跳動。裡頭寫的是我再熟悉不過的故事。

至於我，則是知曉這個世界結局的唯一讀者。

這篇故事裡，有我的存在。

「我是劉衆赫。」

「啊，我還沒自我介紹呢。我叫韓秀英，負責輔佐車尚景大人。」

有我的伙伴。

「要是任務沒有開始，我們又會怎麼樣呢？」

「獨子先生的背後星該不會是什麼『獨眼算命師』吧？」

「獨子先生，你有投擲過手榴彈嗎？」

「叔叔，你有愛吃的東西嗎？」

我和他們一起突破了重重任務。

「哥哥，你是神嗎？」

「裝彈。」

「大家儘管放手一搏吧，我不會讓任何人喪命的。」

「該死的混帳！你們又丟下我一個！」

「誰會喜歡他啊，我喜歡的是救贖的魔王——」

〔吧啊！〕

和他們一起，活過了這一生。

「下一個任務是……」

我們歷經磨難，好幾度在死亡邊緣徘徊。

遇見許多星座。

克服了諸多不可能的任務。

最終，抵達地獄般的故事的盡頭。

〔您的[redacted]為『永恆』。〕

直到最後，我們又回到了日常之中。

有些人重建了倒塌的網咖，有些人重新貼上被撕毀的遊戲海報，在戰勝了末日的世界裡，人們再次將目光投向了遊戲和娛樂。

劉衆赫看著那樣的光景，靜靜地握起許久不曾握過滑鼠的右手。

申流承和李吉永進入臨時設立的學校就讀，不是小學、國中，也不是高中，顧名思義就是「臨時學校」。對於世上還存在著這樣的設施，申流承感到相當吃驚。

看著颱風女高的斷垣殘壁，李智慧走過那座她曾和同學們嬉笑跑跳的操場。她靜靜地注視著操場上磨損的跑道線，小心翼翼地擺出起跑的姿勢。

讀著同伴們延續下去的故事，我數度擦拭著眼角。

這就是故事的尾聲。

伙伴們確確實實活在那裡，他們吃飯、睡覺、彼此談天，並且，我也在。

百分之四十九的我。

擁有與伙伴們相關的記憶，卻記不得《滅活法》的我……

『緊接著，金獨子讀到那個段落。』

孰料。

「你，到底是誰？」

這、這到底是怎麼回事？

「說，你到底是誰？」

不可能變成這樣的啊。

「最重要的是……金獨子還留在那裡啊。」

怎麼會。

「要是重新再跑一圈，妳覺得，妳就能看清楚了嗎？」

這是為什麼？

故事竟然還在延續，理應落幕的故事並未結束——準確來說，是他們選擇了「不要結束」。

〔已發動星痕『集體回歸 Lv.1』！〕

我幾乎是吶喊著閱讀那篇文章。

這是絕對不能發生的故事、絕對不能被寫下的文章，但文字仍無動於衷地延伸到下一個篇章。

「記住了，機會只有一次。」

一行人再次展開無止境的戰鬥。

那個由任務打造的地獄，是無論如何都不能回去的地方。

但是，他們仍選擇回到了那裡。

「小鬼，這回你們不擲硬幣了？」

「反正扔不扔都一樣。」

「怎麼說？」

「就算拋了一百次只出現一次，就算只有百分之一的獨子哥還留在那裡，我們一樣得去救他嘛。畢竟那百分之一也是獨子哥啊。」

任務隨之啟動。Coin漫天撒落，星星直播的鬼怪無不為之驚愕。

在大量星座關注中，一行人紛紛大喊。

「喂，亞巴頓！選我！我以後肯定會比那個一身黑的大叔還強一百倍！」

「將軍大人！祢在吧？祢在看著我吧？」

「我不需要背後星，Coin多給一點比較實在。」

「黑焰龍，趁我還沒發脾氣，祢最好別再發訊息給我了，我不是說過這次絕對不會選祢了嗎？」

他們簡直是群瘋子。

「哼哼，你們過來忠武路居然花了這麼久的時間，憑你們這點三腳貓本事，救得了那個臭小子嗎？順帶一提，這一帶都是老子的土地……」

「閉嘴，把旗幟交出來，孔弼斗。」

瘋狂的人們以喪心病狂的方式一一完成任務，縱使經歷好幾次危機，他們依然百折不撓。

〔登場人物『李智慧』已發動星痕『傳承Lv.1』！〕

「那個黑漆漆的大叔！居然偷偷靠這招自己一個人變強！」

傳承。透過強烈回憶前世的記憶重新習得能力的技能，也是回歸者專屬的技能。

「烏列爾！齊天大聖！深淵的黑焰龍！」

再加上星座們一路鼎力相助，一行人可說是一瀉千里地克服重重任務，速度無比驚人。

「這裡只要靠阿凡達過關就行了，沒有人必須送命。」

但是，他們也不總是一帆風順。

「霸王，很抱歉，你得死在這裡。」

和他們一起回歸的成員之中出現了背叛者。

「要是讓你找回原本的力量，只怕合我們三人之力也不是對手。但是現在，那就不一樣了。」

我咬緊了嘴唇。

少部分參與回歸的人打從一開始就心懷鬼胎。他們選在任務最初期，劉衆赫和劉美雅一起行動的那段時間發難，想必是認為這是劉衆赫個體能力最弱的時期。

然而，他們的盤算大錯特錯。

什麼？

「美雅。」

劉衆赫一開口，劉美雅便從口中抽出一把長刀。

「黑天魔刀拿來。」

唯有進行到任務中後期才能取得的最頂級道具就在劉衆赫的掌心。我不禁寒毛直豎，誰想得到劉美雅的「庫存保管」還能這麼用……

劉衆赫渾身散發著駭人的殺意，沉聲宣告。

「慢走不送。」

在此之後，文章便斷斷續續地延續著。

「這一次回歸，我就是救贖的魔王！」

「不是，之前不是說好讓我來當了嗎？那個名號是我的，姐姐！」

無論面對任何人，一行人都毫不退讓。

〔多數星座對星雲〈金獨子集團〉的化身流露出敵意！〕

也從不妥協。

沒有了金獨子的金獨子集團以穩健的速度通過了任務。

有些場面描寫得淋漓盡致，有些場面則大致帶過，越往後半部，故事之間跳躍的幅度越大，簡直就像原封不動地留下了最初的草稿。

在第二十個任務的大家也存在於第十五個任務，後來又出現在第三十五號任務的場面之中，但他們就在那裡，毋庸置疑，我能想像出他們的身影。

『他們在空白之上全力奔馳。』

一行人在任務劇本的空白雪原狂奔。他們一個段落、一個章節地不斷向前推進，與我越來越接近。

看著竭盡全力的伙伴，我哭了又睡，睡了又醒，意識越是模糊，想看繼續看下去的想法就越是鮮明，即使我知道自己不該這麼想，卻阻止不了自己。

——我好想，再多看看這個故事。

我就這樣讀著破碎的文句，又翻開下一章，艱難地想像著那些段落與段落之間的情節。

在作家無力控制、讀者也難以想像的地方，在不被標記為故事篇章的字裡行間，伙伴們一點一滴地完成任務。

『在字裡行間、在任誰都無從侵犯他們生命的所在，他們就是這個故事的神明。』

讀著這篇故事，我好幾次陷入昏迷。

閱讀的速度越來越緩慢，我的傳說也在慢慢消逝，而一行人的篇章則實實在在地不斷積累。

直到第九十八號任務、第九十九號任務，他們窮盡一生努力撰寫的文章，逐字逐句地堆疊，直到最終。

『他們，終於抵達了她所寫的結局。』

迎來最後一行字，這就是《滅活法》的終結。

這個彷彿提筆之人仍意猶未盡，尚未好好作結的故事，從它的最後一段文字彼端響起了某種聲音，像是某人的呼喚，又像是拍門的聲響。

啪一聲，手機忽然關了機，漆黑的螢幕映出我已然化作孩童的臉龐。

我正在哭泣。

『金獨子慢慢抬起頭。』

我察覺地鐵隱隱震動著……究竟是什麼時候？

砰！

我聽見某人在拍打後方車廂的門。

2.

「快跑！再撐一下就到了！」

韓秀英和同伴們一起衝破了星座前仆後繼的浪潮。

支離破碎的方舟，還有遠處隱約可見的最後一道牆。

浩瀚神話的庇護嚴嚴實實地包覆住所有成員。

〔浩瀚神話『抗衡命運之人』開始講述故事。〕

這是他們進入這次回歸後取得的全新浩瀚神話。要不是有它，或許他們早已死了好幾次。

大批星座從遠處發起進攻，吠陀和紙莎草的神話級星座像嗜血的野獸般朝一行人撲來。

『不同於上一次回歸，這次沒有異界神格作為他們的奧援。』

儘管兵力上壓倒性地不利，但他們並沒有被擊退，因為支持著他們的可是最強的回歸者集團。

最前線的壓力由中國和印度的化身一肩扛起。

中國的飛虎一聲令下，由他領軍的勢力「阿Q[13]」的化身整齊劃一地拿出兵器。

印度的蘭比爾．汗也不甘示弱加入戰局，追隨他的「特拉穆提[14]」成員一一舉起長槍，周圍頓時颳起了沙塵暴。

13　為中國作家魯迅《阿Q正傳》中的主角名稱，延伸為一種精神狀態或慣性思維的形容。

14　Trimurti，原意為印度教中的三相神，將濕婆、毗濕奴、梵天合稱為偉大的三位一體。

除此之外，依莉絲也再次和賽琳娜統一陣線。隸屬賽琳娜．金麾下的「正義之聲」和依莉絲指揮的「索忍尼辛[15]」也同心協力對抗兩翼的敵軍。

可惜，戰況仍然相當險峻。

「去吧，這裡交給我。」

『要是沒能救回我那不中用的徒弟，你們就等死吧。』

基里奧斯和破天劍聖，毫不意外地，他們也是百名回歸者之一。

兩人的兵刃無情地橫掃戰場，武林出身的超凡座也緊隨其後，大殺四方。

砰轟轟轟轟轟轟轟！

基里奧斯的重拳透過回歸變得更加強大，彷彿在和破天劍聖的劍招較勁似地撼動整座戰場。在銀色風暴中，無數星座身首異處，慘叫聲不絕於耳。

一行人必須趕在眾人替他們竭力爭取時間的時候，盡速打開那道牆。

『這道牆，他們已經開啟過一次了。』

高不可攀的壁壘終於近在眼前，韓秀英張口催促。

「張夏景。」

「好，來了。」

就像一直在等著這一刻，張夏景毫不遲疑地伸出了手。

再度回到任務中的她，現在已成長為當之無愧的超凡座之王。

〔『不可能的溝通之牆』重新找回屬於自己的位置。〕

最後一道牆開始震顫不已，好似在回應著他們的浩瀚神話。

15 Aleksandr Isayevich Solzhenitsyn，西元一九一八年至二〇〇八年，為俄烏混血的知名文學家、哲學家。因批判共產主義遭蘇聯流放，定居美國後亦對自由主義多有批評。

「劉尚雅。」

劉尚雅點了點頭，邁步上前。

〔『定奪輪迴之牆』重新找回屬於自己的位置。〕

『……妳是？原來如此……徬徨了這麼漫長的歲月，妳終於抵達了這裡，我的阿羅漢啊。』

釋尊的傳說沉聲響起，這個世界線的祂不費吹灰之力地理解了劉尚雅的存在。反覆經歷悠久輪迴的釋尊，似乎早已洞察了這個宇宙的法則。

「鄭熙媛、李吉永。」

兩人從梅塔特隆和阿加雷斯身上取得了明辨善惡之牆，鄭熙媛率先將手放在最後一道牆之上。

『你們真的已經見過那道牆的彼端了嗎？』

這條世界線的梅塔特隆對他們一行人的存在驚愕不已，祂接受了伊甸的覆滅，也承認那是不可逆的結局，並作出與上一次回歸截然不同的選擇。

眼前正在幫助化身浴血奮戰的伊甸大天使，就是最好的證明。

而作出意外選擇的不僅是梅塔特隆。

『有意思，居然敢堂而皇之地要求身為魔王的我交出牆。』

曾經在神魔大戰中彼此廝殺的魔王和天使，這次全都站在他們這一邊。儘管那只是為了各自的存續作出的選擇，無論如何，都對金獨子集團幫助甚鉅。

〔『明辨善惡之牆』重新找回屬於自己的位置。〕

〔多數星座對星雲〈金獨子集團〉釋放自身位格。〕

然而，並非所有星座都和他們成了同仇敵愾的盟友。星星直播絕大多數的星座仍視他們為心腹大患，只有少數星座願意向他們伸出援手。

但他們依然成功抵達了這裡。儘管所有人都遍體鱗傷，但他們沒有失去任何一個人，因為誰也沒有懷抱個人的野心，他們每個人都目標一致，才能達成這樣的成就。

一樣。

最後，韓秀英轉向了李賢誠。

只見毫無血色的金獨子被李賢誠扛在背上，更準確地說，是金獨子留下的那具阿凡達。

韓秀英注視著他，說道：「幫幫我，金獨子。」

他也是金獨子，如假包換。就如同第一千八百六十三次回歸的韓秀英，也是真正的「韓秀英」

「另一個我應該不會希望你們這麼做，這個故事……該在這裡結束才對……」

金獨子支支吾吾地說著。

現在的他，已經接受自己是另一個「金獨子」的阿凡達的事實。

韓秀英目不轉睛地看著他，說道：「這些等我們見到另一個你再問個清楚吧。」

聞言，金獨子悲傷地笑了。他看著韓秀英，又看了看每一個伙伴的臉龐。

「如果這就是你們渴望的故事……」

他蒼白的手終於覆上最後一道牆。

作為金獨子的阿凡達，他自然也共享了一部分的鑰匙——最後一道牆最後的碎片，第四面牆。

滋滋滋滋滋。

不知這個世界是否無法承認它的存在，金獨子的身體不安地顫動起來，緊接著，最後一道牆咯吱作響，牆面打開了一部分。

金獨子彷彿觸電一般渾身顫抖著昏了過去，李賢誠趕緊再次將昏厥的金獨子揹了起來。

劉衆赫揮出黑天魔刀，揚聲說道：「全速前進。」

號令一出，所有人立刻發足急奔。

「大家加把勁！只剩一小段路了！」

「我手上還有生死丹，如果還有人受傷就趕緊告訴我！」

一行人互相激勵著，聽著他們的聲音，韓秀英也動身奔跑起來。眼前出現了一片潔白的雪原，文字像雪一樣層層堆積，在平原上隨處可見。

韓秀英踩過那些文字高高躍起。

第一千八百六十三次回歸的自己，有沒有在修訂版中寫下這個故事呢？

她是否預想到了金獨子的故事，預想到了在那之後的尾聲？

她無從得知，那些事，她一點也想不起來了。

就在這時，有某些東西落在了韓秀英的睫毛上，她不經意地伸手揉了揉眼睛，只見指尖沾染著某種雪花般的物質。

「臭丫頭，妳不是說妳是柔弱的文學少女嗎？」

雪白的文字雪花在空中漫天紛飛。那是明明存在，卻因為幾近純白透明而難以辨識的字句。

「韓秀英……」

韓秀英愣愣地看著落在自己手心的文字。

「妳的故事……」

這是金獨子寫下的字句。不是其他人，而是金獨子親筆寫下的讀後感。

韓秀英使勁握住那些文字，文字立刻在她手中粉碎，宛如黎明時分的星光。

「不要擔心，就算超過三千話我也會看。」

那是她極度渴望獲得的字句，卻又不屬於她。記憶如潮水湧來，那是來自另一個自己曾經的情感。

直到今天，韓秀英仍舊能鮮明地感受到這些情緒，不知該往何處發洩的怨憤在她心底蔓延。

『金獨子就在雪原的另一頭。』

讓金獨子成為金獨子的金獨子、牢記著《滅活法》的金獨子，還有毅然決然放棄幸福的記憶，選擇了自己所寫的書中記憶的金獨子……

「可惡……可惡！」

雖然是她卻又不是她的存在執筆寫下的故事。那個故事拯救了金獨子，卻也毀滅了他。而她現在必須一肩扛起另一個自己製造的悲劇，為它劃下句點。

就在這時，遠處隱約出現了些微光芒。

轟隆隆隆隆隆……

在茫茫雪原的另一端，某個東西正在飛速行駛。大家不約而同地交換了一個眼神，他們很清楚那究竟是什麼。

『就是那輛地鐵。』

「奇美拉異龍！」

中流承召喚出的奇美拉異龍仰天長嘯，載著一行人奮力展翅劃破天穹，朝地鐵的車尾急起直追。

只差一點點了，只要再靠近一些——

『嘎啊啊啊啊！』

奇美拉異龍忽然發出慘呼，失去平衡。

中流承大吃一驚，連忙回頭一看，只見後頭竟有追兵狠狠咬住奇美拉異龍的尾部。

『吼喔喔喔喔！』

某種狀似黑色暗影的巨型野狗，正瘋狂撕咬著奇美拉異龍的尾巴和翅膀，那些獵犬顯然是透過空中開啟的傳送門出現的。

奇美拉異龍一轉眼就被凶狠的獵犬咬下大塊血肉，鮮血散落在白色雪原上，畫面觸目驚心。

「追逐深淵的獵犬？」

過去他們也曾見過這些令人聞風喪膽的怪物。

這些跨越次元的獵犬曾對隱密的謀略家，和第九百九十九次回歸的人物發起圍攻，它們會攻擊違背概然性，在世界線之間飄泊遊蕩之人。

——可是，它們為何要攻擊我們？

劉衆赫沉吟片刻。

「不管怎麼說，它們似乎是判定集體回歸會對世界線造成威脅。」

「該死的混帳……」

穿過傳送門的獵犬越來越多，幾乎呈指數增長，其中甚至有體格特別龐大的獵犬，數量空前驚人。隨著一聲響徹雪原的咆哮，大批獵犬同時躍向空中。

就在黑壓壓的暗影獵犬撲來的剎那——

轟隆隆！天空崩落的聲響驚天動地。

金色的閃電排山倒海而來，頓時擊落大量獵犬。

劉尚雅第一個認出來者何人。

「齊天大聖！」

金箍閃耀著光芒，如意棒的主人勾起嘴角。

『這裡交給老孫吧。』

〔星座『緊箍兒的囚犯』釋放自身位格。〕

不只齊天大聖，只見他們開啟的最後一道牆的通道之中，還有許多人紛紛跟了上來。

『看來這就是我解放雙手展示真功夫的大好時機！』

〔星座『深淵的黑焰龍』將自身的封印全數解除。〕

不只如此，大天使崇高的火焰灼燒著獵犬。

『或許實力遠遠不及第九百九十九次回歸的我，但要爭取時間還不成問題！』

〔星座『惡魔般的火之審判者』燃起地獄之火。〕

地獄炎火的火勢在雪白的羽翼之間華麗綻放，烏列爾的嘴角噙著一抹淺淺的微笑。

『熙媛，金獨子就拜託妳了。』

趁著星座爭取到的空檔，奇美拉異龍總算忍著劇痛咬住地鐵的車尾。然而在巨龍鋒利的尖牙之下，堅硬的地鐵仍是毫髮無傷。

「師父！一起上！」

李智慧雙手持劍，踩著龍脊縱身躍入高空。

海上戰神的雙龍劍和高麗第一劍的無雙劍，兩柄名劍牢牢握在她的掌心。

〔星座『高麗第一劍』賜予庇護。〕

〔星座『海上戰神』為自己的化身加油打氣。〕

第四式——四劍斬虛！

李智慧使出的正是拓俊京曾用來對付不可名狀之渺遠的絕招，儘管還不熟練，但如今的她確實已經掌握了這項招式。

轟轟轟轟轟轟！

這是她在轉生者之島苦苦鍛鍊，再加上她驚人的天賦才造就的奇蹟。

在龍的尖牙下完好無損的地鐵車廂，終於在她的連續斬擊之下慢慢扭曲變形。

劉衆赫自然沒有放過這個機會，黑天魔刀凜然出手。

破天劍道！

祕傳奧義！

流星斬！

黑天魔刀劃出一道毀滅的軌跡，襲向地鐵的車尾。等到遮蔽視野的漫天硝煙逐漸散去，只見地鐵的尾部赫然裂開了一個小洞。

「成了！大家快進去！」

一行人迅速鑽入地鐵內部，更準確地說，除了兩個人之外。

「劉衆赫！後面！」

『吼喔喔喔喔！』

幾隻獵犬成了星座手中的漏網之魚，高速衝向車廂尾部。說時遲那時快，劉衆赫釋放出超凡型態的所有力量，正面擋下了那些獵犬，如暴風般的招式將凶狠的獵犬推出數米開外。

「你們先走！我馬上跟過去！」

韓秀英咬了咬嘴唇。

他不是別人，而是伙伴之中最強悍的劉衆赫。如果是實力與神話級星座不相上下的他，應該不會輕易被來自深淵的獵犬擊垮。

「別死。」

韓秀英簡短地留下一句話，立刻鑽進車廂之中。

車廂內部，就和他們記憶中的三號線地鐵完全相同。

『他們留下金獨子一人逕自離開的列車。』

韓秀英迅速查看車廂的資訊。

滋滋滋，車廂的編號立刻在空中浮現。

韓秀英反射性地喊道：「金獨子在三八〇七車廂！大家快往前面走！」

眼前的狀況，竟與他們獲得浩瀚神話「魔界之春」的情景如此相似，伙伴們也都迅速反應了過來。

「我們和蘇利耶對抗那時候也是這樣吧，前門交給我！」

李賢誠二話不說地衝上前，全身肌肉鼓脹，隨即大喝一聲。

「呃啊啊啊啊！」

他擁有的「力推泰山」此時熟練度早已超越了極限，厚重的地鐵車門立刻咯吱咯吱地開啟了。

〔浩瀚神話『魔界之春』開始講述故事。〕

〔『舞臺化』已展開。〕

因為每個人都正確發揮了自己的作用才能實現那則浩瀚神話，此時此刻，它又化作故事的庇護助他們一臂之力。

遇見李賢誠難以開啟的車門，就由劉尚雅找出開啟按鈕；來到連劉尚雅也束手無策的車廂，又交由李吉永動員了昆蟲大軍磨損零件。就這樣，一行人闖過一扇又一扇車門，穿過一節又一節車廂。

越往前邁進，他們的表情就越激動。

所有人全都感應到了。

『那扇門之後，金獨子一定就在那裡。』

眾人來到一扇漆黑的門前，這顯然就是最後一道門。

「呃呃，我的星痕處理不了這扇門。」

然而，這扇門讓他們吃盡了苦頭。

「我也找不到任何開門鈕。」

「蟲子說沒辦法弄清楚它的構造。」

「還是我用技能暴力破壞它？」

豈料，即使承受了李智慧的劍擊和李賢誠的粉碎泰山，地鐵的門仍紋絲不動。

大伙面面相覷，為何只有這扇門打不開？

就在這時候，劉尚雅驀然開口。

「等等，這道門，和衆赫先生當時砸壞的門一模一樣。」

「劉衆赫？」

「對，就是我們在三號線的時候，衆赫先生曾經弄壞一扇門跑過來——」

韓秀英下意識地回頭張望。劉衆赫沒有跟過來，他恐怕還待在列車車尾，和追逐深淵的獵犬戰鬥。

中流承忽然高聲喊道：「獵犬追過來了！」

不知何時，獵犬竟已悄無聲息地穿過他們打穿的裂縫，步步逼近。

韓秀英更加著急。

劉衆赫發生什麼事了？難不成被那些傢伙給——

「擋住後面！」

「秀英姐！快想辦法！」

她沒有時間思考。像坦克般壯碩的李賢誠衝了過去，發動鋼鐵化硬生生地扛下獵犬的尖牙，李智慧和鄭熙媛也拚命舞劍格擋獵犬的攻勢。

張夏景喊道：「韓秀英！什麼辦法都好，快啊！」

韓秀英走到門邊，她的手一碰到黑沉沉的車門，門上立刻飛濺出點點星火。

她緩緩閉上眼睛。

最終，整個故事都是由她親手創造。就算真正的作者是其他「韓秀英」，但那也同樣也是貨真價實的她，因此，她一定也能開啟這道門。

滋滋滋滋滋滋！彷彿在改寫故事的文句，韓秀英開始強制介入牆的傳說。

『我是劉衆赫。』

既然回歸者劉衆赫是由她創造的人物，那麼，她一定也能打開這扇門。

『然而，韓秀英並不曉得。』

滋滋滋滋滋。

『故事一旦脫離了作家的手，就再也不受作家支配。』

《滅活法》的浩瀚宇宙閃過韓秀英腦海。

她寫過和她不曾寫的、她所想像和她想像不到的故事全在瞬間襲來，一古腦地逆流鑽進她的腦海。

「咳！」

鮮血從眼睛和嘴角流出，她身氣血逆行，溫熱的鮮血在地鐵地板快速蔓延。

韓秀英在一片猩紅的視野之中，回頭望著一行人。

只見大伙全都身陷惡戰之中，他們的腳印跑過地鐵的通道，有如傳說留下一道道痕跡。

〔您沒有『覆寫取代』的權限。〕

『已經完成的世界就在她眼前。』

她聽見伙伴們連聲呼喚自己，聲音聽起來卻如此遙遠。

『這是個因果相循的世界。這是所有的可能性同時存在並相互支撐的世界。這是由故事本身生產更多的故事、恆久不滅的完整史詩。』

她回頭一看，只見眼前的空間正伴隨著劇烈的火花緩緩崩解，地鐵的長型車門漸漸開始旋轉，轉眼化作一個幽黑的圓。

不容許任何外力介入的、完美的圓。

儘管韓秀英踉踉蹌蹌地朝那個圓伸出了手，但她甚至不敢去觸碰。在她眼底，那個圓就像一個決然的句點，宣告故事已然完整。

『tls123。』

那個句號正在對她說話。

『妳不能改變這個故事。』

3.

那篇文章懸浮在半空中，聽著那無視正確拼寫和停頓的聲音，韓秀英掩飾不住內心的困惑。

「……你是？」

她曾經聽金獨子提起那個聲音。

「沒錯，那小子還會說話。」

「技能可以對話？」

「嗯，雖然有點奇怪，但至少聽得懂。」

她作夢也想不到有朝一日，自己居然會聽見這道聲音。

「第四面牆？」

漩渦中的圓咯咯笑了起來。

『你們不**能**通過這裡，**因**為那位大人**不願意**。』

那位大人？她好像在哪聽過這個稱呼。

概然性的火花暴漲，一行人紛紛驚叫出聲。

強烈的反噬風暴將追逐深淵的獵犬也一併拋飛，全數捲出地鐵之外。

〔『最後一道牆』不允許各位進入。〕

〔各位沒有資格會見『最古老的夢』。〕

劇烈的痛楚彷彿要將他們碾碎，那是它想強逼一行人知難而退的伎倆。

『這裡就是終點**站**。』

韓秀英一隻腳的膝蓋瞬間折斷，畸形地扭曲起來，但她咬著牙沒有發出慘叫，只是死瞪著眼前漆黑的圓。

「我要在哪下車，我說了算。」

『第一千八百六十五次回歸的韓秀英，並未選擇深淵的黑焰龍作為背後星。』

她全身上下捲起一股驚人的氣息。

『韓秀英讓自己成為了星座。』

〔星座『虛假結局的創作者』釋放自身位格。〕
這個名號，和第一千八百六十三次回歸的她極其相似。
韓秀英同時催動自己累積的所有故事，她的一隻眼睛倏然綻放出蔚藍的光芒。
〔星座『虛假結局的創作者』已發動專用技能『真知之瞳』。〕
在第一千八百六十三次回歸，這個技能未能幫助她突破第四面牆。
但這一次的韓秀英，和那次回歸已不可同日而語。
〔傳說『校潤專家』開始講述故事。〕
她比以往更加積極，累積了各式各樣與「作家」相關的傳說。
正如所有登場人物的根源都來自文本，第四面牆也不例外。但凡這個世界是一部小說，這道牆也一定是以某些字句形塑而成。
即使暫且不清楚它源自何處，但某些地方一定也留有蛛絲馬跡，以便推測它的根源。
看穿了韓秀英在打什麼主意，第四面牆頓時膨脹。
『沒有用的。』
〔『第四面牆』增加厚度。〕
瘋狂旋轉的幽黑圓形變得更加牢固。
第四面牆，即是無論以《滅活法》現存的何種手段，都無法突破的精神防禦壁壘。
韓秀英根本不打算強行突破，相反地，她只是靜靜端詳著那道牆。
〔傳說『字裡行間的引路人』開始講述故事。〕
『有些東西，越是試圖掩飾就越是鮮明。』
韓秀英仔細觀察著牆的外形，和上頭殘留的傷痕與裂隙。
牆上隨處可見為了守護金獨子，毫不在乎自己狀態的痕跡。
我必須守護那位大人。

不知何故，這道牆竟將這行字藏在牆上最隱蔽的角落。

這是神交付於我的最後請託。

霎時間，韓秀英的嘴唇顫抖了起來。

伴隨著一陣陣的頭痛，牆上一句又一句的文字在她腦海裡一閃而逝。

「喂。」

「是。」

「要是我出了意外……」

「請您千萬別說這種話。」

「要是祢是真心把我當成祢的神——」

一個頭戴軟呢帽的中年男人，帶著忠心不二的目光注視著自己。

「就替我好好守護那傢伙吧。」

對《滅活法》瞭若指掌，簡直不遜於原作者的存在。

比起自己，對這世界的悲劇更加麻木冷漠，僅僅將「完成故事」視為目標而活的存在。

亦是開啟了這世界的任務，連結兩條世界線的存在——

代替瑟瑟發抖的韓秀英，第四面牆開口說道。

『妳不**必**太驚訝，我也是剛剛才明**白**。』

「什麼？」

『**我**也從不清楚自**己的**來歷。』

有些存在，一直活在對過去一無所知的狀況之中，就那樣存在著，直到後來才不得不開始整合自己的過往。

那些在作者賦予故事之前不曾存在的存在。

『我**是**因**妳**才得以**完整**。』

轉成收費制當時的回憶一閃而過，在現實與虛構兩條世界線合而為一的那個瞬間，第一千八百六十三次回歸的鬼怪之王就存在於二者之間。

『我為**何**會成為分**隔**世界的牆。』

鬼怪之王化為區隔世界的障壁。

『又為何**必**須**守**護金**獨**子。』

並且，一直謹守著自己的神明最後的請求。

『正如**妳無**法回想**起**我。』

漫長歲月以來，祂只是反覆講述、渴望著同一個故事活了下來，並深深耽溺其中。

比金獨子更早閱讀了《滅活法》的存在，此刻就在韓秀英眼前，祂就是這世上最古老的讀者。

『我也同樣不**記得**妳的**存**在。』

祂填補了韓秀英離開之後的空缺，成了世界的記錄者。

『這個**故事**現在是我**的**了。』

並終於完成這個故事。

「是我拜託祢幫忙的，現在祢不必再這麼做了。」

長久以來，勤勤懇懇依循著命令而活的存在，最終成了命令本身。

『**妳**已經不再是**神**了。』

原作者的位置遭到剝奪，不再是這個故事的創世主。

韓秀英低頭俯視著自己的手指，她所寫的《滅活法》是長達三千一百四十九話的小說，此時此刻，這部小說正在脫離她的掌控，往讀者走去。

「沒錯，現在這個世界上的神不是我，而是讀者吧。」

在這個圓的另一端，作著永恆的夢的金獨子。

「那就直接問問那個神吧，看他是真的情願留在這裡，還是——」

韓秀英一邊嚥下生死丹，一邊將骨折的膝蓋猛力扭回原位，接著一步一步上前，伸出了手。

「願意和我們一起到外面的世界去。」

耀眼的火花在她的指尖爆發。

那個圓迴旋的速度越來越快，就像在抗拒她的觸碰。

韓秀英的雙手鮮血狂噴，連傳說都無法保護她的肉體，在雙手被撕裂的劇痛之中，她依然沒有停下動作。

「金獨子！說話！」

有些人，即使內心渴望他人的拯救，卻始終無法開口對外求援。

一直以來，韓秀英都期許自己能為那樣的人寫作，她希望代替那些無法言說、無法撰寫的人們寫出心聲。

一如往常，她能做的只有書寫，只盼能藉此抵達這個圓的彼端，抹除這個句點。

『他會若無其事地接過她半開玩笑遞出的檸檬棒棒糖，泰然自若地放進嘴裡。』

「金獨子！」

但這還不夠。

單靠她擁有的篇幅，還不足以抵達這面牆的彼端。

這時，忽然伸來另一隻手，堅定地在放韓秀英的手上。

那正是劉尚雅。

她在身子兩側展開了曼荼羅的力量，往手上傾注自己的傳說，她抹去溢流而出的鼻血，吃力地笑了起來。

「獨子先生。」

『他會躲在櫥櫃裡，獨自翻看《滅活法》。』

劉尚雅的字句也在呼喚著金獨子。

就像握住門把一樣，兩人交疊的手竭力握緊那個圓，試圖讓它停下，但圓圈的速度絲毫不減，文章依然不夠充裕。

於是，又有另外兩人的手疊了上來。

「我來抓住裡面！」

「我負責左邊！」

李賢誠和鄭熙媛高聲吶喊，也一起撲向那個圓。

『他願意默默傾聽枯燥無趣的軍中故事。』

李賢誠發出低吼，鄭熙媛也在一旁出力。

『他是個該死的傢伙，死心眼又愛到處惹事。』

「獨子先生！快回答啊！你應該聽得見吧！」

再加上李雪花和孔弼斗的手。

『他是為了同伴，夜以繼日尋找藥草的人。』

『是奪走別人土地的傢伙。』

「叔叔！」

「獨子哥！」

兩個孩子也跑了過來，申流承和李吉永小小的手分別貼在韓秀英的雙手之上。

『他經常言不由衷、又愛說謊，只為了安撫其他人。』

『但是，他也是不擅長說謊的人。』

在兩個孩子身後，李智慧將劍豎立在身前，舉起拳頭猛力揮向句號。

一下、又一下。

「我說不出肉麻的話啦！快給我出來！」

『魷魚大叔。』

所有人講述的都是不同的時間、不同的記憶，每一個瞬間的文字漸漸滙聚在一起，期盼能喚出唯一的金獨子。

然而，儘管他們拚命呼喚，那個句號依然無動於衷，只有他們逐漸皮開肉綻、鮮血淋漓。

眾人的傳說正在消失，句號上頭浮現出一段文字。

渴望拯救他，會不會只是我們的一廂情願？

「閉嘴！」

會不會，他其實不需要救贖？

他們當然心知肚明，這些行動說不定根本毫無意義。

所以，他們才更想知道，更想問個明白，他們努力伸出手，只為了獲得一個答案。

「金獨子！我知道你就在那裡！」

張夏景拉開嗓門高喊。

「我們不是說過了嗎？就算無法觸及，就算無法相見，也要盡力拍打高牆直到最後。就算永遠敲不破那堵牆，也要繼續在牆上留下些什麼！」

即使碰不著、見不到，也要繼續敲打彼此之間的高牆，即使牆永遠也不會開啟，也要在牆上寫些什麼。

「這麼一來，也許總有一天，會有某個人看到那些文字——」

也許總有一天，你會願意離開那裡。

「拜託！跟我說話，哪怕只有一句話也好！求求你——」

就這樣，張夏景的手掌也撞上了那個句點，就在下一秒。

〔『不可能的溝通之牆』展現自己的力量！〕

句號，竟然一點點地動搖，第四面牆難以撼動的氣勢也首度有了轉變。

『你們**竟敢**。』

劉尚雅沒有錯過這個破綻，高聲喊道：「獨子先生！你不是跟我說好，下輩子一定要再見的嗎？」

〔『定奪輪迴之牆』展現自己的威能！〕

李吉永也不甘落後地扯開嗓門。

「獨子哥老是覺得每次都是自己做得不好！」

鄭熙媛接著他的話說了下去。

「我才不在乎獨子先生是善還是惡，我不打算用世界的標準來評判你，所以——」

〔『明辨善惡之牆』展現自己的主軸！〕

「求求你，把這扇門打開！」

豈料，就在下一秒，一股強烈的力量從門上反彈而出，將一行人震飛老遠。爆炸的轟然巨響蒙蔽了他們的耳朵，等到耳鳴漸漸消失，四周只剩下冰冷的死寂。

重傷的人們一個接一個站了起來，李賢誠正要開口，韓秀英卻豎起手指舉到唇邊。

一個極其微弱的聲音隱隱響起，彷彿濛濛細雨濡濕了乾涸的土地。

噠。

聲音就從句號的另一端傳來，超越故事完結之後的所在。

韓秀英第一個聽見那個聲響。

噠、噠……

儘管幽微而無力，但那些細不可聞的話語正在告訴他們，他就在那裡。

『有人……』

中流承不由得淚流滿面。

『有人在門的另一頭，拍打著那扇門。』

韓秀英匆匆奔上前去，劉尚雅也緊隨其後，李賢誠和鄭熙媛將手覆蓋在兩人的手上，李雪花治療著大家受傷的手，孔弼斗也利用體重多加了一分力道。

為了抵擋那股反作用力，李智慧把劍深深插入地面，張夏景則從後頭支撐著韓秀英的身子，申流承和李吉永用傳說保護著韓秀英的雙手。

「集中力量！」

嘎吱吱吱吱，一行人的手又一次變得血肉模糊。

眼見句號的轉速越來越遲緩，一點一點地，漸漸磨損的句點上頭開始出現一絲裂隙。

『傳說仍舊不足。』

像是絕對不允許他們強行突破一般，句號的體積漸漸縮小，不斷收攏。

就在這時，有人闖進了地鐵車廂。

〔星座『最晦暗的春日女王』在此地現身。〕

來人竟是兩名始終沒有露面的金獨子集團成員。

『真抱歉，我們來晚了。』

那是冥界的女王波瑟芬妮，隨之而來的還有——

「獨子啊！」

李秀卿沒有看向那個句點，而是凝視著始終癱坐在地的另一個金獨子。眼見金獨子只是用無神的目光回望著她，她咬了咬嘴唇，拉起他的雙手。

李秀卿和波瑟芬妮身上迅速流淌出傳說。

在她們體內存在著兩名不同的金獨子。

『那是任務開始之前的金獨子，和任務啟動之後的金獨子。』

花費了比任何人更長的時間注視金獨子的兩人，一左一右攙扶起金獨子的阿凡達，緩緩走向那個句號。

韓秀英朝兩人點了點頭。

『把自己關在牆後的正是金獨子本人。』

「金獨子。」

看著金獨子動搖的神情，韓秀英漸漸明白，不管她的小說對金獨子產生了多麼深遠的影響，金獨子仍舊不是《滅活法》本身。

無論她對《滅活法》的了解有多麼深刻，也不代表她理解了金獨子這個人。

她可以為某個人撰寫文章，卻不能代替他人閱讀。

閱讀那個故事的所有字句，是金獨子作為新世界的神祇，同時也是作為讀者的責任。

「幫幫我。」

金獨子的手碰到了句點。

〔『第四面牆』再度增加厚度。〕

手上交疊著另一隻手，第四面牆瘋狂似地高喊。

『你們**終**將**以**失敗作收，**這**個故事早**已**註定**這樣**完**成**。』

早已落幕的故事，難道真的不能改寫？

難道所有的宇宙都以不幸作結，就不能鼓起勇氣讓一個宇宙獲得救贖嗎？

韓秀英按著金獨子的手，不禁落下眼淚。第一千八百六十三次回歸的記憶動盪不安。

『這個故事將不斷循環往復。』

另一個韓秀英會在這個循環之中，重複著第一千八百六十三次回歸。

金獨子和韓秀英會不認得彼此，大打出手。

劉衆赫會落入回歸的煉獄。

金獨子會為了拯救他們，無數次地選擇成為最古老的夢。

他們會在這漫長的時光中不斷相遇，又再度分離。

忍受著那漫無止境的歲月，反覆產生交集，以此創造故事。

或許，這確實會讓故事臻於完整，但若是如此，他們究竟什麼時候才能獲得幸福？

『縱使不能成為完整的故事也無所謂。』

韓秀英牢牢抓住了圓的裂隙，將它緩緩撕裂。

『只要那個故事能讓某人變得幸福。』

在駭人的反噬風暴中，一行人的傳說已然崩毀，金獨子的大衣四分五裂，他們的兵器也早已破碎一地。

一道耀眼的光芒撲面而來，幾乎要奪走所有人的視覺，在那無與倫比的強光之中，韓秀英驀然想起——

第四面牆說得對，《滅活法》已經結束了，是她親手寫下了結局。

但是，這不代表金獨子的故事也劃下句點。

轟隆隆隆隆……

直到風暴平息，她終於能慢慢看清一行人皮開肉綻的手。

所有人的手緊緊疊合，就像是宛如一隻手一樣，它破壞了已經完成的句號，一道裂痕將圓撕裂了一角，垂落下來。

『看起來就像一個逗號。』

門緩緩敞開。

4.

震耳欲聾的爆炸聲響徹雪原。

劉衆赫揮舞著黑天魔刀擊退了追逐深淵的獵犬，終於跳上列車的車廂。

那陣巨響非同尋常，難道是列車內發生了什麼事？

『天殺的！這些蠢狗未免太多了吧！』

深淵的黑焰龍與獵犬纏鬥不休，忍不住發起脾氣。那些獵犬從四面八方形成包圍之勢，根本無止無盡，已經好幾次發動天雷將大批獵犬燒成焦炭的齊天大聖，聲音也帶著一絲疲憊。

『雖然不想承認，但現在的我和第九百九十九次回歸的那幫人比起來，可真是差得遠了。』

地鐵車廂再度傳來轟然巨響，劉衆赫回頭張望。

——那究竟是什麼？

只見地鐵最前端的車廂裡不斷飄散出疑似傳說碎片的東西。

轟隆隆隆！就在這時，有什麼忽然從列車的裂縫中甩了出來。

烏列爾驚慌失措地大喊。

『劉衆赫！快躲開！』

下一秒，只見從列車中湧出的大批黑色獵犬朝劉衆赫撲了過去。

✦

✦

✦

啪沙沙。

黑色的碎片四下飛散，以變成逗號形態的窟窿為中心，眼前的門正在消失。

韓秀英拄著地板撐起身子，不停向前方張望。

只見通往三八〇七號的車廂入口，文字散落一地。

我也……

和你們……

看到那些未能組成句子的破碎文字，韓秀英頓時明白究竟是什麼觸動了門的另一端。

這些全是傳說，是金獨子星星點點的碎片。

韓秀英的目光隨著掉落一地的碎片挪動，越是靠近車廂中央，傳說碎片就越多。

『金獨子就在那裡。』

金獨子變成了一個年幼的孩子，飄浮在車廂中央，他雙眼緊閉，似乎沒有任何意識。金獨子身上散發著令人目眩神迷的光芒，到處都是耀眼的傳說碎片，那些碎片慢慢穿過地鐵的車窗，飄向不知名的地方。

「啊……」

金獨子的阿凡達走到韓秀英身邊，發出一聲低淺的驚嘆。

帶著不敢置信的神情，阿凡達走向年幼的金獨子。

「啊……啊、我……」

當一吐出這句話，一股強大的力量瞬間拉扯著金獨子的阿凡達，那力量正在召喚著他。阿凡達的肉體逐漸分解，四散的碎片被吸納進本體之中。

他回頭迎上韓秀英的目光，韓秀英不由自主地伸出手來。

「抓住我！」

但她的手已經碰不到他了。阿凡達被分解吸收的速度太快，碎片從她指尖掠過，徒留幾個字句掛在指尖。

『對不起。』

有什麼好道歉的？金獨子的阿凡達如同幻影般化為一縷煙塵，被吸進本體之中吐出明亮的光芒。然而，就算完全吸收了阿凡達身上的傳說，金獨子的模樣依然沒有變化，從他體內分裂而出的傳說反倒越來越多。

「金獨子！」

韓秀英直覺地意識到必須阻止這一點。要是不阻止傳說消散，他們將會永遠失去金獨子。

韓秀英將拚命壓縮肌肉，像彈簧一樣縱身上前，眼看就要接近金獨子——

『**不能**再靠**近**了。』

突如其來的爆炸聲捲起一陣勁風，有某種東西從金獨子體內爆發。金獨子的傳說泛濫成災，滿地泛流的黑色文字迅速爬滿整個車廂，吞噬了韓秀英。

「大家小心！」

鋒利的文字在她身上撕開一道道傷口，將她歪七扭八地推開。

金獨子變得更加遙遠，她連忙環顧四周，卻沒有什麼能抓的東西。縱使她全力釋放星座的位格，借助浩瀚神話的力量，也沒法阻止身邊翻騰湧動的湍流。

「金獨子！住手——！」

從金獨子身上奔流而出的文字劃傷了她，將她吞沒。

那是某個人咬牙苦苦撐過一生的字句，是耗盡一個人的生命寫下的絕望。文字的驚濤駭浪淹沒了周遭，猶如伸手不見五指的黑暗。

原來，她理解的金獨子，不過是金獨子的一小部分。

霎時被淹沒的韓秀英甚至連話都說不出來，只能束手無策地被越推越遠。

最終，是劉尚雅伸出手撐住韓秀英的背脊。

「妳振作一點！」

從密密麻麻的文字中，隱約能看見金獨子的模樣。

李智慧嚷道：「怎麼是小孩？大叔怎麼會變成這副樣子！」

「獨子哥！」

「大家快靠在一起！」

為了抵禦來勢洶洶的文字浪潮，眾人互相抱住彼此，但這遠遠不足以對抗文字的怒濤。眼見一行人被推得越來越遠，再這樣下去，被推出車廂流放到地鐵之外，也只不過是時間的問題。

就在這時，某人使勁展開自己的身軀，擋住了出入口。

「喝啊啊啊啊！我來撐住大家！」

那正是李賢誠。

鏗鏘鏘鏘！李賢誠咬著牙發動了鋼鐵化，他的四肢頓時與車門上的金屬同化，如同一張鋼鐵織成的網，托住了一行人。

李賢誠帶著痛苦難耐的表情，看著金獨子的傳說一一掠過自己身邊。

『對李賢誠而言，金獨子這個人簡直太令人費解。』

渴望理解一個人，頭一件事就是承認對他的不理解。

李賢誠緊咬的嘴唇幾乎冒出鮮血，他放聲喊道：「我也只能撐一下而已！快點！」

孔弼斗也召喚出武裝要塞的砲塔支撐著李賢誠的背後。

「我也一起幫忙，應該可以多撐一陣子！快去救那臭小子！」

伙伴們相互交換了一個眼神。

「大家，快握住彼此的手！」

鄭熙媛抓著李賢誠的手臂，伸出另一隻手。

「釋放所有傳說！」

李雪花抓住她的手，申流承和李吉永又牽起李雪花的手，孩子們的手牢牢繫起李智慧，而波瑟芬妮和李秀卿也立刻照做，拉起李智慧。

「金獨子！清醒一點！」

張夏景放聲喊著，她握住李秀卿的手，劉尚雅則緊握張夏景的手。

「秀英！」

最後，韓秀英一把抓住劉尚雅的手。

「抓到了！」

〔浩瀚神話『對抗命運之人』繼續講述故事。〕

浩瀚神話將一行人牢牢團結在一起，抵禦著劇烈的文字風暴。

在風暴之中，韓秀英就像游標一樣，無可奈何地飄蕩浮沉。她還能勉強堅持下去，全都多虧了在她身後的伙伴。

就像要救出意外落水的人，一行人在文字的浪湧中緊緊牽著彼此。

鄭熙媛朝金獨子依稀可見的身影喊道：「獨子先生！我們來了！你再撐一下！」

他們手拉著手，宛如將所有人連繫成一個堅定穩固的章節，韓秀英感受著手上傳來的溫度，漸漸有所領悟。

語言是為了表現深不見底的黑暗而存在，而被創造出來的故事，則是為了撫慰那片黑暗。

「金獨子！」

緊緊相繫的手，就像連接每一個章節與章節之間支撐著彼此，韓秀英依靠著那隻手，一步又一步走向金獨子。

金獨子被幽暗籠罩的臉龐終於漸漸清晰。

『現在你**們**所做的**事**毫**無**意義。』

隨著第四面牆的聲音響起，浪頭也越來越猛烈。

『金**獨子**只有╱個。』

那個金獨子不斷變小的理由，韓秀英也心知肚明。年幼的金獨子，那張臉和他們此前見過的最古老的夢何其相似。

他遺忘了與伙伴們的記憶，最終連閱讀過《滅活法》的記憶都會忘卻。

他會回到宇宙的循環之中，成為最純真的孩子，再被隱密的謀略家所拯救。

然而，這麼一來，他們記憶中的金獨子又會如何？

「我們好不容易才來到這裡——」

在指尖燒灼的鑽心痛楚之中，韓秀英執意伸出了手。

金獨子就在眼前。

『能夠理解這個故事的唯一讀者。』

那個金獨子分明就近在咫尺。

儘管只是短短不到四公尺的距離，在韓秀英眼中卻像是無論如何都無法彌補的鴻溝，是一片無垠的空白，宛如一堵看不見的牆橫亙在自己和金獨子之間。

「你這混帳傢伙！你不是答應要看我的小說嗎！」

她很想告訴他，還有一個世界，即使你不必犧牲自己也能得到救贖。

韓秀英原以為，如果是自己一定能做得到。

畢竟，她比任何人都更擅長說謊。

「《滅活法》算什麼！那種虛構出來的世界，不管你想要幾十個、幾百個，我都可以寫給你！」

她的吶喊漸漸失去力氣。

明明寫了那麼多文字，卻連一個人都拯救不了。

一片混亂中，金獨子的身影也漸漸模糊。

如果自己變得再強一點，情況會有所不同嗎？或許是她的計畫不夠周全吧，早知如此，她就該學習更強大的特性，累積更磅礡的傳說。

說不定打從一開始，她就該早早放棄金獨子任憑他去，或者是她該更早察覺金獨子的計畫。

不對，說不定……

她根本不該動筆寫下《滅活法》。

不該成為那種故事的作者。

——作者。

霎時間，韓秀英抬起了頭。

——辦得到嗎？

她沒有把握。

——一定辦得到。

有某個人替她堅定地答道。

來自第一千八百六十三次回歸的記憶化為傳說滾滾翻湧，韓秀英望著自己的指尖，那些手指已經有如漆黑的木炭。

她不是主角，而是作家。

韓秀英的手就像握起筆一般緩緩比劃起來，在空中留下一道道軌跡，那些軌跡化成文字，再迅速形成詞彙。

〔您的特性已啟動到極限！〕

〔警告！您沒有『覆寫取代』的權限。〕

儘管口中不斷湧出鮮血，韓秀英仍沒有停止書寫。

打從一開始，身為一名作家的她，能接觸到讀者的辦法就只有一個。

『韓秀英努力想像，就像曾經的另一個她不斷想像那樣。』

她用最強大而曲折的文字勾勒出一個男人的手、雙臂，和雙腿。

只為一名讀者創造的人物，他會擁有比世上任何人更加強韌崇高的精神，而為了終結漫無止境的回歸，他將會讓天上繁星全數殞落，連世界的系統一併摧毀。

滋滋滋滋滋滋滋——！

所有登場人物都是作者的化身。

但那並不意味著他就等同於作者本人，因為脫離了作者筆下的登場人物，從不聽她的指揮。

因此，此刻的韓秀英不得不懇切地祈求她所創造的人物出手相助。

〔星座『虛假結局的創作者』催動自己所有傳說。〕

〔已覺醒全新的星痕！〕

唯有一個名字，能幫助她填補那處空白。

韓秀英傾盡全力放聲吶喊。

「劉衆赫——！」

下一秒，眼前的文字瞬間裂開。

破天劍道！

奧義！

暗海斬！

只見一柄氣勢雄渾的刀鋒割裂漆黑的夜空，超凡座的位格在男子全身綻放，照亮了文字的黑暗。

〔已發動星痕『召喚登場人物』！〕

由她創造，而她卻不甚了解的人物。

〔登場人物『劉衆赫』回應了您的召喚。〕

「抓牢了。」

隨著萬丈光芒一起現身，劉衆赫強壯的手一把抓住了她。

「你才抓緊一點！」

韓秀英強忍著早已泛紅的眼眶。

從李賢誠到劉衆赫，伙伴們的故事閃耀著雪白的光輝。

為了來到這裡，他們失去了很多很多。

「師父！快點！」

但沿途，他們並不是只有失去。

劉衆赫伸長了手。

就差一個人的距離。無論少了他們之中的哪一個人都無法抵達的差距，終於逐漸縮小。

劉衆赫一把撥開遮天蔽日的文字，頑強守護著金獨子的字句紛紛掉落在地。

那隻經歷了數千次回歸的手就像要掏出深埋在歲月之中的回憶，緊緊地抓住金獨子的衣領。

「該回去了，金獨子。」

就在下一秒，彷彿斷了電一樣，整個世界毫無預警地陷入黑暗。

5.

整個空間漆黑一片，就像降下帷幕的舞臺。

韓秀英在黑暗中睜開了眼睛，當真知之瞳散發出微弱的湛藍光芒，她終於慢慢看清了四周。

到底是怎麼回事？

〔您違背了世界線根源的概然性。〕

〔您的行動影響了『最古老的夢』的■■。〕

〔『最古老的夢』的■■正在轉變。〕

未知的訊息接踵而來。無論怎樣都好，最重要的就是救回金獨子。

韓秀英集中自己的精神，專注地感受著前方的聲息，她很快就模糊地捕捉到某個漆黑的身影。

「劉衆赫，你在哪裡？」

「這裡。」

韓秀英摸索著走了過去，隨即錯愕地喊道：「喂！你怎麼能揪住一個小孩子的領子啦？」

「他不是小孩，是金獨子。」

「他不就是變成小孩子的金獨子嗎！」

韓秀英慌慌張張地把金獨子搶了過來，用手指探了探金獨子的鼻息，手上感受到若似若無的呼吸。

可是金獨子的狀態不太對勁，她說不清為什麼，只覺得好像輕輕一碰，他整個人就要分崩離析⋯⋯

「他怎麼會這樣？」

「傳說受損得太嚴重，我也試著餵他生死丹⋯⋯但根本起不了作用。」

他們需要李雪花，可是周圍聽不到半點其他人的動靜，被困在這個亞空間的只有劉衆赫、她，以及金獨子三個人而已。

韓秀英用充滿敵意的眼神怒視周圍，能幹出這種事的犯人只有一個。

「第四面牆！快把我們放出去！」

滋滋滋！黑暗的空間隱約出現一道灰濛濛的人影，只見頭戴軟呢帽的少年模樣鬼怪，就站在他們眼前。

少年純潔天真的臉上寫滿難以言喻的憂傷。

韓秀英打量了第四面牆片刻，問道：「這就是你真正的面貌？」

『沒**錯**。』

這不是她在過去的記憶中所見的模樣，那張臉根本找不出絲毫中年鬼怪的影子。

第四面牆說道。

『時光**悠**悠，時間已經**過**了太**久**。』

韓秀英心想，或許第四面牆也和金獨子一樣。會不會它也在這漫長歲月中身不由己地忘卻所有，逐漸變成一名孩子？

韓秀英替昏迷不醒的金獨子整理好衣領。

「你是遵照我的命令，才一直守護著金獨子吧？」

『似乎**是那**樣的。』

「把《滅活法》的檔案交給金獨子的人也是你，對吧？畢竟在這之後，你也一直在幫他。」

第四面牆沒有回答，只是恍惚地凝視著金獨子，好像在翻找著久遠以前的回憶。

韓秀英的語氣漸漸帶著一股隱隱的怒火。

「那你為什麼放任金獨子變成這副模樣？」

『……』

「說啊！你到底在想些什麼——」

『你們根本不明白金獨子想要的是什麼。』

第四面牆說話不再結巴了。

『你們真的什麼也不懂。』

「我要帶金獨子走，我不能眼睜睜看著這傢伙以最古老的夢的身分活下去。」

她那一副不惜抵抗到底的態度，讓第四面牆高高揚起了眉毛。

眼見韓秀英緊繃地握起拳頭，劉衆赫挺身而出。

「如果我們帶走他，最古老的夢是不是會出現空缺？」

聽見這句話，韓秀英倏然一愣。

她並不是沒有想過這一點。

——如果救走了金獨子，最古老的夢又該由誰來取代？

這世界倚靠著最古老的夢不斷作夢來維繫，唯有某個人的犧牲才能使它運行下去，必須有人成為負責夢想世界的存在。

劉衆赫開口道：「我來代替他。」

「什麼？喂！你又在說什麼瘋話？」

「我說，由我來成為最古老的夢。」

「笑死，你這傢伙半點想像力都沒有，還不如我來！我絕對會比金獨子稱職得多，所以——」

韓秀英滿心只想著一定要阻止這個瘋子，情急地胡說八道起來，事實上連她也弄不清自己在說些什麼。

幸好，第四面牆並不支持劉衆赫的意見。

『最古老的夢的傀儡，你無法成為最古老的夢，因為你並不熱愛這個故事。』

「沒錯，讓我來——」

『韓秀英，妳也一樣。』

「那麼，還有誰能代替他的位置？我可是把話說在前頭，今天無論如何我都要帶走這小子，就算是你也別想阻撓我們。」

第四面牆注視著韓秀英和劉衆赫，片刻無語。

『帶他走吧。』

「什麼？」

『你們就帶他走吧。反正事到如今，就算你們帶走那個金獨子，這個宇宙也不會毀滅。』

韓秀英愣愣地眨了眨眼睛，這直截了當的答案實在令她始料未及。

回頭一看，劉衆赫的神情也和她相去無幾。

第四面牆到底是什麼意思？她從未設想過這樣的結局，說真的，他們真的能迎向這樣的結局嗎？

不可能。畢竟這個星星直播，從不曾對他們寬容。

韓秀英的表情沉了下來。

「為什麼我帶走了他，這宇宙也不會毀滅？」

『你們認識的金獨子，已經將自己分散到整個宇宙。』

「什麼？」

韓秀英不敢置信地看著自己懷裡的金獨子，他的身子已經縮小到她只要用一隻手就能輕鬆將他環抱。

她感覺自己的腦袋被人狠狠敲了一棍。

難不成，金獨子會變成這樣就是因為……

「你……你到底幹了什麼好事！」

『不是我，這是他自己的選擇。他早就猜到你們會闖到這來了。』

韓秀英頓時一陣惡寒。

為了讓這個宇宙延續下去，就必須有人成為最古老的夢；倘若他們救出金獨子，就必須有人接替他的位置。

而金獨子……那個金獨子，真的會不曉得這一點嗎？

『是你們做了傻事。讀者盼望的結局就是最後的結局，為什麼你們硬要試圖改寫？』

第四面牆看著他們的眼神令人毛骨悚然，不是憎惡，不是埋怨，也不是悲傷，只是一股純粹的負面情緒直指著她和劉衆赫。

『是你們不該不知饜足，既然擁有百分**之**四十九的**金獨子**，就**該**滿足**了**。』

隨著它的聲音變得破碎，周圍的時空漸漸扭曲。

『難**道**妳以為只有你們**能**成為例外？難道**你**們**相信**，**破**壞了宇**宙**的法則，真**正**的**結**局還會**存在**？』

還沒等她開口回答，四周就亮了起來。

『你們會**搞砸**結**局**，讓所有**人**落**入**不幸之中。』

等韓秀英再度睜開雙眼，她才發現自己竟然身在首爾。

第一千八百六十五次回歸的光化門，正是他們專心致志籌備任務的場所。

所有任務都已落幕的光化門前大雪紛飛，韓秀英仰望著飄然掉落的雪花，不發一語。

她緩緩垂下目光，只見小小的金獨子仍躺在她的臂彎之中，規律地呼吸。

「師父！」

李智慧從遠處跑了過來，神色匆忙的劉尚雅和鄭熙媛也緊跟在她身邊。

一行人都平安無事。

「秀英小姐！獨子先生呢？」

韓秀英還來不及開口，張夏景就一把抱起了金獨子。

「金獨子！他的手凍得像冰塊一樣！有沒有人有手套？」

伙伴們轉眼就將金獨子團團包圍，各自深陷激動的情緒之中。

鄭熙媛撫著金獨子的臉頰痛哭失聲，體格像熊一樣的李賢誠也小心翼翼地捧起金獨子赤裸的腳掌。這次就連冷靜的劉尚雅也流下眼淚，而申流承和李吉永更是哭得就像隨時都會窒息。

孔弼斗不知道該作何反應，侷促地坐在附近的長椅上抽著菸。

「獨子睡著了嗎？」

聽見李秀卿這麼問，韓秀英微微點了點頭，光是這樣微不足道的動作就榨乾了她最後一點能量。

眾人慢慢收拾好激動的情緒，你一言我一語地開口抱怨起來，其中最積極的不外乎鄭熙媛。

「這次我真的要把他牢牢綁起來，吊在工業區前面示眾，我沒在開玩笑，誰都不准攔我。」

「可是，獨子先生畢竟變成小孩子了……」

「叔叔會一直保持這種狀態嗎？」

「獨子哥，你快醒醒啊！你是覺得不好意思才裝睡的吧？」

「他是因為某種副作用才變年輕的嗎？」

李智慧猶豫了一會，忽然用開朗的聲音喊道：「變小了又有什麼關係，我們養他不就行了！」

「那我可以跟獨子哥一起去上學囉？」

「喂，你以為叔叔是真的變成小孩喔？」

就這樣，眾人鬧哄哄地吵了幾分鐘，只見李雪花認真地替金獨子把了把脈，臉色越發凝重。

「等獨子先生醒來之後，應該會記得我們吧？他這次該不會又失去記憶吧？」

『看著他們，韓秀英什麼話也說不出口。』

韓秀英試著張口，嘴唇卻止不住地顫抖。

畢竟現在又還沒確定……畢竟那堵該死的牆說的話不能照單全收，畢竟──

「你們兩個，怎麼從剛剛就那麼安靜呀？」

聽見劉尚雅的問題，韓秀英只能避開她的視線。

「秀英小姐？」

劉尚雅又將目光轉向劉衆赫，映入眼簾的畫面卻令她震驚不已。

「劉衆赫先生？」

只見劉衆赫臉色蒼白，嘴裡喃喃自語，就像是忽然精神崩潰了一樣。

劉尚雅還記得，她曾見過劉衆赫這副模樣──在第七十三號魔界，金獨子選擇和異界神格同歸於盡的時候。

劉尚雅穿過其他伙伴走上前去，一把拉起金獨子的手腕，那隻手臂簡直骨瘦如柴，脈搏也如此微弱。不是醫生的劉尚雅能診斷出的資訊並不多，她只能轉頭看向李雪花。

「雪花小姐，獨子先生是——」

「他的靈魂已經毀了。」

靈魂受損。

霎時間，所有人臉上都籠罩了一層相似的陰影，不過，那道陰影沒有持續太久。

鄭熙媛打起精神問道：「應該有辦法治療吧？之前不也修復過嗎？」

過去，他們確實經歷過類似的事件。

靈魂損傷就意味著傳說破損，也就代表那個人核心的主軸損壞了。李秀卿也曾因類似的症狀命懸一線，最後仍安然無事地活了下來。

申流承也急忙追問道：「應該不會有問題吧？現在和當時又不一樣！我們可以去找這個世界的亞蓮幫忙呀，而且，我們也提前準備好很多星遺液了，不是嗎？」

申流承一個接一個提出自己所知道的方法，只是……

「所以、所以……」

說著說著，淚水已在不知不覺間盈滿了眼眶，她整個人搖搖晃晃，像在說服自己眼前發生的一切都不是事實。

劉尚雅小心翼翼地將申流承擁入懷中。

「妳就直說吧，雪花小姐。」

一直低著頭的李雪花將手放在金獨子胸前，只見金獨子瘦弱的胸膛，緩緩浮現一片小小的傳說碎片。

那就是金獨子最後僅剩的故事。

〔星座『救贖的魔王』已抵達全新的■■。〕

他那微小的傳說有如瑣碎的字句，閃閃發光。

〔星座『救贖的魔王』的■■為『終章』。〕

就這樣，他們抵達了誰也不曾寫下的尾聲。

6.

他們火速把金獨子轉移到位於光化門的總部，第一時間找來亞蓮，再分頭向龜巖神醫等擅長醫療的星座尋求協助。

『他們的作戰天衣無縫，那是不可能失敗的計畫。』

也召集了分布在世界各地的所有傳說專家。

『更是一個不容許失敗的計畫。』

在超過一週的時間裡，數十名神醫不分晝夜地治療金獨子，想盡辦法穩定剩餘的傳說，修復靈魂體。

「就目前來說，我們真的無計可施了。」

徹夜未眠、忙得廢寢忘食的李雪花終於昏睡過去，來自俄羅斯的傳說專家替她道出了現狀。

「雖不能說他死了，但……也不能說他活下來了。因為，這孩子應該再也睜不開眼睛了。」

這不是真的。他們歷經千辛萬苦才走到這一步，這個故事的結尾不可能這樣黯然收場。伙伴們全都幾近崩潰，最後，還是劉尚雅成了一行人的支柱。

「問題在於獨子先生的靈魂，對吧？」

若是如此，只要設法重建靈魂就可以了。

他們找上最了解靈魂的星座尋求幫助。

『這孩子的靈魂沒有前往冥界，也沒有抵達任何一個世界的幽冥。』

冥界的女王波瑟芬妮撫摸著金獨子的額頭，神情憂傷。

『這就是他的抉擇。』

「抉擇？別開玩笑了，祢不也看到了嗎？祢自己也在地鐵裡親眼看見獨子先生的傳說了吧！他說他想跟我們在一起，還央求我們救他——」

『一個人的靈魂銘刻著無數傳說，我們能看見的話語，充其量只是其中的一部分罷了。』

「祢憑什麼……憑什麼說得那麼輕鬆！」鄭熙媛憤怒地大吼。若非如此，她就無法再堅持下去。

選擇？祂說，這就是金獨子的選擇？

『他們一行人依然沒有放棄。』

既然修補傳說、找回靈魂這些辦法都行不通，那麼他們只剩一條路可走。

『此身靜候各位許久了。』

轉生者之島的主人，釋尊帶著慈祥的微笑迎接他們，就像早就預料他們會前來。

『令人遺憾的是，他並非此身能夠使其重獲新生的存在。』

「他還留有一部分的靈魂，只要把我們擁有的傳說分給他就可以了。難道不能利用輪迴的力量救救他嗎？就像您救回當時的我一樣。」

『此身的阿羅漢啊，此身能理解妳的憂傷，但他無法轉世。』

釋尊注視著劉尚雅，惋惜地輕嘆了口氣。

看著金獨子靜靜地熟睡的模樣，釋尊的瞳孔浮現許許多多的線條，那是數也數不清的紅線。

劉尚雅能看見那些絲線。

——因緣線。

那些絲線向上延伸至夜空之中，最終貫穿整座星星直播。見到此情此景，劉尚雅頓時明白為何金獨子無法重生。

「原來如此。」

她不願承認。儘管如此，事實仍擺在眼前。

「他的靈魂……已經在另一個世界線轉生了吧。」

釋尊點了點頭。

『更準確地說，是他的各個靈魂。』

✦ ✦ ✦

在眾人面前，韓秀英一五一十地講述了她聽到的一切始末。

「金獨子的靈魂分散到了整個宇宙之中。」

在那個昏暗的房間，與第四面牆對話的記憶，她一字不漏地告訴了所有伙伴。有人跌坐在地，也有人憤而怒吼。

李智慧高聲喊道：「我們再去找那個傢伙啊，只要去找第四面牆就還有辦法吧？或許它可以重新回收獨子大叔的靈魂也說不定！」

「倘若真的那麼做，在其他世界轉生的金獨子又該怎麼辦？再怎麼說，他也算是在那裡活著吧。」

「這……」李智慧氣呼呼地拿起桌上的水仰頭猛灌，接著說道：「總該有什麼辦法吧，第四面牆不是什麼都知道嗎？」

「我們怎麼去找它？在開啟最後一道牆的時候，我們就把所有碎片都用完了啊。」

一晃眼，又過了四天時間，有些人食不下嚥，有些人夜不成眠，眾人全都心力交瘁。

不知道又渾渾噩噩地過了多久，鄭熙媛跑去找了劉衆赫。

「衆赫先生。」

劉衆赫習慣性地擦拭著黑天魔刀，抬起頭來，他似乎覺得外頭的光線太過刺眼，蹙起眉頭又將目光轉向自己的刀。無論再怎麼擦拭，沾在刀上的斑駁汙漬仍依然故我，那是他劈開環繞著金獨子的文字時留下的痕跡。

「沒有別的辦法了。」

劉衆赫默默看著那些痕跡，開口說道：「短短四天，妳算很快就下定決心了。」

劉衆赫面無表情地迎上鄭熙媛堅定的目光。經歷了那麼多的悲劇，她的眼眸仍舊燃燒著熊熊烈火，曾經，他也擁有那樣的眼瞳。

「我們辦得到，畢竟我們都成功兩次了，所以——」

原先，劉衆赫也這麼認為。

他們制定的計畫堪稱完美，他篤信這次一定辦得到，深信這次絕對能看到自己期盼的結局。

「就算這世界的盡頭以悲劇收場……也不要認為是你們失敗了。」

那傢伙，那時也是這麼想的嗎？

劉衆赫說道：「沒錯，我們確實做到了。」

「拜託，再試一次吧！這次我們一定能完美地成功！一定要把獨子先生——」

「不要認為只要回到過去，就一定能比這次回歸做得更好。」

下意識地吐出這句話，劉衆赫自己也不由得屏住了呼吸。

「為什麼要說這種話？這一次明明就改善很多了，我們一定可以做得更好啊！」

「不可能的。」

「為什麼，明明連試都還沒試——」

劉衆赫沒有回答。

鄭熙媛的表情頓時變得凶狠，緊握刀柄威脅著若不配合，就要讓他血濺當場，然而他依舊不為所動。

看著木然的劉衆赫，鄭熙媛的表情慢慢有了轉變。

「難道，你……」她不敢置信地繼續追問道：「這是真的嗎？你真的……」

劉衆赫看著浮現在自己眼前的特性視窗。

「我已經不是回歸者了。」

回歸者這個欄目已經從他的特性欄位中消失，星痕也不知去向。

沒有回歸，更沒有集體回歸，能讓時間倒流的星痕全都消失得一乾二淨。

一陣風吹來，迎著風，劉衆赫仰望著星星直播晴朗的天空。他感覺不到總是在天上注視著他的那道目光，無論他再怎麼專注感知，再也遍尋不著。

『如今，他不再是故事的主人翁了。』

唯一的讀者一旦消失，他的故事也徹底告終。

他最後的回歸亦然。

✦

✦

✦

「只要跨越世界線就行了吧。」

有人這麼建議。

「不一定非回歸不可吧？我們可以穿越世界線去其他的任務地區，在那裡再次蒐集最後一道牆的碎片，就能再見到第四面牆。」

這是個瘋狂的計畫。更令人抓狂的是，這喪心病狂的計畫正是永遠沉著冷靜的劉尚雅提出來的。

韓秀英說道：「那傢伙大概不會幫忙。」

「那也得試試啊，試了總比什麼都不做好。」

既然他們的計畫已經成功了一次，就沒有第二次做不到的道理。

但說不上為什麼，韓秀英無法打從心底認同這是正確的方法。

萬一，這一次也以失敗作收呢？他們是不是要繼續跨越世界線？

倘若就這樣一次又一次、永無止境地嘗試下去，說不定，總有一天他們會變得和第九百九十九次回歸的異界神格一樣，他們的生命將被摧殘殆盡，再也難以挽回。

更悲慘的是，明知會是這樣的下場，他們仍拒絕不了眼前的蠱惑。

「要怎麼做才能跨越世界線？現在連回歸都失效了，這裡也沒有隱密的謀略家能出手幫忙。」

「妳忘了嗎？這條世界線和第一千八百六十四次回歸不一樣。」

霎時，韓秀英靈光一閃。

——還有一個辦法。

就在這時，轟隆隆一陣巨響，光化門上空驟然投下一道巨大的陰影。

那是覆蓋整條街道都綽綽有餘的龐大飛行體。

〔呵呵，各位好久不見呀。〕

抬頭一看，只見鼻荊就端坐在那飛行器之上。

管理局徹底垮臺後，鼻荊順理成章地成了這個世界的鬼怪之王，看樣子，祂似乎對這個殘破不堪的世界相當滿意。

〔你們需要的就是這玩意，沒錯吧？〕

那正是最後任務的專屬道具——最後的方舟。

韓秀英舉步走向方舟。

沒錯，只要有了它，他們就有辦法穿越世界線。一如最後任務的鬼怪和星座，曾試圖乘坐方舟逃往另一條世界線那樣。

劉尚雅說道：「可是，如果用了那個……我們不就變得和鬼怪沒兩樣了嗎？」
「這種話，在你們選擇使用集體回歸的時候就該說了吧？」
韓秀英繼續靠近方舟。
鼻荊厲聲警告道。
〔我先說清楚啊，這艘方舟比它的外觀老舊多了，只能再用一次。〕
「無所謂。」
能夠前往另一條世界線，就代表這艘方舟能取代劉衆赫的回歸，起到相似的作用。
倘若他們在穿越世界線的同時，能移動到過去的特定時間點呢？要是能做到這一點，說不定是比回歸更有效率的穿梭世界線的手段。
想到這裡，韓秀英開口催促道：「鼻荊，我們想前去的世界線是……」
然而沒等她把話說完，訊息就先一步響起。
〔無法航向該世界線。〕
鼻荊的表情有些異樣。
〔嗯？這是怎麼回事？之前沒發生過這種問題啊。〕
「什麼？它壞了嗎？」
〔妳換條世界線看看。〕
韓秀英應要求再次張口，訊息也再度彈了出來。
〔無法航向該世界線。〕
韓秀英不死心地繼續嘗試其他世界線，反覆了一遍又一遍。
然而，空中浮現的訊息全都沒有改變。
〔無法航向該世界線。〕
〔無法航向該世界線。〕

……

﹁無法航向該世界線。﹂

鼻荊驚慌失措地喃喃說道。

﹁通往其他世界線的所有通道都關閉了，也就是說，原本在每條世界線之間開放的可能性，全被封閉了。﹂

﹁我們去不了了？﹂

﹁好像是這樣，老天，居然還有這種事？﹂

在她記憶之中，和《滅活法》相互關聯的所有世界線全數遭到封鎖。

﹁難道我們沒有其他地方能去了？﹂

﹁只有一個地方。﹂

﹁是哪裡？﹂

﹁但是，那是所有任務都已經結束的世界線。﹂

鼻荊向他們展示祂輸入的航線，令人震驚的是，那個航程的目的地他們再熟悉不過。

劉衆赫的第一千八百六十四次回歸。

所有任務終結之後的第 8612 行星系——即是他們啟程來此的地球。

7.

第一千八百六十五次回歸的結局，比任何一條世界線更加完美。

距離最後的任務結束，不知不覺已經過了一個月。在回歸者齊心協力的幫助之下，由任務造成的損害迅速復原，各國也很快就恢復了秩序。

學校重新開放，上班族開始朝九晚五的日常，街道上處處貼滿了迎向新世界的標語。

在那陌生的街道上，李智慧隔著一道圍欄，眺望著校園寬闊的操場。

「那個女孩就是妳那個朋友吧。」

聽見鄭熙媛問起，李智慧點了點頭。

她的朋友正在操場上開心地跑跑跳跳。羅寶莉[16]，她親手殺害的朋友在這個世界線上好好地活著，大口呼吸，大步奔跑。

「智慧，妳不必回去也沒關係。」

李智慧的目光追著寶莉的背影。那是她萬分思念的朋友，日日夜夜出現在噩夢中的朋友。

她本以為只要救了寶莉，噩夢也會跟著消失，只可惜記憶沒辦法輕易抹除，她的噩夢反倒以更加生動的形象復活，讓她反覆活在同一個任務裡，殺死夢中的寶莉。

每當這種時刻，李智慧就會再次深刻地體會到，她所救的不是死去的寶莉，那個女孩只是另一條世界線的另一個寶莉，僅此而已。

「智慧。」

李智慧就這樣望著操場許久，這才說道：「我和譬喻說好了。」

「……」

「我們一定會再次穿越世界線回到那裡，之前就這樣約好了。」

鄭熙媛靜靜地凝視著李智慧的側臉，將手放在她的肩頭。

「回去後一定會很寂寞吧，畢竟再也看不到這些景象了。」

李智慧笑了。她用擦拭著眼睛的手指了指自己的頭腦。

「不會寂寞的，我都存在這裡了。」

16 寶莉（보리）在韓文原意又指「麥子」。此外，其發音對應漢字也具有「菩提」之義。

李智慧這麼說著，聲音卻在顫抖。

她真的能這麼說嗎？若是真能如此灑脫，他們又怎會一路走到今天這個局面？

「走吧，今天我請客，姐姐請妳吃大餐。」

✦ ✦ ✦

「衆赫哥哥。」

每當劉美雅用這種語氣叫他的時候，肯定是對他別有所求。透過漫長的回歸旅程，劉衆赫已經看透了這一點。

劉美雅目不轉睛地盯著他看了半晌，這才說道：「衆赫哥哥，你盡力了，沒有人能做得比你更好了。」

聽見這句話，劉衆赫沉重地垂下了視線。

劉美雅爬到椅子上，將小手放在劉衆赫的頭頂。

「我們回去吧。」

✦ ✦ ✦

他們活過的故事

就是編排好的悲劇

世界被滅亡的硝煙所覆

他們都失去了珍貴的事物

聽著某處傳來的歌聲，韓秀英皺起了眉頭。

「這是什麼送葬曲嗎？」

〔那是最近最流行的歌，也是歌頌你們的故事。〕

鼻荊嗤嗤笑著打開方舟的艙門。方舟已經充飽了傳說能量，正等著迎接他們的到來。

一個接一個，決定重回故土的回歸者們魚貫登上方舟，但也不是所有人都上了船。

有些人決定留下。

見孔弼斗支支吾吾地連一句話也說不清，而他身後隱約能看見幾個孩子的身影，韓秀英很清楚孔弼斗當初選擇回歸的理由。

「你留下吧，這裡也需要有人守護。」

聞言，孔弼斗卻沉默了。

「還有其他人要留下來嗎？」

韓秀英冷靜地提高了音量。

「大家都慎重地考慮清楚，一旦離開，父母、戀人、朋友……其他人等，總之，這些人都再也見不到了。大家確定都沒關係？最好多加考慮……」

申流承緊緊握住韓秀英的手。

「但這裡不是我們的世界線。獨子叔叔也會這樣說的。」

金獨子集團的化身和星座大部分都選擇返回，在他們的中央，則是躺在病床上的小小金獨子。

『哦——波瑟芬妮，妳真的情願離我而去？』

見黑帝斯哀求不成，竟不顧形象地跳起求愛之舞，韓秀英不禁露出苦笑。

那個不可一世的黑帝斯，竟然是這種個性的人？

面對執拗的黑帝斯，波瑟芬妮的笑容顯得有些為難。

『對不起，黑帝斯，但我已不是你所熟識的波瑟芬妮了。』

『妳就是波瑟芬妮，是最晦暗的春日女王，亦是冥界的女王啊。』

波瑟芬妮只是輕輕搖了搖頭。

『既然吾愛如此堅持，那我甘願跟妳走。』

『你的世界線就在這裡。你是冥界之王，這一走成何體統。』

『我的世界就是妳，波瑟芬妮！』

兩人的對話看得鼻荊連連搖頭，轉頭朝韓秀英問道。

〔雖然不管問不問，我想都不會有改變……但妳真的決定要走？妳大可以留在這裡，享受一輩子的榮華富貴。〕

「我不是為了享福才來這條世界線。」

韓秀英垂眼看著躺在床上的小金獨子。

在過去數個月，韓秀英和其他伙伴幾乎翻遍了整座星星直播，一心尋找讓金獨子活下去的方法。但無論他們再怎麼找都苦無對策，勉強維持這樣不死不活的狀態，就已經是最好的辦法了。

「鼻荊，作為餞別禮，送我一點管理局的傳說吧。」

〔管理局的傳說？〕

「我們世界線的系統已經毀了，為了以防萬一，我想多帶一點傳說回去。」

鼻荊一臉不情願地讓韓秀英繼承了一部分的傳說。

就在這時，有個男人從遠方揚起煙塵，朝著他們跑來。只見那身形魁梧的男人留著一臉蓬亂的落腮鬍，正是李賢誠。

「大家快準備出發吧！」

定睛一瞧，還有幾臺軍用車輛在李賢誠身後窮追不捨。

「這麼說來，那傢伙直到現在還被通緝中呢。」

韓秀英苦澀地笑了笑，揮手打了個信號。

見狀，劉衆赫立刻開口。

「出發吧。」

終於，最後的方舟騰空而起。

「金獨子集團的英雄將要啟程遠航！」

人們仰望著方舟，電視臺派出的直升機也蜂擁而至，轉播他們的出航。

記者對著一行人的臉猛拍特寫，高聲喊著。

「各位為什麼要哭呢？是你們拯救了這個世界線！」

地面上的景象漸漸遠去，不知是誰喃喃說道。

「我們，究竟是為了什麼才來到這裡？」

逐漸遠離的世界宛如一場駭人的噩夢，慢慢轉變為一段記憶、一段無法挽回的過去。

韓秀英嘀咕道：「還能為了什麼……」

隨著方舟不斷加速，周遭景色也跟著改變，世界線的銀河快速劃過眼前。或許，已經轉世重生的金獨子，就生活在那遙遠世界線的某個角落。

想到這裡，韓秀英驀然產生一股強烈的衝動。

哪怕是現在，哪怕是強人所難，她該不該賭一把執意改變航線？他們能不能掉頭去尋找誕生在茫茫星海中的金獨子的轉生體？

要是這麼做，真的能讓他們見上一面——

『但是，這真的是金獨子渴望看見的嗎？』

劉衆赫和劉尚雅也站在方舟窗邊，窗上同時映照出他們的臉。他們也帶著和韓秀英如出一轍的神情，與她一起注視著同樣的風景。

瞥見兩人的神色，韓秀英頓時明白，他們的腦中也徘徊著相同的思緒。也正因如此，這個計畫永遠不會被付諸實行。

就在這時，方舟忽然一陣顛簸。

〔已進入全新的世界線。〕

「這麼快？這也未免太快——」

方舟就像撞進了大氣層，開始急速下降。

重力彷彿暫時消失了片刻，隨著轟然巨響，船身重重撞上了某個東西，艙內電力頓時中斷，又迅速恢復了供電。

〔已抵達目的地。〕

韓秀英捂著發疼的腦袋，觀察其他伙伴的狀態。

「該死，這玩意不是破舊而已，根本是老古董了嘛，大家都還好嗎？」

「我沒事！其他人……」

所幸無人受傷，韓秀英操作船體打開了出入口，樓梯從敞開的門邊緩緩降了下來。

就在一行人走下階梯重回地面時，忽然聽見某人的聲音。

「你們是什麼人！」

這是怎麼回事？只見大批武裝軍人全都舉著槍對準他們，大吃一驚的李賢誠嚇得立刻躲到韓秀英身後。

「秀英小姐，這到底是怎麼一回事？難道這裡也把我當作……」

「不可能，這裡是我們的故鄉啊。」

韓秀英讓李賢誠留在原地，自行走上前。

「這歡迎儀式未免有些粗暴了吧，難道你們認不出我是誰？」

槍口一致隨著吊兒郎當向前走的韓秀英移動。

「我警告你們，誰敢扣扳機，我就把你們全——」

就在這時，某個人的臉孔忽然映入韓秀英眼簾。

那名中年女子一頭金髮披散到肩下，一顆赤色眼瞳飛速旋轉，那模樣有種微妙的既視感，彷佛似曾相識。

紅色眼珠的主人震驚地對她問道：「韓秀英？」

韓秀英愣愣注視著那女人。那個嗓音，即使已經過去這麼長的時間，她仍無法輕易遺忘。

中年女子一揮手，下達終止射擊的命令。

「韓秀英……真的是妳嗎？」

聽見那女人的聲音，想哭的感覺頓時湧上心頭，韓秀英慢慢來到安娜卡芙特面前，注視著她的眼睛。

由於不知道究竟該從何問起，韓秀英只得隨口問出腦中想到的第一個疑問。

「距離我們離開，過了多少年？」

「二十年了。」

韓秀英用顫抖的唇瓣噏下了那段歲月，一時只覺得天旋地轉。

事過境遷，如今還有誰會相信，曾經有過如此可怕的任務降臨在這裡？

首爾不再是她記憶中的首爾了。整潔完善的城市堪比他們自認完美無瑕的第一千八百六十五次回歸，到處都是濃濃的綠意，好幾個孩童在遠處的空地踢著球。

二十年。

——原來如此。原來，妳一直生活在沒有我們的世界裡，更徹底改變了這個世界。

「韓秀英？」

眼看韓秀英腳下一陣踉蹌，安娜卡芙特趕緊上前攙扶。

明明倒在曾經無比厭惡的人懷裡，儘管如此，韓秀英只是默默靠在安娜卡芙特肩上，嚎啕大哭。

他們總算與第一千八百六十四次回歸再次重逢。這個他們第一次完成任務的世界，有人順利回返，也有人再也不會回來。

只留下無論如何都無法改變的過去。

遠處，工業區的景象一覽無遺。

金獨子早已褪色的銅像仍矗立在那裡，在擺出尷尬姿勢的金獨子身旁，則是一座巨大的魷魚雕像。

〔紀念金獨子歸來〕

看著那隻奇形怪狀的魷魚，韓秀英忍不住笑出聲來，一時間她臉上的神情變換不定，又哭又笑。

韓秀英先前一直不願承認，只因總覺得只要堅持下去，似乎就能改變些什麼。

但事到如今，已不得不面對現實。

他們的作戰計畫失敗了。

這裡就是他們尋尋覓覓的、世界的結局。

✦ ✦ ✦

一行人回來後又過了兩年。

兩年的時間比想像中還漫長，自然也發生了不少事件。

其中包含李賢誠和鄭熙媛離開了工業區，申流承和李吉永都升上了高中，李智慧在第一次期中考拿了個F等等，不勝枚舉。

若要用一句話來概括這許許多多的大小事件，大概是這樣——

金獨子集團解散了。

7.

一行人彷彿說好了似地各奔東西。

有人創立了保全公司，有人成為政府機關的職員，而韓秀英沒有隸屬任何機構，但某方面來說她也成了一名教育家。

從網路小說看現代哲學。

韓秀英在社區中心開設了這樣的課程。

在最後任務結束之後，現實和幻想再度分離。

「因此，若要將羅蘭．巴特[17]的《哀悼日記》應用到這部小說之中……」

儘管臺下大部分學生都露出一副大惑不解的表情，好像韓秀英叫他們拿牛角麵包沾韓式味噌[18]吃一樣困惑，但也有少數學生看似很感興趣。

一名學生舉手問道：「教授的觀點確實很有意思，但我有一些個人的見解。」

韓秀英點了點頭，示意學生繼續說下去。

學生帶著意氣風發的神情接著說道：「我不太確定，這真的是該書作者原本的意圖嗎？用這樣高深的理論觀點來詮釋這種錯字連篇、一堆非正規用語的小說，真的是合適的閱讀方法嗎？說實話，我認為作者根本沒有想那麼多，光看那些誇張的狀聲詞就能發現——」

17　Roland Barthes，西元一九一五年至一九八〇年，法國著名文學家、哲學家與符號學家。《哀悼日記》為作者喪母後寫下的作品，作者藉由寫作抒發心中哀思，卻也同時不斷審視、質疑語言的限制與虛妄。

18　是韓國料理常見的鹹味豆製品醬料，由黃豆和其他豆類發酵製成，經常作為主要的醃漬醬料使用在大醬湯和韓國烤肉中。

韓秀英看著自己拿來舉例的小說，裡頭確實有成堆的非正式用語。學生露出一臉得意的笑容，像是自己終於賞了這名教授一記正拳。

韓秀英苦惱片刻。她可以抽絲剝繭地向這名學生說明辯解，但她沒有這麼做，反而大方地承認。

「沒錯，真相只有作者本人才知道。」

「照您這麼說，未免也太不負責任……」

「倘若有人對你個人作出某種評論，你會怎麼回應呢？」

「什麼？」

「舉例來說，某個人可能會先留意到你匆匆出門上課，沒來得及好好洗漱的臉，或者露在拖鞋外頭的腳趾，接著，那人可能就會主觀地這麼想：啊，看這小子的儀容，肯定是隻懶蟲。懶惰的人當然不可能聰明，這種人的意見根本沒有參考的價值。」

「妳到底在說——」

「那個人也有可能這麼想：啊，那個學生昨晚一定是通宵預習了今天課堂的內容吧。比起外表，他好像更注重課堂學習的品質，很認真預習的樣子。」

看著學生大為動搖的模樣，韓秀英繼續說了下去。

「正如你所說，寫下這篇文章的作者可能沒有特別的意圖，但讀者能從一部小說之中獲得些什麼，終究取決於讀者自己。如果你宣稱這是篇垃圾，最終你就只能獲得一篇垃圾；倘若你能多少幫它找到一絲意義，這部作品就會被賦予一些價值。雖然無論作出什麼選擇都由你而定，但我仍舊希望你能選擇珍惜並善用你的時間，否則，繼續堅持上我的課就會變成一件吃力不討好的事了。」

學生閉上嘴，注視著韓秀英，不曉得他是否理解了韓秀英所說的話。就算他無法理解，韓秀英也無可奈何。

但學生的眼睛忽然轉了一圈，沒頭沒腦地問了一句。
「那麼，教授您現在已經不寫新作品了嗎？」
「嗯？」
「您之前不是說過？作家必須持續寫作才是作家，倘若不再寫作，就稱不上一名作家了。」
我沒必要聽不是作家的妳在這大放厥詞——學生潛藏的意思似乎帶著這種挑釁。
韓秀英一時沒有回應，變得複雜的目光就像在細數著遙遠的蒼穹。
她漫不經心地說道：「沒錯，我不是作家了。」
「什麼？」
「現在，已經沒有讀者會讀我的文章了。」
韓秀英的話還沒說完，下課鐘聲就已響起，她微微一笑，聳了聳肩。
「好，那麼我們下一節課要看的小說是……」
韓秀英獨自留在講臺上，目送學生魚貫離開教室。
只見筆記型電腦的桌面顯示著一份文件檔案，那是她不久之前嘗試著重新執筆的小說。
韓秀英打開文件，默默審視著自己寫下的文字。
『就在這時，後方忽有動靜傳來。』
「這堂課真有趣，如果那個人也能來旁聽就好了。」
她吃了一驚，連忙關掉畫面回頭一看，是一張熟悉的面孔。那人纖細的手指正翻閱著散落在桌上的授課資料。
「啊，這堂課一定也很有趣。由布赫迪厄[19]入門現代奇幻小說，和巴特勒[20]一起解析奇幻羅曼

19 Pierre Bourdieu，西元一九三〇年至二〇〇二年，法國社會學者、哲學家，對近代社會學思想影響甚鉅。
20 Judith Butler，西元一九五六年出生，美國後結構主義學者，其研究領域有女性主義現象學、酷兒理論、政治哲學以及倫理學。

史……」

「妳也是來貶低網路小說作家的嗎？」

劉尚雅歪了歪腦袋，莞爾一笑。無論是兩年前還是現在，她的笑容始終沒有改變。

劉尚雅仔細端詳著韓秀英，問道：「為什麼突然戴眼鏡？視力這麼快就退化了嗎？」

「少管閒事。」

「啊哈，我知道了，一定是因為看起來太年輕，學生都不把妳當一回事，對吧？」

韓秀英皺起眉頭，一把摘下臉上的黑框眼鏡。

劉尚雅促狹似地補了一句。

「走吧，我請妳喝一杯。」

✦ ✦ ✦

兩人分別喝著手裡的美式咖啡跟蜜桃奶昔，並肩走在街上，她們維持著一個不遠不近的尷尬距離，專注於腳下的步伐。

韓秀英隨意地問道：「政府那邊的工作怎麼樣？有趣嗎？」

「又不是好玩才去的。」

「今天有誰會來？」

「賢誠先生人在美國，大概趕不回來，熙媛小姐應該會出現。雪花小姐的話，妳也知道的……」

「流承和吉永呢？」

「都會來吧，他們一次也沒有缺席啊。」

沒過多久，光化門大街就出現在眼前，兩人轉進巷弄，沒多久就看到那家餐館。

—馬克&賽琳娜

韓秀英一把拉開餐館的大門。

「歡迎光……哇，看看是誰來了！」

賽琳娜．金用熟練的韓語歡迎兩人進門，在廚房裡拋著披薩餅皮的馬克則吹了聲口哨。

賽琳娜．金領著她們進入店內。

「妳們先稍坐一下，菜很快就好。」

「其他人呢？」

賽琳娜．金指了指吧檯一角，像是示意她自己看，只見三顆熟悉的腦袋瓜擠在一塊。韓秀英強忍著心癢難耐的感覺，躡手躡腳地走到三人身後，接著用迅雷不及掩耳的速度往三個人後腦勺拍了下去。

「哇啊啊！哪個王八蛋！」

「都長大了啊，你們這些臭小鬼。」

「秀英姐！尚雅姐！」

畢竟是時隔一年的再會，他們各自簡短地聊了聊近況，食物的確很快就送上桌來了。

「你們點了什麼？這道菜名叫什麼啊？」

「毀滅山莊的惡魔炒肥腸。」送餐到桌邊的馬克咧嘴一笑。

韓秀英露出一臉懷疑的表情，馬上拿起刀叉，扠起那道活像魷魚米腸的料理。

「什麼嘛，很好吃耶。」

這道料理果然不負其名，好吃得不得了。

其他人也紛紛放鬆了下來，開始用餐。

好久沒有這麼悠閒地好好吃飯了。儘管穿越世界線回到此地已經過了整整兩年，韓秀英仍覺得一切都像謊言一樣不真實。

『嗚喔嗚喔嗚喔喔！』

設置在吧檯上方的螢幕播放著一場演唱會的現場轉播。那是最近人氣水漲船高的偶像組合，由一隻猴子、一條龍，和一名大天使組成。

抓著麥克風的齊天大聖傾情高歌，發出一連串包含高難度顫音的獅吼，與此同時，烏列爾伴隨著華麗的照明由舞臺後方登場。

劉尚雅細嚼慢嚥地品嘗肥腸，說道：「祂們很受歡迎耶。」

「我昨天也加入了祂們的粉絲俱樂部，烏列爾的氣勢真的……」

李智慧才說到一半，李吉永就忍不住出聲打斷。

「拜託，看過戴歐尼修斯的表演之後，根本不想看這種演出了好嗎，尤其是那個誰……」

「深淵的黑焰龍？怎麼了？很可愛啊。」

聽見申流承的評價，李吉永瞪大了眼睛嚼著嘴裡的叉子。

「可愛個鬼。」

螢幕傳來了星座發行的新歌，戴著眼罩的深淵的黑焰龍跳著霹靂舞，連珠砲似地吐出一連串饒舌歌詞。

『這就是古老的神話！任務歌頌的神話！在時間的巨輪中褪色的一名人類的進化！』

「祂到底在唱什麼啊？」

伴隨著黑焰龍的快嘴饒舌，又有人推開了餐廳大門。似乎不知在哪裡先小酌了一杯，張夏景和鄭熙媛的雙頰都帶著些許興奮的潮紅。

「什麼嘛！大家這麼快就到了？」

張夏景一口氣跑了過來，給韓秀英送上一記鎖喉。

「過得還好嗎？」

鄭熙媛則輕輕地和劉尚雅擊了個掌，看著螢幕念了一句。
「啊，那個 rap 真是吵死了。」
「好久沒看到大家了，真好。」
「今天來的人就這些？」
「應該差不多了。」
大家對於鄭熙媛搬新家的消息議論紛紛。大致是關於房子離地鐵站比較遠，多少有些不方便，但附近有公園，很適合運動等等的話題。
她不再住在光化門了，也沒有住在三號線附近。
韓秀英問道：「所以呢？你們兩個在同居嗎？」
這句話勾起了眾人的興致，鄭熙媛苦笑著搖了搖手中的飲料。
「沒有，分開住。」
「為什麼？」
「天天待在一起的話，不就老是會想到那件事嗎？」
「想到什麼？」
李智慧眨著一雙閃閃發光的眼睛，催促著鄭熙媛。
但鄭熙媛臉上不見一絲笑意，只是沉默地攪著飲料，李智慧見狀也閉上了嘴。
螢幕中傳出下一首歌的前奏。
〈JUS—無名的救贖 Feat. 禿頭義兵長〉
聽著電視畫面裡播放的歌曲，韓秀英補了一句。
「對啊，確實很容易想起來。」
緊接著，對話陷入了停頓，沉默宛如泥淖般纏繞著他們的腳踝。
這就是他們不願經常碰面的理由。

──那是誰也不會記得的故事，也是確實存在的故事。

要讓那段時光昇華為一則故事，兩年的時間是否足夠充裕？

韓秀英問道：「譬喻到現在還沒有消息嗎？」

「我問過安娜小姐，她說譬喻前往暗黑斷層閉關修行了，所以過去兩年間，他們也從來沒聽過譬喻的消息。」

「孔弼斗呢？」

「大概又在忠武路自己一個人喝悶酒吧？和家人分開，似乎讓他受到很大的打擊。」

「那個大叔，我明明叫他留在第一千八百六十五次回歸就好了，幹嘛要跟我們回來……」

「明武大叔怎麼樣了？他就住在工業區，韓秀英妳應該比較清楚吧？」

「那位大叔一直都過得不錯啊。」

「黑漆漆大叔最近在做什麼呀？我聽說他本來在當職業選手，後來好像又不幹了。」

沒有人出聲。

張夏景連忙忙地舉起馬丁尼酒杯。

「哎呀，我不管了，先乾啦！」

「妳好像已經喝太多了。」

「別攔著我！我今天要不醉不歸！」

「我也要，也給我來一杯。」

「流承，妳還未成年耶。」

「從回歸前的年齡開始算的話，我已經成年了好不好？」

就在申流承扁著嘴努力抗議的時候，李智慧往自己的杯子裡斟滿了燒酒，連一口下酒菜也沒吃就仰頭一飲而盡。

「秀英姐，我的報告妳就幫幫忙嘛。」

「敢拜託我做這種事，妳就死定了。」

兩年時間，按天數來算，大約是七百三十個日子。

此時此刻的對話，全因幾人拚命地走過七百三十個日子才能說出口。上學、工作、搬家，為了一步一步從那一天走出來，他們無不全力以赴地面對生活。

然而，也有人從未離開那一天，反而不斷往那一天走去。

——如果金獨子倚賴著名為《滅活法》的故事活了下來，那麼，又是什麼樣的故事讓我們繼續活下去？

看著韓秀英在便條紙上草草寫下幾個字，鄭熙媛不禁好奇。

「妳在記什麼？那麼認真。」

「只是習慣而已。」

「最近還寫文章嗎？」

記著便條的手戛然而止，劉尚雅代替她開口回答。

「我剛剛看她好像還在寫喔。」

「真的嗎？什麼樣的作品啊？是小說嗎？」李智慧一邊問一邊替自己添了點下酒菜，津津有味地吃著。

「只是隨手寫寫而已。」

「真的假的？妳要出版新作品嗎？」

韓秀英正遲疑著該怎麼答覆才好，卻聽見身邊一陣沙沙作響。

「會是在這裡嗎？」

剛才說要去洗手間的李吉永，不知何時已經捧著韓秀英的筆電嬉皮笑臉地勾起嘴角。他曾經偷用韓秀英的筆電打電動，這一回也自然而然地輸入了密碼，而申流承則在一旁氣得直瞪眼，想勸他別幹蠢事。

「李吉永。」

「啊，幹嘛啦。」

不知是不是偷偷喝了幾杯，李吉永的臉已經漲得通紅，申流承惴惴不安地偷看了一眼韓秀英的臉色。

豈料，平時一定會大動肝火痛扁李吉永的韓秀英，這回卻一聲不吭地啜飲著眼前的馬丁尼，一副讓他看也無所謂的模樣。

李吉永似乎將她的舉動視為一種默許，逕自打開了文件。

片刻後，韓秀英放下了手裡的酒杯，問道：「小鬼。」

「……」

「你有自信能繼續看這篇小說嗎？」

只見李吉永的臉逐漸失去血色，儘管如此，他仍目不轉睛地看著電腦螢幕。

專注閱讀的李吉永就像要被吸進故事之中，就算痛苦地緊鎖著眉頭，他的目光仍一行一行地讀了下去。

幾分鐘過後，他才抬起頭來，帶著就快潰堤的淚水。

「這個，會寫多長啊？」

「現在還沒寫多少，大概不到兩本吧。」

「我可以……可以再看一下嗎？」

「看吧。」

看見李吉永不尋常的反應，其他人也紛紛站起來。

「怎麼了？到底是什麼內容？」

「我也很好奇秀英小姐的新作品耶……」

「我就算了，以後出書再告訴我。」

除了這麼宣告的李智慧之外，所有人都聚集到李吉永身後。

韓秀英凝視著大伙。

一個接著一個，眾人的目光全都被螢幕裡的故事所吸引。

他們不是因為故事有趣才起了興趣，而是這故事讓他們不得不關注，因為，這篇故事……

「韓秀英，妳……」

聽著鄭熙媛顫抖的聲音，韓秀英想起自己記下的一行文字。

「回歸無法改變任何事，我花了很長的時間才明白這一點。」

沒錯，回歸並不能改變什麼。

就像那一天的他們一樣。

「為什麼，要寫這種故事……」

話雖如此，卻不意味著那次回歸什麼也沒有留下。

——如果金獨子倚賴著名為《滅活法》的故事活了下來，那麼，又是什麼樣的故事讓我們繼續活下去？

事實上，韓秀英很清楚這個問題的答案。

「這個故事，我想寫給那傢伙看。」

他們留下了故事。

關於他們所愛的某個人的故事。

9.

「我寫這些只是為了留個紀錄而已，說不定哪天金獨子真的會醒來啊，到那時候，他肯定把一切都忘得一乾二淨了。」

大家一起閱讀著韓秀英的小說。

申流承紅著眼眶，嘴裡念著要李吉永頁面滑動得慢一些；李吉永一邊吸著鼻水，一邊按滑鼠；劉尚雅、鄭熙媛和張夏景則複製了檔案，用手機慢慢地觀看。

讀到自己出現的場景，劉尚雅笑了起來。

「我還真的說過這些話呢，真是的。」

劉尚雅懷念地輕觸著螢幕上的文字，彷彿只要這麼做，就真的能觸碰到金獨子一樣。

忙著灌酒的李智慧也搖搖晃晃地走了過來。

「什麼啊，這小說真的有那麼好看？」

「啊，智慧姐！」

李智慧借酒裝瘋地一屁股將李吉永擠下座位，獨占了筆電。她拍了拍臉頰，用迷迷糊糊的表情專注在畫面之上。

不知道就這樣過了多久。

「啊嗚嗚嗚！這小說未免太感傷了吧！」

「妳才剛看完第一話耶，拜託。」

李智慧用力擤了擤鼻涕，把衛生紙扔向李吉永，不管李吉永氣急敗壞地說了什麼，她都不為所動。

而當她捲動頁面捲軸，看見自己在忠武路的橋段正式登場，興奮更是到達了巔峰。

「透著微光的地鐵入口，站著一個手握長刀的女孩。看著李智慧一頭長髮在不時吹拂的風中徐徐飛揚……呵呵呵，我真的帥爆！」

「啊，煩死了！滑回去剛剛那段啦！」

李智慧完全無視李吉永的抱怨，自顧自地喋喋不休。

「所以後面發生什麼事了？金獨子後來……」

滿嘴胡言亂語的李智慧最終還是不勝酒力，咚一聲倒在了桌上。

申流承一把搶走了筆電，拉動捲軸問道：「後面也會有我嗎？」

「所有人都會出現，只是戲份有多有少吧。」

「我、我真的很努力。」

「我知道，會有很多關於妳的故事的。」

他們早已得知這個故事的結局。

金獨子將來如何、一行人都經歷了什麼、他們全心嚮往的夢又是如何化為泡影，他們其實都心知肚明。

即使如此，申流承還是繼續讀了下去，她向著既定的終點一字一句地前行，他們最終未能改變的故事就在那裡。

每一個字的流逝似乎都讓申流承感到惋惜，她一字一句認真讀著那篇文章。

「如果獨子叔叔也能看到這篇小說，一定會很高興。」

「還是我們去讀給獨子哥聽？」

韓秀英想起依舊在李雪花的醫院裡陷入沉睡的金獨子。這部小說是為他而寫，但韓秀英完全沒想過要讀給那傢伙聽。

『說不定，這個故事因此才臻於完整。』

那些經歷了失去的人後來的結局。

記錄他們的結局，會不會才是這部小說真正的意義？眼前這些人，會不會才是這個故事真正的讀者？

「其他世界線的叔叔，應該也很喜歡看書吧？」

他們不可能因為一篇小說就獲得救贖，但至少，在他們閱讀、思索著這篇故事的時候，他們還能繼續堅持活下去，就像閱讀《滅活法》的金獨子那樣。

「不知道耶，也許吧。」

「不管在哪裡，叔叔一定還是本來的叔叔。」

「誰知道，說不定會變成一隻蟲啊。」

「要是獨子哥轉生成一隻蟲就好了，我可以養他，而且我還會每天念書給他聽。」

聽著李吉永的胡言亂語，幾個大人全都噗嗤笑出聲來。

劉尚雅說道：「無論在哪裡以什麼身分誕生，又怎麼樣生活，獨子先生就是獨子先生吧。」

韓秀英點了點頭。此後，金獨子會在某個世界開啟全新的人生，在那裡讀著某個人寫的故事，為之開心，為之悲傷，為之感動。

留在這裡的人們，也會回憶著金獨子的故事繼續生活，並誠摯盼望在其他世界的金獨子沒有不幸；盼望身在此處的伙伴們有多思念他，他就有多幸福。

申流承又重新閱讀了前面的段落，嘆息似地說道：「好可惜，我怕故事會結束得太快，都不敢繼續看下去了。」

「不會那麼快結束的。」

「妳會繼續寫下一篇嗎？」

「嗯。」

「要是可以把這篇小說送到其他世界就太好了，只有我們能看到未免太可惜。」

其他的世界？

出乎意料的話語讓韓秀英愣在原地。她想都沒想過這種事，但這並非完全不可行的點子。

韓秀英思索片刻，正要開口，電視卻突然傳出新聞快報的聲音。

「新聞速報，位於光化門的任務博物館遭恐怖分子強行闖入……」

「恐怖分子？在這年頭還有恐怖分子？」

張夏景連連搖頭。當今世上，系統的影響力幾乎消失殆盡，就算取得了星遺物，實際上也是毫無作用。

鄭熙媛的手機就在這時響起。

「是，這裡是保全公司，隨時守護您的安全！我是Iron Caps[21]代表鄭熙媛……嗯？你說哪裡？誰出現了？」

鄭熙媛一臉驚慌地抬頭看向螢幕，畫面中的字幕繼續捲動。

「據悉，發動此次恐怖攻擊的犯人，正是過去人稱『霸王』的超凡座……」

霸王？

不久後，畫面裡顯示出恐怖分子的個人情報。

—恐怖分子　霸王劉衆赫（33歲，無業）

✦

✦

✦

「攔下他！」

瞬間出動的大批戰警封鎖了博物館，擋在不斷逼近的男子面前。

然而男子輕鬆躲開了棍棒的鎮壓，只見黑色大衣翻飛，男子的雙掌所到之處，戰警有如海浪般紛紛倒下。

「呃啊啊啊！」

「是系統的力量！快聯繫保全公司！把附屬政府的星座也都找來——」

21 取自韓國知名保全企業ADT Caps，主要提供居家保全業務。

劉衆赫的朱雀神步迸出明亮的金色火花，在人群中穿行無阻，他腳下的每一步都帶著駭人的高熱，嚇得戰警驚叫卻步。

不知不覺間，劉衆赫已經來到了任務博物館正前方。這座博物館保存著滅亡時代的星遺物，許多未向一般民眾公開的貴重道具全都收藏在其中。

在劉衆赫身後緊追不捨的戰警高聲喊道：「他不過是前代的超凡座而已！博物館周圍還有北斗星君合力布下的絕世陣法——」

〔已發動『七星五行陣』！〕

劉衆赫謹慎觀察著眼前的陣法架構，那是依循七星與五行的排布，將生門與死門絕妙融合的武林陣法。劉衆赫眼中頓時精光大作，揮舞著黑天魔刀，精準地鎖定七個方位。

「太扯了，這是什——」

對滅亡時代一無所知的年輕戰警全都看得目瞪口呆，他們自然聽過他的傳奇。

——二十年前，有人竟能以人類之軀傲視天上群星。

然而，這些故事他們不過略有耳聞罷了。和星座不相上下的人類？沒有人會相信這種人物真實存在。

孰料，活生生的證據就出現在眼前。

劉衆赫一腳踏進已然崩潰的陣法，長驅直入，無人能夠阻攔。

就在這時，只見某人從漫天烏雲中現了身。

—霸王，你到底在想什麼？你根本沒有理由偷星遺物吧？

來人正是隸屬政府的化身，韓東勳。他最為知名的就是從不直接開口與人對話，而是藉由傳送訊息進行交談。

劉衆赫默不作聲地盯著眼前的訊息，接著用眼神示意博物館的尖塔，那座塔樓上掛著一艘小船一樣的星遺物。

「我需要那艘船。」

—那只是模型，根本無法航行。

「我親自駕駛看看就曉得了。」

—我知道你總是暗中活動，從未向政府定期提出報告。即使如此，世界政府尊重你在滅亡時代達成的成就，始終默許你的行徑，不曾咎責。

「……」

—但是，就到今天為止了。倘若你繼續我行我素，我們也只能動用武力。

說完這番話，韓東勳全身爆發出強烈的戰意。不愧為任務時代的倖存者，在任務終結的時期，他也始終以「隱遁暗影之王」的名號為人所知。

「你打算妨礙我？」

劉衆赫只是往前邁出一步，只見兩人周圍的人類全都同時屈膝跪地。

韓東勳臉色一沉，打了個暗號。

—全員備戰！

他的訊息還來不及傳完，藏身在博物館屋頂的暗影就接二連三地掉了下來，彷彿一隻隻死去的秋蟬。

啪噠、咚……

墜落的突襲隊員全都像蟲子一樣扭動著身軀，顯然被人點穴了。此次同時動員的化身高達三十餘人，可這三十名精銳部隊，卻無人來得及察覺。

「讓開。」

韓東勳的肩膀微微顫抖起來。

在第一千八百六十四次回歸，任務結束後的二十年間，他所知的最強化身就是先知安娜卡芙特。

在所有倖存下來的化身中，她是唯一能與星座一較高下的存在，但縱使對方趕來馳援，韓東勳也懷疑她是否真能阻止那個怪物？

—韓東勳，請回答，韓東勳？

再不逃，就沒命了。

儘管韓東勳清楚知道這個事實，他的雙腿依舊動彈不得，龐大的殺氣早已束縛了他的全身。

究竟有誰能抵擋那名超凡座？是此刻身在其他行星的武林界超凡座？還是那些正在進行世界巡演的星座？

不，就算他們出手，只怕也力有未逮。

眼前的怪物可說是立於所有超凡座之巔的存在，在星星直播崩壞之後，星座早已無法發揮像過去一樣的力量，所以——

「韓東勳隊長！快躲開！」

說時遲那時快，劉衆赫舉起刀，韓東勳緊閉雙眼，以及一聲震耳欲聾的巨響幾乎同時爆發。那駭人的魔力波長頓時將韓東勳整個人震出老遠，眾人都已許久不曾見識到足以引發概然性反噬風暴的激烈衝突。

滋滋滋滋滋……

正當韓東勳緊抓著地板上的裂隙，勉強抵禦著反噬風暴的時候，眼前卻出現叫人難以置信的畫面。

「哎唷，太久沒活動筋骨，累死人了。」

有人擋下了霸王的刀。

〔星座『虛假結局的創作者』釋放自身力量。〕

〔管理局的傳說碎片支持著星座『虛假結局的創作者』。〕

在這個世界，極少數有能力阻止怪物劉衆赫的超級強者之一，全身散發著紫黑色的魔力，將周圍染上不祥的色彩。

「劉衆赫，你又想亂來？」

黑焰魔皇韓秀英。

「用不著妳多管閒事。」

「為什麼我不能管？我們的前回歸者大人都變成恐怖分子了耶。」

「……」

「既然昔日戰友墮落至此，讓他浪子回頭，就是我這超級英雄的義務——」

砰轟轟轟轟！

「該死，你幹嘛啊？發什麼神經！」

「讓開，我懶得聽妳耍嘴皮。」

「不是，你有事倒是用說的啊！你這傢伙從以前開始就是這個老毛病，這兩年明明過得好好的，幹嘛突然又——」

她從懷裡掏出匕首，咬緊牙關招架著劉衆赫的攻勢，在罡氣激盪的蠻力轟炸之下，她慢慢落了下風。

韓秀英望著劉衆赫目光所向的地方。

任務博物館。

任憑她怎麼想破腦袋也想不通，劉衆赫壓根沒有理由對這裡發動突襲，畢竟憑這小子的實力，多那一、兩件星遺物，根本連錦上添花都稱不上。

更何況，劉衆赫看得上眼的星遺物，又怎麼可能會在這種地方……

就在這時，某個東西倏然映入韓秀英眼中。

「你該不會……」

一頭短髮隨著身上鼓盪的氣息緩緩飄起，不安的氣息隱隱擴散。

韓秀英的聲音透出一抹冰冷的怒意。

「是為了那玩意吧？」

劉衆赫的灼熱目光之中，正映著人們立在尖塔頂端的「最後的方舟」模型塑像。

10.

韓秀英高聲喊道：「愚蠢的傢伙！這個世界線的方舟早就——」

劉衆赫迅捷的刀招眨眼間鑽進韓秀英不慎露出的破綻，韓秀英心中暗叫不妙，手中的匕首頓時被擊飛至空中，鮮血自被劃破的傷口汩汩湧出。

劉衆赫的刀指著她的咽喉。

「衆赫先生！等一下！」

「不是，師父！你瘋了嗎？你到底在鬧什麼啊！」

為了勸架而趕來的伙伴們也慢慢靠近。

劉衆赫連看也不看他們一眼，只是舉起黑天魔刀隨手一揮，刀身散發的可怕魔力，在接近的一行人身前劃下一道烈焰灼燒的界線。

「誰都不許過來，敢過來，我一刀……」

韓秀英霎時發難，奮力飛起左腳踢中劉衆赫的手腕，他手裡的黑天魔刀在空中旋轉著落下，整隻插進了地面。

韓秀英怒道：「劉衆赫，你也知道，我最痛恨搗亂的傢伙。」

「……」

「直到剛才，我的心情都還挺不錯的，更準確地說，是直到你幹出這種蠢事以前。看來是這兩年的日子過得太安逸，我竟然一時忘了你這傢伙是什麼混帳德性。」

心中不斷上湧的怒火究竟是因為誰，她也說不上來。

韓秀英不禁想起伙伴們爭先恐後地翻閱小說的神情。

在閱讀那篇故事的時候，所有人都能找回一絲平靜，無論是她、每一個伙伴，或者其他人……

直到今天，他們才好不容易獲得了一點勇氣，從那一天慢慢踏出一步。

見鄭熙媛和劉尚雅都打算跨越界線衝上前來，韓秀英立刻伸手制止。

「都退開！不管怎麼樣，今天我都要和這個混帳作個了結。」

話音剛落，韓秀英和劉衆赫的身影瞬間消失，兩人再度出現時，已在距離地面數十米的高空。

韓秀英重擊劉衆赫的腰間，劉衆赫則踢中韓秀英的胸口，兩人之間的攻防，就算擁有星座的眼力恐怕也難以看清。

隨著一陣陣雷霆般的巨響傳來，韓秀英和劉衆赫的拳頭激烈衝突。

韓秀英的嘴角淌出一抹鮮血，劉衆赫的手臂也滿是瘀青。

看著兩人的激戰，李智慧默默按住自己的劍，劉尚雅卻攔住了她。

「尚雅姐？」

「讓他們打吧。」

彷彿有了某種預感，劉尚雅制止其他人出手干預，並發動自己的蓮花寶座，準備保護一般市民免受即將到來的反噬風暴侵襲。

下一秒，空中的氣象丕變。

〔浩瀚神話『吞噬神話的聖火』結結巴巴地講述故事。〕

〔浩瀚神話『被遺忘之物的解放者』在黑暗中睜開雙眼。〕

兩人劇烈的衝突喚醒了久遠的神話。

韓秀英用盡全力砸向劉衆赫的拳頭，喝問道：「告訴我，為什麼是今天？過去兩年，你明明什麼也不做，為什麼偏偏挑今天動手？」

「妳沒必要知道。」

「啊哈，是喔？」

韓秀英從不願對昔日伙伴口出惡言，但看著劉衆赫頑固執拗的模樣，她就難以壓抑心中無端升起的怒火。

「我一直都很討厭你，也一直都很後悔，我為什麼會寫出像你這種人的故事？」

換作平時，韓秀英絕不會這樣口不擇言，儘管如此，韓秀英今天還是不顧一切地把所有心聲都說了出來。

「我拚命詛咒另一個自己。要是沒有這個故事，根本什麼事都不會發生，沒有人會死，金獨子也——」

劉衆赫迅速襲來的拳頭打斷了後續的話語，他一聲不吭，只是默默地戰鬥。

雖然沒聽到回答，但韓秀英也知道劉衆赫為何執著於取得最後的方舟。

「我們已經失敗了！既然一敗塗地地回來了，就該乖乖接受現實。當時第四面牆所說的話，你難道全都忘了？」

正因太清楚這一切，才讓她難以忍受。

『是你們不該不知饜足，既然擁有百分之四十九的**金獨子**，就**該**滿足**了**。』

自從那天之後，她一刻都無法忘卻第四面牆的話。

劉衆赫終於開了口。

「說什麼失敗，妳只不過是放棄了而已。」

每當兩人的拳頭互相衝擊，破碎的傳說就漫天四散，那些碎片散發著微弱的光芒，飄落在劉衆赫的臉頰上。

直到這時，韓秀英才看清劉衆赫那狼狽的模樣。頭髮亂得像鳥巢，一張臉也憔悴得不成人樣。

韓秀英吸了一口氣，迅速向後抽身，些許記憶一閃而過。

她記得，某天劉美雅曾哭著說她的哥哥不見了。

劉衆赫好不容易才以職業玩家的身分復出，卻又毫無預警地拋下一切，忽然人間蒸發。

——該問問他最近過得怎麼樣嗎？

劉衆赫的右掌凝聚起金黃色的光芒，那是破天崩拳的奧義。他決定動真格了。

韓秀英迅速張開右手。

〔星座『虛假結局的創作者』已發動星痕『召喚登場人物』！〕

至少，她可以利用這個技能，把他拋到遠處——

〔該人物並非『登場人物』。〕

直到這時韓秀英才猛地醒悟，眼前的劉衆赫，早已不是她曾寫下的《滅活法》的人物了。

當他們迎來金獨子企盼的最終篇章，《滅活法》的故事落幕之後，劉衆赫就已經完全擺脫了登場人物的身分。

耀眼的崩拳破空襲來，韓秀英連忙同時發動了自己所有的迴避技能。

驚天動地的一擊有驚無險地擦過她的肩頭，拳壓形成的風暴在耳邊呼呼作響。

劉衆赫喃喃說道：「技能的力量幾乎都還在……是因為系統的庇護嗎？」

韓秀英的技能之所以能維持如此強大的威力，正是因為她在第一千八百六十五次回歸，從鼻荊那裡取得了一部分管理局的傳說。

劉衆赫用毫無波瀾的聲音說道：「這世界已經不需要系統了，妳為什麼特意取得那個傳說？」

「當然是為了維繫金獨子的性命。」

他們當初積極嘗試集體回歸的理由之一，正是因為金獨子的阿凡達不斷變得衰弱。韓秀英刻意蒐集管理局的傳說，也是擔憂同樣的情況將會在金獨子身上發生。

「為什麼要白費工夫？妳應該也知道，那傢伙不會再醒來了。」

「金獨子又還沒——」

「如果妳真的這麼想，那又何必阻止我？」

她頓時啞口無言。

劉衆赫瞬間閃身到韓秀英背後，趁其不備一拳打中她後背。她頓時翻身墜地，嗆咳著爬起身來。

韓秀英搖搖晃晃地喊道：「劉衆赫，給我清醒一點！金獨子會希望你做這種事嗎？金獨子不是早就說過，要你不要背棄這個世界，你自己也同意了啊！」

「所以，我決定不再回歸了。」

「別開玩笑了，你是根本無法回歸吧！要是還有回歸技能，你這傢伙肯定還會再跑回去！」

「也許吧。」

在灰濛濛的硝煙中，劉衆赫的右眼綻放出金色光芒，那隻眼睛正對韓秀英發出質問。

「難道妳會作出不同的選擇嗎？」

韓秀英無話可說，她只是用金獨子殘留在她手心的破碎傳說作出回答。

〔傳說『異蹟對抗者』感到憂傷。〕

那一字一句，都是她捨不得放手的話語。她將這些字句寫進某段文章，強行忍受著生活，警告自己不要回歸，活在當下。她反覆咀嚼著過去那些老套的臺詞，讓自己堅持過每一個剎那。

就這樣，韓秀英熬過了整整兩年。

「看來妳也沒什麼兩樣，什麼也忘不了。」

「閉嘴。」

韓秀英縱身而起，舉起拳頭瞄準了劉衆赫的臉。當兩人的拳頭正面撞擊，他們共同累積的故事動盪不已。

〔傳說『凱傑尼克斯之王』大為動搖。〕

韓秀英相信自己已經很努力走過來了。她寫了很多文章，也覺得時間過了許久，她讓自己呼吸、吃飯、睡覺，就這樣活了下來。

『並非只有回歸才是回歸者。』

但是，她真的能說自己活著嗎？

『有些人，終其一生都活在早已逝去的過往。』

每當手上的骨骼碎裂，傳說就跟著飄散，那是不經任何潤飾的生動記憶。

韓秀英不由自主地回收起散落空中的傳說。

她就連一點也不願錯過，連一點也不捨得遺忘。

『在過去整整兩年間，韓秀英就連跨出一步都舉步維艱。』

韓秀英喘著粗氣，說道：「事到如今，你又能做什麼？」

「……」

「就算離開這裡，你也找不到金獨子，更何況，你哪裡也去不了。」

「……」

「這條世界線的方舟早就被毀了，你忘記最後的戰役發生了什麼事嗎？那根本不是方舟，我們沒有任何辦法脫離這條世界線！」

兩人的力量再度相互衝擊，隨著轟隆隆一陣巨響，兩個人的魔力引發了可怕的風暴。

劉衆赫就站風暴的中心，開口道：「就算蒐集了那麼多神話，時至今日，我仍舊不曉得我的■■是什麼。」

傳說在空中猛然爆發，劉衆赫不顧那些珍貴的傳說嚴重損傷，不停揮舞著拳頭。

「既然是妳寫下了我的故事，那妳應該知道我的故事會在哪裡結束吧。」

瞬間，一行字句閃過韓秀英腦海。

——劉衆赫，真的是為了取得最後的方舟才找來這裡的嗎？

遲來的領悟有如五雷轟頂。

因為任務而疲憊不堪的回歸者，正是因任務的存在才得以生存。

劉衆赫凝聚起自己所有的傳說。那些傳說終於擺脫回歸的詛咒，卻對韓秀英露出凶惡的敵意。

「拿出真本事吧，韓秀英。」

『這就是劉衆赫最後的戰鬥。』

她全身上下的細胞都敲響了警鐘。

反覆經歷漫長生命的回歸者，韓秀英曾描寫過數十次、數百次的眼眸中浮現一抹情緒，她明白那是什麼樣的感情。

劉衆赫渴望在這裡結束自己的性命，他不願假手任何人，而是要交由寫下自己第一句文字的存在作個了結。

「妳就連一次都不曾按照我的意願，讓我自由行動吧！」

砰轟轟轟轟轟！

釋放出所有力量的劉衆赫，再度擺出架式，在那之中壓縮凝聚了所有偉大的神話，打算讓這場對決劃下最後的句點。

韓秀英同樣釋放自己所有的傳說，隨即——宛如星星爆炸的巨大轟鳴炸裂開來！

全身有如被人亂拳痛毆一樣疼痛不已，韓秀英揮出的右手骨骼徹底碎裂。

同伴們的喊聲、人們的尖叫聲此起彼落，韓秀英在震耳欲聾的劇痛之中扛下了衝擊，渾身是血。

而劉衆赫，就倒在她眼前。

她的心臟瘋狂跳動。

「劉衆赫？」

劉衆赫的指尖輕顫，緩緩睜開眼睛仰望著韓秀英。

韓秀英氣喘吁吁，好不容易才勉強吐出一句話。

「和闇城那時候，不可同日而語了吧？」

話音剛落，韓秀英頓時雙腿一軟。

究竟是什麼時候中了招？她的膝蓋骨好像不保了。

「我看也沒有差太多。」

「你這混帳傢伙……」

兩人雙雙倒地，韓秀英咬著牙爬到劉衆赫身邊，不多揍他一拳，無論如何都嚥不下這口氣。

等到她舉起瑟瑟發抖的手，試圖揮向劉衆赫的後腦勺，同樣顫抖不已的劉衆赫也舉起右手，一把抓住她的手腕。兩人就這樣在半空中僵持了半晌，沒過多久兩人的手就交錯著無力垂下。

現在，他們真的半點力氣也擠不出來了。

天空留下了兩人的傳說相互衝撞而撕裂的破口，那駭人的裂縫中，映照出星星直播遙遠的景象。天上所剩無幾的繁星，正朝他們發出微弱的光芒。

劉衆赫凝視著那幅景色良久，才不經意似地開口說道：「它說，金獨子已經散落到整個宇宙。」

金獨子的靈魂已支離破碎。在那些微小的碎片之中，究竟存在著多少金獨子呢？這些問題，就連韓秀英也無法回答。

韓秀英知道的，那些小小的金獨子可能會去往她全然陌生的世界線，在入口處重新轉生。他有可能誕生為人類，也有可能抵達和地球相似的地方，只是這次或許不是出生在朝鮮半島，而是誕生在其他大陸。

「妳認為那傢伙真的會變得幸福嗎？」

聽見這句話那一刻，韓秀英只覺得彷彿有什麼真的要結束了。

胸口劇痛不已，耳中分明聽見了某種東西破碎的聲響。

那是一則故事寫下終結的聲音，是他們日復一日的哀悼劃下句點的聲響，更是永遠生活在過去的某個人，徹底放下往昔的聲音。

就在這一瞬間，一股異樣的悖德感攫住了韓秀英。

「金獨子……」

——事實上，他是不是仍舊不願放棄呢？

縱使所有人都有辦法放下這漫長的悲傷，會不會仍有那麼一個人，不惜毀掉自己的生命，也渴望繼續那該死的旅程？

聽見劉衆赫劇烈的咳嗽聲，韓秀英還是說出了自己該說的話。

「他一定過得很好吧，畢竟那傢伙很強。」

「……」

「他一定會在那裡找到自己的幸福，繼續活下去，說不定又在讀什麼奇怪的書了。」

「就算找到了他，他大概也什麼都記不得了吧。」

他們的哀悼，到此為止。

試著穿越世界線沒有任何意義，縱使設法找到那個「金獨子」，他們又能做些什麼呢？總不能強迫什麼都不記得的傢伙牢記那些過往。

轉生後的金獨子不再是金獨子了。現在這個宇宙之中，他們所認識的金獨子已不復存在。

儘管如此，韓秀英還是說著奇怪的話。

「這也不好說，搞不好那傢伙誕生的地方，也有《滅活法》啊。」

霎時間，她自己也弄不清這些話為什麼會脫口而出。

「如果那裡也有《滅活法》……」

她的嘴仍在嘀咕著，就像在拒絕順從她的意志。

——成為最古老的夢的金獨子，將自己分散到整個宇宙。

顛三倒四的字句在她腦中亂竄。

——這個宇宙是以最古老的夢的夢境維繫，那麼最古老的夢現在又在作什麼樣的夢呢？

想到這裡，她的手臂直接起了一片雞皮疙瘩。

一直以來，她始終想方設法不去想這件事。

「其他世界線的叔叔，應該也很喜歡看書吧？」

這種妄想簡直荒誕到可笑，話雖如此，韓秀英卻無法讓自己不去想。

在那蒼茫宇宙的另一端，或許金獨子正帶著自己沒見過的神情，閱讀著某個人的小說。

「那個小子……到現在還會想知道這個故事的結局嗎？」

「這又是什麼意思？」

「萬一，分散在宇宙中的無數個金獨子，同時閱讀到某一則故事……」

——為什麼星座要努力宣揚自己的神話？為什麼這個世界的基礎會是「故事」？

「如果金獨子早已遺忘自己就是最古老的夢，而那所有的金獨子又都在夢想著同一則故事……」

不必破壞金獨子在其他世界線轉世重生的生活，又能找回金獨子的方法。

韓秀英用像在作夢的聲音，接著說了下去。

「如果那小子夢想的故事……和我們渴望的故事一模一樣呢？」

上方忽然被一道黑沉沉的陰影籠罩，打斷了她天馬行空的思緒。

「這裡本來是公園的預定地，這下被你們兩人全毀了。」

不知何時，安娜卡芙特已站在兩人眼前。

「你們又想再次穿越世界線？」

看見安娜卡芙特的臉，韓秀英立刻回過神來，意識到自己剛才在漫無邊際地妄想些什麼，頓時羞愧不已。

那根本是天方夜譚。讓其他世界線的金獨子閱讀自己的小說，作起同樣的夢……簡直沒聽過比這更離譜的鬼話。

更重要的是，這個世界早就沒有任何跨越世界線的方法了。

然而，安娜卡芙特的神情有些微妙。

「我曾想過，說不定會有這一天。」

她轉動著鮮紅的眼珠，望向博物館最上方的尖塔。

最後的方舟模型。

韓秀英心跳逐漸加速。

不可能，這怎麼可能呢……怎麼會？

轟隆隆隆！博物館上方的模型極其緩慢地浮上半空。劉衆赫不自覺地撐起身子，瞪大了雙眼看著那艘方舟。

方舟。儘管體積縮水了不少，但那確實是方舟，千真萬確。

「為了以防萬一，這二十年間，我一直在蒐集零件修繕方舟。我原本是想，要是你們沒有回來，或許我還可以去見見你們。只是堪用的零件非常有限，我無法百分百地復原……」

慢慢飛上空中的方舟有如膠囊般開啟，露出內部的座艙，裡頭狹窄的空間只能勉強容納一個人。

「你們可以使用這艘方舟，不過，僅限一人。」

Epilogue 5. 永恆與終章

1.

韓秀英與劉衆赫被擔架抬到金獨子所在的醫院。

韓秀英一邊聽李雪花的嘮叨，一邊冷靜地在腦中整理計畫。整整一小時後，她以最為精準的用字與合乎邏輯的句子，將事情轉達給伙伴。

但傳達訊息的人表達精準，不代表接收資訊的人就能準確理解，因此一行人的反應如下——

「要做什麼？」

鄭熙媛提問的同時，申流承和李吉永只是震驚地微張著嘴發愣。

韓秀英說道：「總之，簡單來說……」

「妳知道自己在說什麼吧？」

「咦？妳懂了嗎？」

「那種事情我沒辦法再做第二次。兩年前的事妳都忘了嗎？集體回歸的時候，我們是怎麼樣……」

「我不是說要回歸。」

「可是、可是！如果再次越過世界線——」

「我不是要扭曲其他世界線的未來。妳知道我的意思，我只是想把一部小說送到那邊去。」

這時，靜靜聽著對話的李智慧開了口。

「所以說，妳是要把在這邊寫的小說，送去給其他世界線的獨子大叔？我沒理解錯吧？」

「對。」

「這有什麼意義嗎？」

韓秀英平靜地解釋。

「最古老的夢就是金獨子，而那個金獨子分裂成很小的碎片，散落在每一條世界線，轉生成為不同的存在。這些你們都能理解吧？」

「我只是期中考拿了個F，妳不要把我當成白痴。然後呢？」

「重點是接下來的部分——重生後的金獨子，很有可能不再是金獨子，但這並不表示他不是最古老的夢。雖然他自己不知道，但他的靈魂依然是維繫這個宇宙的最古老的夢。」

當他們從最後一道牆脫逃時，地鐵上已空無一人，即便如此，宇宙的時間仍在流動。

也就是說，最古老的夢並未消失。

曾經的金獨子的靈魂，如今散落在各個世界線，在這些靈魂碎片的重生之處，他們會不自覺地在夢中描繪這個宇宙。

劉尚雅點了點頭，似乎能理解這段話的意思。

「是要利用他們的想像力吧？」

「因為最古老的夢的想像，就是現實。」

「妳打算讓轉生後的獨子先生，在夢中描繪我們想要的結局……」

「沒錯，我們要提供想像的源頭，讓他們能夠夢想這個世界的結局。」

韓秀英一邊說著，一邊看著每個人的臉。

「這個方法不會有人受傷，也不會傷害到出生在其他世界線的任何人……我們只需要讓他閱讀故事就好。」

所有人開始想像著四散於各個世界線的各個金獨子。

在不同時空以不同面貌誕生的金獨子，就算他們真的能找到這些轉生後的靈魂碎片，並把人帶回來，如今也不再有任何意義。

現在能期待的，只有奇蹟。

能再度喚回他們記憶中那個金獨子的奇蹟。

無論是虛構或是謊言，只要那些靈魂能想像著自己的幸福，只要那無數個「金獨子」，能為他們夢想著唯一的宇宙……

周圍陷入短暫的沉默，眾人臉上都浮現了類似的表情。

他們很清楚，這樣的計畫幾乎是天方夜譚，而為了實現這個計畫，他們可能必須經歷無數個不可能克服的難關。

代表眾人開口的，是三十分鐘前才剛剛返國的李賢誠。

「秀英小姐。」

聽聞劉衆赫與韓秀英的消息，李賢誠趕緊返回韓國。他那雙總是燃著正義與鬥志之火的眼睛，如今蒙上了深深的陰影。

「我們都累了，更害怕再擁有希望。」

真正使人感到疲憊的不是絕望，而是看似觸手可及卻又遠在天邊，最後終究沒能實現的希望。

韓秀英也很清楚。她緊握的拳頭越發用力。

「我知道，所以我才來拜託你們。」

「拜託」這兩個字，讓李賢誠的眼神有些動搖。

韓秀英從來不曾對他們用過這個詞。

「我也知道這件事成功的可能性很低，它就只是……一種儀式。為了讓過去的事情能劃下句點，為了讓我能好好過完剩下的人生，非得去做不可的事。」

鄭熙媛問道：「我們要怎麼幫妳？」

韓秀英沒有回答，只是拿出一臺筆記型電腦放在病房的小桌子上，接著打開了一個文件。

眾人都很清楚那是什麼。

那是一部尚且無名的小說。

韓秀英緩緩地輸入了這部小說的名字。

✦ ✦ ✦

從那天起，韓秀英便與眾人開始合力撰寫小說。即便是韓秀英，也無法擁有完整的記憶，為了故事的完整性，她不得不借用眾人的記憶。

「獨子大叔會讀到這部小說……但我們要怎麼讓他讀到？」

「必須讓他自然而然接觸到這部小說，不能讓他察覺是他在想像這個世界。」

「看來得寫一個超有趣的故事才行。」

「獨子哥說過，就算是無聊的小說他也會讀到最後，隨便寫寫他應該也會讀吧？」

聽了李吉永沒有建設性的廢話，韓秀英搖了搖頭。

「以防萬一，還是得盡力把故事寫好，說不定其他世界的金獨子很沒耐心，誰知道呢。」

「我也來幫忙！」

「我也要！秀英姐，妳不知道現在的年輕人都怎麼講話吧？」

小說主要是在金獨子的病房內完成的。韓秀英平時在學校講課，有空時便會到金獨子的病房寫作，其他人也會輪流來到這裡。

「抱歉，我遲到了，明天要簡報——」

「等結束後再來幫忙也沒關係。」

「不行，今天是要寫我覺醒的場面啊！」

李智慧的聲音充滿了幹勁。看完韓秀英寫的稿子，她忍不住發出驚嘆。

「哇，這裡真的是……哈，我真的差點就要死了。」

「……」

「呃，這裡再看一次還是覺得好讚。秀英姐，還有沒有我出場的地方……」

「妳如果是來打擾我的，不如早點滾回去。」

「哎唷，幹嘛這麼冷淡，我有找到一個設定上的錯誤耶。」

「錯誤？哪裡？」

「我從來沒有講過這種話！」

李智慧指著手機螢幕。

韓秀英瞥了螢幕一眼，發現是李智慧在影院地下城說話的場景。

「改編是必要的，小說可能會和實際情況有些不同，但那一段……」

「你怎麼會是一個人？我們是一起的！你身邊不是還有我嗎！不要放棄希望！想想我們的孩子！」

「是烏列爾告訴我的。」

就這樣，一天、兩天、三天……故事的字句不斷累積。

若想不太起來過去的記憶，他們會試著捏捏金獨子沉睡中的臉頰；偶爾突然感到埋怨，就會刻意把奇怪的劇情寫進小說。

「找出最醜之王！」

應該無所謂吧？反正他也不知道那是他自己的故事。

眾人像是在告解一樣，輪流來到病房。

「其實這時候我有罵獨子先生……」

「啊，剛才那個不要寫，知道嗎？不要寫啦。」

他們也有點訝異，自己竟然還記得這麼多事情。

「不是啊，秀英姐！我確實很尊敬獨子哥……但妳怎麼把我寫得這麼像他的狂熱信徒啊？」

對於自己仍然記得這些故事，他們也多少感到一絲安慰。他們不時會為過往的記憶流淚，也會仔細閱讀那些將來要寫進小說裡的故事片段。

申流承問道：「為什麼要把回歸寫得這麼負面？」

「因為其他世界的金獨子只有一條命。他看到這部小說，可能會受到奇怪的影響，畢竟他可能只是小孩。」

聽了韓秀英的回答，申流承忽然有些沮喪。

「但我們都回歸過了……這部分是不是不要寫出來比較好？」

「不，我要照實寫。」

「咦？為什麼？」

「因為每個人都是回歸者。」

這是不久前她和劉衆赫吵架時想到的。

老實說，她說這句話的時候，並不覺得申流承能理解，但申流承只是靜靜看著螢幕，隨後轉頭望向窗外的風景。

「我們的回歸，對這個世界線沒有造成任何影響，偶爾回想起來，都覺得那就像昨晚作的夢一樣。不能改變現在的過去，和無法改變任何事情的妄想，究竟有什麼區別？」

韓秀英訝異地張了張嘴，一副欲言又止的模樣。

申流承聳了聳肩，露出一抹微笑。

「要是寫得太艱澀，獨子叔叔看不懂怎麼辦？」

「金獨子會懂的。」

「其實妳很相信叔叔嘛。」

「妳要妨礙我寫作的話就趕快離開。」

「我已經把之前發生的事件都整理好了，妳之前問我的氾濫之災也……」

並不是所有人都像申流承這麼配合，甚至大多數人只會妨礙韓秀英寫作。例如張夏景。

「喂！不是說我是第二部的主角嗎？這出場比例是怎樣？妳在開玩笑吧？」

「話是這麼說啦，但妳又不是真正的主角。」

「但是——」

「我再另外幫妳寫外傳，保證給妳足夠的篇幅。」

「好吧。」

推著病床經過的李雪花也補了一句。

「通常在這種故事裡，治療人員也都只是補血用的工具人。」

「我會寫李雪花外傳。」

另外還有蹺課跑來醫院的李吉永，還有一天到晚喊冤枉的李賢誠。

「妳怎麼把我和亞巴頓簽訂契約的那一段都省略了！還有，我的技能這麼多，為什麼一天到晚只能和蟑螂——」

「我的軍旅生活全部被跳過了耶！我明明把我從二等兵時期開始的事情都告訴妳了——」

「拜託你們克制點！這是以金獨子為主角的故事，不是你們的故事。」

得知韓秀英在寫作的消息，星座也一一找上門來。

例如戴著太陽眼鏡和口罩作偽裝，手上抱了一疊不明文件的烏列爾。

『妳要寫這種東西，就應該第一個找我呀，我手上有這麼多資料！』

「這些資料真的能信嗎？和李智慧告訴我的差很多耶。」

『沒有啊，就、就可能會有一點點錯誤而已，但宇宙這麼大，很多金獨子生活在很多不同的世界線——』

接著是齊天大聖。

『妳要寫我的傳說故事，應該有讀過《西遊記》全譯本吧？』

「我只看過漫畫。」

『那妳應該很清楚，《西遊記》的主角是誰。』

「不是三藏法師嗎？」

還有深淵的黑焰龍。

『太讓人失望了，妳竟然忘了我的真名？為何都到了第二部，我的真名還——』

「祢從來沒跟我講過，拜託祢也別告訴我。」

就這樣，完成約超過兩百五十話的原稿時，韓秀英幾乎要被精神上的疲勞壓垮，她還是第一次寫小說寫得這麼累。

雖然她對這個故事有許多不滿意之處，也還有不少需要整個打掉重寫的部分，但現在的首要之務就是盡量增加故事的篇幅，因為……

—韓秀英，就是這週六了。

因為剩下的時間不多了。

2.

照最初的預計，原稿需要兩年才能完成，但這個世界線沒那麼多時間能等。

「系統的力量衰退得很快，過了這個星期，想再把故事送上方舟，很可能沒有足夠的傳說說服力。」

最終，韓秀英決定在完成第二部原稿的時候，開始進行第一次傳送。

聽到準備開始傳送原稿的消息，眾人難掩興奮。

劉尚雅問道：「檔案是用什麼儲存？隨身碟嗎？」

「我準備了很多方法……但基本上必須以傳說的形式帶過去。」

「誰去？」

「當然是我。」

「不行，秀英小姐過去了，那這裡的獨子先生怎麼辦？」

即便是只剩下一具軀殼的金獨子，依然是金獨子。萬一金獨子發生什麼意外，擁有管理局傳說的韓秀英又不在，那他的本體很可能會崩壞。

劉尚雅說道：「我去吧，我知道獨子先生轉生的世界線座標。」

話才說完，鄭熙媛便出面挽留。

「尚雅小姐，妳必須留在這裡！我去吧，把座標告訴我。」

「不，應該讓我去見獨子哥才對！」

「當然是該由叔叔的化身，也就是我去才對！」

「不對，如果是和救贖的魔王有關，就應該由最具權威的我——」

李吉永、申流承，甚至連張夏景都站出來吵成一團。無論星座還是化身，所有人都吵著要去。

看著爭執不休的眾人，劉尚雅嘆了口氣。

「這個任務沒有那麼容易。穿越世界線很危險，大家應該都很清楚吧？」

「這個嘛……」

「如果我追蹤的結果沒錯，那個世界線的座標，是在宇宙最外圍的區域。」

「最外圍的區域？」

「那裡很有可能是沒有任務的世界。」

沒有人知道金獨子轉生的世界是什麼樣子，那裡很可能與地球的基礎架構截然不同。

「系統的庇祐可能會比現在更弱，技能或星痕的力量自然也會跟著下降，而航行距離肯定也不容小覷。」

一旁的安娜卡芙特一邊聽著，一邊認同地點了點頭。

她看著正在空中整裝待發的方舟，說道：「因為當初是設計給單人使用，方舟的設備不算精良，尤其經過暗黑斷層時的反噬風暴會是一大考驗，駕駛員的精神力必須非常強大，否則一不小心就會成為異界神格。」

異界神格，這幾個字讓不少人想起了被追逐深淵的獵犬追趕的記憶，表情頓時有些凝重。

安娜卡芙特接著說道：「金獨子的靈魂分散在好幾個世界線，至少有數十萬個，甚至可能要穿越上百萬條世界線……大家真有這樣的覺悟嗎？」

數十萬個世界線……即便一天穿越一個世界線，也可能得航行好幾百年。即便是為了金獨子，他們真的能長時間忍受這樣的生活，而不陷入瘋狂嗎？

「對你們來說太勉強了。」

僅靠最低限度的系統庇祐仍能生存下來的人。

面對茫茫的時間洪流，也不會失去自我的人。

因此，也將是一行人之中最可能完成任務的人。

「讓我去吧。」

乘船者已經決定好了。

✦ ✦ ✦

最後的方舟的出航日終於到來。

韓秀英站在遠方，看著準備出發的劉衆赫。

「我不穿那種東西。」

「霸王，你必須穿上，你現在也和以前不一樣了。」

真想讓五年前的金獨子看看這一幕。要是告訴他先知正在照顧著回歸者，那傢伙會有什麼想法呢？

「雖然你現在不願意，但這必然能帶給你很多幫助。即便是超凡座，也不代表不會受到系統影響。超凡座是因為對抗系統才得以出現的存在，一旦系統消失，超凡座的力量也會跟著減弱。」

劉衆赫不情願地瞪著安娜卡芙特，隨後開始一件件收起裝備。

「這服裝不適合戰鬥。」

「你也不是去戰鬥的。」

穿上厚重的太空衣，劉衆赫變得十分臃腫，那模樣真的非常值得一看。

韓秀英調侃道：「真適合你。」

「閉嘴。」

「你想清楚，你真的要去嗎？」

即便到了出航之際，韓秀英仍然沒有信心。

——會不會其實沒必要做到這個地步？

這次的航行，與至今的回歸或穿越世界線截然不同。這不會改變他們的過去，也無須從其他世界線奪取開啟最後一道牆的碎片。

這次的旅行，嚴格說起來更像朝聖，是要將一場夢境獻給他們苦苦找尋的那個人。

「原稿給我。」

「就算不再回歸了，你那欠扁的口氣還是一點都沒變。」

嘆了口氣，韓秀英張開右手，這段時間她傾力開發的星痕之力正繚繞在她的指尖。

〔星痕『雲端系統』準備發動中。〕

這和過去第四面牆將檔案給金獨子的方式十分類似。

雖然還不穩定，但這是透過提升預想剽竊的力量而形成的星痕，能夠進行跨世界線的交流。

「擁有這個星痕的人可以共享小說原稿，因為要一直往返地球會很辛苦，我會透過雲端持續傳檔案給你。」

「妳是要我學會妳的固有星痕？現在哪有這種——」

「確實沒時間了，但有個方法能立刻學會。你現在沒有背後星吧？」

一瞬間，劉衆赫明白了韓秀英的意思。

「妳這傢伙現在是——」

「你以為我想啊？」

劉衆赫皺著眉叫出了自己的特性視窗。

在他的星痕「回歸」消失時，他的背後星也跟著消失了。

＋

背後星：無

＋

他徹底自由了。

「現在是要讓比我更弱的傢伙當我的背後星？」

「我贏過你。」

「我不懂妳在胡說八道什麼。」

「要再來打一場？」

兩人你一言我一語，誰也不肯讓誰，卻還是正式簽訂了背後星契約。因為兩人都知道，這是最好的方法。

〔星座『虛假結局的創作者』成為化身『劉衆赫』的背後星！〕

〔化身『劉衆赫』繼承星痕『雲端系統』。〕

〔兩個存在的虛擬雲端已連結。〕

「沒想到這輩子會有這麼一天，這件事應該要告訴金獨子。」

「等我回來，絕對會先宰了妳，解除這個背後契約。」

「辦得到就試試看吧。」

兩人針鋒相對地彼此對視著。

「記住，絕對不要破壞其他世界線，只要把故事散播出去，讓那個世界的金獨子有機會讀到就好。」

「我知道。」

「別死了。」

「我很快就會回來。」

也可能再也無法回來——對此，兩人都心知肚明，卻沒有人主動提及這件事。

除了一個人之外。

「哥哥。」

劉美雅哭喪著臉，緊抓著劉衆赫的太空衣不放。

「騙人！你根本不會回來！你根本回不來！」

「我絕對不會丟下妳先死。」

劉美雅不停流著淚，韓秀英搭在她肩上的手微微收緊。

劉衆赫彎下腰，直視著妹妹的雙眼，溫柔地說道：「我答應妳，我一定會回來。」

劉衆赫轉過身，傳了個訊息給韓秀英。

——美雅就拜託妳了。

隨後，劉衆赫頭也不回地搭上最後的方舟。安娜卡芙特發送訊號，方舟隨即啟動。

稍晚才接獲消息的一行人，只能看著眼前的光景。

方舟緩緩升空，座艙門早已關閉，方舟內無法聽見一行人的聲音。

李智慧喘著氣衝上前，抬頭看著已經起飛的方舟。

「妳不和他道別嗎？」

「總覺得現在道別，以後就再也見不到了。」

話雖如此，李智慧的眼眶早已盈滿淚光。

其他人也靜靜仰望著方舟，一句話也沒說。

劉尚雅說道：「我想說的話都在小說裡了，衆赫先生遲早也會看到的。」

「他看不看才不重要，重要的是獨子哥要看。」

李吉永、申流承、鄭熙媛、李賢誠、張夏景、李雪花、李秀卿、孔弼斗，還有眾多星座都注視著方舟，看著它漸行漸遠。

申流承忍不住問道：「獨子叔叔真的會讀我們的故事嗎？」

不知道，沒有人知道答案。這個計畫的失敗率很高，劉衆赫也可能一無所獲地歸返。

他們的故事，更可能直接化作點點塵埃，消失在茫茫宇宙之中。

踏上旅程的劉衆赫也知道這點，即便如此，他仍毅然決然地搭上方舟。這或許是為了他自己，也或許是為了所有人。

「如果是金獨子，應該會讀的。」

至少在等待劉衆赫的時候，大家能一邊等待著他的消息，一邊生活下去。

「他和我約好了。」

飛向銀河的方舟迸出火花。所有人都目不轉睛地看著那艘方舟，像在注視著航向未知境地的探險船。

他們用生命寫下的故事，正逐漸消失在觸及不到的彼端。

✦ ✦ ✦

〔『方舟』已進入大氣圈。〕

〔正在等待使用者『劉衆赫』設定目的地。〕

劉衆赫輸入劉尚雅所說的世界線座標。就連離他最近的世界線都十分遙遠，在那更遙遠的座標，可能就如同劉尚雅所說，根本沒有星星直播存在。

〔開始次元加速。〕

〔以Coin替代所需的部分能量。〕

他投入在其他世界線蒐集的Coin作為能量來源。隨著系統影響力減弱，Coin也會逐漸失去價值，但那至少一度是這個世界最強大的傳說。

不知不覺，已經看不見地球了。

〔為跨越世界線，正在通過暗黑斷層。〕

劉衆赫想起劉尚雅說過的話。

「獨子先生轉生的世界線非常遙遠。也就是說，要以普通的方式飛越世界線，不知道要花多少時間。」

金獨子轉生的世界在《滅活法》之外，已經完全脫離了這個世界的影響。

「或許必須經由能跳躍世界線的傳送門才能抵達。」

不知過了多久，前方開始出現一顆顆宛如泡沫般的物體。繽紛的泡沫在異常的氣流中反覆膨脹收縮。

劉衆赫隱約能感知到危險，而他也瞬間意識到這感覺是從何而來。

滋滋滋滋滋……

那是異界神格的副王，是跳躍世界線的次元之門的主宰，亦是曾為金獨子開啟第一千八百六十三次回歸之門的存在。

劉衆赫不自覺地吞了口口水。眼前的對象所擁有的力量，甚至能使已經通過所有任務的他感到緊張。

【你……不是謀略……】

泡沫之海的中央能看見一對巨大的眼睛。劉衆赫沒有逃避祂的視線，反而提升了方舟的速度。為了前往最外圍地區的世界線，他必須通過那裡。

【那是故事之外的地方。】

「無所謂。祢要是不讓開，我就要動手了。」

劉衆赫用上自己所有的傳說讓方舟加速向前衝刺。

副王並未加以阻止，只是以空洞的聲音繼續說著。

【夢想夢境之外的人，你作的夢不會實現。】

將要撞上門的剎那，視野頓時變得模糊凌亂，劉衆赫咬牙頂住了襲來的風暴。劇烈的火花啃食著他的全身，在身體就要化為碎片的痛苦中，他強忍住沒有哀號。

「我能問你最後一個問題嗎？」

意識逐漸模糊之際，韓秀英的聲音在他腦海中倏然響起。

「你為什麼這麼想救金獨子？你已經失去過很多伙伴了吧？」

「失去過許多伙伴，不代表能習慣伙伴的離去，而且……」

方舟內部傳出一陣爆炸聲響，破碎的機器碎片飄散在宇宙之中。

「我有問題要問那個傢伙。」

又一聲巨響，某個東西刺進了劉衆赫的肺部。

〔讀取世界線座標失敗。〕

〔警告！座標辨識裝置發生錯誤。〕

〔船隻內部溫度調節裝置發生錯誤。〕

……

〔船隻航行系統發生錯誤！〕

瞬間迸發的火花將劉衆赫徹底吞噬，一陣白光閃過，他便徹底失去了意識。

再度睜眼時，劉衆赫已經成了茫茫宇宙之中的迷途羔羊。

3.

飄流第四天。

好不容易清醒過來的劉衆赫，發現一塊銳利的碎片插在自己的腹部，他冷靜地拔出碎片，開始檢查方舟的狀況。

飄流第六天。

劉衆赫意識到，方舟已經徹底失去了功能，領航系統失靈，他的四周空無一物，就連最近的行星都看不見。

飄流第十一天。

隨著方舟搭載的幾個安全裝置停止運作，劉衆赫的身體也出現異常。

〔系統失去穩定，混沌之力正在侵蝕您的全身。〕

〔您的傳說正在崩潰。〕

不知出了什麼問題，系統的功能全部癱瘓，劉衆赫冷靜地檢視著自己的傳說，幸好傳說都還平安無事。

〔傳說『恆久不滅的地獄道』圍繞著您。〕

地獄的火焰正環繞著他，保護著他的身軀。

飄流第二十一天。

安娜卡芙特交給他的太空衣確實起了作用。要不是太空衣內建的保護功能，身體衰竭的速度肯定會更快。

劉衆赫想盡辦法修復了方舟的動力源。雖然他的技術不算出色，但方舟確實開始重新運作了，只是儲備的燃料箱因先前的衝擊徹底損毀，如今方舟只能依靠他的傳說能量運轉。

自動導航裝置與自動駕駛系統無法修復，接下來他必須手動操作。

飄流第三十四天。

無論如何都必須找到原先的航線。

飄流第四十二天。

消耗傳說的時間一長，身體的疲勞也逐漸累積，突然失去意識的時間也隨之增加。

黑暗不斷侵蝕他的精神，偶爾，他會忽然忘記自己的目的。

——我究竟是為了什麼來到這裡？

他是為了執行任務來到這裡，是為了將某個故事傳遞給轉生後的金獨子，是為了拯救眾人記憶中的金獨子。

為什麼？因為他有事情要問金獨子。

但，他要問的是什麼？

飄流第五十八天。

方舟的窗戶映照出一張憔悴的臉孔。一看到那張臉，劉衆赫想起了那個早已被他遺忘的問題。

——在所有任務結束之後的世界，他應該怎麼活下去？

沒錯，他想問金獨子這件事，因為那傢伙什麼都知道。

金獨子總是在思考著最後的結果。他總在安排計畫，總是為了看到故事的結局而不惜捨棄自己的生命。

這樣的人，或許會知道答案。

劉衆赫想著，如果是金獨子，或許會比他更了解自己也說不定。

不再回歸的回歸者，接下來將會成為什麼？

李智慧說她每晚都在作噩夢。

他的人生從很久以前開始就已經是場噩夢，即便如此，他依然能夠撐到現在，或許正是因為他有沒能實現的目標。

如今那個目標已然消失，一切任務都走到了盡頭。

回歸者劉衆赫成了自由之身，然而面對好不容易到手的自由，劉衆赫卻不知道自己最終獲得了什麼。

飄流第八十三天。

長時間的飄流，讓覆蓋在皮膚表面的傳說急遽減少，散落在宇宙之外的傳說則逐漸增加。

航行依然持續著，他卻不知自己究竟航向何處。

飄流第一百零二天。

劉衆赫開始讀起韓秀英的小說。

因為每當看著這個故事，他覺得自己似乎就能繼續堅持下去。

飄流第一百一十一天。

讀著金獨子的故事，劉衆赫開始有了模糊的期待。他想，如果是這個故事裡的金獨子，會不會就能回答他的問題？

從第一話開始，劉衆赫一步步追隨著金獨子的人生。

有些內容是他熟知的劇情，有些內容他卻十分陌生，而讀到某些句子時，他也會停下閱讀的腳步。

主角和配角紛紛走入「從此之後過著幸福快樂的生活」那段句子之中，將我一人遺落在故事的句號之末。

強烈的空虛和背叛感，讓年幼的我難以承受那份孤獨，奮力掙扎。

所謂的幸福究竟是什麼？這對劉衆赫來說是十分陌生的詞彙。他一度有了答案，如今卻又不甚明白。在隱約窺見的第零次回歸記憶中，他似乎曾有過那樣的感受，但那已不再是他的人生。

飄流第一百二十八天。

只能依靠《滅活法》而活的金獨子，對他來說也十分陌生。即使讀了好幾遍，他仍然不能理解。

僅僅是一個故事，怎能支持生命的延續？

飄流第一百五十四天。

劉衆赫開始習慣看小說這件事，也有了會經常閱讀的章節。

後腿肉上泛著恰到好處的油光，我整塊提起，咬下一大塊肉，美妙的肉汁瞬間充盈齒間……我幾乎忘記咀嚼，閉上了雙眼。果然光看書中描述和實際品嘗，是完完全全不同的兩件事。

那是金獨子剛進入任務，與眾人在烤螻蛄腿的段落。劉衆赫從太空衣下的大衣掏出肉乾，重新讀起了這一段。

緩緩閉上眼啃著肉乾，他覺得自己似乎和所有人一起，身處在地鐵幽幽的黑暗之中。

飄流第一百五十五天。

再度睜眼時，劉衆赫仍是一個人。

發呆了好一會兒，他才重新讀起小說。

飄流第二百一十一天。

劉衆赫一個人讀著故事。

飄流第二百五十八天。

他再一次，閱讀故事。

飄流第二百七十九天。

劉衆赫稍微能理解金獨子了。

飄流第三百一十六天。

〔您的傳說吸收了您的感情。〕

每一次閱讀韓秀英的小說，劉衆赫便能短暫找回他已經消耗的傳說。雖然趕不上傳說消耗的速度，但若不閱讀這個故事，他便無法撐到現在。

然而，他不可能一直這樣下去。

小說裡的金獨子說——

「所以啊，你們當初應該要看到最後的。」

一個故事要看到最後，究竟代表什麼意思？

雖不是很能理解，劉衆赫仍決定聽從這個建議。

飄流第三百三十三天。

劉衆赫猛然領悟他只能失敗的原因。

「縱使你拯救了世界，你也不會獲得救贖，因為在你拯救了世界的那一刻，被你拋棄的世界都會向你襲來。就算拯救了一個世界，被你拋棄的所有世界，都會將你拖進地獄。」

望著遙遠的宇宙，劉衆赫心想，如果現在是第一次或第二次回歸，那會如何呢？

若他能忘卻前一世的所有記憶，若他完全不知道其他回歸的自己會有什麼遭遇，他會不會就能找到答案，不再像現在這樣孤獨徘徊？

他會不會就不用再承受這麼多的痛苦？

他能像其他故事一樣，理解何謂幸福的結局嗎？

他能為了不要死去而活著嗎？

轟隆隆隆隆。

方舟忽然開始震動。他集中精神掌握周遭的狀況，立刻察覺到一股飽含龐大能量的反噬風暴正從後方快速襲來。回過頭，只見有什麼讓宇宙變得一片雪白。

那也是他十分熟悉的存在。

【喔喔喔喔喔喔……！】

那是拋棄了世界線，被任務排斥的存在。

如浪濤般的巨大異界神格，正成群結隊向這裡進發。他隱約能感受到恐懼的氣味，祂們似乎正被什麼追趕。

嘶嚓！

一個跑在後方的無名之輩被貫穿了軀體。

足足上千隻的追逐深淵的獵犬，像在追趕羊群似地追逐著異界神格。

每當獵犬獵殺無名之輩，海潮便會迸出巨大的火花，反噬風暴隨之擴人。再這樣下去，他轉眼間就會被捲入其中。

【救命救命救命救命救命救命……】

終於，這陣海嘯的浪尖越過了方舟。無名之輩拚命狂奔，祂們那恍若頭足類動物的眼睛看向了劉衆赫。

嘶嚓嚓！獵犬的犬齒貫穿無力反抗的怪物，祂們噴湧而出的漆黑傳說團塊，如顏料般濺在座艙門的窗戶上。

頭足類怪物的生命逐漸消逝，祂們眼中滿是埋怨。

那是劉衆赫見過的眼神。

「那我跟其他人算什麼?智慧姐、賢誠哥，還有雪花姐呢?那些為了你不斷戰鬥的人們，對你而言究竟算什麼?」

在那一瞬間，劉衆赫似乎明白了自己的■■究竟是什麼。

明白了不再回歸的回歸者該如何活下去。

明白了他真正該抵達的結局在哪裡。

打從一開始，那便不是能仰賴自身意志決定的事。

〔『方舟』的座艙門已開啟。〕

艙門一打開，無數獵犬登時蜂擁而至。劉衆赫反手握緊黑天魔刀，斬下了獵犬的腦袋，異界神格的浪潮一分而二，與他擦肩而過。

【什麼什麼什麼什麼什麼什麼什麼……】

【你是你是你是你是你是你是……】

看著身旁的無名之輩，劉衆赫想起自己稍早讀過的故事。

或許韓秀英也知道。

「既然是妳寫下了我的故事，那妳應該知道我的故事會在哪裡結束吧。」

事實上，這個故事無法傳遞給轉生後的眾多金獨子。

因此，他不能再回到地球，不能讓眾人知道他還活著。他的缺席，必須成為眾人永恆的希望。

或許這樣的終章，才適合使無數世界毀滅的回歸者。

『吼嚕嚕嚕……』

擊退了不斷衝上前來的獵犬，劉衆赫思索著那些已然消逝的故事。

「滾開！」

一聲以魔力發動的獅吼響起，躲藏在異界神格之中的獵犬抬起了頭。

眾多獵犬擺出陣形撲向劉衆赫，他的手被咬穿了一個大洞，腿上的護具也被撕碎。

轉眼便破爛不堪的太空衣之下，傳說正不斷流失，劉衆赫漸漸失去了力氣。

漫長的回歸旅程。

劉衆赫知道，這是屬於他的尾聲。

——這就是我想看到的結尾。

但他會不會有機會成就更偉大的結局？

若那時作了不同選擇，或選擇了更好的方向，若真是那樣——

劉衆赫露出苦笑。

到頭來，他至死都是回歸者。

他也知道，沒有比這更好的結局。無論他在哪裡作了什麼選擇，他最終都會後悔。

即便如此，他仍然一再後悔，一再選擇後悔的結局。

【你你你你你你你你你你你……】

【是誰是誰是誰是誰是誰是誰……】

那就是他的人生。

「我是劉衆赫。」

而至少有那麼幾個人，能因為他而獲得救贖。

上千隻獵犬奔襲而來，劉衆赫像要贖罪般一再揮舞手中的刀，他的每一擊，都使不知名的無名之輩獲得拯救。

寒氣開始在全身蔓延。從破爛的太空衣溢散的傳說逐漸增加，他開始感到頭暈，視線模糊不清。

劉衆赫擠出所剩無幾的魔力。

破天劍道！

絕技！

破天流星訣！

猛烈的劍氣如流星雨劃過天際，貫穿了許多獵犬。

但仍有不少獵犬避開了攻擊。

『吼嚕嚕嚕嚕！』

下一刻，某個東西撞上了他的頭，保護臉部的裝備碎裂開來。

〔警告！您的傳說正在流失，請立刻回到方舟！〕

〔您的傳說……〕

飄盪在宇宙中的血珠正在凍結。無數的獵犬撕咬著他的身體，在零落的傳說碎片之間，韓秀英撰寫的故事四處飛濺。

「美雅。」

傳說如星塵般飛散。看著這幅光景，劉衆赫靜靜地想著無人能想像的孤獨宇宙。

無名之輩空洞的目光凝視著他的最後。

他們所累積的傳說，終有一天將被所有人遺忘，成為無人閱讀的故事。

劉衆赫用盡最後的力氣握住刀柄，用力往咬住他大腿的獵犬脖子刺了進去，一擊將獵犬身首分離。

回歸者只有後悔，回歸者從不放棄。

「說不定你想放棄的這次回歸，便是能夠以『人類』身分看見世界盡頭的『唯一一次回歸』。」

他能以人類身分活下去的唯一一個方法。

那就是不放棄這個故事。

啪嚓！什麼東西咬住了他的脖子，眼前一片血紅。

他緩緩閉上眼。

這真的是最後了。

滋滋滋……模糊的視線中，他看見眼前的黑暗一陣扭曲。

是幻覺嗎？面前似乎有著什麼。

片片的白色雪花之間，白色大衣的衣角輕舞飛揚。

【這副德性真讓人失望，第三次回歸。】

那裡有人在說話。

【這是最後一次幫你了。】

4.

劉衆赫作了夢。他夢到與金獨子集團的成員，在改編西遊記任務時的事情。

夢中，劉衆赫在通天河的河面上奔跑，身旁與他一起奔跑的伙伴，還有鄭熙媛、劉尚雅、李賢誠與申流承。

【沒沒沒沒沒沒沒沒……】

重複著同一個音節的妖怪發出哀號。

他的記憶逐漸清晰。沒錯，他們是為了拯救金獨子而參加了改編西遊記的任務。

但是……金獨子人在哪裡？

【真是讓人失望。憑這點程度，就想來到故事之外？】

不知從哪傳來說話的聲音。

【還想說在附近感知到危險的傳說波動……原來是這傢伙。】

【現在該怎麼辦，隊長？】

【我們不是已經決定不插手干預了嗎？祢真的要幫忙？】

都是些既熟悉又陌生的聲音。

他曾有過這樣的記憶嗎？這些話是誰說的呢？

眼前突然一黑，一道黑色的影子遮住了光線。異界神格就棲身在這深沉的影子之中，劉衆赫不自覺地點燃了戰意。

沒錯，他和這傢伙有過一戰。

在第一千八百六十三次回歸看見世界盡頭的另一個自己——隱密的謀略家。

在劉衆赫發動技能之前，隱密的謀略家先開了口。

【你以為回歸者的結局有這麼簡單？】

通天河沸騰了起來，自河中湧現的怪物撲向了劉衆赫，許多被捨棄的故事攀附在他身上。那些被遺忘的傳說，試圖從他的嘴鼻鑽入體內，在頭痛欲裂的痛苦之中，劉衆赫緩緩沉入河中。

【別忘記，我們是連死亡都不被允許的存在。】

異界神格的真言一說完，劉衆赫的視野瞬間顛倒，他像是要吐出嗆到的水一般，猛烈地咳醒了過來。

夢中那些攀附在他身上的妖怪消失得無影無蹤，取而代之的是某人的氣息。

〔呼，還以為你要死了，真是嚇了我一跳。〕

這聲音清脆又溫柔，劉衆赫甩了甩還有些恍惚的腦袋，迷濛之間，他看見眼前有個人影。

那個人影發散出溫和親切的氣息，溫暖了他全身。

這是夢嗎？

視線漸漸恢復清晰，劉衆赫總算看清人影的模樣。劉衆赫忍不住眨了眨眼。是錯覺嗎？少女的外貌，不知為何像極了金獨子。

那如星星般閃亮的眼眸，正專注地凝視著他。

〔沒想到會在這裡見到你……現在你應該能理解我在世界線飄流的心情了，對吧？〕

這個女孩是……

〔別擔心。流失的傳說差不多都恢復了，還給了你臨時的支線任務，暫時不會有問題。〕

該不會……

〔太讓人傷心了，我一定要說得那麼清楚你才會明白嗎？〕

帶著淘氣笑容的少女頭上有著一支小小的角。少女使勁張開雙唇，吐出了他懷念已久的聲音。

〔吧啊。〕

✦ ✦ ✦

「師父有任何聯絡嗎？」

「沒有。他應該會自己看著辦吧。」

不知不覺，劉衆赫已離開三個月，這段期間，韓秀英的原稿進度穩定累積，雲端系統的更新也持續不斷。

〔檔案下載次數：0〕

但過去這三個月來，劉衆赫從未使用星痕登入雲端系統。

「劉衆赫那傢伙，到底在幹嘛啊？」

一股不祥的預感油然而生，韓秀英甚至在想當初是不是該由她去才對？

身旁的劉美雅正大汗淋漓地做著伏地挺身。

「我要變強，強到可以打斷哥哥的腳！」

看著雙眼冒出凶光的劉美雅，韓秀英點了點頭，鼓勵她繼續加油。

不知敲鍵盤敲了多久，一段訊息突然飛入韓秀英耳中。

〔您的化身已登入『雲端系統』。〕

✦ ✦ ✦

簡略地聽了事情的來龍去脈，譬喻的反應如下——

〔也就是說，要把透過韓秀英的星痕拿到的故事，散布到其他世界線，這就是整個計畫的主軸？〕

「沒錯。」

〔然後希望轉生後的獨子叔叔能讀到那個故事？〕

「對。」

〔很不錯嘛，竟然能想到這樣利用最古老的夢的特性……〕

「我也覺得這是個不錯的計畫……」

〔……你以為我會這樣說嗎？你們真的想出這種鬼計畫？〕

譬喻的個性原本就是這樣嗎？

〔也對啦，依隊長的個性來看，確實很有可能面不改色地做出這種事。〕

譬喻語帶調侃，讓劉衆赫忍不住皺起眉頭，他越聽越覺得這語氣和金獨子有幾分相似。

〔成功機率不高。〕

「我知道。」

〔其他世界的最古老的夢，很可能根本不會閱讀故事。越是高等的文明，單純以文字組成的內容便越可能遭到淘汰，他也可能根本沒有機會接觸到故事。〕

「在擔心這件事之前，最大的問題是要越過世界線。」

劉衆赫轉頭看著破碎的方舟。在譬喻的幫助下，他好運地撿回一條命，但沒了方舟，他終究不能巡遍每一個世界線。

思索了一會兒，譬喻才開口說道。

〔怎麼會去不了。座標在哪？給我吧。〕

劉衆赫半信半疑地交出了劉尚雅給的座標目錄。

看了標示在目錄上的世界線座標後，譬喻莞爾一笑。

〔我可是鬼怪之王。〕

剎那間，劉衆赫想起一個理所當然的事實。

最後的方舟是隸屬管理局的物品，而管理局的最高負責人，正是鬼怪之王。

〔猜猜我在暗黑斷層都在做什麼？隊長和其他人前往第一千八百六十五次回歸的時候，我也很認真在做自己該做的事。〕

譬喻呵呵笑著，劉衆赫能從她眼底察覺出一絲高深莫測。

暗黑斷層的時間密度，遠遠高於其他的時空。

譬喻究竟在這裡待了多久？

譬喻從懷裡掏出一個小瘤袋。

〔我獲得死去的瘤老頭之王的次元傳送門，要跨越附近的世界線，對現在的我來說不是問題。至於遙遠的世界線……只要稍微修理方舟，也不是不可能，問題是用來作為動力的能量……〕

劉衆赫低頭看著自己的化身體。在譬喻的救助之下，大部分的傷勢都已癒合，但在超過三百天的飄流以及與獵犬的戰鬥後，保護他的傳說已經受到嚴重的損傷。

〔這似乎也能解決。〕

「嗯？」

不知為何，大量的傳說正自劉衆赫體內湧現，他整個人瞬間充盈著飽滿的傳說。

〔你是從哪得到無名之輩的傳說？而且還這麼大量……〕

被任務拋棄的傳說，正在和他說話。

〔異界神格的不知名傳說渴望與您同在。〕

曾經在最後的任務遇上的無名之輩的傳說。

祂們誕生在不被任何星星關注之處，在無人垂憐之處死去。

祂們正在向劉衆赫傾訴。

〔無名的傳說從您身上感受到古老夢境的香氣。〕

〔這麼說來，我撿到隊長的時候也覺得有點奇怪，那些沒有自我的無名之輩竟然在保護你。〕

劉衆赫想起稍早作的那個夢。

是改編西遊記任務。

他還聽見了隱密的謀略家，與第九百九十九次回歸的人物的聲音。

怎麼可能？

劉衆赫趕緊集中精神，卻什麼也沒感應到。他一邊聽譬喻說話，一邊看著有如茫茫大海的宇宙全景。

〔以這些傳說作為燃料，長距離的世界線跳躍就不成問題了。趕快動身吧，這附近是獵犬的地盤，再拖下去會有危險。〕

劉衆赫點了點頭，畢竟他也不打算再遇上獵犬。

〔兩個人進去有點太擠……啪啊！〕

譬喻的身體冒出濃密的白毛，瞬間縮到只有拳頭大小。

〔鬼怪之王『譬喻』操控著『方舟』。〕

系統訊息跳出的同時，跳躍引擎也跟著啟動。方舟留下了湛藍的傳說軌跡，瞬間消失得無影無蹤。

不久後，方舟消失之處出現了五道身影。

【你們覺得他的計畫會順利實現嗎？】

【誰知道？我們也只能幫到這裡了。】

【快回去吧，今天是教學參觀日，我們說好誰要跟獨子一起去？】

【我我我我我！】

【你不行。】

看著消失在銀河彼端的方舟，隱密的謀略家靜靜開口。

【希望不會再見面了，劉衆赫。】

✦ ✦ ✦

和韓秀英一起進行第二部修訂的張夏景，有些無聊地伸了個懶腰。

「韓秀英，我能問一件事嗎？」

「不行。」

「妳是怎麼把原稿交給劉衆赫的？」

從張夏景的語氣聽起來，她似乎不怎麼信任劉衆赫。

「我看他好像只會玩遊戲，不太會用電腦，他知道要怎麼上傳小說傳到網路上嗎？」

「他不可能直接連載小說，那樣會在同一個世界線待太久。」

「不然呢？」

韓秀英想了想，喃喃自語道：「最理想的方法，就是找能幫忙連載的人……」

第 Z865123 行星系，帝國曆二〇二〇年……

那天，恰好是網路小說作家李鶴翾在考試院寫小說寫到一半，被編輯的電話折磨的日子。

「老師，您到底想寫什麼啊？小說的名字叫什麼？」

「叫方法大師[22]。」

「方法大師？是怎樣的故事？」

「就是……主角是一個奇幻世界的演員，他鍛鍊演技，然後成為劍術大師……」

「啊，好，說到這裡就好。話說回來，我和您講過很多次了，就說不要從帝國曆開始……」

編輯囉嗦了好一陣子，李鶴翾的表情越來越鬱悶。

「您忘記之前那部作品的下場了嗎？請您想清楚吧，拜託……」

李鶴翾想起了他前一部作品的慘況。

他的出道作《獸人哲學家》以慘澹成績收場——這部小說的付費內容，除了他的好友之外沒人購買；而帶著滿滿自信心推出的第二部作品《成為明星作家的方法[23]》，則因為他根本不是明星作家而一敗塗地。

這次是他寫的第三部作品。

「會成功的人就會成功，不會成功的人怎樣都不會成功，而我就是不會成功的人。」

他已經拖欠了三個月的房租，現在手上的錢，連買今天的晚餐都不夠。

22　指方法演技（Method acting），是令演員完全融入角色中的表演方式，除了演員本人的性格之外，也要創造角色本身的性格及生活，務求寫實地演繹角色。

23　本書作者的第二部作品，該作主角即為李鶴翾。

看著螢幕上一個字都沒寫的檔案，李鶴翾忍不住衝到考試院頂樓。從五層樓高的地方往下看，只覺得地面離自己十分遙遠。

「不，就算是這樣，這還是……嗯？」

李鶴翾揉了揉眼睛。是錯覺嗎？怎麼好像有什麼東西在眼前閃爍？

「什麼東西？是眼淚嗎？」

但定睛一看，那是一個人，是個穿著黑色大衣的美男子，他的肩膀上，還坐著一個毛茸茸的玩偶。不論是誰，都能一眼看出他絕非一般人。

非常適合作為小說主角……

「你這傢伙，一看就知道是網路小說作家。」

面對男人壓倒性的氣勢，李鶴翾顫抖著雙腿回答道：「是的。」

「那你應該知道要怎麼連載小說。」

「這個嘛……」

瞬間，李鶴翾明白了，他聽過這種事。

傳說有些作家會突然銷聲匿跡，然後帶著令人驚嘆的大作重回眾人視野……那是自古以來只會降臨在極少數創作者身上的好運。

李鶴翾一下子就弄清楚眼前的情況，興奮得雙肩顫抖。

「是、是被選上的人嗎？是那種老套劇情嗎？」

如果他讀過的網路小說都是真的，那眼前這個男人，肯定會帶他進入小說的世界。這個男人會拜託他修改某人寫好的結局，而他則會百分之百發揮自己被老套劇情充分鍛鍊過的想像力，寫出最夢幻的故事。

「我會連載！我可以改變你們那個世界的未來！」

「……嗯？」

「請快點帶我走吧！別看我這樣，我可是有付費連載經驗的職業網路小說作——」

隨著一記悶響，李鶴翾的後腦被重重敲了一記，當場暈了過去。

✦ ✦ ✦

〔不是，隊長！你怎麼讓他暈倒了啊？〕

譬喻尖叫著質問。

這裡是第 Z865123 行星系。從地球出發，必須通過十七層暗黑斷層，才能勉強抵達這個世界線。

「他廢話太多，沒辦法。」

〔現在要怎麼辦？〕

劉衆赫掏出懷裡的道具。

「把韓秀英寫的小說灌進這傢伙的腦袋。」

〔這是什麼意思？這樣根本不知道要花多少時間！以後去到每一個世界線，你都要用這種方法洗腦別人嗎？〕

「這……」

仔細想想，這個方法確實有其極限。最重要的是，在無法持續監視的情況下，劉衆赫不能確定在他離開後洗腦是否還有效果。

〔韓秀英的小說不是還沒寫完嗎？我們沒時間再回來這個世界了，這樣就算把小說交給他，連載也可能中斷。〕

「韓秀英那傢伙……」

〔不要責怪別人，你還是先發動那個雲端系統吧。〕

看樣子譬喻已有妙計，劉衆赫決定先照她說的去做。

〔和我分享畫面。〕

看著雲端系統顯示的檔案，譬喻行雲流水地動手操作起來，然後，她的手停在了某個檔案上。

〔鬼怪之王『譬喻』嘗試以管理局權限登入『雲端系統』。〕

〔是否閱覽部分檔案？〕

劉衆赫按下確認鍵。

一根透明絲線從檔案中延伸出來，連接到那個網路小說作家的頭上。

〔鬼怪之王『譬喻』使用權限調整『雲端系統』。〕

〔由於該世界觀系統影響力較弱，將消耗額外的概然性。〕

〔已生成設定『靈感同步』！〕

譬喻擦著額頭的汗。

〔雲端的檔案會和這個人的潛意識同步，以後韓秀英寫的故事，都會自動更新到這個人的潛意識裡。〕

真是驚人的傳說操作能力。就連韓秀英都需要花很長的時間，才能創造出一個星痕……

劉衆赫問道：「這個方法安全嗎？要是這傢伙突然起了疑心……」

〔起什麼疑心？他開心都來不及了！有哪個作家會不喜歡靈感大爆發？他肯定會堅定相信那都是自己寫的。〕

譬喻帶著壞壞的笑容看著那名男子。

看著昏迷的網路小說家，劉衆赫有股奇妙的感受……會不會所謂的小說，本來就是以這種方式創作的？

譬喻戳了戳男子的腦袋。

〔他應該會覺得是繆思女神找上門了。〕

✦ ✦ ✦

再度睜眼時，李鶴翾正趴在自己的桌上。

「那是夢嗎？呃……」

李鶴翾匆忙起身，擦掉嘴邊的口水，再按了按太陽穴。

他感覺自己作了一個奇怪又鮮明的夢，不僅夢到自己被穿著黑色大衣的男人威脅，還夢到一個飄在空中的絨毛玩偶……

看來是長時間關在房間裡創作，累到大腦都變得怪怪的了。

重重嘆了口氣，李鶴翾再度打開空白文件，然而——

想要在滅亡的世界中存活下來，有三種方法。

畫面上竟出現了他根本沒寫過的句子。

而且他的手還自己動了起來，不斷敲打鍵盤。

顯示著網路小說頁面的老舊智慧型手機，畫面好像捲動得特別吃力。螢幕捲軸向下滑動又往上回彈，不知道重複了多少次。

真假？這樣就沒了？

「咦？」

看著自己的雙手以驚人的速度敲擊著鍵盤，李鶴翾心想，自己終於瘋了。

他似乎能聽見內心深處傳來某個聲音。

——上次以作者為主角失敗了，那這次改讓讀者當主角如何？

金獨子。爸爸為我如此取名，是希望我即使獨自一人，也能成為強大的男子漢。

寫完一句話，腦海裡便自動浮現下一句話；寫完下一句話，下下一句話又跟著鑽入腦海。

靈感如瀑布奔流而下。

回過神來，他已經完成序言與第一話了。

這就是，我的人生類型改變的瞬間。

李鶴翾看著畫面發呆了好久，隨後打了通電話給編輯。

「編輯，我想我應該會成功。」

5.

劉眾赫離開後，不知不覺已經過了一年兩個月。

原稿創作的速度放緩，第三部差不多要邁入尾聲。雖然稿件已經累積一定的篇幅，其中卻還有許多空缺。

隨著次要資訊的增加，韓秀英不知道的故事越來越多。

「不知道這能不能幫上忙。」

若不是亞蓮從沉睡的金獨子的傳說碎片中抽取出記憶，原稿創作的速度恐怕會更加緩慢。

〔傳說碎片『闇城大冒險』抽取成功。〕

〔傳說碎片『第 1863 次回歸的記憶』抽取成功。〕

〔傳說碎片『美食協會的故事』抽取成功。〕

這些故事太過細碎，以至於無法成為傳說，韓秀英讀著這些碎片，補足故事中對金獨子內心的描述。

即便如此，章句中仍有許多空白，但韓秀英並未刻意去填補這些部分。
﹝您的化身已登入『雲端系統』。﹞
劉尚雅問道：「衆赫先生似乎進行得很順利。」
「不看也知道，那傢伙肯定是去折磨無辜的網路小說作家。」
「真好奇其他作家是怎樣的人，應該不會都像秀英小姐一樣吧？」
「這個嘛……話說回來，妳怎麼又來煩我？」
「仔細想想，也有可能不是人吧？也可能是高度成長的人工智慧……」
逼不得已，韓秀英只能點頭。
這個遼闊的宇宙中，作家不計其數，劉衆赫肯定正把他們一一找出來，粗魯地發出威脅。
總之，修訂版一直有新的下載人次，顯然劉衆赫把事情辦得很好。
只不過……
﹝您的化身正在修改您的原稿。﹞
「什麼？」

✦ ✦ ✦

﹝隊長，你在做什麼？﹞
「我在修改錯誤的內容。」
劉衆赫打開雲端系統上的檔案，即時修改更新後的檔案內容。
依照原來的設定，他其實不能修改更新到雲端系統的檔案，但……
不久前，他忽然能修改了。

〔已發動特性效果。〕

〔您現在可以修改『雲端系統』的原稿。〕

〔修改已記述的內容，將消耗大量概然性。〕

雖然記不太清楚確切是從什麼時候開始，但他身上的作家特性開始發揮力量，或許是因為接受異界神格的傳說而獲得了提升。

〔韓秀英會不會生氣啊？〕

「那傢伙也不可能知道所有的故事，尤其是某些部分，她寫得很糟糕。」

劉衆赫邊說邊敲著全像投影鍵盤。

看著劉衆赫認真創作的模樣，譬喻發出感嘆。

〔哇……隊長，你的文章寫得比想像中還要流暢耶。你成天拿著刀揮來揮去，我還以為你連在和再都分不清楚……〕

就在這時，劉衆赫畫面上的游標自己動了起來。

〔星座『虛假結局的創作者』重新修正了最新檔案。〕

劉衆赫的游標所在位置，出現了一句奇怪的話。

—喂，你剛才改了我的稿子吧？找死嗎？

竟然還有這種溝通方法。

劉衆赫冷靜地回應。

—是妳沒好好校對。

—你在鬼扯什麼？

—原稿裡有些地方是錯的，我把我的意見寫在裡面，妳先確認再說。

說完，劉衆赫重看了自己修改的部分。

穿著黑色大衣的李吉永，眨著如繁星般閃閃發光的眼眸，以傲視整個世界的態度說道：「黑漆漆大叔，你變弱了。」

——妳覺得這種東西說得通嗎？

如滾滾江河中的急流，李智慧優雅地揮舞手中的劍。

「波天劍門！真身奧義絕技！波天滅皇劍！」

——破天劍門沒有這個招式，門派名也寫錯了。

韓秀英一時不知道該說些什麼。

——什麼啊，我才沒寫過那種東西！這該不會都已經連載出去了吧？

——距離更新還有時間，妳快改吧。

韓秀英頓時明白是什麼狀況了。

「那些傢伙真的是……竟敢動我的電腦……」

不用看也知道，肯定是李吉永和李智慧瞞著韓秀英，偷換掉了要更新的檔案。

譬喻看著眼前快速修改的文章。

〔你們兩個感情變得很好呢。〕

「這只是為了任務的必要交流。」

從每一次更新的修正版本看來，韓秀英也在努力將金獨子的故事完整呈現出來。

這部小說改編或依靠想像力填補的部分越多，就不可避免地越加偏離他們曾經歷的一切，但既然他們的目的是找回金獨子，那這個故事就必須盡可能貼近現實。

〔既然這是個故事，就不可能完美重現真實，因為所有故事，都會因創作者的觀點而扭曲。〕

「我知道，即使是金獨子本人來寫，也會是一樣的結果。」

一個想法忽然閃過劉衆赫腦海。

——如果無論怎麼寫，都無法完整復原「金獨子」，那麼名叫「金獨子」的存在究竟代表著什麼？

劉衆赫搖搖頭。

無論過去還是現在，都沒有人知道這個問題的答案。畢竟在這世上，沒有人能明確知道自己是誰。

劉衆赫看著韓秀英的原稿。

那些遺忘了自我的金獨子，僅僅只是在閱讀韓秀英的原稿罷了，現在可能在看這一段，等一下又看另一段。韓秀英與劉衆赫對他們的期待只有一個，那便是希望無人知曉的「幸福結局」，最終能在他們的想像中化為現實。

希望不曾有人見過的世界，能平安地存在於這個宇宙的某處。

〔星座『虛假結局的創作者』修正了最新檔案。〕

—以防萬一，我還多寫了幾個不同的版本，你也拿著當作預備吧。一個是連載版，一個是電子書版，最後一個是實體書版。

—有什麼差別？

—整體來說是一樣的，只是細節略有不同。

劉衆赫立刻聽懂了這句話的意思。

—這畢竟是一部刻劃記憶的小說，而每個人記得的東西不盡相同，我不知道金獨子記得的內容是哪些，所以多寫了幾個版本當測試。何況我剛好也有些東西想嘗試一下。

—嘗試？

—反正就是這樣啦，你讀讀看，覺得哪裡奇怪再跟我說。話說回來，劉衆赫你出去幾年了

啊……

〔『雲端系統』因非常規用法發生錯誤。〕

〔概然性反噬風暴使星痕暫時中止。〕

看來用這種方式使用原稿，確實太勉強了。

劉衆赫緩緩抬頭，看著自己映照在窗上的臉孔。他能看見自己的頭上長出了幾根白髮，那模樣有種說不出的微妙。

〔隊長，還不到一百年呢。〕

「我知道。」

〔時間過得很慢，對吧？〕

這一句看似漫不經心的話，讓劉衆赫頓了一下。

譬喻維持著看不出表情的棉球狀態，看著整個暗黑斷層。劉衆赫再一次感受到，譬喻的前世確實就是申流承。

「隊長，你知道嗎？你知不知道我有多麼疲憊？你知不知道為了完成你的請求，我經歷了多少歲月？」

為了將過去數次回歸的情報交給劉衆赫，她花了上千年的時間在世界線的迷宮徘徊。

劉衆赫數度嘗試開口，最終還是決定閉上嘴。

「應該很辛苦吧。」

〔是啊，非常辛苦，也對隊長有很多埋怨。〕

氾濫之災申流承——鬼怪之王譬喻曾經擁有過的名字。

〔不過最近我覺得幸好有轉生，因為隊長兌現了當時的承諾。〕

「什麼承諾？」

〔我還是申流承的時候，隊長作過這樣的約定——等所有任務結束後，大家要一起去旅行。〕

聽著譬喻的話，劉衆赫檢視了第四十一次回歸的傳說。多虧了隱密的謀略家將過往的記憶交給他，他隱約能想起那天的事情。

申流承說，任務結束之後，要去做自己想做的事。

但第四十一次回歸的劉衆赫沒能守住約定。

「申流承，妳是最後一個。」

伙伴們一一死去，劉衆赫在最後一刻把申流承送到世界線之外。

在此之前，那天的記憶、那天的時間，究竟消失去哪了？

答案無人知曉。又或許，那些過去的片段，都成了無名之輩也說不定。

「我……」

〔我話說在前頭，你不要道歉。你該道歉和該接受你道歉的對象，都已經不在這個世上了。〕

她說的沒錯。說那句話的人、聽這句話的人，或許都已經不是原本的他們。

劉衆赫在第四十一次回歸喪命，而譬喻則隨著轉生忘記了許多當時的記憶，只是有古老的故事延續了他們的存在，讓他們能短暫地想起那個故事。

〔差不多該開始做事了吧？〕

「是啊。」

如今他們能做的，就只有完成這漫長的旅程，以及找出合適的媒介，繼續傳遞他們的故事。

「這次找的那對夫妻檔作家感覺很不錯。」

這或許會是一趟十分漫長的旅行。

但劉衆赫覺得，這似乎也不壞。

✦

✦

✦

連載的篇幅越來越長，只靠金獨子的傳說碎片或眾人的訪談，開始有越來越多章節無法繼續書寫下去。

李吉永忍不住抱怨道：「不能像上次一樣隨便掰就好嗎？」

「我什麼時候隨便掰過了？李雪花，麻煩妳把準備好的東西拿來。」

韓秀英說完，李雪花便將由多個吸盤組裝而成的裝置推進病房。

劉尚雅好奇地問道：「這不是傳說碎片抽取機嗎？」

李雪花點了點頭。

「現在我要抽取各位的傳說碎片。」

「我們的傳說？」

「有些事情你們可能記不清楚，也可能是一直藏在潛意識裡。相信大家都知道，大部分的傳說都藏在潛意識之中。」

「啊，總覺得有點不好意思……要是抽取出奇怪的傳說怎麼辦？」

像是在期待真能抽取出奇怪的傳說一樣，韓秀英用不懷好意的聲音說道：「喂，李吉永、李智慧，從你們先開始。」

李吉永跟李智慧立刻向後退了一步。

「為什麼？我們已經把知道的全說出來啦，對吧，智慧姐？」

「就是說啊！」

無視他們的抗議，韓秀英抓著兩人坐到椅子上，戴上吸盤。

李吉永氣得跳腳。

「喂！這樣很奇怪耶！好像把通馬桶的東西戴在頭上！」

滋滋滋滋滋！

「呃咿咿咿！」

〔已抽取化身『李吉永』的完整傳說。〕

〔傳說『魔王的狂熱信徒』正在高歌。〕

『哦，那時獨子哥說……』

「我就知道，傳說的名字果然是狂熱信徒！」

李吉永垂頭喪氣，一句話也沒說。

韓秀英眯眼瞪著李吉永，隨後便轉向李智慧。恰好，李智慧的傳說也在這時完成抽取。

〔已抽取化身『李智慧』的傳說碎片。〕

〔傳說碎片『天生的捏造者』開始講述故事。〕

「天啊，哇，小說該給妳來寫才對。」

李智慧吹著口哨看向一旁，刻意迴避韓秀英的視線。

「你們要是敢再亂改我的稿子就死定了，我說真的。」

「好啦……」

「算了，下一個……」

韓秀英搖搖頭，拿起新的吸盤轉過身去，鄭熙媛卻惡作劇地將吸盤戴在她頭上。

「喂，這是怎樣？快拿下來！」

〔已抽取化身『韓秀英』的傳說碎片。〕

〔傳說碎片『檸檬棒棒糖的回憶』開始講述故事。〕

「那是我吃過的。」

「所以？」

「……真沒意思，無聊。」

鄭熙媛戲謔地說：「哦哦，大家快看，我們的大作家怎麼沒在正篇寫下這樣珍貴的畫面呢？原稿是不是該修改了？」

「……」

「尚雅小姐，我們也試試看吧，得趕快抽取傳說，讓大作家好好寫故事才行。」

韓秀英氣得咬牙切齒，其他人則紛紛戴上吸盤，開始抽取自己的傳說碎片。

〔已抽取化身『劉尚雅』的傳說碎片。〕

〔傳說碎片『勤勉、誠實、堅忍』抽取成功。〕

「什麼啊？這是家訓喔？」

「大家都要向劉尚雅看齊。」

〔已額外抽取化身『劉尚雅』的傳說碎片。〕

〔傳說碎片『敏感的初次牽手回憶』抽取成功。〕

看了傳說後，鄭熙媛的眼裡閃爍著光芒，因為她也知道這個傳說。

但有人不知道。

韓秀英問：「什麼啊？妳和金獨子牽過手？」

「呃，這件事我都忘了。」

「為什麼牽手？」

「妳想知道嗎？」

「我要寫進小說裡，妳快回答！」

一旁的鄭熙媛頂著吸盤，笑著說道：「喂，韓秀英，感情要好的同事牽個手很正常，何必這麼……」

〔已抽取化身『鄭熙媛』的傳說碎片。〕

〔傳說碎片『看見救贖的魔王的黑焰龍』抽取成功。〕

韓秀英瞇起眼睛。

「感情很要好的同事，會讓對方看這種東西嗎？」

「哈哈哈……這東西好像故障了。」

〔已抽取化身『李賢誠』的傳說碎片。〕

〔傳說碎片『看見救贖魔王的黑焰龍』抽取成功。〕

鄭熙媛嚇了一跳，隨即問道：「賢誠先生，你怎麼會有這個傳說？」

「熙媛小姐忘記了嗎？我們是一起看到的啊。」

「怎麼回事？你們兩個怎麼會看到這種東西？」

在張夏景的催促之下，鄭熙媛有些困擾地開始胡言亂語。

正當所有人的注意力都集中在鄭熙媛身上時，韓秀英悄悄走向傳說抽取機。

不知為何她似乎有些緊張，正以複雜的眼神看著眾人與傳說抽取機，隨後小心翼翼地朝抽取機的電源伸出手。

鄭熙媛注意到她的動作，立刻大喊道：「韓秀英，妳幹嘛？妳不要又自己一個人亂誤會，先聽我把話……」

〔化身『韓秀英』的額外傳說碎片已分析完成。〕

〔傳說碎片『不小心讓救贖的魔王的黑焰龍曝光』……〕

幾乎同時，韓秀英關掉了裝置的電源。

✦ ✦ ✦

「也就是說，田禹治攻擊我的……就往那個地方下手，是這樣嗎？」

一邊緩慢完成第一部的增訂版，韓秀英一邊小聲抱怨。

「該死，真是什麼狗屁倒灶的事都有。」

奇怪的傳說差點就要被其他人發現了。

總之，多虧抽取了眾人的傳說碎片，韓秀英總算能順利完成剩下的稿子。

她試著省略自己不知道的事，並盡可能以最精準的情報進行創作。事情發展到這個地步，這東西究竟該稱之為小說還是散文，她自己都有點搞不清楚。

「呼……」

越到作品後段，她越能回想起眾人痛苦的神情。那些愉快的片刻回憶，終究會以他們面對的結局作為總結——

所有的努力化為泡影，金獨子沒能回到他們身邊的結局。

李吉永問道：「寫這種悲劇真的有意義嗎？」

「有意義。」

即便什麼都改變不了，他們也絕不放棄。光是如此，就能讓某人得到慰藉，就算那個某人就是他們自己。

就這樣，又過了大概八個月，韓秀英終於完成第四、五部的原稿，進入了後記的部分。她內心萌生一股莫名的解脫和振奮，並在這樣的狀態下開始寫起最後的篇章。

而就在此時，他們的世界發生了所有人都意想不到的事。

〔該世界線系統的老化程度已達極限。〕

〔該世界線的所有系統進入銷毀階段。〕

「什麼？」

〔星痕『雲端系統』終止發動。〕

6.

無法把檔案上傳到雲端？

突如其來的訊息，讓韓秀英反覆重新檢視自己的星痕，但就如系統的恩寵消失了一般，星痕始終沒有發動。

事實上，從剛剛開始，她就能明顯感覺到身體的變化，過去似乎能自由來去任何地方的輕盈身體，此刻變得越發沉重。

不會吧？不，等等。

她曾經想過會有這麼一天，只是這一天到來的速度超乎預期。

〔您擁有的管理局傳說進入停滯狀態。〕

韓秀英還沒把小說的後記寫完。

況且若沒了雲端系統，即使寫好原稿，小說也無法傳遞出去。

「該死……」

恰巧就在這時，病房的門砰一聲打開。

「韓秀英！」

其他人也都注意到事情出了問題。

✦ ✦ ✦

「沒別的辦法了嗎？真的沒有嗎？」

「目前看來確實如此。」

以魔力啟動的裝置一一停止運作，李雪花正為此緊急更換院內醫療器材的動力來源。

「金獨子的狀況呢？」

「幸好，暫時沒有異常狀況。」

雖然系統的力量消失，沉睡的金獨子仍沒有任何變化。

不是真正活著，也不算死去的少年靜靜沉睡。而少年的其他轉生體，正在各個世界線閱讀她所寫的原稿。

「我無法更新最後的原稿，這樣下去……」

「最古老的夢就無法讀到後續的故事了。」

劉尚雅說完，李智慧與張夏景便跟著驚呼。

「那怎麼辦？最後的原稿是最重要的吧？」

「我的外傳呢？」

「那不是現在最重要的事。」

雖然不知道劉衆赫抵達了多少世界線，但這個時候應該已有不少世界線連載到最新進度了。

「啊，在這世界上，我最痛恨的就是斷尾……」

對最古老的夢來說，小說的最終章是「尚未發生之事」，而尚未發生之事，他們理應完全無法想像。

「怎麼辦？最後的任務是最重要的吧？」

「還有別的方法。」

韓秀英咬著手指，仰望著天空。

「除了我，還有一個傢伙能修改這份稿子，現在只能相信他了。」

✦ ✦ ✦

「原稿停止更新了。」

通常原稿一天會更新一次，但大約從一個月前開始，就不再有更新紀錄了。

起初劉衆赫以為是頻繁跨越世界線造成的錯誤，但仔細看才發現，韓秀英連登入紀錄也沒有。

〔隊長，好像出問題了。〕

現在有兩種可能。一是韓秀英處在無法撰寫原稿的狀態，二是地球的系統終於癱瘓了。

無論是哪一個，都不是什麼好消息。

〔檔案正在自動傳輸到已同步的世界線。〕

原稿已經傳輸至連載到最新進度的其他世界線去了。在最先開始連載的世界線當中，有些已經發布了休刊公告。

這些突然想不出任何故事的作家們變得手足無措，只好宣告休刊。

狀況並不樂觀。繼續這樣下去，失去平常心的作家可能會任意創作，寫出不在韓秀英原稿上的內容也說不定。

〔隊長，我們沒時間了。〕

劉衆赫低頭看著自己的雙手。他緩緩握緊拳頭，又緩緩鬆開。

不是沒有辦法。如果現在韓秀英無法再提供原稿……那能繼續寫下去的人，就必須完成最後的結局。

〔已發動特性效果。〕

〔您現在可以編輯『雲端系統』的原稿。〕

〔編輯原稿將消耗大量概然性。〕

劉衆赫緩緩睜開緊閉的雙眼。

✦ ✦ ✦

系統進入終止程序後又過了兩個月。

崩潰的系統毫無復甦的跡象，能聽見系統訊息的人數慢慢減少，技能與星痕也逐一消失。眾多傳說的聲音，如今也都歸於寂靜。

屬於上一個世代，但尚未被汰換的東西也開始發生意外。

「使用魔力引擎運作的客機，在東海岸上空墜落……」

看著新聞畫面，鄭熙媛忍不住發起脾氣。

「真是的，我明明一直叮嚀他們要趕快汰換！」

韓秀英問道：「是誰去協助處理？」

「智慧和吉永、流承，他們還能使用一點星痕……」

兩人透過新聞直播關注搜救狀況。畫面上，可以看見李智慧、李吉永與申流承，然而無論李智慧的龍龜還是申流承的奇美拉異龍，身形都比過去小了許多。

「浪太高了。」

受傷的人紛紛獲救，海上的浪也越來越大，奇美拉異龍與龍龜在海面上載浮載沉。

在惡劣的天候下，搜救作業並不順利。

看不下去的韓秀英猛然站起身。

「現在立刻聯絡劉尚雅，叫她準備直升機。只靠他們太勉強了。」

「我已經聯絡好了，可是因為風暴……」

該死！韓秀英一邊咒罵一邊開始收拾行李。

「緊急插播，東海岸附近發現穿透大氣層的不明飛行物體……」

畫面中，確實能看見某個東西穿過烏雲橫越天空。刺耳的聲響驟然傳來，遠方的海平面爆發出一陣熾烈的白光。

一群穿越風浪的無人機，將附近海域的畫面即時傳送回來。

在飛濺的白色浪花之間，能隱約看見飛行物體的輪廓。

有人從膠囊型的方舟中走了出來。

「劉衆赫？」

✦ ✦ ✦

一看到新聞，韓秀英與一行人緊急前往東海。

「在外界生物的幫助之下，傷者全數平安脫困……」

「據悉，身分成謎的外星人，是兩年前離開地球的恐怖分子……」

新聞插播一則又一則。

不知在碼頭等了多久，他們終於看見從遠方靠近的搜救船。

在隊伍正中央的是李智慧的龍龜，李智慧與兩個孩子正朝他們揮著手，而後方，有個男人也正在看著他們。

「你——」

那模樣十分陌生。雖然相貌沒有太大的改變，但劉衆赫凌亂的頭髮隱約可見有幾處已成花白。

「好久不見。」韓秀英一時之間不知該說什麼才好，片刻後才不自覺地脫口說道：「任務呢？

你怎麼這麼快就回來了？」

她知道自己不該這麼說。劉衆赫所經歷的歲月，絕非能這樣輕描淡寫帶過的時光。

劉衆赫說道：「我遇到不得不回來的狀況。」

「哥哥！」

劉美雅從後方衝上前來，一頭撲進劉衆赫懷裡。劉美雅一個勁地哭個不停，劉衆赫只是靜靜地抱著她。

韓秀英看著兩人，過了一會兒才開口問道：「跟在你後面的是誰？」

這時，躲在劉衆赫身後的少女探出頭來。

「什麼啊，真是的……又認不出我了。」

嘆了口氣，少女無奈地嘟囔了一聲。

「吧啊。」

✦ ✦ ✦

劉尚雅親自開著豪華休旅車來接所有人。

移動途中，劉衆赫接受李雪花的健康檢查，並說明了這段時間發生的事。包括他離開地球，在世界線之間飄流，接受異界神格的幫助，還在暗黑斷層遇見譬喻，最終完成環繞世界線一周的任務。

「你說你傳說能量用完了，才不得不回來？」

「沒錯。」

看來，系統關閉肯定也對宇宙中的劉衆赫造成影響。這真是最壞的結果。

「你到底在宇宙裡待了多久？」

「妳想知道嗎？」

劉衆赫的嘴角隱約泛起一抹短暫的微笑。那極度不像劉衆赫的模樣，讓韓秀英不禁皺起眉頭。

「你還能笑？」

「放心，能去的世界線我都去過了。在譬喻的幫助下，我也提供了即時連結，小說會依序更新給那些地方的作家。」

劉衆赫的話，讓旁聽他們對話的眾人鬆了口氣。

但還有一件最重要的事。

「檔案全部傳出去了嗎？最後的原稿呢？最後的故事怎樣了？」

「妳是說妳沒傳給我的那份原稿嗎？」

「對！就是你可以修改的那份原稿！」

韓秀英終於忍不住發了脾氣。

「你不是也有作家特性嗎？如果你一直都有讀我的小說，那肯定很清楚要怎麼結尾，對吧？你寫了吧？你有代替我寫吧？」

劉衆赫靜靜看著韓秀英怒吼的模樣。

不知過了多久，劉衆赫的目光悠悠轉向窗外。

韓秀英的聲音止不住地顫抖。

「你……你該不會——」

「妳覺得我應該要寫嗎？」

「你在鬼扯什麼？混帳東西！你當然——」

「把沒發生在我們身上的希望寫成結局，妳真的認為那樣合適嗎？」

韓秀英瞬間愣住了，劉衆赫接著說了下去。

「韓秀英，無論我們如何努力，那個故事都與我們經歷的人生不同。」

「你……誰不曉得這件事——」

韓秀英也很清楚，甚至，她比任何人都更清楚這一點。

隨著一個又一個文字累積堆疊，她也逐漸感到異樣。

無論她用的詞彙再怎麼精準，無論她如何在描述上苦心思量，將他們所記得的時間完整地記錄在故事之中，都不可能重現曾經活在這個世界的金獨子。

會將小說區分成不同版本，也是基於這個原因。因為她無論如何，都希望能將這些故事傳達給他們記憶中的金獨子。

「我不是沒有嘗試過。我利用我記得的傳說，試著把最後的故事完成，就像你們所做的那樣，只是……」

為了重現金獨子，他們蒐集了所有人的傳說。一片、兩片，將他們記得的片段一一堆疊，創造出虛擬的金獨子。

「想聽我兒子小時候的事情？」

「我記得的獨子叔叔……」

「獨子哥那時候就是那樣！真的！」

先建立起百分之一的金獨子，再累積成百分之二的金獨子。

許多人都記得金獨子，這樣一點一滴蒐集起來，或許就能成為百分之九十九的金獨子。

「就算用我們創作的故事讓金獨子復活，妳真的能把那個人當成金獨子嗎？」

他們不記得的那百分之一的金獨子……那個金獨子，究竟存在於這個宇宙中的哪個地方？

「在靈魂飛散之前，金獨子就已經是最古老的夢了。妳都不覺得奇怪嗎？那傢伙為何不去想像自己的幸福？」

韓秀英憤怒地反駁道：「就算他是最古老的夢，也無法隨意想像這個世界，因為夢有很大一部分屬於潛意識！」

「那金獨子的潛意識，肯定覺得這樣的結局才是正確的。」

從不曾想像自身幸福的存在——他們所認識的金獨子，就是這樣的人。

「我當然知道金獨子就是這種人！你以為我為什麼要寫這個故事？我為什麼……」

有什麼東西不斷在腳邊滴落。韓秀英拚命開口想說點什麼，想大聲吼叫，想緊揪著劉衆赫的衣領猛搖，但她做不到。

劉衆赫的聲音帶著濃濃的疲憊。

「是為了拯救某個人。」

韓秀英抬起了頭。

「是靠著妳的故事，我才能活到現在。」

她眼眶通紅，瞪著劉衆赫。

「我不想從你這種人口中聽到這句話。」

遠方，工業區的全景映入眼簾。

那是他們的家，曾經是所有金獨子集團成員共同生活的地方，他們在那裡，為某人創造不可能的夢。

所有人都注視著眼前的風景。

駕駛座上的劉尚雅開了口。

「原來是這樣啊。謝謝你告訴我們這些，衆赫先生。」

沒有人哭，也沒有人責怪劉衆赫的選擇。這或許不是因為他們的悲傷被稀釋，而是因為他們已經堅強到足以承受痛苦。

不光是劉衆赫。

他們在書寫故事、再度瀏覽故事、並期待著某人閱讀這個故事的同時，也重新獲得了度過餘生的力量，更獲得了即便夢想中的奇蹟在眼前消失，也不會因此崩潰的勇氣。

在宇宙彼端有人正閱讀著他們的故事，光是憑藉著這一點，就足以繼續支撐著他們的生命。

「話說，那部小說受歡迎嗎？」

「還不錯。」

「獨子叔叔會喜歡嗎？」

「喂，黑漆漆大叔！你有看過轉生後的獨子哥嗎？他怎麼樣？」

像要把累積在心中的疑問一口氣全問出來一樣，眾人的問題排山倒海而來。劉衆赫不厭其煩地一一回答。

「我沒見過轉生後的金獨子，但是——」看著緩緩經過窗外的金獨子銅像，劉衆赫接著說道：「那傢伙肯定讀了這個故事，我能感覺到。」

「獨子大叔應該很生氣吧，因為看不到結局……」

對其他世界線的金獨子來說，這個故事的結局會是什麼樣子？韓秀英不得而知。畢竟想寫出一個好的結局，就像要讓分手的情侶接受分手的理由一樣困難。

「其他世界線的獨子先生會不會闖進這裡啊？」

不知道是誰，非常小聲地說了一句。

「希望他會。」

眾人隨即陷入了深深的沉默。

劉尚雅在一個絕佳的時機播放起音樂，這是一種禮貌，也是現在唯一能守護他們的方式。

在這多愁善感的沉重氣氛中，韓秀英想起自己筆記型電腦裡的小說。

那是一個沒有終章的故事，從此再也無人知曉這部小說的結局，只不過，或許這個世界有時就是需要這樣的故事。

「我們……要不要繼續住在一起啊？」

不知是誰說了這麼一句話，所有人都抬起了頭。

最後，韓秀英終於明白了。

——這是金獨子留給他們的故事。

眾人回歸日常，劉衆赫也從其他世界線歸返，金獨子集團的冒險到此為止。

他們深愛的人、想看到的結局，至此終於完成。

韓秀英突然轉頭看向劉衆赫。

「所以你知道你的[redacted]是什麼了嗎？」

「還不知道，但我現在覺得，就算不知道也……」

這時，一股奇妙的預感猛然襲來。

不知從哪發出了滋滋滋的聲音。

『……』

那聲音有如微弱的歌聲，在耳邊若隱若現，劉尚雅關掉音響，而原本坐在前座的譬喻外貌突然發生變化。

〔吧啊？〕

譬喻變身成巨大的絨毛玩偶模樣。

這是不可能發生的事，因為在上車之前，譬喻就說因為系統關閉，變身功能徹底失靈了。

「咦？」

從空中傳來的聲音逐漸清晰，那毫無疑問是傳說正在訴說的聲音。

「搞什麼？系統不是毀了嗎？」

韓秀英看著劉衆赫，劉衆赫也以同樣訝異的眼神看著她。

〔傳說『無王世界之王』再度開始講述故事。〕

窗外的天空中，無數耀眼的文字流淌而過。

那是他們爛熟於心的傳說。

「劉尚雅！」

劉尚雅把油門踩到底。

韓秀英從懷裡拿起電話接聽，來電者是亞蓮。

「秀英小姐！現在——」

因為四周雜音圍繞，她實在聽不清楚電話的內容。

〔傳說『預想剽竊』再度開始講述故事。〕

隨著系統崩潰一併銷聲匿跡的眾多傳說，紛紛流往同一個方向。那全都是在很久以前就已然結束的故事。

——作者停止創作之後，故事就真的結束了嗎？

韓秀英仰望著飄浮在空中的文字。

那些個別存在時不具任何意義的文字，不斷彼此尋找、拼湊，以此形成完整的字詞。

「斷片理論？」

進入工業區的一行人同時跳下車發足狂奔。他們所累積、所講述的那些傳說，一個個從他們身旁流淌而過。

——沒有人知道這個故事的結局。

無論他們再怎麼努力，「金獨子」都無法回來。即便創造出百分之九十九的金獨子，始終有無法填補的百分之一。

然而，若世上有那麼一個人，有一個能夠填補那百分之一的存在，那會如何？

如果那個存在，擁有這些散落在遙遠宇宙中的文字……

「秀英小姐！那邊！」

李雪花的醫院就在前方。悠悠流動的傳說指引著他們，前往那間熟悉的病房。

〔浩瀚神話『魔界之春』重新開始講述故事。〕

韓秀英心想，若作者不繼續書寫下去，故事就不會迎來結局。

〔浩瀚神話『吞噬神話的聖火』重新開始講述故事。〕

即便如此，閱讀故事的人是否真的無法想像故事的結尾？

韓秀英緊咬著下唇。這個由她創造的故事，在文字的盡處，她不知道的故事正在延續。

如果在某個時刻，有誰的想像超越了作者所寫的故事——

技能和星痕還沒完全恢復，韓秀英很快就氣喘吁吁，劉衆赫一語不發扶著她一起繼續向前跑去。眾人三步併作兩步跳上樓梯，申流承不慎絆倒，其他人伸手將她拉起。

〔浩瀚神話『光與暗的季節』重新開始講述故事。〕

〔浩瀚神話『被遺忘之物的解放者』重新開始講述故事。〕

他們所累積的浩瀚神話，一個一個回到身邊。

金獨子集團尚且無名的最後一個神話，正歌頌著無人敢任意名之的情感。

那是渴望讓分開許久的他們，再次團結的心。

因為代替某人悲傷、喜悅、憤怒和絕望。

於是決定成為他人。

有人正在同理他們的故事。

在急促的呼吸中，韓秀英一再想著。

——如果只有你能拯救這個故事……如果你能稍稍找回一點點記憶，能重新記起我們……

「在那邊！」

——無論何時，我永遠都會為你寫下終章。

上氣不接下氣地跑上來，此刻，韓秀英終於站在過去四年天天造訪的那間病房前。

比她晚一步爬上樓梯的眾人看著她。

韓秀英看著所有人，想起她沒能在結局最後寫下的那句話。

想要在滅亡的世界中存活下來，有三種方法。

遠處傳來了鄭熙媛的大喊。

「韓秀英！」

那些晚了一步接獲消息，沒能與他們同行的伙伴們，都正從外頭飛奔而來。

事到如今我也忘了是哪幾種，但有件事是肯定的。

韓秀英以顫抖的手握住門把。

她很害怕，害怕萬一這扇門之後什麼也沒有，那該怎麼辦？

如果這一切不過是甜蜜的幻影……

她看向身旁，劉衆赫對她點點頭。

那就是，此刻正在閱讀這篇文章的你，將能存活下來。

無論這扇門之後是什麼在等著他們，他們都已經作好迎接的準備。

門咿呀一聲開啟，微弱的陽光自窗外灑入，她徹夜修改的原稿隨風飛散，散開的文字令人眼花撩亂。

她尚未完成的故事就在那裡。

即便不是現在，但總有一天一定要寫出來的字句閃過腦海。想著那些章句，韓秀英像個傻瓜一樣笑了。

這是只為了唯一一位讀者所寫的故事。

——《全知讀者視角12》完

——《全知讀者視角》全系列完

外傳　迷子

【叔叔真的在這裡嗎？】

【大概吧。】

✦ ✦ ✦

劉衆赫的一天是這樣開始的。

煮一杯濃郁的咖啡，將昨天買好的黑麥麵包切成適當的分量，隨後將用小蘇打醃製的雞胸肉放入烤箱。他用小平底鍋將蛋的邊緣煎得酥脆，但仍保留蛋黃原本的圓潤模樣，維持一顆煎蛋該有的樣子。

蛋白的部分轉眼間熟透。劉衆赫傾斜平底鍋，讓煎蛋與烤得恰到好處的雞胸肉一起，完成完美的擺盤。接著再搭配他事先洗好的萵苣與紅甜菜根，最後倒了一杯劉美雅要喝的番茄汁。

「嘿。」

捧著盤子轉身一看，劉美雅像跳馬一樣一下跳到餐桌椅上，眼中閃閃發光。

劉衆赫熟練地將兩個盤子放在固定的位置上，接著又放下兩個杯子。

看了盤子盛裝的內容物，劉美雅不悅地嘟起了嘴。

「草。」

「對，是草。」

「草很難吃。」

「這是好吃的草。」

「昨天也吃草。」

「還有雞蛋。」

「雞蛋。」

「還有雞胸肉。」

「好膩。」

「吃吧。」

劉衆赫皺起一對濃眉對劉美雅說道：「妳吃進去的東西會變成妳的樣子。」

劉美雅不滿地看著自己的小拳頭和盤子裡的蛋，嘴裡似乎還在嘟囔著「我又不是兔子」。

劉衆赫看著鬧彆扭的劉美雅，一口將煎蛋吃進嘴裡，隨後拿出自己的手機。

—持續受挫，灰燼戰隊難道從此一蹶不振？

—灰燼王國的衰敗將至。

—接連戰敗，灰燼戰隊季後賽面臨淘汰。

—灰燼戰隊以二比三輸給維京隊，季後賽面臨淘汰邊緣。

—灰燼戰隊內傳出不和……

看著入口網站的主頁如雨後春筍般冒出的新聞，劉衆赫的眼底蒙上一層陰影。

灰燼（Ash）戰隊。

那是首度與他一起贏得優勝的隊伍，也是如今大韓民國首屈一指的電競隊伍，然而他的隊伍，最近正因戰績不佳深陷低潮。

劉衆赫查看新聞報導下方的留言。

—灰燼又輸囉？

—泡沫化開始崩潰了啦。

—也泡沫化得太嚴重了吧，呵呵。但老實說，這次會輸是因為劉衆赫吧？

—（留言因被檢舉而隱藏）

劉衆赫盯著最後一則留言看了好久。雖然看不見內容，但透過下面的回覆就能推測出內容寫的是什麼。

—但劉衆赫真的是孤兒，不會受到什麼打擊吧？

孤兒。

劉衆赫冷漠地看著這兩個字。

這些內容其實不會對他造成任何打擊，那些能夠折磨他的言語，反而不在這裡。

—（留言因被檢舉而隱藏）

不知就這樣看了螢幕多久，螢幕自動休眠，倒映出他的表情。就在這時，他的右手肌肉忽然開始抽筋。

最近經常如此，吃飯、敲打鍵盤、操作滑鼠到一半，都曾經發生同樣的狀況。或許是因為缺乏某種營養素。

「大顆。」

女孩還不太擅長「哥」的發音，無法正確地說出大哥兩個字。話說回來，他明明沒教過大哥這個詞，劉衆赫突然好奇這孩子是從哪學來的？

劉美雅拿著叉子，唰地指向劉衆赫面前的盤子。

「滋。」

「嗯？」

「你滋進去的東西會變成你的羊子。」

劉衆赫花了點時間釐清這句話的意思，隨後便如劉美雅所願，將劉美雅剩下的食物吃光。

「嗚嗚嗚！美雅的蛋！」

劉美雅鼓起了雙頰。

眼前這個孩子與自己長得一模一樣，看著她的雙眼，劉衆赫意識到自己再度迎來新的一天。

✦ ✦ ✦

「衆赫，你有好好吃東西吧？」

車子正開往隊伍的專用練習室。

領隊姜宇炫擔憂地看了劉衆赫一眼。

「看你的臉瘦成這樣，要吃飽才能打好比賽啊。」

「我有好好吃東西。」

「你不會又只吃沙拉和雞胸肉吧？你是模特兒嗎？吃點飯吧，飯。還有牛肉，好嗎？」

劉衆赫沒有回嘴，只是覺得有些神奇。為何人們明明一點都不好奇，卻還要詢問他吃什麼呢？

「如果你真的有好好吃東西，那當然是最好。」

姜宇炫不知是真的覺得這樣最好，還是單純是嘴上說說而已，劉衆赫不得而知。不知從何時開始，他便覺得讀懂人心非常困難。

「劉衆赫選手，您今天的狀態如何？」

比賽會場的記者總問他相同的問題：今天的狀態如何、對對手有什麼看法、擬定了怎樣的戰略、覺得自己能以怎樣的成績獲勝、對於最近的爭議有什麼想法。

劉衆赫有時回答得很直率，有時又一句話也不說。但無論他說或不說，報導總會以他意想不到的無關重點為題。

反正採訪總是千篇一律，那何必問他問題？劉衆赫無法得出答案，但他至少明白一件事——那是他們的工作。

「你最近也會看留言嗎？」

抬起頭，他能從後照鏡看見姜宇炫擔憂的眼神。

「我不是叫你別看了嗎？他們都是嫉妒你，你不要刻意去找那些留言來看，影響自己的心情。」

可能是看到他盯著手機，姜宇炫才擅自以為他正在看留言。其實姜宇炫也不算誤會，他的手機螢幕上此刻確實正顯示著某人的留言。

—真的見到劉衆赫本人，就會知道他根本是個垃圾。

劉衆赫盯著那則留言。

不同於姜宇炫所說的，劉衆赫並不覺得傷心。

—隊內的氣氛會那麼糟糕，都是因為劉衆赫吧？業界的人都知道。

如果說有誰對他抱持敵意，那他只需要準備好面對這些敵意就好，這樣所有的情況就都會在他的掌控之中。

—你們憑什麼？

可是。

—你們憑什麼講這種話？劉衆赫叔叔到底是不是那種人，你們怎麼會知道？

一般來說，常留言的都是那幾個人，但這次的留言卻是從未見過的暱稱。

—魔王之女(siny****)

劉衆赫像在觀察首度遭遇的敵人一樣，一直盯著那行不長也不短的留言。

「衆赫，到了。」

不遠處，可以看到隊伍練習室所在的高聳大樓。

劉衆赫發呆了好一會，視線才重新回到手機螢幕上。他想找回剛才看到的那則留言，卻怎麼也找不到了。

是消失了？還是他看錯了？

「我看了行程，一直到晚上都會很忙，美雅交給我照顧好嗎？」

「就拜託你了。」

「美雅還是口齒不清嗎？是不是該帶她去醫院檢查？這種事要由父母親……」

說到這裡，姜宇炫似乎意識到自己犯了什麼錯，趕緊傻笑了幾聲含混帶過。

「你去忙吧，不用擔心美雅。」

「謝謝。」

「對了，這次好像來了新的戰隊經理。遇到他記得面帶微笑和人家打招呼，聽說好像是你的粉絲。」

劉衆赫輕輕點了點頭。下車之前，他看了姜宇炫一眼。

「怎麼了？還需要什麼嗎？」

劉衆赫思考片刻，無法決定到底要不要問姜宇炫早餐吃了什麼。但他最後只是搖搖頭，像平常一樣進入練習室。

✦ ✦ ✦

〔『■■■』將自己的名號變更為『魔王之女』。〕

〔『魔王之女』表示這裡的功能很新奇。〕

〔『■■■』將自己的名號變更為『毒針戳戳』。〕

〔『魔王之女』表示那有點可怕。〕

✦ ✦ ✦

上了樓，劉衆赫隨即穿越走道，進入自己的個人練習室。

這是專為劉衆赫打造的房間。

五、六坪大小的空間裡，有最新型的電腦、電競桌與電競椅，除此之外，還有各種運動飲料、營養補充品等，分門別類收納得整整齊齊。

乍看之下，這就像個普通玩家的房間——除了房間四面牆壁都是透明玻璃。

「拜託你學著配合別人好嗎？」

劉衆赫不肯聽從指揮，這是主教練對他下達的處罰。每個經過房間的人，都能像觀察動物園的猴子一樣，盡情打量劉衆赫，而劉衆赫也能看見他們。

「劉衆赫選手的表現雖然出色，但幾乎沒有合作精神可言，他需要接受訓練，學會意識他人的眼光。透過電視轉播，職業電競選手也會曝光在媒體的關注下，這個房間能幫助他練習隨時保持戒備。」

這番話聽起來是相當不符合人道精神的詭辯，但贊助商依然接受了主教練的建議，甚至有不少人會特地到練習室，透過玻璃房間觀看獨自練習的劉衆赫。

劉衆赫並不在乎，他早已習慣成為人們觀看的對象。最重要的是，這樣他就不會和隊員發生不必要的衝突，反倒讓他十分滿意。因為進入練習室之後，會跟劉衆赫說話的人，就只有主教練、領隊姜宇炫，和助理教練朴振尚而已。

「衆赫，開始吧。」

朴振尚敲了敲玻璃門示意，劉衆赫點頭回應。他簡單地伸展了一下，放鬆肩膀和手，深呼吸幾次後，便戴上耳機。

聲音透過耳機傳來，螢幕上浮現遊戲的標誌。

劉衆赫最擅長的類型是即時戰略遊戲（Real-Time Strategy）。

遊戲內容主要是即時掌握對方的戰略和搭配，隨後蒐集資源、生產戰鬥單位並與對手戰鬥。這種遊戲的樂趣在於必須在精準的時機，以最適當的戰鬥單位組合大膽攻擊，有時還要藉著奇襲攻擊對方的要害。

「噠噠噠噠噠！」

槍聲透過耳機傳入耳中，畫面則以一般人眼睛跟不上的速度快速切換。

劉衆赫是戰場的指揮官，每個戰鬥單位都在他的掌控之下，他的大腦正在即時計算這場戰鬥、下一場戰鬥，與下下一場戰鬥的損益。

大膽捨棄該捨棄的，一定要取得勝利所需的分數。

他所生產的戰鬥單位死去，發出痛苦的哀號，而敵方的怪物正在咆哮。地面崩潰、建築物爆炸、肉體炸開的聲響不停傳入耳裡。

終於砲火停歇，劉衆赫站在成了廢墟的戰場中央仰望天空。

〔勝利〕

看著理所當然浮現的獲勝訊息，他一點感覺也沒有。

對他來說，這戰場是一再反覆的日常，其中不存在著悲傷、喜悅或憤怒。

他只是殺戮、死去、粉碎、失去。

還有勝利。

練習的對手很快換了一個。劉衆赫的狀況不差，手沒有抽筋，他能感受到對手的動搖，很快掌控了比賽的主導權。他不會錯過任何一個破綻，總是毫不留情，乾脆俐落地取得勝利。

〔勝利〕

結束一場遊戲，便能獲得不到五分鐘的短暫休息，接著迅速進入下一場遊戲。他回想稍早遊戲中的失誤，並改善自己的缺點。

就這樣贏了又贏。

像在烤麵包、煎蛋一樣，劉衆赫一再進行遊戲。而此時，他聽見平時絕對聽不見的聲音，某人的聲音在他耳邊響起。

「……像話嗎？怎麼能在這種房間……」

他看了旁邊一眼。房門開啟了一條縫隙，透過縫隙，能看見有兩個人在門後爭執，其中一人是助理教練朴振尚。

另一個人……是誰？

「轟隆隆隆隆！」

劉衆赫趕緊查看戰況。

他失誤了。正在執行嚴密作戰的特攻部隊，因為他瞬間的鬆懈而受到嚴重打擊，一度對他有利的戰況瞬間扭轉。

—？？ZZZ

練習對手像在嘲諷他一樣，在聊天室打出一串文字。

助理教練警告的聲音在耳邊響起。

劉衆赫冷靜地試圖挽回錯誤，但最後一場戰鬥承受了太多損失，即便使出最極限的操作，他依然無法扭轉頹勢。試著模擬了幾次未來的區域戰鬥，劉衆赫判斷沒有勝算，便結束了比賽。

〔投降〕

看到戰敗的畫面，劉衆赫嘆了口氣，他拿下耳機來到房間外頭，剛才的噪音變得更大聲了。

「主教練就能隨便做這種事嗎？再怎麼說，都不能把人關在這種地方吧？」

劉衆赫起身走到外頭，看到一臉為難的朴振尚，以及在他前方振振有詞的短髮女孩。

「啊，您好！」

她一轉頭，褐色的髮絲輕輕飄揚。劉衆赫從沒見過她。

劉衆赫輕輕點點頭，並確認她的名牌。

—新任戰隊經理 Y.S.

想必，這個女孩子就是姜宇炫說的新人了。

「那個……你沒事吧？」

面對新人莫名的問候，劉衆赫不知該怎麼回答。

「抱歉，衆赫，她是新來的，還不了解這裡的運作方式——」朴振尚趕緊插話。

劉衆赫沒認真聽朴振尚說了些什麼，只是將目光轉回新人臉上。眼前這個有著明亮大眼和白皙皮膚的少女，看起來只有十幾歲。

一般來說，和劉衆赫對上眼的人通常只有固定幾種反應，要不是瞪大眼睛露出吃驚的神情，就是選擇迴避他的視線。

但這個新人既沒有逃避，也沒有動搖，那表情像在告訴他，他在這裡是件理所當然的事。

「啊，對了，你應該餓了吧？」

新人拿出一個小紙袋。劉衆赫垂眼看著那個紙袋，即使他一臉冷漠，新人也沒有退縮。

「這是包子，你很愛吃吧？」

包子？

劉衆赫皺眉。

「我不喜歡。」

「不可能啊……」新來的戰隊經理再次勸道：「你吃吃看，這很好——」

「喂，除了沙拉跟雞胸肉，衆赫不吃其他東西，而且所有食物都要經過他自己親手料理。衆赫，既然練習結束了，我們去吃飯吧。新來的，妳也廢話少說，快點去照顧其他隊員！」

朴振尚推著劉衆赫的背催促他，劉衆赫看了悶悶不樂的新人一眼，便往員工餐廳前進。

午餐時間有五十分鐘。若要在攝取必要的熱量後，再做簡單的體操幫助身體與大腦恢復狀態，這樣的時間其實有些緊迫。

來到餐廳，他沒有去排隊拿飯，而是拿出早上準備好的便當。

看著這樣的劉衆赫，朴振尚苦笑著說：「我去拿飯。」

朴振尚拿著餐盤排隊時，幾名選手經過劉衆赫身旁，是剛才和他打練習賽的選手。其中幾人瞪著劉衆赫竊竊私語。

早已經習慣這種事，劉衆赫並不在意，只是低頭吃著便當。

其實劉衆赫之所以堅持帶便當，也有特殊的理由。

上一賽季最後一場比賽時，劉衆赫吃了公司準備的食物導致食物中毒。由於只有劉衆赫出問題，因此公司認定這是他本人的責任，但不管怎麼想，劉衆赫都不記得自己那天還有吃其他的東西。

從那天開始，他便選擇自己帶便當。

「希望你吃得開心。」

劉衆赫抬起頭，稍早那個新來的女孩坐到了他面前，正在吃剛才要給他的包子。

劉衆赫不帶任何情緒地回應：「我吃東西不是為了開心，是為了活下去。」

「吃好吃的東西會開心，對活下去也有幫助。」

話說完，新來的戰隊經理便張嘴咬下一大口包子。

剛才匆匆一瞥所以沒看清楚，現在劉衆赫才注意到，那彈性十足的包子皮裡，滿滿的內餡實在引人注目。從那包子的形狀看來，廚師的手藝肯定也不一般。

「這是妳自己做的嗎？」

「還是一樣好吃……要分你一點嗎？」

「不必，我不喜歡。」

「你吃一口看看，說不定會喜歡啊。」

「不用吃我也知道。」

「話說，叔叔……」

劉衆赫愣了一下才回答。

「我不是叔叔。」

「那我要怎麼稱呼你？」

從未有人問過劉衆赫這種問題。所謂的稱呼，通常都是需要使用稱呼的那一方在煩惱，而根據對方使用的稱呼，劉衆赫的態度也會有所差異。

「就叫劉衆赫選手吧。」

「劉衆赫選手……」新人若有所思地喃喃自語。

接著她突然掏出一本手冊，不知在上頭寫了些什麼。

「那是什麼？」

「沒什麼。」

「妳在寫什麼？」

「沒有啊，我會遇到很多我喜歡的人……要是我沒記下來不小心忘記了，以後就不知道要怎麼跟他們說話了啊。」

新人的筆唰唰幾聲在紙上留下文字，雖然看不清楚，但看上頭的文字越來越多，劉衆赫也開始思考關於記憶的事。

——如果他也有寫日記，會不會就能記得過去？

這時，他的手臂再次抽筋了。微微的耳鳴聲充斥腦海，耳朵像是浸水一樣，聽到的聲音一片模糊。

他看見白色的牆壁圍繞在四周，那是以他的力量無法粉碎，也無法跨越的堅實高牆。他聽見那道牆後傳來筆尖與紙張摩擦的寫字聲。

唰唰唰——

某人正在牆上寫字，他卻看不到，就像被隱藏的留言，文字雖在那裡，但他怎麼也無法閱讀。

「劉衆赫選手？」

猛然回過神來，才發現新人正擔憂地看著他。

「你沒事吧？」

「沒事。」

「你現在過得還好嗎？」

劉衆赫看了新人的手冊一眼，又看向她那張憂慮的面容。

對劉衆赫來說，人的內心就像牆後的文字一樣棘手，但即便是這樣的他，也能清楚讀出眼前那張臉所傳遞的訊息。

新人在擔心他。

劉衆赫老實回答道：「與妳無關。」

他有點後悔自己的回應。稍早那句話分明是好意，至少不是需要他這樣回應的一句話。

不過新人的表情依舊一派輕鬆，似乎認為劉衆赫這樣的回應理所當然，或是她早已習慣這樣的回答。

這時，有人拍了拍劉衆赫的肩，一屁股坐到他身旁。

「什麼啊？你在跟新人聊天嗎？」

是朴振尚。他餐盤上的飯菜已經少了一半，想必是剛才在和其他選手聊天，聊完後才過來。

像是看見什麼稀奇事一樣，朴振尚來回看了劉衆赫與新人幾眼，接著有些挖苦地說：「妳不會剛來第一天就欺負衆赫吧？小心我叫妳滾蛋！」

新人假裝沒聽見，只是張大了嘴咬下眼前的包子。

朴振尚忍不住咋舌。

「現在的年輕人就是這樣。衆赫，主教練看完上午的練習，有留下一些評語。」

劉衆赫這才想起來，他忘記查看上午的練習建議了。印象中，主教練因為今天上午有其他行程，所以不在練習室。

劉衆赫點點頭，朴振尚繼續說了下去。

「因為主教練沒時間，所以只看了最後一場比賽。他的意見和平常差不多，就是說你的操控很完美，組合和搭配的戰略也很棒，有好好把之前的意見聽進去。只是似乎都能預測到你會怎麼打，戰術太制式化了，不夠有彈性。」

主教練給的意見總是如此。速度很快、應對很確實，但不夠有彈性、沒有跳脫固定的打法等等，最後給的改善方向也都差不多。

「最重要的是……他說你玩起來很沒有靈魂。」

沒有靈魂。每次聽到這個意見，劉衆赫總會自問，這真的是能解決的問題嗎？

他不相信靈魂。

許多人明明不曾看過靈魂，卻還是成天把它掛在嘴邊。而在劉衆赫的認知裡，人類是肚子餓了就吃飯，想睡的時候就睡覺的存在。吃下去的東西會成為能量來源，讓人類能夠活動、思考、生存。

這就是劉衆赫認知裡的人類。

對他來說，主教練那句「沒有靈魂」與其說是建議，更像是完全無法理解的詩句。

「沒有靈魂？那是什麼意思？」提問的是新人。

朴振尚反射性地回應：「就是一種慣用的說法啦，接近感覺不到熱情、感覺不到毅力之類的。這傢伙只要一判斷沒有逆轉的機會，就會立刻放棄。」

其實不只主教練給出這樣的評語，劉衆赫在勝負方面的判斷總是非常快，甚至有人稱他是人工智慧。

聽完這番說明，新人的表情十分微妙。

朴振尚撇了撇嘴，不滿地問：「妳笑什麼？我的話很好笑嗎？」

「有點。」

「什麼？」

「沒有啦，沒什麼。」

朴振尚瞪了新人一眼，又再次看向劉衆赫。

「總之，你不要太放在心上。主教練是能多懂你？這些話都是要來折磨你的，畢竟把你關進那個房間的也是他啊。」

以此為開頭，助理教練朴振尚花了點時間數落主教練的不是，例如為何偏偏找外國人當韓國電競隊伍的主教練，在第一線執行所有工作的人根本就是其他教練等等。

他一邊罵一邊吃，直到餐盤都空了，新人才一臉受不了地搖搖頭，站了起來。

等附近的選手紛紛離開，助理教練一改剛才的語氣，低聲說道：「現在的年輕人真是天不怕地不怕。」

朴振尚漠然看著新人逐漸遠去的背影，像是瞬間戴上另一張面具一樣，聲音冰冷。

「她要是知道你和我經歷過什麼，肯定會嚇到暈過去。」

看著朴振尚眼底那一抹黑影，劉衆赫意識到，接下來才是他真正想說的話。

「我們在主教練室碰面吧。」

【……就說了啊，妳信了吧？】

【那個……感覺有點可愛。】

【……姐，妳真是的……】

✦ ✦ ✦

下午的行程結束後，劉衆赫來到主教練辦公室。朴振尚坐在高層主管專用的椅子上，兩腳高高放在桌子上頭，一副不可一世的囂張模樣。

「你也知道吧？這原本是我的位置。」

灰燼戰隊的主教練，是其中一家贊助商在最後一刻安插進來的空降部隊。確實，朴振尚有理由不滿，畢竟召集灰燼戰隊主要隊員、帶領整個團隊打進最高聯盟，他都擁有很大的功勞。

「你相信嗎？過去三年來我們辦到的那些成就。」

朴振尚笑著指向放在展示櫃裡的獎盃。

環顧一整排的獎盃，劉衆赫也短暫地回想起過去。這些都是灰燼戰隊的證明，是團隊創建至今的足跡。而那條路盡頭的東西，是劉衆赫自己的名字。

綜合戰績六十四勝五敗一平手

MVP OVERLORD 劉衆赫

兩年前，隊伍獲勝的同時，他也獲得這面獎牌。

那一年，劉衆赫一躍成為電競界的新星。

「衆赫，在外面我要顧及別人的看法，所以不會特別說。」

朴振尚輕嘆了口氣，掏出菸來叼在嘴上點燃。嗆鼻的煙霧充斥整間房間，天花板上的抽風機飛速運轉。

「你要好好表現。」

呼一聲，朴振尚吐出一口煙，那模樣與午餐時間的他簡直判若兩人。好聲好氣、嘻皮笑臉的模樣消失無蹤，換上了一張冰冷且籠罩著黑影的臉孔。

「你知道你最近很糟糕吧？我……我們是怎麼樣走到今天的，你難道已經忘了嗎？」

他那動不動就使勁捏人肩膀的習慣也跑了出來。

其實，這副模樣才是劉衆赫記憶中朴振尚的真面目。

助理教練朴振尚原本不是電競界的人，而是在經營私人賭場與非法網站。他將違建當作辦公室，違法雇用和剝削外國勞工大量生產遊戲貨幣，人稱「遊戲農場的大戶」。

朴振尚的遊戲農場在願意花錢的黑市玩家之間，曾經是無人不知的存在。

「你想回到那個時候嗎？想要被關在半地下室的房間裡，整天只能吃泡麵農遊戲幣嗎？」

想到朴振尚的過去，劉衆赫便忍不住回想起在滿二十歲之前，那早已塵封在腦海深處的回憶。從那個時候開始，劉衆赫的人生便與這個男人綁在一起。

「發現你的人是誰？是我。推薦你，把你推到這個地位的人，也全都是我。但你要是表現成這樣，那一手拉拔你的我又成了什麼？」

朴振尚的品性惡劣，但最先看出劉衆赫的遊戲天賦，把他從監獄一般的工廠裡救出來的，也都是朴振尚。

「我會努力。」

「努力？我知道，我們衆赫總是很努力，我一直都知道，但你要往不同的方向努力。要多一點表情，還有口氣也……你做不到嗎？就你那張死人臉，找上門的廣告根本一個也拍不了。」

朴振尚重重嘆了口氣，捻熄了手中的菸。

「總之，這只是其中一件事，我今天找你來還有其他原因。明天是季後賽前的最後一場比賽，對吧？」

朴振尚沒有立刻說下去，只是挑起一邊的眉，手指在桌上敲個不停。

劉衆赫記得朴振尚的習慣。過去的某一天，第一次在金老闆的遊戲農場裡遇見朴振尚時，他也是皺著眉盯著劉衆赫看了好一陣子。

而就在隔天，他從金老闆手下帶走了劉衆赫。

帶走劉衆赫的那天，朴振尚說：「從現在起，你絕對不能輸。」

而現在，朴振尚又用相同的表情跟他說話。

「你得為我輸一場才行。」

為他輸一場。

「我不是要你隨便輸，就是……你知道的，表現出盡了全力，然後很遺憾輸掉比賽的感覺，懂吧？」

劉衆赫努力不去想這句話的意思，憑著本能答道：「我記得上次我已經拒絕了這個提議。」

「所以我現在才會這麼困擾啊。不多不少，就一場。你看到明天的參賽名單了吧？我也和其他人商量好了。」

「我簽的合約裡沒有要我輸。」

「合約？大哥這樣拜託你，那合約……」

房間內的氣氛變得越來越詭異，劉衆赫迅速瞥了主教練辦公室的門口一眼，又認真看著朴振尚的臉色。其實朴振尚這番話是什麼意思，劉衆赫心裡非常清楚。

這是最近灰燼戰隊成績特別差的原因。

不是因為劉衆赫狀況不佳，也不是主教練無能，而是因為眼前的朴振尚。

朴振尚掏出一根新的菸，那根菸與稍早所抽的菸不同。菸才點燃，他又開口了。

「別失誤了，衆赫。」

朴振尚，灰燼戰隊的助理教練，也是隱身在電競產業之中，操控戰隊勝負的掮客。

朴振尚確實看出了劉衆赫的才能，但並不是為了獲勝才帶他來這裡。

「只有你，我才肯給到七億[24]，你明白這是多大一筆錢吧？」

劉衆赫當然明白。七億是他整整兩年的年薪……準確來說，那比過去兩年私下進到朴振尚口袋裡的錢還多。

「你想清楚，現在這個市場狀況不太好。大家都跑去投資ＡＯＳ類型的遊戲了，外面也在傳聯盟快要完蛋，但你和我可不能就這樣結束啊，我有家庭要照顧，你也得為美雅想想。」

如果朴振尚能開出七億的價碼，那實際的資本規模肯定更大。

光是朴振尚拿到的抽成金額，至少超過二十億。考慮到連國外的賭盤都越來越大，這有可能是金額高達上百億的交易。

看著朴振尚眉間那深深的皺紋，劉衆赫開始思考與數字有關的事。

七億能做哪些事？

或許他能在首爾近郊找到一間全租房，以代替公司提供的老舊宿舍。他能把妹妹送到離家更近的幼兒園，也能買新衣服給她，還能更頻繁地帶她去醫院。

還有，雖然不曉得委託徵信社需要多少錢……

但他或許能找到父母。

只是——

24 約臺幣一千五百萬。

「上賽季的決賽，我食物中毒的那件事。」

朴振尚很清楚，當劉衆赫用冷酷低沉的聲音說話，究竟代表什麼意思。他沒有指責劉衆赫的語氣，而是輕輕點了點頭。

「是你幹的好事嗎？」

那時，劉衆赫也是在比賽前一天接獲朴振尚的提議，說要操縱比賽的結果。他拒絕了，並在隔天的比賽嚴重腹瀉，導致根本無法出戰。

他在決賽落敗，整支隊伍也敗下陣來。

朴振尚沒有說話，只是靜靜抽著菸。

「你不否認嗎。」

朴振尚輕嘆了口氣。

「你就不能別想那麼多嗎？何不當成是一場難以獲勝的比賽、一場沒有勝算的比賽，或是當成是必須棄權的狀況。你不是很容易放棄嗎？」

「我從來沒有輕易放棄過，我一直都是拚盡全力。」

朴振尚用無法理解劉衆赫的眼神瞪著他。他看著劉衆赫的臉、他身上老舊的外套，再看著他手裡的便當盒，接著煩躁地抖了抖菸灰。

「衆赫，原本吃飼料的狗，會因為吃了人的食物就變成人嗎？」

劉衆赫想起那個位在半地下室，總是不見天日的黑暗遊戲農場。

在那裡，他使用別人的帳號玩遊戲、賺遊戲幣、代替他人提升排名。以替他人提升排名作為交換，朴振尚賺進了大把的金錢，並用那些錢餵飽劉衆赫。

只是現在，劉衆赫不能再過那種生活了，他的生命裡不再只有自己一個人，同時也希望能光明正大賺進每一分錢。

但朴振尚不這麼想。

「大哥我都說到這個分上了，你還不明白？人可以這麼不講義氣嗎？你就是這樣才會一天到晚挨罵。」

捻熄了手上的菸，朴振尚目露凶光地站起來，劉衆赫則以冷酷的雙眼迎上朴振尚的視線。

就像在自己的地盤裡絲毫不肯退讓的猛獸，兩人對峙了許久，不知過了多久，朴振尚才率先打破一觸即發的緊繃沉默。

「我知道了，好吧。」

朴振尚不知何時又變回助理教練的模樣，帶著那張掛著淺笑的臉，不耐煩地擺了擺手。

「我知道了，你走吧。」

劉衆赫又盯著朴振尚看了片刻，才轉身離開房間。

即使劉衆赫離開，朴振尚仍繼續抽了好久的菸。直到菸灰缸裡的菸蒂都堆成一座小山，他才不屑地冷笑了幾聲，隨後站起身來。

他拿出手機，撥了一通電話出去。

✦

✦

✦

「哇，同學，你長得真帥。」

回家路上，計程車司機一直跟他搭話。這是搭計程車時經常發生的事。

「我年輕的時候啊——」

即使劉衆赫沒有特別回應，計程車司機仍說個不停，他決定任由司機自說自話。

「大家都不知道，其實長得帥也很辛苦。」

劉衆赫看著自己映照在車窗上的倒影。

這或許是父母留給他唯一的遺產。他的外表確實幫助了他，讓他無論如何都能討口飯吃。

僅憑外表就能喜歡一個人、討厭一個人這點，劉衆赫並不太能接受。所以他也不太能理解，為何有人稱讚他的外表時，他必須要為此表達感謝。

「謝謝。」

簡單的道別後，劉衆赫下了計程車，雨滴不斷自陰暗的天空落下。

按下密碼進門，客廳裡的燈沒開。

劉衆赫愣了一秒，開口喊道：「劉美雅。」

沒有得到任何回應。在感應燈的微弱照明之下，劉衆赫拿起長柄雨傘當防身武器。

「姜宇炫。」

依然沒有回應。

家裡要不是沒人，就是假裝沒人……過去曾經發生過這種事嗎？

瞬間，幾種可能性閃過腦海，劉衆赫決定親自確認看看。他盡可能放輕步伐，躲藏在客廳的黑暗中。他繃緊神經仔細聆聽周圍的動靜，卻只聽見冰箱壓縮機運轉的規律噪音，完全沒感受到任何生物的動靜。

劉衆赫沒有放鬆警戒，開燈一一確認家中的每個角落。他住的地方兩房一廳，坪數不大，要查看的地方並不多。廁所、陽臺、櫃子，四處都不見劉美雅的蹤影。

他打電話給姜宇炫，姜宇炫卻沒有接，通訊軟體、文字簡訊也都毫無回應。

劉衆赫冷靜地整理當前的狀況。

他們說好，暫時把劉美雅交給姜宇炫照顧。

劉美雅不見了。

姜宇炫聯絡不到人。

劉衆赫查看家中留下的跡象。桌上沒有吃飯的痕跡，但流理檯還放著帶著水氣和水漬的盤子，顯然有人清洗並整理過餐具。

客廳散落著應該是劉美雅拿出來玩的桌遊和童話書。沙發有微微的凹陷，而劉美雅的鞋子不見了。沙發上還留有餘溫，劉衆赫立刻抓著長柄雨傘衝出家門。

青色的街燈後方，是一條又直又長的巷子。即便那裡確實有一條路，四周卻像自古以來便被黑暗籠罩，從未有光線照進去一樣安靜冷清。

劉衆赫查看完兩條巷子，隨後便想到劉美雅可能會去的場所。劉美雅喜歡大型量販店、便利商店、速食店，還喜歡遊樂場。

劉衆赫對四周的地形瞭如指掌，他決定以最佳路線探查每一個劉美雅可能去的區域。

劉美雅……他的妹妹……

「劉美雅！」

她肯定走不遠。

那孩子還不曾獨自外出，她的語言能力發展比同年紀的小孩遲緩，發音也不夠正確，而且還有許多不認識的詞彙，因此肯定走不遠。

劉衆赫快步走向大型量販店，同時仔細查看每一條巷弄街道。

「聽到就快回答！劉美雅！」

由於已是深夜，路上人煙稀少，站在巷口偷抽菸的學生都在迴避劉衆赫的目光。

看到幾個男人聚在路邊攤喝酒，劉衆赫抓住一名醉醺醺中年男子問道：「你有看到嗎？」

由於不熟悉與陌生人進行對話，劉衆赫先是吸了口氣，才整理好要說的話語。

「一個女孩子，身高大概六十八公分，綁著雙馬尾，穿天藍色的衣服，五官和我非常像。」

醉漢似乎沒有察覺到劉衆赫緊張的語氣，只是迷迷糊糊看了看四周，隨後趴倒在桌上。劉衆赫看著失去意識的男子，隨即轉向詢問其他酒客。

「女孩子嗎？沒看到耶。」

沒有任何人看到劉美雅。

劉衆赫看著路邊的蘆葦。在那條蘆葦路的另一頭，有一座長著低矮雜草的公園，往那裡去，或許能找到什麼人也說不定。

劉衆赫看著眼前這條長著蘆葦的道路，遠方的黑暗裡，隱約能看見大型量販店的模糊外觀。不管怎麼想，都不覺得那個年紀的孩子真能走那麼遠。

劉衆赫跑了起來。

「劉美雅……劉美雅！」

不知跑了多久，劉衆赫已經來到大型量販店門口。這天是量販店的公休日，來的路上他也查看所有可能的地方，便利商店、速食店、文具店、遊樂場，甚至連後面的巷子都看過了。他實在不知所措，腦袋一團混亂。

沒有人告訴過他，遇到這種情況該怎麼辦。

為了獨自扶養美雅，劉衆赫透過很多方式學習。他讀書、上網搜尋，藉著這些資訊購入育兒必須的物品。

養小孩的態度、不讓小孩養成壞習慣的方法、如何教育孩子有正確的價值觀。

有些書怎麼讀都無法理解，有些書雖然能理解，書上教的方式他卻做不到。有些書讓他知道父母沒能給他的東西，有些書則讓他知道他絕對無法取代父母的地位。

即便如此，他還是想盡辦法做到他能做的，一路堅持到今天。

然而，其中沒有任何一本書，曾告訴他遇到這種情況該怎麼辦。

——把這當成是遊戲吧。

劉衆赫在心裡默念。

這是遊戲，這是他唯一擅長的事，目標是找到劉美雅。想得簡單一點，不要慌張，現在能做的有哪些事情……

好好想一想。

但劉衆赫越想越感到茫然。

只要沒有勝算，隨時都能放棄遊戲；即使輸了，還有下一場能努力。

但這場遊戲一旦輸掉，他會失去什麼？

心跳開始加速，劉衆赫瘋狂地跑了起來，不停大喊劉美雅的名字。他的雙手越來越冰冷，覺得自己的勝算正在逐漸降低，就像正在與不知名的對手，打一場必然會輸的遊戲。

卻也是一場不能放棄的遊戲。

突然，他意識到他不能一個人繼續下去，必須請求別人的協助。

想到這裡，一股罪惡感油然而生，責怪他怎麼沒能盡早報案，但當劉衆赫拿起手機，才意識到無法報警的原因。

「可以的話，盡量不要讓外界知道比較好。」

曾經，姜宇炫跟他這麼說過。

「大家要是知道你一個人扶養妹妹，肯定會有很多麻煩。」

「什麼麻煩？」

「一些和振尚哥有關的問題，總之就是不太好。你不是說撿到她的時候只有一封信，而且也沒去做基因檢測嗎？」

「看她的長相就知道，她是我妹妹。」

「是這樣沒錯，但誰曉得呢？如果她不是你妹妹，或是家裡的狀況有些複雜……」

「……」

「要是真的出了意外，這可憐的孩子要去哪才好？我會盡可能幫忙，這個問題就盡量別讓外界知道吧。」

劉衆赫打電話報警。不知為何，電話沒接通，他打了第二次，依然是同樣的結果。直到第三次，打給警局的電話才終於接通。

劉衆赫說，他的妹妹不見了。

他說出自己跟妹妹的姓名和年紀，然後……

「父母的姓名呢？小孩子的出生日期……」

「出生日期是……」

為什麼？他為什麼想不起來？劉衆赫幾次試著記起劉美雅的生日。

「先生，您的地址是哪裡？您是在……」

「地址是……」

就像是有誰巧妙地刪除了他的記憶。

劉衆赫緩緩轉過身，他跑過的那條路籠罩在黑暗中。他總是走那條路，那是他牽著劉美雅的手去買東西的路。

但為什麼……為什麼回家的路，忽然讓他感到陌生？

警察問他能不能立刻到局裡一趟。劉衆赫不知道妹妹的個人資料，警方想問個清楚。

但一聽到警察的提議，劉衆赫便覺得他們找不到劉美雅。

消失的人是他的妹妹。

長得和他一模一樣的小女孩。不知道長相和姓名的父母，把孩子扔在他家門口，那是從天上掉下來的孩子。

「我晚點再打。」

劉衆赫掛上電話，轉身沿著原路回去。

誰知道呢？妹妹或許就在他沒注意到的巷子裡也說不定。或許那孩子一個人在附近晃了一下，然後獨自回到家門口徘徊也說不定。

「劉美雅！」

他需要的不是警察的幫助，而是身邊其他人伸出援手。

他需要一個懂他的人。

他需要一個人不會好奇他是誰、從何處來，而能和他一起尋找此刻不知流落何方的妹妹的人。

認識的人的名字一一閃過腦海。姜宇炫、朴振尚、陌生的主教練、態度冷淡的其他選手……一瞬間，還想起了今早認識的新任戰隊經理的臉。

他喘著氣，感覺一切都要分崩離析。

劉衆赫加緊腳步在黑暗中摸索。是這裡嗎？還是……那邊呢？

瞪著伸手不見五指的黑暗好一會，對現實的感覺一點一滴流失。

這樣的情境，就像半地下室的那個遊戲農場。

若大的遊戲農場裡，上百張沒有編號的椅子一字排開，金老闆跟他說「隨便哪裡」都可以坐，而從那天起，劉衆赫便「隨便找了個哪裡」坐下來打遊戲。

隨便哪裡，就是他的位置。

「劉美雅！」

隱約的貓尿味撲鼻而來。

看著籠罩整條巷子的黑暗深淵，劉衆赫感覺自己再度回到了當年的半地下室。

朴振尚說的沒錯，不會因為吃了不同的食物，就讓自己變成不同的人。

他撐著牆壁喘了許久，這樣的頭暈並不單純只是因為體力大量流失。他就像是吸了毒一樣，眼前變得混亂模糊；像是變成小孩一樣，覺得身體無比沉重。

是因為近來繁重的行程使他疲勞嗎？難道就像美雅說的，是因為吃了太多草嗎？還是朴振尚又偷偷在食物裡放了什麼？

但這不可能，他不記得自己有吃朴振尚給的東西，那究竟是什麼時候……

驀地，他想起朴振尚在主教練辦公室對著自己吐菸的事。

是香菸的煙霧。

他咳了幾聲，香菸的霧氣頓時在眼前瀰漫。

當他再次睜眼，他已經身處熟悉的環境，周圍瀰漫著食物腐敗的氣味、沒有洗澡的汗臭味，以及此起彼落的滑鼠與鍵盤敲擊聲。

這是金老闆經營的半地下室遊戲農場。

直到這時，他才終於真正意識到，這裡依舊是他的現實。

他至今仍未離開這個半地下室一步。

劉美雅消失了。

他無法再見到那個孩子。

劉衆赫覺得那一切就像一場夢，他無力地癱坐在遊戲農場的椅子上，接著身旁的椅子猛然轉向他，某人搭著他的肩膀。

「喂。」

他茫然地轉過頭，隔壁坐著的是一名手臂上紋有刺青，年約十五至二十歲的青少年。仔細一看，發現他就是剛才在巷子裡抽菸的其中一人。

「喂，我們在叫你，你沒聽到喔？」

「天啊，他也長得太帥了吧？」

「是不是在哪見過啊？他是不是藝人？」

「白痴喔，這裡這麼暗，最好是看得出來他很帥。」

幾個少年自顧自地圍著劉衆赫討論了起來。

其中看起來像是領袖的少年主動和劉衆赫搭話，他的體型幾乎與劉衆赫不相上下。

「喂，你去前面的便利商店，幫我們買一包跟這一模一樣的回來。剩下的錢就給你吧。」

少年毫不猶豫地遞出一個紅色的香菸盒和一張萬元紙鈔，但劉衆赫只是茫然地看著他手上的東西，沒把錢接過去。

少年拍了拍劉衆赫的肩。

「喂，你聾啦？」

劉衆赫低聲笑了。

「你在笑？」

少年握著拳頭，不悅地皺起眉頭。

但劉衆赫並不在乎，他依舊笑著，他對現實的所有感覺都在崩潰。

「（留言因被檢舉而隱藏。）」

少年嘴裡不知嚷著什麼，一拳朝劉衆赫揮了過去，但劉衆赫聽不見他的聲音。

「（留言因被檢舉而隱藏。）」

只是劉衆赫不再好奇那些話的內容。

他緩緩閉上眼，覺得如今這段人生中，已經沒有什麼事能再讓他吃驚，即使明天世界就要毀滅，他也不會感到驚訝。

無論眼前發生任何事——

隨著唰一聲，大量銀針扎在了男孩脖子上。

少年不敢置信地看著自己的脖子，接著便往前倒了下去。

劉衆赫茫然地眨了眨眼。

「（留言因被檢舉而隱藏。）」

在後面觀望的其他少年咒罵出聲。

他們幾個直到這時才回過神來，看著四周凶狠地怒吼。

「（留言因被檢舉而隱藏！）」

「（留言因被檢舉而隱藏！）」

唰唰聲再次響起，銀色長針刺進了他們的脖子。

咚，然後再一聲，咚。

「（留言因被檢舉而隱藏！）」

「（留言因被檢舉而隱藏！）」

最後一根飛來的長針，讓那些青少年全部倒下，環繞劉衆赫的香菸煙霧終於散去。

劉衆赫發現四周的情景開始改變，自己正站在一條死巷的入口，他乾嘔了一下回過頭，發現路口的街燈下有兩道身影正在靠近。

意外的是，他能清楚聽見她們的聲音。

「使了。」

「哎呀，不是，是昏過去了。妳知道什麼是昏過去嗎？」

那是熟悉的聲音。

街燈的燈光十分刺眼，他眯起了眼，發現路口處站著兩顆一大一小的包子。不知是不是因為天氣有些冷，包子上頭不斷冒出熱騰騰的蒸氣。

小包子說：「妹有轟綠燈啊，遮樣很危險。」

「沒關係，行人優先……這妳不懂吧？反正牽著我的手走就對了。」

那聲音有如細雪般溫柔淡雅。當他看見照明下蒸騰的白色蒸氣，劉衆赫意識到那其實是某人的白髮。

女人牽著小包子的手，正朝劉衆赫走來。

小包子發現了劉衆赫，便指著他大喊：「大顆。」

劉衆赫閉上了雙眼。

【介入這麼多，真的沒問題嗎？[redacted]叔叔或[redacted]姐姐要是知道了……】

【嗯……他們搞不好會很開心喔。】

✦ ✦ ✦

劉衆赫不相信奇蹟。

一切都是努力的結果，都是他拚命生存的結果。

然而那天發生在劉衆赫身上的事，除了奇蹟實在無從解釋。

他重重吐出一口氣，從睡夢中醒來，發現劉美雅正倒在他身旁呼呼大睡。

是夢。

要說是夢，那也是個怪異的夢，唯一能回想起來的，就只有嗆鼻的菸味與迷人的大包子，還有氤氳的香菸煙霧。

劉衆赫感到一陣頭痛，他一手按著太陽穴，一手打開手機。

—五十四通未接來電。

許多人打電話找他。

「大顆，興來了。」

劉美雅扭動了一下身體，隨即睜開眼睛。

劉衆赫環顧四周，屋子裡亂糟糟的，他也一一回想起昨晚的事。

劉衆赫追問劉美雅昨晚發生的事，雖然聽不太懂妹妹的回答，但內容大致上是這樣的。

「妳睡醒來一看，發現坐在陌生公園的椅子上，有個白頭髮的女生在照顧妳。」

「嗯。」

「然後呢？」

「逼撒。」

「逼撒？」

「吃了逼撒，七司拉得好長！」

總而言之，應該是吃了披薩。

「姐接漂漂。」

劉衆赫想起昨晚在夢裡看見的大包子，也是對那些抽菸的青少年射出長針的女人。

那個女人究竟為何會在那裡？為何會救他？

而她又為何隨身攜帶長針？

唯一可以確定的是，那個女人帶著他和劉美雅一起回到這個家，只跟劉美雅道別便離開了。

雖是個連名字都不知道的人，但從各種情況來看，那個女人並未綁架或折磨劉美雅。

劉衆赫嘆了口氣。

「不是請妳吃披薩的人就是好人，以後絕對——」

「不，那是好姐接。」

「妳怎麼會跑去公園？」

「興來就在那哩。」

「妳睡著之前最後記得的事情是什麼？」

「領隊煮豬。」

遇見女人之前，劉美雅最後的記憶，是吃了姜宇炫準備的晚餐，然後在沙發上睡著。

劉衆赫再度拿起手機，在教練們爆怒的訊息中，他看見一個熟悉的名字，是姜宇炫。

—衆赫，真的很抱歉。

他立刻撥了電話過去，姜宇炫卻沒有接。

究竟為了什麼而抱歉？是沒能好好照顧美雅嗎，還是因為斷絕聯絡搞消失？

如果都不是……

那個女人，究竟是怎麼找到美雅的？

不好的預感與朴振尚的話同時閃過腦海。

「你得為我輸一場才行。」

劉衆赫簡單做了沙拉當早餐，並整理了自己的思緒。

昨晚，姜宇炫帶著劉美雅消失了。

今天是季後賽前的最後一場比賽。

朴振尚希望他輸掉今天的比賽。

「劉美雅，妳今天和我一起出門。」

「補行！窩要去優兒園跳舞。」

「今天不行。」

雖然不能帶著劉美雅上場比賽，但去到那裡一定會有方法的。

劉衆赫想起昨天那個新來的戰隊經理。

「又是草。」

讓氣呼呼的劉美雅吃下草和煎蛋，劉衆赫看了看時鐘。就算現在加快腳步出發，也依然有些遲了，他真的能準時抵達嗎？

這時，他的手機響起。

「臭小子，你現在在哪？」

打來的不是朴振尚也不是姜宇炫，而是隊上的其他教練。劉衆赫不記得對方的名字，沒想太多便回答。

「我在家。」

「你瘋了嗎？為什麼一直不接電話？是因為領隊辭職就搞抗議嗎？你到現在都還沒出發，到底是想怎樣？」

「姜宇炫辭職了？」

「什麼？他都沒跟你說嗎？」

劉衆赫想了想，只回說不知道。

話筒那頭的教練嘆了口氣。

「我先派其他人過去接你，盡量準時到。沒時間了，動作快！」

劉衆赫都還沒回答，教練就掛掉了電話。

電話才一掛上，他便立刻聽到門鈴聲響起。透過對講機，他看見熟悉的人在跟他揮手。

✦ ✦ ✦

【我還以為叔叔一出生就喜歡包子呢。】

✦ ✦ ✦

「哦，你在吃飯啊？真抱歉。」

門一打開，新人就闖入屋內，緊盯著劉衆赫做的沙拉看得目不轉睛。
「嗯……你只吃這些啊？不是應該讓小孩多吃點其他東西會比較好嗎？」
「逼撒。」
「披薩？妳想吃披薩嗎？」
新人寵溺地摸了摸劉美雅的頭。
劉衆赫瞇起眼睛說：「沒時間在這磨蹭了。」
「車就停在外面，隨時能出發。」新人溫柔地笑著，對兩人比了比手勢。
劉衆赫完成準備，一把抱起劉美雅坐到後座，但新人發動車子的模樣，不知為何總覺得有些彆扭。
「嗯，要出發囉。」
劉衆赫迅速確認今天的選手名單。
第一局已經開始了。名單上，他被排在第五局出賽，要是一個不小心，比賽很可能在輪到他之前就結束。
不對，不會有那種事。
這麼重要的比賽，朴振尚肯定會刻意操盤，讓比賽像平時一樣形成二比二平手的局面，並在最後一局一決勝負。他甚至很有可能已經收買了對方的選手。
劉衆赫緊盯著正在專心開車的新人的後腦勺。
「妳叫什麼名字？」
「我嗎？嗯……你能看一下我的夾克嗎？」
新人指著掛在助手席的夾克，夾克的口袋處掛著名牌。
—戰隊經理 Y.S
劉衆赫說：「這是縮寫。」

「哈哈，沒錯……在抵達之前，你要不要猜猜我的名字？」

YS……YS啊。

劉衆赫想了片刻，說：「劉澄。」

新人沉默了片刻才又開口。

「很接近了。」

劉衆赫點頭。

「妳不喜歡提起自己的名字嗎？」

「對，我不喜歡讓別人知道我的名字。」

車子駛離巷子進入主要道路，速度卻始終快不起來，尤其在過了大橋之後，便幾乎呈現停滯狀態。

「塞車塞得好嚴重，游泳過去可能比較快。」

「那就游泳過去吧。」

「咦？真的要嗎？還是乾脆讓魚載我們過去？」

劉衆赫不明白新人究竟在說什麼。在他懷疑新人可能是朴振尚的手下之前，他首先懷疑的是這個新人缺乏常識。

手機不斷收到教練的簡訊。

—你在哪？

劉衆赫看了看躺在他大腿上的劉美雅，並計算到達會場的路徑和所需的時間。雖然會遲到，但應該能在他上場前抵達。

這條路再往前一點，塞車的情況就能得到緩解，只要過了這個路段——

輪胎的摩擦聲響起，他們的車子突然被兩臺小客車左右包夾。

新人不滿地嘟囔道：「哎呀……煩死了。」

從前後插進來的車子，巧妙地妨礙他們前進，拖延了他們的時間。也正是因為這樣，本來可以更快通過塞車的路段，此刻他們卻卡在車陣裡。

要說只是單純的偶然，也太啟人疑竇。

新人問道：「你是不是又和誰結怨了？」

……又？

劉衆赫想了想，答道：「我不知道。」

「你似乎和人結仇了。」

叩叩。

有人正在敲車窗。

「我什麼都不知道。」

「你和人結仇了。」

左右兩側包夾他們的黑色小客車上，走下一群穿著黑色西裝的男人。

他們圍在後座車門旁說——

下車。

看他們的嘴形便能確定，他們說的就是這句話。雖不知道他們為什麼要求他們下車，但下車肯定沒好事。

到了這個節骨眼上，這些人是受誰指使已經很明顯了，只是沒想到朴振尚會做到這個地步。

這也表示，這次的賭盤大得讓他不惜出此下策。

就在面色凝重的劉衆赫正打算開口時——

「抓緊了。」

新人說話的同時，一腳將把油門踩到底，留下那群西裝男慌張地在原地叫囂。瞬間拉開距離後，新人趕緊轉了個彎把車開進巷子裡，換走另一條新的路線。

「要去警察局嗎？現在好像不太適合去比賽。」

劉衆赫靜靜看著新人。

「不然就這樣……去遠一點的地方？」

透過後照鏡看著新人的臉，他實在讀不出對方真正的想法。況且，他也依然沒有放下戒心。即便如此，聽見新人的提議，他還是動搖了。

「要去漢江嗎？在漢江邊吃披薩很讚喔。」

「逼撒……」劉美雅在睡夢中喃喃自語。

劉衆赫握緊了她的手。萬一真是朴振尚派新人過來，那剛才被那群男人包圍的時候，她應該早就把車門打開了。

「妳有聽說什麼嗎？」

「我聽說的事情可多了，總之呢，現在就是盡可能遠離這裡，對吧？不管去哪都比待在這裡好。」

劉衆赫低頭看著正在睡夢中，嘴巴卻不斷咀嚼著什麼的劉美雅。

新人說的沒錯。就一般常識來說，普通人在這種情況下應該會逃跑，看是去警局尋求保護，或是找個能確保自身安全的地方躲起來，這才是最正確的選擇。

如果這一切是朴振尚的把戲，那他的目的很明顯，就是讓劉衆赫無法參加今天的比賽。

既然如此，只要不去比賽會場，他就是安全的。

「去會場吧。」

「為什麼？」

劉衆赫不知道自己擅長什麼。如果這個世界有神，那神也肯定已經寫下了他的技能清單。只是那份清單應該不長。

他常聽人們說他長得好看，他卻沒有成為歌手、演員或藝人的才能。他不會唱歌，不會演戲，也不知道該怎麼迎合他人的喜好，甚至每次在記者要拍照的時候，他也總是忍不住皺眉，因此很少有照片能把他拍得好看。

但至少有一件事，劉衆赫知道自己很擅長。

「大顆很會灣遊戲，灣遊戲的時候翠帥。」

劉美雅不知何時醒來，此刻正豎起自己小小的大拇指對劉衆赫說話。

新人沒有說話，劉衆赫也保持沉默，只有引擎的噪音和排氣管的聲音在耳邊迴盪，偶爾還夾雜著汽車的喇叭聲。

在這種情況下，一般人通常不會作出跟他一樣的選擇。

但他並非一般人。

他幾乎沒有童年的記憶，也不知道父母的長相；不知自己何時被拋棄，也不知自己從什麼時候開始便是孤身一人。

他一直是一個人，獨自長大、獨自走到今天。

劉衆赫撫摸著劉美雅的腦袋。

「我必須去那裡，至少現在我非去不可。」

選手從比賽中逃跑，是辜負他人信賴的舉動。這會成為人們茶餘飯後的八卦話題，也會被協會和團隊懷恨在心，因此若現在逃跑，就等於宣告他的選手生涯到此結束。

這樣的話，他就無法照顧美雅了。

就算逃跑能換來短暫的安全，那接下來該怎麼辦？朴振尚說不定會再度提議要他打假賽，現在這些事情，肯定也只會多不會少。

他總不能每次都這樣躲起來。

或許可以向新的戰隊經理解釋這一切，尋求她的理解，慢慢地把整件事說給她聽。雖然他們才認識兩天，但新人比他想像的還要和善，很可能可以理解他。

但劉衆赫不是會再次期待這種奇蹟的人，因此……

「去會場。」

劉衆赫能說的只有這句話。

「這就是叔叔你守護世界的方式吧。」

守護世界的方式？他從來沒遇過這樣說話的人，那似乎是只會出現在故事裡的臺詞。

「可是啊，叔叔。」新人繼續說道：「未來你也很有可能無法繼續玩遊戲啊。」

他正想問這句話是什麼意思，新人又接著說了下去。

「萬一真的變成那樣，到時你想做什麼？」

「我沒想過。」

「你得先想好啊，退休後都沒有想做的事嗎？」

「退休是很久以後的事。」

「也有可能明天突然就世界末日了。」

不知為何，劉衆赫覺得他很難跟上新人說話的節奏。

沒有理會劉衆赫，新人接著說：「可能會突然跑出一大堆怪物，把首爾搞得一團亂。」

「到時也會有類似遊戲的東西吧。」

新人像是覺得很荒謬，從後照鏡看了劉衆赫一眼。

「那也是有可能……但面對那種情況，除了遊戲之外，還會發生很多其他的事吧？非做不可的事。」

聽完這句話，劉衆赫不禁開始想像。

想像如果世界真的滅亡，想像沒有人再繼續玩遊戲，想像遊戲不再是遊戲的世界……想像一個怪物肆虐的世界。

不知為何，總覺得不會很陌生。

劉衆赫想起半地下室的遊戲農場伸手不見五指的黑暗，在那裡也沒有人玩遊戲。黑暗之中，劉衆赫靠著不停地擊殺怪物、殺人、提升排名存活下來。

「我會想盡辦法活下來。」

「然後呢？」

劉衆赫低頭看了看變黑的手機螢幕，淡淡地說：「或許會去找創造我的人也說不定。」

為何突然會這麼說，就連劉衆赫自己也不能理解。

「原來如此……我可以再問一個問題嗎？」

「不行。」

「你是從什麼時候開始喜歡包子的？」

「……這是什麼意思？」

後照鏡裡，可以看到緊跟在後的黑色小轎車。新人再度踩足了油門，她年紀雖小，開起車來卻十分豪爽。她不斷變換車道，超越前車，就像是電影裡會出現的場景。

「妳以前是做什麼的？」

「在公司上班。」

「什麼公司？」

「就……公司。」

「為什麼辭職？」

「因為老闆一直死掉。」

劉衆赫分不清楚新人的話究竟是不是玩笑。

「妳什麼時候考到駕照的？」

「還沒考到。」

「什麼？」

「沒時間去考，也沒人能發給我……啊，我是在騎龍的時候試著體驗了一下開車的感覺。」

龍？

新人再度開口的同時，一陣爆炸聲傳來，時間也彷彿停止了。所有人瞬間騰空，前面的車窗被銳利的碎片打中而碎裂。接著一陣強烈的撞擊，令他整個人跟著晃個不停。

劉衆赫下意識抱緊劉美雅。他感覺到有種柔軟的東西包覆著自己的身體，隨後四周劇烈震動。

劉衆赫咳了幾聲，好不容易回過神來，才意識到他們的車子發生了追撞意外。

是新人開車不夠小心，還是剛才那群人幹的好事？

幸好，懷裡的劉美雅平安無事，只是右手的肌肉隱約刺痛，想來應該是受傷了。

新人呢？

搖搖晃晃地起身，劉衆赫察看四周，只見前座扭曲得不成形，引擎蓋幾乎無法辨認形體。這起意外比他想像的還要嚴重。

到了這個地步，比賽已經不再重要了。

「喂！」

他必須帶新人去醫院才行。出了讓車子幾乎半毀的車禍意外，駕駛當然不可能平安無事，但他一直沒看見新人的身影。

叩叩，他聽見敲擊聲，轉頭往旁邊一看，是新人在外頭敲著門。劉衆赫抱著劉美雅，好不容易才爬出車外。

劉衆赫想問這究竟是怎麼回事？她有沒有哪裡受——

「你沒事吧？」

「妳——」

「我沒事。更重要的是，那邊就是會場了，快跑吧！現在去還來得及！」

那是場嚴重的車禍，嚴重到無人死傷會讓人感到奇怪。

架。

但為什麼……

「劉衆赫選手。」

跟在他們後頭，穿著西裝的男子一一下車。

「這邊我會想辦法處理，你趕快去做你現在該做的事。」

他做不到。對方人數眾多，新人卻只是一個年輕女孩，就算加上他，這也是一場沒有勝算的

「不要抵抗，乖乖跟我們走，就不會有人受——」

嘴裡說著老套臺詞，大步朝他們走來的男人突然向前摔在地上，所有人都吃驚地瞪大了眼。

劉衆赫看見不知何時站到前頭的新人，正悄悄收回自己的腳。

那是踢人的姿勢。

劉衆赫實在不知道，自己剛才看見的究竟是真是假。難道他還沒從昨天的幻影中醒來嗎？他還沒離開那個半地下室，一直在作夢嗎？

「快醒醒啊！」

新人回過頭大喊，讓劉衆赫瞪大了眼。

「不用擔心，現在應該已經有人把狀況都處理好了。還有……叔叔擔心的事情以後也不會發生，至少在世界滅亡之前不會。」

劉衆赫不明白新人這番話的意思。

這番話聽在他耳裡，就像被百葉窗遮蔽的網路留言。那是他極度想要看見的、來自他所不知道的世界的話語，也是他曾經試圖理解，最後卻選擇放棄的話語。

有些話在理解之前就必須先接受。在這一刻，劉衆赫深刻體會到這件事。

「我會報警，妳看機會逃跑。」

現在劉衆赫知道的只有兩件事。

以前在老闆經常死掉的公司上班的新人，比那些穿西裝的男人還要強。

還有他現在必須立刻去會場。

劉衆赫揹著劉美雅慢慢向後退開，新人看著他們，輕輕地笑了。

與之前溫柔的微笑截然不同，那笑容似乎寄託了什麼他難以猜測的古老情緒，像是必須經歷悠久漫長的歲月，才能累積出來的一種信任。

轉眼間，又有兩個男人倒下。

新人揮著手喊道：「到最後都不要放棄喔！那是你最擅長的事嘛！」

最後一次回頭，新人的表情讓劉衆赫久久難以忘懷。

✦ ✦ ✦

【找到傳說碎片了嗎？】

【嗯，回收了。】

【果然[redacted]大叔也有看到這裡……妳把那個什麼領隊還是教練的傢伙怎樣了？】

【我和他玩得很開心。】

✦ ✦ ✦

劉衆赫趕上了比賽。教練團隊對他大發牢騷，主教練也不停給他臉色看，但總之他還是上場了。

團隊成績一如預期，是二比二。

透過這最終的王者決定戰，要決定哪一隊可以進入季後賽。偏偏他今天對上的，是絕對能與他相提並論的選手。

是因為狀況和平時不同嗎？比賽才一開始，戰況就對劉衆赫非常不利，右手不時傳來的疼痛讓他的思緒十分混亂。

劉衆赫想著在休息區等他的劉美雅、不在教練區的朴振尚，以及忙碌地交換意見的主教練與高層主管。

「啊，劉衆赫選手的操作似乎與平時不太一樣。比賽才剛開始，他就陷入非常不利的狀況，現在應該差不多要投降了。」

「大家都知道，劉衆赫選手投降的速度很快。」

劉衆赫沒有放棄。換作平時，現在早該結束遊戲了，此刻的劉衆赫卻想盡辦法延續遊戲。他抓準對方掉以輕心的時機，贏了幾次小規模的區域戰，拿下一分又一分。

「真是驚人的操作技術！」

「這似乎不是劉衆赫選手平時的作風。」

從比賽後半段開始，他就能感覺到對手也緊張了起來。

雖然他依然處於劣勢，但他非常專注地對抗，從每一棟建築物到每一個作戰單位，所有的事情都在他的掌控之下。

這可是他拚盡全力才能開始的比賽。

劉衆赫想起為了把他送來這裡，獨自與那些西裝男人戰鬥的新人，以及替他找到劉美雅的白髮女人。

還有可能在某處看著這場比賽的父母。

一個重要的單位倒下，勝負已定。直到最後的最後，劉衆赫都沒有放棄戰鬥。

戰鬥，再戰鬥，直到再也沒有能動的單位時，劉衆赫的手終於停下。

「啊！勝負已定！」

他喘著氣眨著眼，看著成了一片廢墟的戰場。

那是世上的一切都已滅亡的風景。

劉衆赫呆看著那景色好一會，比賽區的遮蔽解除，在顯示滅亡世界的螢幕之後，是為了來看他比賽而擠滿觀眾席的人潮。

滅亡的風景之後，是他熟悉的臉孔。

褐髮的新人，以及拯救劉美雅的白髮女子。

劉衆赫反射性地衝到比賽區外，但就在他踏出比賽區時，就再也看不見那兩人的身影。

✦ ✦ ✦

比賽結束後，劉衆赫抓著教練詢問那個幫助他的新人是誰。

「你在說什麼？你不是搭計程車來的嗎？」

教練不記得新人了。

劉衆赫問教練不是派了新的戰隊經理來嗎？

「我？我不知道。今年的新人那麼多個，我哪會記得？總之，今天辛苦你了。雖然輸了，但比賽的評價很好。」

劉衆赫沒有回任何一句話。

最後他還是輸了，團隊沒能進入季後賽，教練那邊的反應卻意外不差。

「現在的問題不是季後賽。協會和團隊都吵翻了，大會吵著說這次比賽無效。」

「為何……」

「你沒聽說振尚的事嗎？」

聽說，朴振尚在比賽開始前到警局自首了。

沒有人清楚他為何這麼做，唯一能確定的是，鼻青臉腫的朴振尚主動到警局，自首說他就是操控比賽勝負的掮客，並將整件事情的來龍去脈，還有相關選手與贊助商的名單都供了出來。

「哈，都是因為那傢伙，搞得我們大部分的選手都被牽連進去。可是衆赫你……我一直都知道你是這樣的人，但這次又再次對你刮目相看。朴振尚的名單裡沒有你。」

回家的路上，劉衆赫一直覺得很不踏實。

「大顆，你蘇了嗎？」

劉衆赫回想起今天與他比賽的對手。

「從總戰績來看我領先，所以我沒有輸。」

「那今天蘇了嗎？」

「整體來看我是贏的，所以結果是我贏。」

「大——顆。」

劉衆赫心想，會不會那句「大顆」其實有別的意思？

打開手機，入口網站的主頁換上了全新的新聞報導。

「雖敗猶榮，真是精彩的比賽！這才能說是所謂的經典比賽吧？這一點都不像劉衆赫選手，幾乎可以說是獻出了自己的靈魂。」

報導擷取了播報員說的話，這樣的正面內容也延續到了留言區。

—有看到今天劉衆赫的比賽嗎?真是史上最精彩的比賽耶。

—認同。霸王的技術真的嚇壞我了，比賽超精彩。

—但居然只有劉衆赫不在名單上，太誇張了吧?他是不是花錢把自己名字刪掉了?

——看劉衆赫平時的表現，我覺得掮客應該也有找上他吧。

——但現在這圈子應該沒救了，頂級選手幾乎都和打假賽的事情有牽扯。

不知為何，他沒再看見被隱藏的留言。

劉衆赫繼續閱讀報導的標題。

——協會官方宣布，今天的正式比賽無效。

——參與操縱勝負的選手名單公開……

——對電競產業造成毀滅式打擊的造假事件……

「大顆，手。」

劉衆赫一手拿著手機，另一手牽著劉美雅。

首爾的夜晚迅速降臨，街燈一一點亮。劉衆赫靜靜看著那些燈光，不禁環顧了四周一遍。

十字路口的另一端，有白色的煙霧瀰漫。

喧鬧嘻笑的情侶卿卿我我地吃著熱騰騰的鯛魚燒。帶著逐漸平息的期待感，劉衆赫牽著劉美雅走過馬路。

——那些都是真實發生過的事嗎？

天色很快暗了下來，能隱約看見星星閃爍。

劉衆赫出神地仰望著天空中的星星。他牽著劉美雅，走在被星光點亮的黑暗之中。遠方，能看見昨天去過的量販店就矗立在那裡。

他握緊劉美雅的手。

「晚餐呢？」

你吃進去的東西會變成你的樣子，劉衆赫依然如此相信。

家裡還有早上準備好的沙拉，對劉衆赫來說，不吃沙拉而吃其他料理，這是一種他無法理解的浪費。

但奇怪的是，那一刻，一句話在劉衆赫耳邊響起。

「也有可能明天突然就世界末日了。」

如同自遙遠宇宙灑下的星光，那對此刻的劉衆赫來說，是一句虛無縹緲的話。但為何即便如此，他仍感到在意？

或許是因為今天對他來說，實在是荒謬絕倫的一天。

劉衆赫想了想，看著遠方說道。

「披薩。」

——〈迷子〉完

作者後記

我就知道，就知道你又是先從後記開始看。

在轉生者之島我也說過了，如果是你就一定會這麼做。

什麼？這次你是從頭開始讀的？不用看也知道肯定是在騙人。但如果真是這樣，我應該會有點高興啦。

如果你在讀這篇後記，就表示實體單行本應該出版了。

其實，我本來不打算把實體單行本的原稿上傳到雲端。依照我們的計畫，原稿只要有一個連載版就夠了。

不曉得你記不記得，這份稿子部分的內容，不同於我們曾經歷過的那些時光，也可以說是遺漏的版本。可能是因為大家的金獨子集團神話內容都有點不同，所以在寫稿子的時候意見有些衝突。

就……這是理所當然的，畢竟記憶這種東西本來就是如此。

誰的記憶是對的、誰的是錯的、誰的漏了什麼……說著說著，我們會被彼此說服，也會在意見分歧的時候投票。但也不能說透過投票決定要用哪個版本，就要完全放棄另外一個版本的傳說啊，對吧？

這實體單行本裡，還收錄了在我們一群人當中，得票數比較少的部分傳說。

你想知道連載版和實體單行本，哪一邊才是真■的傳說？現在我也不知道了。畢竟就是這麼眾說紛紜嘛。事到如今，這哪還重要？因為某一段記憶是■實的，另一段記憶就一定是假的嗎？

無論這故事是真是假，都是你和我，和大家一起分享過，是我們曾經活過、喧■過的故事。

所以我希望你能夠■■地讀這個故事。

因為你是我所知道的、最棒的讀者。

[redacted]

寫到[redacted]，感覺真的很怪。以防萬一，我[redacted]下了原稿，但其實我的後記應該不會[redacted]到你[redacted]上。真要[redacted]起來，這應該是無法[redacted]交給你的信。[redacted]，如果你發動全[redacted]者視角來讀，那就不一定了。

即便[redacted]此，如果這個[redacted]事傳[redacted]給你，那或許[redacted]嚴重[redacted]我[redacted]得[redacted]，[redacted]。[redacted]……[redacted]……[redacted]……[redacted]金[redacted]子[redacted]……[redacted]……

幫幫[redacted]。

Episode ■．別人包的包子

本篇外傳含有《全知讀者視角》本傳的重要劇透，尚未看完本傳的讀者請務必留意。

「叔叔的生日是什麼時候呀？」

他已經記不得第一次聽到這個提問是什麼時候的事了。是第二次回歸？還是第三次？

從某一次回歸之後，他就不再回答這樣的提問了，因為他認為即使聽到他的答案，也對提問的人沒有任何幫助。

但他曾經也會這樣老老實實地回答。

「八月三號。」

「八月三號？你確定嗎？」

「我和人說好就是這天了。」

聽他這麼一說，孩子們皺起了眉頭。

「說好的？哪有人的生日是這樣決定的啊。」

他信手掏出振天霸刀擦拭了起來。

對方說的沒錯，沒有人用這種方式決定自己的生日，但這種事很重要嗎？

「那你是和誰講好的？」

「你不必知道。」

「是女生嗎？」

他隱隱蹙起眉頭，遠遠地，他望見金南雲嬉皮笑臉的模樣。

他大概明白這是怎麼回事了。

✦ ✦ ✦

時光的巨輪不停轉動，在這之間劉衆赫失去了許多記憶。某些記憶被捲進時間的巨輪中消失無蹤，某些則是他刻意扔進去的，但是，也有不會褪色的記憶。

比方說，他頭一次和破天劍聖拜師習藝的時候。

「又來了？你這傢伙脾氣還真硬。」

破天劍聖嫌棄地俯視著劉衆赫，她的嘴裡叼著一根大大的煙桿，一臉傲慢地打量著劉衆赫的臉，接著呼地吐出濃濃雲煙。

「現在不是我招收弟子的時候，你當不了我的徒弟。」

劉衆赫一聲不吭地拿出貼在門上的紙條。

—常年招收弟子

破天劍聖蹙起了眉頭。

「常年招收徒弟這倒是沒錯，但我不是什麼閒雜人等都收。」

「我不是閒雜人等。」

「看起來確實有幾分道理。至少那張臉長得挺不錯的，要是你願意，可以來當我的奴僕。」

「教我武功吧。」

劉衆赫理直氣壯的口吻，讓破天劍聖不由得用目光快速掃過劉衆赫全身，隨即又嘖了一聲。

「就算我願意教，你也學不來。」

「難道連試都不試就能判定嗎？」

「我的武功不適合你這種小不點。」

「我不是小不點。」

「更何況，也不是適合男人使用的武功。」

破天劍聖說著，舉起煙桿在空中來回揮舞了幾下。她的動作看似隨意，劉衆赫卻能在那雲霧的軌跡中感受到深奧玄妙的劍招。

「就算你學了我的武功，也沒辦法變得和我一樣強大。」

「不試一試，誰也不曉得。」

「為什麼你如此執著於我的功夫？」

劉衆赫緩緩抬起頭來，目光灼灼。

「因為這是武林流傳下來的唯一一門『武功』。」

劉衆赫並不是不願學習其他功夫，他曾造訪劍帝出身的南宮世家，也去過相傳連落日都能斬下的終南派，但那些招式全都是花拳繡腿罷了。

第一武林沒能留下任何像樣的武學。

曾經被稱作武功的技術，全都被標準化，成了某種「技能」，以任何人都能輕易習得的「技能捲軸」形式進行流通。

但是，劉衆赫心下雪亮。就憑那種三腳貓功夫，絕不可能斬落天上繁星。

「我需要足以摧毀星座的力量。」

能夠憑一己之力戰勝星座的人類，他們是在星星直播，被稱為超凡座的存在。而其中的佼佼者，無疑就是眼前的破天劍聖。

破天劍聖輕輕嘆了口氣。

「要是你打得贏那傢伙，我再考慮吧。」

名為破天神君的看門犬咆哮著現身，擋在了劉衆赫面前。

✦ ✦ ✦

仔細回想起來，那就是他們那無聊的師徒之情的開端。

幾經周折之後，劉衆赫總算成功從破天神君嘴裡奪過了牠的飯碗，而破天劍聖交給他的第一道課題如下。

「斬擊，先練個三萬遍吧。」

「一天不可能練三萬遍斬擊。」

「三萬遍根本算不了什麼，在這個世界上，還有個傢伙花了整整四十年的時間練了百億次的刺擊呢[25]。」

「鬼話連篇。」

「看來，我得先教你尊師重道的禮數。」

在天天被打屁股和接受不人道訓練的過程之中，劉衆赫一直在思考，這種方式，真的能夠讓他變強嗎？

劉衆赫的屁股每天都得挨上幾下，就這樣，一個星期過後，半個月也過了。

「刺擊練了多少回了？」

「一萬次……大概。」

「斬擊呢？」

「練了……兩萬次。」

「我應該交代你這兩個都得練三萬遍吧？」

「別再打我屁股了。」

劉衆赫的屁股還是逃不過挨打的命運。

儘管只被打了幾下，但簡直就像承受了兩萬記重拳一樣鑽心地疼。

就這樣，一個月、兩個月又過去了。

25 暗指本書作者出道作《滅亡後的世界》的主角「宰煥」。

總而言之，劉衆赫就是沒能學到破天劍道。

空有徒弟的名號，破天劍聖在將劉衆赫收入門下之後，所做的事只有成天半躺在門廊上，欣賞著劉衆赫一身雕塑般的肌肉，或者要他進行基本訓練，再者就是使喚他去做些怪異的跑腿，僅此而已。

「到底什麼時候才要教我劍法？」

「你去第二武林的蒼天峰採幾株百靈草回來。」

劉衆赫在九派一幫[26]的追殺下險象環生地登上了蒼天峰，獨力和一眾武當及崑崙道士比劍過招，在滂沱大雨中數十次滑落懸崖峭壁，經歷千辛萬苦才終於成功取回了百靈草。

「帶回來了。」

「喔，先放著吧。」

「為什麼叫我去找這個？」

破天劍聖看著百靈草散發出陣陣清香，露出一抹欣慰的笑容。

「這種草藥具有淨化空氣的效果。」

「現在，妳會教我學劍了嗎？」

「據說第四武林出現了藏寶圖。寶藏就藏在玄鶴老道的祕境，你去祕境一趟，把老道留下的秘藥取回來吧。」

「什麼？」

只見一旁的破天神君「汪汪」地吠了兩聲。

破天劍聖說道：「最近這孩子身體太虛弱了，得餵牠服用靈藥調理調理才行。」

26 在韓國武俠作品中最常見的江湖門派統稱，大幅影響韓國武俠的世界觀，幾乎已成為約定俗成的常識，各作品組成略有區別，常見的有少林、武當、華山、崑崙、峨眉派及丐幫等等。

於是，劉衆赫又為了尋找拿來餵狗的靈丹妙藥動身啟程。

名為第四武林，他滿心以為只會遇到不入流的小毛賊，豈料第四武林竟高手如雲。尤其是江湖合稱十大高手的幾個傢伙，就憑現在的劉衆赫根本就不是他們的對手。

然而，會會十大高手這種事簡直算是輕鬆的涼差。

「去第三武林的魔教那裡取萬年寒冰回來。最近實在是太熱了，根本提不起勁來教你功夫。」

去魔教的時候他險些丟了小命。他撞見人稱「天魔」的魔教教主，就算合第四武林的十大高手之力，似乎也傷不了那傢伙分毫。

而他碰見的天魔，也不過是第三武林的天魔罷了，據破天劍聖所說，真正的天魔比那傢伙還強上好幾倍。

「去少林偷幾顆大還丹回來，小心那些臭和尚。」

少林寺的名聲，劉衆赫自然耳熟能詳，儘管如此，他仍舊認為那裡只不過是區區和尚的聚集之處，就憑自己會過十大高手和天魔的一身功夫，總不可能對付不了幾名和尚。

……他確實是大意了。

一時輕敵的劉衆赫不敵眾僧襲擊，只能任憑他們剃光了他的腦袋，關進懺悔洞裡長達三個月之久。

儘管後來他好不容易逃出來偷走了大還丹，卻又在突破十八銅人陣的時候搞丟了半條命。

「這回花了不少時間啊，你那個髮型又是怎麼回事？」

劉衆赫光禿禿的腦袋是少林第一高手「神僧」的手筆。

幸運的是，他這顆光頭讓他收穫頗豐，他因此習得了少林絕技「百步神拳」。

就這樣，三個月、六個月、一年時光匆匆而逝。

頭髮很快就長了回來，在這之後，劉衆赫也數度克服生死交關的危難，一一完成跑腿的任務。

這些要命的苦差事，有時讓他不禁想著索性回歸讓一切重新開始，或許還更輕鬆一些。

星星直播廣大無垠，強者如林。

究竟要變得多強大，他才能看到這殘忍任務的盡頭？

偶爾，他也會不管三七二十一地舉起劍向破天劍聖發難。

結局當然是，差點死無全屍。

劉衆赫明白了，就算神僧、天魔，和十大高手全都一擁而上，破天劍聖也是不可撼動的存在。縱使被打得屁股開花，劉衆赫依然心滿意足。畢竟他的師父，比神僧和天魔還強。

「妳之前究竟為什麼答應教我？」

「你長得帥啊。」

「和這有什麼關聯？」

「我這輩子應該沒有其他機會能打帥哥的屁股了吧。」

又是一年。

這一年間，劉衆赫遭遇了無數高手，搏命廝殺，不斷獲勝。由於他的名聲傳遍第一武林，破天劍聖的名氣也跟著水漲船高。

「明明擊敗高手的是我，實在弄不懂為什麼妳的名氣更大。」

「因為世人看出了你背後有個卓越的師父啊。」

「所謂的師父，是指教導弟子的存在。」

「這麼說來，你最近倒是沒繼續纏著我學劍了。」

破天劍聖呵呵笑著，和平時一樣蹺著腳坐在門廊地上。

外頭前來窺看劉衆赫鍛鍊的大家閨秀一個接一個消失，取而代之的是夜晚沁涼的空氣徐徐吹進院裡。

劉衆赫來到武林已經兩年了。

破天神君喘吁吁地爬上簷廊，在劉衆赫腿邊躺了下來。

身為一條狗，卻遠比他強大；身為一條狗，卻比他更早拜入師門，和他成了師姐弟；甚至身為一條狗，牠還吃了玄鶴老道的不傳祕藥及大還丹，成了江湖之上、武林之中，內力最高強的一條狗。

「汪汪。」

劉衆赫嘆了口氣，摸了摸狗的背脊。破天神君似乎心情大好，輕輕地搖動著尾巴。

附近的磨坊傳來潺潺水聲，草叢之間蟲鳴鳥叫不住迴盪。

劉衆赫靜靜吐出一口氣。百靈草的葉片搖曳生姿，發散著萬年寒冰涼爽的氣息。

隨著白天的炎熱褪去，夜幕逐漸降臨。

武林的夜空很美。

「說說你的故事吧。」

換作平時，他絕不會因為這個厚顏無恥的師父短短的一句話就侃侃而談，畢竟他向來戒心強烈，不願輕易透露自己的私事。因此，這一回他會鬆口，多半是覺得這輩子已經沒有指望的緣故。

或是因為破天神君貼在大腿旁邊的毛皮太過柔軟。

再不然，就是破天劍聖對著夜空頑皮地吐出一圈圈的雲煙，在煙霧繚繞中有感而發的演技太過可笑。

因為四下傳來的唧唧蟲鳴和淙淙流水聲音太過悅耳，因為冷冰冰的武林上空高懸的星辰太過耀眼，又或是因為他錯以為今晚誰也不會認真傾聽他的故事。

不論何種理由，劉衆赫終究開口娓娓道來，漫無邊際地聊了許多。

第一次參與任務的那一天。

開始回歸後，那個不斷重複的世界。

劉衆赫一個人絮絮叨叨地說著誰也無法理解的故事。

破天劍聖究竟有沒有在聽根本無所謂，劉衆赫只是難得渴望好好傾訴，而眼前碰巧有個願意傾聽的人。

宛若一棵經歷漫長歲月的神木，破天劍聖靜靜地聽著他述說。

唯有在夜晚的空氣之中，破天劍聖的明鏡目熠熠生輝，昭示了她確實傾聽著劉衆赫的話。明鏡目，能夠洞悉他人情感的眼瞳。

望著那既不任意安慰，也不帶任何指責的澄澈眼眸，劉衆赫感到難以言喻的安心。

不知道就這樣過了多久，劉衆赫的故事終於來到尾聲。

破天劍聖思索片刻，說道：「你這小子，簡直像是打從一開始就沒有父母。」

劉衆赫想了一會，反問道：「妳這是想汙辱我嗎？」

「我是說，就像從天上掉下來似的。」

劉衆赫默不作聲地仰望天空。

或許破天劍聖說的沒錯，事實上，他連自己父母的面孔都毫無印象。

「你是哪一天出生的？」

「不知道。」

「從來沒人告訴過你？」

劉衆赫點了點頭。

當然了，他確實是有統一分發的身分證，但他知道那上頭寫的並不是他真正的生日。

「我只知道，我是在夏天出生的。」

瑰麗的武林夜空。

他很肯定，在那耀眼的星星直播盡處，想必有某個存在負責創作、編排這些任務。

「你為什麼想成為超凡座？」

劉衆赫一語不發地望著天空，破天劍聖也順著他的目光遠眺蒼穹。

有些情感，光是凝視著同一個方向也能傳遞。

破天劍聖緩緩起身，取劍出鞘高舉向天。她的劍招如此優美，一招一式都細膩而堅韌，有一種華麗而極盡節制的美。

她舞劍直指天廳，天空應聲碎裂。

是他的錯覺嗎？他彷彿看到那方天穹之上的星宿墜落。

劉衆赫愣愣看著那些飛速墜地的星辰，即使知道那只是自己的幻覺，仍舊挪不開目光。

星光宛如煙花漫天散落。他不知道就這樣看了多久，破天劍聖則在這時起身離開，從某處取回一個小小的紙袋，塞進他手裡。

「吃吧，這是我最喜歡的食物。」

搖晃的紙袋冒出一縷縷熱氣。

劉衆赫皺起眉頭。

「我不吃別人做的東西。」

「這是特意為你買回來的，吃吧。」

「不要。」

「不如這樣吧，今天呢……」

在璀璨的夏日星光之下，破天劍聖用劍劃出「八」和「三」兩個大字。

「從今以後，今天就是你的生日了，徒弟。」

✦ ✦ ✦

倘若這就是他關於生日的所有記憶，那就太好了。

只可惜，一如以往，星星直播並不熱衷於幸福快樂的結局。

在夏日夜晚的燦爛煙火綻放之後整整一年。

在潮濕炎熱的夏季，一個狂風驟雨動盪不安的夜。

「師父。」

破天劍聖遭到天魔與血魔合力圍攻。

數千名武林高手接連殞命，破天劍聖只能獨自一人苦苦撐持，咬牙和歸來者聯盟周旋纏鬥，守護自己的武林。

劉衆赫揹起轟然倒下的破天劍聖踏空狂奔。

破天劍聖所受的傷無論做什麼都無法挽回，這一點他很清楚，破天劍聖也心裡有數。

「破天劍聖！」

儘管劉衆赫連聲呼喚，破天劍聖也毫無回應。

劉衆赫讓她在安全處安穩地躺下，將自己身上的靈丹妙藥一一餵進破天劍聖嘴裡。這些都是他這段日子四處蒐集來的靈藥，百靈草、玄鶴丸、大還丹……

然而，破天劍聖的氣息仍不斷衰弱，她體內的傳說紛紛粉碎。

劉衆赫不由得咒罵出聲。

——求求妳。

只因太過龐大，她的存在看似一整片參天的樹林，但她仍只是一棵樹木，是可能會在暴雨閃電之中倒下的大樹。

還是該索性讓時間倒流？

只要在這走入回歸，只要能挽救他的師父……

可是，一旦回溯了時間，他記憶中的破天劍聖也會消失無蹤。

師父緩緩睜開雙眼，端詳著眼前的弟子。

她用巨大的手捧著劉衆赫的臉。

「徒弟。」

「我到現在還沒學到破天劍道。」

「你早已了然於心，不是嗎？」

對於劉衆赫的才能，破天劍聖再清楚也不過。

劉衆赫那惡魔般的天賦，讓他無論學什麼都是一日千里，他日復一日從旁偷師的破天劍道，自然也早就諳熟通透。

劉衆赫搖了搖頭。

「妳不是答應要將我打造成超凡座嗎？妳說過，會幫助我得到擊落星座的力量，擁有足以摧毀星星直播的實力……」

沒有妳，我不可能變強，我——

「衆赫啊……」

恩師的雙眼定定地凝視著他。

「你早已比我更強了。」

劉衆赫的肩膀顫抖不已，本想出言反駁。

「你只是在拒絕變得比我更強而已。」

劉衆赫的腦袋慢慢垂落，呼吸越發急促，整個人手足無措。

過去的一年太過平靜，讓他一時竟忘了這種情緒。

而今，這一切又將重演。

「破天劍聖，我……」

「我知道。」

恩師的大手輕輕覆上劉衆赫的腦袋。彷彿真心理解劉衆赫的心思，破天劍聖揚起一抹虛弱的笑容。

「我帥氣的徒弟啊，我希望，你別再執著於學習破天劍道了。」

師父的話在腦中嗡嗡作響。

是他不該來找破天劍聖，是他不該執意纏著破天劍聖學習破天劍道。

打從一開始，他就不該出現在武林。

「我希望你能愜意地躺在簷廊之下，舒舒服服地吃著別人為你做的包子，安適度日。」

師父早就知道他的目標為何。

她很清楚，他盼能用她的破天劍道擊碎一方天空，所以才遲遲不肯教他學劍，想方設法地逼他知難而退。

「但是，你一定還是會跑去採百靈草的。明知我為何叫你幹那些苦差事，你還是會義無反顧地達成。」

所以，她才鎮日使喚他去跑那些艱險的雜活。

「你會繼續攻略玄鶴老道的祕境，竊取萬年寒冰和大還丹，一而再、再而三，直到你成了二十九歲，直到而立之年。」

劉衆赫的手止不住地顫抖。他很想說點什麼，聲音卻不聽使喚。

破天劍聖又接著說了下去。

「我又會一無所知地問起你的生日，等你到了二十九歲、三十歲的生日，人們也會為你送來慶賀，全然不明白這一切對你而言意味著什麼……」

破天劍聖的目光迷離，彷彿正在注視著徒弟不斷重複的時光和遙不可及的未來，眼中的光芒逐漸消失。

「就算如此，也別對此生氣，我的徒兒。」

他是回歸者。

獨自一人懷揣著所有光陰，向前邁進的存在。

「他們只是單純地因為你的誕生感到高興。」

看著師父緩緩落下的手，劉衆赫抬起頭，再一次望向星星直播的天空。

那還是同一片天空，不過是少了一道視線一同仰望，天上的星星看起來卻如此不同。

劉衆赫慢慢起身。

一如林木在光與水的滋養下生長，傳說則以悲劇為食，壯大自我。

身處任務劇本之中的人類，唯有失去才能變得強大。

武林的夜空不再絢麗，而握起了劍的劉衆赫，終於破繭重生。這一刻的他，既非星座，也非星辰。

儘管如此，看在茫茫宇宙的星座眼底，劉衆赫仍像是一顆耀眼奪目的星。

就這樣，劉衆赫成為了超凡座。

✦ ✦ ✦

伴隨著明亮的光芒，影像來到尾聲。

坐在公園的長椅上，一同觀看著影片的41喃喃低語。

「之前真的有過這種記憶？」

隱密的謀略家慢慢地搖了搖頭。

藉由迷你劉衆赫的記憶不斷反覆回憶整個人生，是祂長久以來的習慣，但祂也是頭一次留意到這段記憶。

「祢也有沒看過的記憶？祢應該是記得所有劉衆赫的劉衆赫才對。」

【也有我不知道的記憶，四十一，就像你忘卻了你自己的人生一樣。】

這句話讓41陷入沉默。

第四十一次回歸的劉衆赫。

在所有回歸之中，他是唯一一名不記得自己絕大部分人生的劉衆赫，正因如此，在他的生命之中究竟發生了些什麼，就連隱密的謀略家也一知半解。

【或許是這一次新觀測到的記憶吧。】

經歷了一千八百六十四次人生的劉衆赫，記憶就如整個宇宙一般遼闊。

其中某些記憶也會在沒有紀錄的情況下存在，儘管不曉得這究竟意味著什麼，但這個宇宙似乎本就是這樣形塑而成。

隱密的謀略家似乎驀然間想起了什麼，從懷中掏出了一本書。

—金獨子留言總集

看見書名，41瞪大了眼睛。

「那是什麼？」

【用來記錄那小子留下的文字的書。】

「我的意思是，祢怎麼會有那種東西？」

隱密的謀略家沒有回答，逕自翻開書本，在某處停了下來。

—作者大大，話說劉衆赫那小子的生日是什麼時候呀？

隱密的謀略家盯著那句留言，看了好半晌。

金獨子留下這行回覆的時候，究竟是在破天劍聖提及祂的生日之前，還是之後呢？

叮，隨著清脆的通知聲，傳來了一條訊息。

—隊長，今天八點，你會到吧？大家都在等你。

訊息中還附帶了一張照片。

照片裡，是大家聚在一塊包包子的模樣。李智慧沾了滿臉麵粉，不忘比出勝利手勢，一旁是眉頭緊皺的金南雲，還有拿著一顆餡料爆炸的包子不知所措的李賢誠，烏列爾則包出了一顆山羊形狀的巨大包子。

在照片的最邊緣，還拍到一隻看似少年的手。

隱密的謀略家簡短地回了簡訊。

—我不吃別人做的東西。

祂立刻收到回覆。

—這個也不吃嗎？

李智慧發來的照片裡是一顆堪比一個人腦袋大小的包子。

不管怎麼看，那都不是一個人吃得下的尺寸，也是以祂的美感完全無法理解的究極大包子。

那顆巨大包子上頭，用番茄醬歪歪扭扭地寫了幾個字。

別人包的包子。

隱密的謀略家打量了那張照片許久，再次輸入訊息。

—我說了，我不吃別人做的……

打到這裡，隱密的謀略家伸手按下刪除鍵，刪去了整行文字。

看著這一幕，41不禁噗嗤笑了出來。他的殘影漸漸散去，重新滲進隱密的謀略家體內。

隱密的謀略家靜靜站了起來。

不覺間，窗外已是日暮西斜，祂看看時間，已經傍晚七點了。依照原本的劇情，這本該是任務轉成收費制的時刻，但無論祂怎麼等，任務也沒有開始。

閃爍的時鐘旁邊還顯示了一個數字，標示著日期。

八月三號。

這不過是陽曆之中的一個尋常日子，與祂毫無關聯。

既然太陽不是祂的背後星，陽曆自然也不是屬於祂的時制，沒有任何人能與祂活在同樣的光陰之中，也無法活下去。

儘管如此，那些牢牢惦記著祂的人，說今天是祂的生日。

此時此刻，祂已不再為此感到悲傷。

——〈別人包的包子〉完

ORV012

全知讀者視角 12（完）

전 지 적　　독 자　　시 점

作　　者　　싱숑 (sing N song)

譯　　者　　林季妤

封面設計　　茵萊登曼特

封面繪者　　HABAN

責任編輯　　林紓平

校　　對　　任芸慧

發　　行　　深空出版

出 版 者　　星巡文化有限公司

地　　址　　臺北市中正區重慶南路一段 57號 7樓之 5

法律顧問　　泓準法律事務所 孫瀅晴律師

電　　話　　(02)7709-6893

傳　　真　　(02)7736-2136

電子信箱　　service@starwatcher.com.tw

官網網址　　www.starwatcher.com.tw

初版日期　　2024年 08月

二版一刷　　2025年 06月

總 經 銷　　聯合發行股份有限公司

地　　址　　新北市新店區寶橋路 235巷 6弄 6號 2樓

電　　話　　(02)2917-8022

國家圖書館出版品預行編目 (CIP) 資料

全知讀者視角 / 싱숑 (sing N song) 著 . -- 初版 . -- 臺北市 : 星巡文化有限公司出版 : 深空出版發行 , 2024.08

冊； 公分

ISBN 978-626-74122-3-7(第 12 冊 : 平裝). --

862.57　　113006457